U0073495

【讀解・聽力・言語　　　　文法〉】

ヨ檢

學霸攻略！

QR Code
朗讀 闖關王者

6回全真模擬
寶藏題庫
＋通關解題

山田社日檢題庫小組・吉松由美・田中陽子・西村惠子・林勝田　◎合著

N3

嗨，考試英雄們！超棒的消息來了！
《修訂版 合格全攻略！新日檢 6 回全真模擬 N3》的解題版出版了！
百萬考生佳評如潮！
為回饋讀者的熱切呼聲，新增通關解析，擊破考點！絕對合格！

新鮮出爐預告：嗨，大家！我們也即將推出《修訂版 合格全攻略！新日檢6回全真模擬N3》的「QR Code線上音檔版」！手機一掃，學習聽力就這麼輕鬆！

為因應熱切呼聲，還激動地推出了全新《絕對合格攻略！新日檢6回全真模擬N3寶藏題庫＋通關解題》的「QR Code線上音檔版」《學霸攻略 QR Code朗讀闖關王者！新日檢6回全真模擬N3寶藏題庫＋通關解題》，讓你們學習更方便、炫酷，隨時隨地都能累積實力！

這不是普通的模擬試題，而是經過我們權威題庫專家精心編排的超威版，最新出題趨勢一覽無遺！讓你在考前無往不利！

不用再煩惱日語檢定的核心關鍵，我們幫你摘下594道考題，短期衝刺，保證日檢證照百分百到手！

★ 百萬考生的見證，絕對權威，就是這麼威！

★ 出題老師們都在日本本土，緊盯考試動向，重新分析試題。

★ 讓你事先掌握出題重點，精準命中考試！

千萬別錯過這個超讚的機會，讓我們一起來追逐加薪證照，攀登百萬千萬年薪的高峰吧！！拿起手機，隨時準備迎接新挑戰，讓我們一起向成功邁進！

考試高手！你是不是每次做完模擬試題都自信滿滿，但最後成績總是跟你開個玩笑呢？嘿，別灰心！考試的關鍵在於你能不能把每一回都『做懂、做透、做爛』！

我們的模擬試題可不是隨便一打，它能讓你找到考試的節奏感，培養出考試的好手感，還能讓你有自己獨特的解題思路和技巧，讓你面對千變萬化的考題也能自信滿滿！

⇨ 我們的特點有：

1. 新日檢不斷變化，但高分永恆不變：

我們的出題老師們可不是吃素的，他們長期在日本研究考試動向，深入剖析新舊日檢考題，掌握新日檢的出題心理。發現了一個重要趨勢，日檢考題越來越難。

所以我們用心製作最新的模擬試題，100% 還原考試真實情況。讓你迅速熟悉考試內容，掌握必考重點，輕鬆贏得高分！

2. 智握出題法則，高分關鍵：

我們來拆解考試出題的秘密！想要攻克日語漢字發音難點？沒問題！把老外考得七葷八素的漢字筆畫？有解！如何確定詞語和句子的關係？說來容易，做起來也順手！還有那些固定搭配、慣用語，咱通通掌握，考試如虎添翼！

新日檢越變越難，但我們的模擬試題是最頂尖的！出題老師們總在日本長年追蹤考試動態，分析新舊考題，打造超擬真的模擬試題，讓你迅速熟悉考試內容，準確掌握必考重點，高分保證！

3. 金牌教師精心編寫通關解析，絕殺技巧全解密！

◆ **失誤再升級**：犯錯是學習的過程，但一錯再錯就太 OUT 了！這本書是由追蹤日檢題型多年的日籍金牌教師獻上的考試解析祕笈，直指你可能的盲點，讓你的考試路上少走冤枉路！

◇ **解題全勝保證**：答錯也不怕！絕大部分題目都附有專業解析，讓你從每個刁鑽的角度，看穿考官的心思。各類題型，我們讓你信心滿滿、答題無往不利！

◆ **題目解析，精準直擊**：解答中，不只告訴你答案，更深入挖掘每題的「核心要點」。帶你洞悉日檢考試邏輯，解題神技，一次瞭解！

◇ **大師級技巧，簡單說**：把長篇大論縮減為明快的技巧，就連前主考官都點頭認可！這些是你拿高分的神器！

4. 「聽力」決戰日檢，全科王牌攻略：

兄弟姐妹們，我們可不是走偏門的，全科備戰，通通一刀切！新日檢成績可不能掉鏈子，特別是「聽解」測驗，常常成了落井下石的壞命克星。

本書不馬虎！6 回合超豐富模擬聽解試題，還有 N3 程度的標準東京腔音檔，錄製得專業又貼心。模擬考練出「日語敏銳耳」，考試問題一出現，你早就瞭解答案在哪裡！

懂了出題心思，合格證書我們的了！全科備戰，考試冠軍非我莫屬！就等那萬眾矚目的成功喝采，一切盡在掌握之中！

5. 考試就是場舞會！掌握好節奏感，加薪證照輕鬆拿！

本書準備了完整的「6 大回合超擬真模擬試題」，完美模擬新日檢考試的難度和題型。做模擬試題就像進考場一樣，按照正式考試的時間計時，配合模擬考題，訓練您答題的節奏與速度。審題仔細點，問題弄清楚，遇到難題不怕，繞過去就行。快速和穩定並進，不要急於完成，檢查要細心。

考前 30 天，透過 6 回密集練習，讓你體驗真實考試的感覺，也能調整好自己的狀態，心理和生理都備好，完美掌握答題節奏感，輕鬆拿下加薪證照。

6. 最後，信心要爆棚！

「信心」來自周全的準備，考試前，記得自我暗示「這個難度對我簡直小菜一碟！」相信自己，運氣也要相信，心中默默念「絕對合格」！堅信必成，加薪證書絕對屬於你！加油！

目錄 もくじ

測驗科目 （測驗時間）			試題內容		
			題型	小題 題數 ＊	分析
語言知識 （30分）	文字、語彙	1	漢字讀音 ◇	8	測驗漢字語彙的讀音。
		2	假名漢字寫法 ◇	6	測驗平假名語彙的漢字寫法。
		3	選擇文脈語彙 ○	11	測驗根據文脈選擇適切語彙。
		4	替換類義詞 ○	5	測驗根據試題的語彙或說法，選擇類義詞或類義說法。
		5	語彙用法 ○	5	測驗試題的語彙在文句裡的用法。
語言知識、讀解 （70分）	文法	1	文句的文法1 （文法形式判斷）○	13	測驗辨別哪種文法形式符合文句內容。
		2	文句的文法2 （文句組構）◆	5	測驗是否能夠組織文法正確且文義通順的句子。
		3	文章段落的文法 ◆	5	測驗辨別該文句有無符合文脈。
	讀解＊	4	理解內容 （短文）○	4	於讀完包含生活與工作等各種題材的撰寫說明文或指示文等，約150～200字左右的文章段落之後，測驗是否能夠理解其內容。
		5	理解內容 （中文）○	6	於讀完包含撰寫的解說與散文等，約350字左右的文章段落之後，測驗是否能夠理解其關鍵詞或因果關係等等。
		6	理解內容 （長文）○	4	於讀完解說、散文、信函等，約550字左右的文章段落之後，測驗是否能夠理解其概要或論述等等。
		7	釐整資訊 ◆	2	測驗是否能夠從廣告、傳單、提供各類訊息的雜誌、商業文書等資訊題材（600字左右）中，找出所需的訊息。

聽力變得好重要喔！

沒錯，以前比重只佔整體的1/4，現在新制高達1/3喔。

聽解 (40分)	1	理解問題	◇	6	於聽取完整的會話段落之後，測驗是否能夠理解其內容（於聽完解決問題所需的具體訊息之後，測驗是否能夠理解應當採取的下一個適切步驟）。
	2	理解重點	◇	6	於聽取完整的會話段落之後，測驗是否能夠理解其內容（依據剛才已聽過的提示，測驗是否能夠抓住應當聽取的重點）。
	3	理解概要	◇	3	於聽取完整的會話段落之後，測驗是否能夠理解其內容（測驗是否能夠從整段會話中理解說話者的用意與想法）。
	4	適切話語	◆	4	於一面看圖示，一面聽取情境說明時，測驗是否能夠選擇適切的話語。
	5	即時應答	◆	9	於聽完簡短的詢問之後，測驗是否能夠選擇適切的應答。

＊「小題題數」為每次測驗的約略題數，與實際測驗時的題數可能未盡相同。此外，亦有可能會變更小題題數。

＊有時在「讀解」科目中，同一段文章可能會有數道小題。

＊新制測驗與舊制測驗題型比較的符號標示：

◆	舊制測驗沒有出現過的嶄新題型。
◇	沿襲舊制測驗的題型，但是更動部分形式。
○	與舊制測驗一樣的題型。

JLPT N3

しけんもんだい
試験問題

STS

第一回

言語知識（文字、語彙）

問題1 ＿＿＿＿＿のことばの読み方として最もよいものを、1・2・3・4から一つ えらびなさい。

1 友人の手術は成功した。
1 せこう　　2 せいこう　　3 せいきょう　　4 せきょう

2 彼が、給料を計算した。
1 ちゅうりょう　2 ちゅりょ　3 きゅうりょう　4 きゅりょお

3 先生が教室に現れる。
1 おもわれる　2 たわむれる　3 しのばれる　4 あらわれる

4 近くの公園で事件が起こる。
1 しけん　　2 せけん　　3 じけん　　4 じこ

5 初めて会った人と握手をした。
1 あいて　　2 あくしゅ　　3 あくし　　4 あくしゆ

6 授業に欠席しないようにしよう。
1 けつせき　2 けえせき　3 けせき　4 けっせき

7 彼女は、遅刻したことがないと自慢した。
1 じまい　　2 じまん　　3 まんが　　4 じけん

8 その警察官は、とても親切だった。
1 けえさつかん　2 けんさつかん　3 けいかん　4 けいさつかん

問題2 _____のことばを漢字で書くとき、最もよいものを、1・2・3・4から
一つえらびなさい。

9 力の弱い方のグループに<u>みかた</u>した。
　1　見方　　　　　　2　三方　　　　　　3　診方　　　　　　4　味方

10 大事な書類が<u>もえて</u>しまった。
　1　火えて　　　　　2　燃えて　　　　　3　焼えて　　　　　4　災えて

11 <u>ゆうびん</u>局からの荷物が届いた。
　1　郵使　　　　　　2　郵仕　　　　　　3　郵便　　　　　　4　郵働

12 風邪の<u>よぼう</u>のために、うがいをしてマスクをかける。
　1　予紡　　　　　　2　予坊　　　　　　3　予防　　　　　　4　予妨

13 彼はいつでも、<u>もんく</u>ばかり言っている。
　1　文句　　　　　　2　門句　　　　　　3　問句　　　　　　4　分句

14 暑さのために、<u>いしき</u>が薄れる。
　1　異識　　　　　　2　意識　　　　　　3　意職　　　　　　4　異職

問題3 （　　）に入れるのに最もよいものを、1・2・3・4から一つえらびなさい。

15 今から予定を（　　）しても大丈夫か確かめたいと思う。

1 返信　　　　　　2 変更　　　　　　3 必要　　　　　　4 参道

16 受付時間（　　　）で、なんとか間に合った。

1 だらだら　　　　2 うろうろ　　　　3 みしみし　　　　4 ぎりぎり

17 電車の先頭車両には、（　　）の席がある。

1 運転士　　　　　2 介護士　　　　　3 栄養士　　　　　4 弁護士

18 そのことについては、必ず本人の（　　　）をとることが大切だ。

1 確認　　　　　　2 丁寧　　　　　　3 用意　　　　　　4 簡単

19 後片付けについては、（　　　）が責任を持ってほしい。

1 注意　　　　　　2 意見　　　　　　3 各自　　　　　　4 全部

20 試合の途中、地震についての（　　　）が流れた。

1 スピーチ　　　　2 アナウンス　　　3 ディスカッション 4 バーゲン

21 相手を（　　　）気持ちを大切にする。

1 思いつく　　　　2 おめでたい　　　3 思い出す　　　　4 思いやる

22 彼女が来ないので、彼は（　　　）して機嫌が悪い。

1 わくわく　　　　2 いらいら　　　　3 はればれ　　　　4 にこにこ

23 外国に行くので、日本のお金をその国のお金に（　　　）。

1 たえる　　　　　2 求める　　　　　3 かえる　　　　　4 つくる

問題4 _____ に意味が最も近いものを、1・2・3・4から一つえらびなさい。

24 壊れた時計を修理する。

1 すてる　　　　　2 直す　　　　　　　3 人にあげる　　4 持っていく

25 同じような仕事が続いたので、あきてしまった。

1 いやになって　　2 うれしくなって　3 すきになって　　4 こわくなって

26 あの人とは、以前、会ったことがある。

1 明日　　　　　　2 何度か　　　　　　3 昔　　　　　　4 昨日

27 道路に危険なものがあったら、さけて歩いたほうがいい。

1 近づいて　　　　2 さわいで　　　　　3 遠ざかって　　4 見つめて

28 川で流されそうな人を助けた。

1 困った　　　　　2 急いだ　　　　　　3 見た　　　　　4 すくった

問題5　つぎのことばの使い方として最もよいものを、1・2・3・4から一つえ
　　　　らびなさい。

29　向ける
1　時計の針が正午に向けた。　　　　2　電車がこむ時間を向けて帰宅した。
3　どうしようかと頭を向ける。　　　4　台風はその進路を北に向けた。

30　確かめる
1　その池は危険なので、確かめてはいけない。
2　この会社に適した人か、会って確かめたい。
3　大学の卒業式の後、みんなで先生の家に確かめた。
4　困っている人を確かめるために話をした。

31　役立てる
1　私の経験を人のために役立てたい。
2　風が役立てるということを多くの人が知っていた。
3　耳を役立てるまでしっかり聞いてください。
4　彼は、その人に命を役立てられた。

32　招く
1　少しの不注意で、大きな事故を招いてしまうものだ。
2　畑に豆の種を招いた。
3　川の水が増えて木が招かれた。
4　強風のため、飛行機が招いてしまった。

33　平和
1　平和な電車のために人々は働いている。
2　平和な本があったので、すぐに買った。
3　平和な世界になるように願う。
4　平和な食べ物を食べるようにしたい。

言語知識（文法）・読解

問題1　つぎの文の（　　）に入れるのに最もよいものを、1・2・3・4から一
つえらびなさい。

1　新しい家が買える（　　　）一生けん命がんばります。

1　ように　　　　　2　ために　　　　　3　ことに　　　　　4　といっても

2　A「先生に相談に行ったの？」

B「そうなの。将来の（　　　）ご相談したいことがあって。」

1　ほうを　　　　　2　ためを　　　　　3　ことで　　　　　4　なんか

3　（デパートで服を見ながら）

竹田「長くてかわいいスカートが欲しいんですが。」

店員「それでは、これ（　　　）いかがでございますか？」

1　が　　　　　　　2　など　　　　　　3　ばかり　　　　4　に

4　子ども「えーっ、今日も魚？ぼく、魚、きらいなんだよ。」

母親「そんなこと言わないで。おいしいから食べて（　　）よ。」

1　みる　　　　　　2　いる　　　　　　3　みて　　　　　4　ばかり

5　学生「先生、来週の日曜日、先生のお宅に（　　　）よろしいでしょうか。」

先生「ああ、いいですよ。」

1　伺って　　　　　2　行かれて　　　　3　参られて　　　　4　伺われて

6　このパンは、小麦粉と牛乳（　　　）できています。

1　が　　　　　　　2　を　　　　　　　3　に　　　　　　　4　で

7　（会社で）

A「課長はお出かけですか？」

B「いえ、会議中です。3時（　　　）終わると思います。」

1　まででは　　　　2　では　　　　　　3　までには　　　・　4　ごろから

8 母親「あら、お姉さんはまだ帰らないの?」
妹「お姉さん、友だちとご飯食べて帰る（　　　）よ。」
1　らしい　　　　　2　つもり　　　　　3　そうなら　　　　4　ような

9 ほかほかでおいしそうだな。温かい（　　　）食べようよ。
1　うえに　　　　　2　うちに　　　　　3　ころに　　　　　4　ように

10 彼に理由を聞いた（　　　）、彼は、何にも知らないと言っていたよ。
1　なら　　　　　　2　って　　　　　　3　ところ　　　　　4　ばかりで

11 初めて自分でお菓子を作りました。どうぞ（　　　）ください。
1　いただいて　　　2　いただかせて　　3　食べたくて　　　4　召し上がって

12 A「ハワイ旅行、どうだった?」
B「日本人（　　　）で、外国じゃないみたいだったよ。」
1　みたい　　　　　2　ばかり　　　　　3　ほど　　　　　　4　まで

13 子ども「ねえ、お母さん、僕の手袋、知らない?」
母親「ああ、青い手袋ね。玄関の棚の上に置いて（　　　）わ。」
1　おく　　　　　　2　みる　　　　　　3　いた　　　　　　4　おいた

問題2　つぎの文の＿★＿に入る最もよいものを、1・2・3・4から一つえらび
　　　　なさい。

（問題例）

　　A「＿＿＿＿　＿＿＿＿　＿★＿　＿＿＿＿　か。」
　　B「はい、だいすきです。」
　　1　すき　　　　　　　2　ケーキ　　　　　　3　は　　　　　4　です

（解答のしかた）

1.　正しい答えはこうなります。

　　┌─────────────────────────────────┐
　　│　A「＿＿＿＿＿　＿＿＿＿＿　＿★＿＿　＿＿＿＿＿　か。」　│
　　│　　　　2　ケーキ　　3　は　　　1　すき　　4　です　　　│
　　│　B「はい、だいすきです。」　　　　　　　　　　　　　　　│
　　└─────────────────────────────────┘

2.　＿★＿に入る番号を解答用紙にマークします。

　　　　　　（解答用紙）　│（例）│　●　②　③　④　│

14　母親「明日試験＿＿＿＿　＿＿＿＿　＿★＿　＿＿＿＿　つもりなの？」
　　　子ども「これからしようと思ってたんだよ。」
　　1　ちっとも　　　　　2　勉強しないで　　3　なのに　　　　4　どうする

15　自分で文章を書いてみて初めて、正しい＿＿＿＿　＿★＿　＿＿＿＿　＿＿＿＿わ
　　かりました。
　　1　どれほど　　　　　2　難しいかが　　　3　書くのが　　　4　文章を

16　私は映画が好きなので、これから＿＿＿＿　＿＿＿＿　＿★＿　＿＿＿＿思ってい
　　ます。
　　1　研究しようと　　2　関して　　　　3　映画に　　　　4　世界の

17 A「この本をお借りしていいですか?」

B「すみません。この本は、私が＿＿＿　＿＿＿　＿＿＿　＿★＿ですので、しばらく待っていただけますか。」

1　読もうと　　　　2　いる　　　　　　3　思って　　　　4　ところ

18 今日は母が病気でしたので、母の＿＿＿　＿★＿　＿＿＿　＿＿＿作りました。

1　姉が　　　　　　2　おいしい　　　　3　かわりに　　　4　夕御飯を

問題3　次の文章を読んで、文章全体の内容を考えて、　19　から　23　の中に入る最もよいものを、1・2・3・4から一つえらびなさい。

　下の文章は、日本に留学したワンさんが、帰国後に日本語の先生に書いた手紙である。

　　山下先生、ごぶさたしております。　19　後、いかがお過ごしでしょうか。

　　日本にいる間は、本当にお世話になりました。帰国後しばらくは生活のリズムが　20　ため、食欲がなかったり、ねむれなかったりしましたが、おかげさまで今では　21　元気になり、新しい会社に就職をして、家族で楽しく暮らしています。

　　国に帰ってからも先生が教えてくださったことをよく思い出します。漢字の勉強を始めたばかりの頃は苦労しましたが、授業で練習の方法を習って、わかる漢字が増えると、しだいに楽しくなりました。また、最後の授業で聞いた、「枕草子※」の話も　22　印象に残っています。私もいつか私の国の四季について、本を書いてみたいです。　23　、先生が私の国にいらっしゃったら、ゆっくりお話をしながら、いろいろな美しい場所にご案内したいと思っています。

　　もうすぐ夏ですね。どうぞお体に気をつけてお過ごしください。

　　またお目にかかる時を心から楽しみにしています。

　　　　　　　　　　　　　　　　　　　　　　　　　　　　ワン・ソンミン

　　※枕草子…10～11世紀ごろに書かれた日本の有名な文学作品

19

1 あの　　　　2 その　　　　3 あちらの　　4 そちらの

20

1 変わる　　　2 変わった　　3 変わりそうな　4 変わらなかった

21

1 すっかり　　2 ゆっくり　　3 すっきり　　4 がっかり

22

1 大きく　　　2 短く　　　　3 深く　　　　4 長く

23

1 そして　　　2 でも　　　　3 しかし　　　4 やはり

問題4　次の（1）から(4)の文章を読んで、質問に答えなさい。答えは、1・2・3・
　　　　4から最もよいものを一つえらびなさい。

(1)

　　ヘッドフォンで音楽を聞きながら作業_{さぎょう}をすると集中_{しゅうちゅう}できる、という人が多い。その理由をたずねると、まわりがうるさい環境_{かんきょう}で仕事をしているような時でも、音楽を聞くことによって、うるさい音や自分に関係のない話を聞かずにすむし、じゃまをされなくてすむからだという。最近では、ヘッドフォンをつけて仕事をすることを認めている会社もある。

　　しかし、実際に<u>調査</u>を行った結果、ヘッドフォンで音楽を聞くことによって集中力が上がるというデータは、ほとんど出ていないという。また、ヘッドフォンを聞きながら仕事をするのは、オフィスでの作法_{さほう}やマナーに反すると考える人も多い。

24　<u>調査</u>は、どんな調査か。

1　うるさい環境で仕事をすることによって、集中力が下がるかどうかの調査

2　ヘッドフォンで音楽を聞くことで、集中力が上がるかどうかの調査

3　不要な情報をきくことで集中力が下がるかどうかの調査

4　好きな音楽と嫌いな音楽の、どちらを聞けば集中できるかの調査

(2)

変温動物※1 である魚は、氷がはるような冷たい水の中では生きて
いけない。では、冬、寒くなって池などに氷がはったとき、魚はど
こにいるのだろう。実は、水の底でじっとしているのだ。

　気体や液体には、温度の高いものが上へ、低いものが下へ行くと
いう性質があるので、水の底は水面より水温が低いはずである。そ
れなのに、魚たちは、なぜ水の底にいるのだろう。実は、水という
のは変わった物質で、他の液体や気体と同様、冷たい水は下へ行く
のだが、ある温度より下がると、反対に軽くなるのだそうだ。その
温度が、4℃つまり、水温がぐっと下がると、4℃の水が一番重く、
もっと冷たい水はそれより軽いということである。冬、水面に氷が
はるようなときも、水の底には4℃という温かい水があることを、
魚たちは本能※2 として知っているらしい。

※1　変温動物…まわりの温度によって体温が変わる動物。

※2　本能…動物が生まれたときから自然に持っているはたらき。

---

25 水というのは変わった物質 とあるが、どんなことが変わっているのか。

1　冬、気温が下がり寒くなると水面がこおること

2　温かい水は上へ、冷たい水は下へ行くこと

3　冷たい水は重いが、4℃より下がると逆に軽くなること

4　池の表面がこおるほど寒い日は、水は0℃以下になること

(3) 秋元さんの机の上に、西田部長のメモがおいてある。

秋元さん、

お疲れさまです。
コピー機が故障したので山川OAサービスに修理をたのみました。
電話をして、秋元さんの都合に合わせて来てもらう時間を決めてください。
コピー機がなおったら、会議で使う資料を、人数分コピーしておいてください。
資料は、Aのファイルに入っています。
コピーする前に内容を確認してください。

西田

26 秋元さんが、しなくてもよいことは、下のどれか。

1 山川OAサービスに、電話をすること
2 修理が終わったら、西田部長に報告をすること
3 資料の内容を、確認すること
4 資料を、コピーしておくこと

(4) 次は、山川さんに届いたメールである。

あて先：jlpt1127.kukaku@group.co.jp
件名：製品について
送信日時：2020 年 7 月 26 日
∶∶∶∶∶∶∶∶∶∶∶∶∶∶∶∶∶∶∶∶∶∶∶∶∶∶∶∶∶

前田化学
営業部　山川様

いつもお世話になっております。

　昨日は、新製品「スラーインキ」についての説明書をお送りいただき、ありがとうございました。くわしいお話をうかがいたいので、一度来ていただけないでしょうか。現在の「グリードインキ」からの変更についてご相談したいと思います。どうぞよろしくお願いいたします。

新日本デザイン
鈴木

27　このメールの内容について、正しいのはどれか。

1　前田化学の社員は、新日本デザインの社員に新しい製品の説明書を送った。

2　新日本デザインは、新しい製品を使うことをやめた。

3　新日本デザインは、新しい製品を使うことにした。

4　新日本デザインの社員は、前田化学に行って、製品の説明をする。

問題5　つぎの (1) と (2) の文章（ぶんしょう）を読んで、質問に答えなさい。答えは、1・2・3・4から最もよいものを一つえらびなさい。

(1)

　　　日本では、電車の中で、子どもたちはもちろん大人もよくマンガを読んでいる。私の国では見られない姿だ。日本に来たばかりの時は私も驚いたし、①恥ずかしくないのかな、と思った。大人の会社員が、夢中でマンガを読んでいるのだから。

　　　しかし、しばらく日本に住むうちに、マンガはおもしろいだけでなく、とても役に立つことに気づいた。今まで難しいと思っていたことも、マンガで読むと分かりやすい。特に、歴史はマンガで読むと楽しい。それに、マンガといっても、本屋で売っているような歴史マンガは、専門家が内容を②しっかりチェックしているそうだし、それを授業で使っている学校もあるということだ。

　　　私は高校生の頃、歴史にまったく関心がなく成績も悪かったが、日本で友だちから借りた歴史マンガを読んで興味を持ち、大学でも歴史の授業をとることにした。私自身、以前はマンガを馬鹿にしていたが、必要な知識が得られ、読む人の興味を引き出すことになるなら、マンガでも、本でも同じではないだろうか。

28　①恥ずかしくないのかな、と思ったのはなぜか。

1　日本の子どもたちはマンガしか読まないから

2　日本の大人たちはマンガしか読まないから

3　大人が電車の中でマンガを夢中で読んでいるから

4　日本人はマンガが好きだと知らなかったから

29 どんなことを②<u>しっかりチェックしている</u>のか。

1 そのマンガが、おもしろいかどうか

2 そのマンガの内容が正しいかどうか

3 そのマンガが授業で使われるかどうか

4 そのマンガが役に立つかどうか

30 この文章を書いた人は、マンガについて、どう思っているか。

1 マンガはやはり、子どもが読むものだ。

2 暇なときに読むのはよい。

3 むしろ、本より役に立つものだ。

4 本と同じように役に立つものだ。

Check □1 □2 □3

(2)

　最近、パソコンやケイタイのメールなどを使ってコミュニケーションをすることが多く、はがきは、年賀状ぐらいしか書かないという人が多くなったそうだ。私も、メールに比べて手紙やはがきは面倒なので、特別な用事のときしか書かない。

　ところが、昨日、友人からはがきが来た。最近、手紙やはがきをもらうことはめったにないので、なんだろうと思ってどきどきした。見てみると、「やっと暖かくなったね。庭の桜が咲きました。近いうちに遊びに来ない？　待っています。」と書いてあった。なんだか、すごく嬉しくて、すぐにも遊びに行きたくなった。

　私は、今まで、手紙やはがきは形式をきちんと守って書かなければならないと思って、①ほとんど書かなかったが、②こんなはがきなら私にも書けるのではないだろうか。長い文章を書く必要も、形式にこだわる必要もないのだ。おもしろいものに出会ったことや近況のお知らせ、小さな感動などを、思いつくままに軽い気持ちで書けばいいのだから。

　私も、これからは、はがきをいろいろなことに利用してみようと思う。

31　「私」は、なぜ、これまで手紙やはがきを①ほとんど書かなかったか。正しくないものを一つえらべ。

1　パソコンや携帯のメールのほうが簡単だから

2　形式を重視して書かなければならないと思っていたから

3　改まった用事のときに書くものだと思っていたから

4　簡単な手紙やはがきは相手に対して失礼だと思っていたから

32 ②<u>こんなはがき</u>、とは、どんなはがきを指しているか。

1 形式をきちんと守って書く特別なはがき

2 特別な人にきれいな字で書くはがき

3 急な用事を書いた急ぎのはがき

4 ちょっとした感動や情報を伝える気軽なはがき

33 「私」は、はがきに関してこれからどうしようと思っているか。

1 特別な人にだけはがきを書こうと思っている。

2 いろいろなことにはがきを利用しようと思っている。

3 はがきとメールを区別したいと思っている。

4 メールをやめてはがきだけにしたいと思っている。

問題6　つぎの文章を読んで、質問に答えなさい。答えは、1・2・3・4から最もよいものを一つえらびなさい。

　　朝食は食べたほうがいい、食べるべきだということが最近よく言われている。その理由として、主に「朝食をとると、頭がよくなり、仕事や勉強に集中できる」とか、「朝食を食べないと太りやすい」などと言われている。本当だろうか。

　　初めの理由については、Ｔ大学の教授が、20人の大学院生を対象にして①実験を行ったそうだ。それによると、「授業開始30分前までに、ゆでたまごを一個朝食として食べるようにためしてみたが、発表のしかたや内容が上手になることはなく、ゆでたまごを食べなくなっても、発表の内容が悪くなることもなかった。」ということだ。したがって、朝食を食べると頭がよくなるという効果は期待できそうにない。

　　②あとの理由については、確かに朝早く起きる人が朝食を抜くと昼食を多く食べすぎるため、太ると考えられる。しかし、何かの都合で毎日遅く起きるために一日2食で済ませていた人が、無理に朝食を食べるようにすれば逆に当然太ってしまうだろう。また、脂質とでんぷん質ばかりの外食が続くときも、その上朝食をとると太ってしまう。つまり、朝食はとるべきだと思い込んで無理に食べることで、③体重が増えてしまうこともあるのだ。

　　確かに、朝食を食べると脳と体が目覚め、その日のエネルギーがわいてくるということは言える。しかし、朝食を食べるか食べないかは、その人の生活パターンによってちがっていいし、その日のスケジュールによってもちがっていい。午前中に重い仕事がある時は朝食をしっかり食べるべきだし、前の夜、食べ過ぎた時は、野菜ジュースだけでも十分だ。早く起きて朝食をとるのが理想だが、朝食は食べなければならないと思い込まず、自分の体にいちばん合うやり方を選ぶのがよいのではないだろうか。

34 この①実験では、どんなことがわかったか。

1　ゆでたまごだけでは、頭がよくなるかどうかはわからない。

2　朝食を食べると頭がよくなるとは言えない。

3　朝食としてゆで卵を食べると、発表の仕方が上手になる。

4　朝食をぬくと、エネルギー不足で倒れたりすることがある。

35 ②あとの理由 は、どんなことの理由か。

1　朝食を食べると頭がよくなるから、朝食は食べるべきだという理由

2　朝食を抜くと太るから、朝食はとるべきだという理由

3　朝早く起きる人は朝食をとるべきだという理由

4　朝食を食べ過ぎるとかえって太るという理由

36 ③体重が増えてしまうこともあるのはなぜか。

1　外食をすると、脂質やでんぷん質が多くなるから

2　一日三食をバランスよくとっているから

3　朝食をとらないといけないと思い込み無理に食べるから

4　お腹がいっぱいでも無理に食べるから

37 この文章の内容と合っているのはどれか。

1　朝食をとると、太りやすい。

2　朝食は、必ず食べなければならない。

3　肉体労働をする人だけ朝食を食べればよい。

4　朝食を食べるか食べないかは、自分の体に合わせて決めればよい。

問題7　つぎのページは、あるショッピングセンターのアルバイトを集めるための広告である。これを読んで、下の質問に答えなさい。答えは、1・2・3・4から最もよいものを一つえらびなさい。

38　留学生のコニンさん (21歳) は、日本語学校で日本語を勉強している。授業は毎日9時〜12時までだが、火曜日と木曜日はさらに13〜15時まで特別授業がある。土曜日と日曜日は休みである。学校からこのショッピングセンターまでは歩いて5分かかる。

コニンさんができるアルバイトは、いくつあるか。

1　一つ　　　　　　2　二つ　　　　　　3　三つ　　　　　　4　四つ

39　アルバイトがしたい人は、まず、何をしなければならないか。

1　8月20日までに、履歴書をショッピングセンターに送る。

2　一週間以内に、履歴書をショッピングセンターに送る。

3　8月20日までに、メールか電話で、希望するアルバイトの種類を伝える。

4　一週間以内に、メールか電話で、希望するアルバイトの種類を伝える。

さくらショッピングセンター

アルバイトをしませんか？

しめ切り…8月20日！

【資格】18歳以上の男女。高校生不可。

【応募】メールか電話で応募してください。その時、希望する仕事の種類
をお知らせください。
面接は、応募から一週間以内に行います。写真をはった履歴書^{りれきしょ}※
をお持ち下さい。

【連絡先】Email：sakuraXXX@sakura.co.jp か、電話：03-3818-XXXX
（担当：竹内）

仕事の種類	勤務時間	曜日	時給
レジ係	10:00 〜 20:00 （4時間以上できる方）	週に5日以上	900 円
サービスカウンター	10:00 〜 19:00	木・金・土・日	1000 円
コーヒーショップ	14:00 〜 23:00 （5時間以上できる方）	週に4日以上	900 円
肉・魚の加工	8:00 〜 17:00	土・日を含み、 4日以上	850 円
クリーンスタッフ （店内のそうじ）	5:00 〜 7:00	3日以上	900 円

※履歴書…その人の生まれた年や卒業した学校などを書いた書類。就職するとき
などに提出する。

答對：

／27題

聴解

● T1-1 ～ 1-9

もんだい
問題 1

　問題 1 では、まず質問を聞いてください。それから話を聞いて、問題用紙の 1 から 4 の中から、最もよいものを一つえらんでください。

れい

1　10 時

2　6 時

3　7 時

4　6 時半

1 ばん

1 資料を印刷する

2 いすの数を確認する

3 いすを運ぶ

4 弁当を注文する

2 ばん

1 経済学

2 英語

3 ドイツ語

4 教育学

3 ばん

1 月曜日
2 木曜日
3 第2・第4火曜日
4 土曜日

4 ばん

1 歩いて行く
2 電車で行く
3 車で行く
4 バスで行く

5ばん

1 ラーメン屋

2 イタリア料理の店

3 寿司屋

4 二人の家

6ばん

1 シーサイドホテル

2 ファーストホテル

3 山下旅館

4 山上ホテル

もんだい
問題 2

問題 2 では、まず質問を聞いてください。そのあと、問題用紙を見てください。読む時間があります。それから話を聞いて、問題用紙の 1 から 4 の中から、最もよいものを一つえらんでください。

れい

1　レポートを書くのに時間がかかったから

2　ゲームをしていたから

3　ずっとコンビニにいたから

4　近くの店でお酒を飲んでいたから

1ばん

1 宿題をしなかったから
2 休み時間に宿題をしなかったから
3 サッカーをして負けたから
4 友だちとケンカをしたから

2ばん

1 会議の準備ができていないから
2 課長が会議に来ないから
3 会議のあと、課長がすぐ出張に行かなければならないから
4 課長が出張に持っていくフランス語の資料がまだできていないから

3 ばん

1　相手（あいて）の都合（つごう）を聞（き）く

2　読（よ）み返（かえ）す

3　冗談（じょうだん）を言（い）う

4　電話（でんわ）をする

4 ばん

1　犬（いぬ）

2　ネコ

3　ウサギ

4　金魚（きんぎょ）

5 ばん

1 値段が安い店
2 流行を取り入れた服がある店
3 お客がたくさん集まっている店
4 洋服の種類や数が多い店

6 ばん

1 野球
2 アニメ
3 ドラマ
4 歌番組

もんだい
問題 3

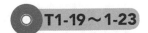

問題 3 では、問題用紙に何もいんさつされていません。この問題は、ぜんたいとしてどんなないようかを聞く問題です。話の前に質問はありません。まず話を聞いてください。それから質問とせんたくしを聞いて、1から4の中から、最もよいものを一つえらんでください。

― メモ ―

もんだい
問題 4

　問題4では、えを見ながら質問を聞いてください。やじるし（➡）の人は何と言いますか。1から3の中から、最もよいものを一つ選んでください。

れい

1 ばん

2 ばん

3 ばん

4 ばん

問題5

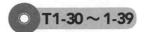
問題5では、問題用紙に何もいんさつされていません。まず文を聞いてください。それからそのへんじを聞いて、1から3の中から、最もよいものを一つえらんでください。

― メモ ―

文字
・
語
彙

第二回

言語知識（文字、語彙）

問題1 ＿＿＿＿＿のことばの読み方として最もよいものを、1・2・3・4から一つ
えらびなさい。

1 昔、母はとても<u>美人</u>だったそうだ。

1 ぴじん 2 びしん 3 びじん 4 ぴしん

2 彼は、私と彼女の<u>共通</u>の友人だ。

1 きょうつう 2 ちょうつう 3 きょおつう 4 きょうゆう

3 先生は生徒から<u>尊敬</u>されている。

1 そんけい 2 そんきょう 3 そんちょう 4 そんだい

4 首を<u>曲げる</u>運動をする。

1 さげる 2 あげる 3 まげる 4 かしげる

5 <u>明後日</u>、お会いしましょう。

1 めいごにち 2 みょうごにち 3 めいごび 4 みょうごび

6 おもしろいテレビ番組に<u>夢中</u>になる。

1 ぶちゅう 2 ふちゅう 3 むちゅう 4 うちゅう

7 学校での<u>出来事</u>をノートに書いた。

1 でるきごと 2 できごと 3 できいごと 4 できこと

8 授業の<u>内容</u>をまとめる。

1 ないくう 2 うちがわ 3 なかみ 4 ないよう

問題2 _____のことばを漢字で書くとき、最もよいものを、1・2・3・4から
一つえらびなさい。

9 彼女はクラスの<u>いいん</u>に選ばれた。
1 医員　　　　　　2 医院　　　　　　3 委員　　　　　　4 委院

10 <u>えいえん</u>に、あなたのことを忘れません。
1 氷延　　　　　　2 氷縁　　　　　　3 永遠　　　　　　4 永塩

11 卒業生に記念の品物が<u>おくられた</u>。
1 憎られた　　　　2 僧られた　　　　3 増られた　　　　4 贈られた

12 地球<u>おんだん</u>化は、解決しなければならない問題だ。
1 温段　　　　　　2 温暖　　　　　　3 温談　　　　　　4 温断

13 今月から、美術館で、<u>かいが</u>の展覧会が開かれている。
1 絵画　　　　　　2 会雅　　　　　　3 貝画　　　　　　4 絵貴

14 試験<u>かいし</u>のベルがなった。
1 開氏　　　　　　2 会氏　　　　　　3 会始　　　　　　4 開始

問題3 （　　）に入れるのに最もよいものを、1・2・3・4から一つえらびなさい。

15 現状に（　　）するだけでは、進歩しない。

1 冷淡　　　　　　2 希望　　　　　　3 満足　　　　　　4 検討

16 とつぜんの事故によって、家族が（　　　）になる。

1 きちきち　　　　2 すべすべ　　　　3 ばらばら　　　　4 ふらふら

17 部屋を借りているので、（　　）を払わなくてはならない。

1 家賃　　　　　　2 運賃　　　　　　3 室代　　　　　　4 労賃

18 今年の（　　　）の色は、紫色です。

1 社会　　　　　　2 文化　　　　　　3 増加　　　　　　4 流行

19 このパソコンは台湾（　　　）です。

1 製　　　　　　　2 用　　　　　　　3 作　　　　　　　4 産

20 積極的に（　　　）活動に参加する。

1 ボーナス　　　　2 ボランティア　　3 ホラー　　　　　4 ホームページ

21 何度も話し合って、彼のことを（　　　）しようと努力した。

1 理解　　　　　　2 安心　　　　　　3 睡眠　　　　　　4 食事

22 泣いている彼女の肩に（　　　）手を置いた。

1 どっと　　　　　2 やっと　　　　　3 ぬっと　　　　　4 そっと

23 用事で家を（　　　）いる間に、犬が逃げた。

1 ないて　　　　　2 どいて　　　　　3 あけて　　　　　4 せめて

問題4 _____に意味が最も近いものを、1・2・3・4から一つえらびなさい。

24 つくえの上をきれいに<u>整理</u>した。

1 かざった　　　　2 やりなおした　3 ならべた　　　　4 片づけた

25 台風が近づいて、<u>激しい</u>雨が降ってきた。

1 ひじょうに弱い　　　　　　　2 ひじょうに暗い

3 ひじょうに強い　　　　　　　4 ひじょうに明るい

26 雨が降り出したので、遠足は<u>中止</u>になった。

1 やめること　　　　　　　　　2 先に延ばすこと

3 翌日にすること　　　　　　　4 行く場所を変えること

27 サイズが合わない洋服を彼女に<u>ゆずった</u>。

1 あげた　　　　2 貸した　　　　3 見せた　　　　4 届けた

28 宿題がなんとか<u>間に合った</u>。

1 何日も前に提出した　　　　　2 提出が遅れないですんだ

3 提出が少し遅れてしまった　　4 まったく提出できなかった

問題5　つぎのことばの使い方として最もよいものを、1・2・3・4から一つえ
　　　　らびなさい。

29 ふやす

1　夏は海に行けるように<u>ふやす</u>。　　2　安全に車を運転するように<u>ふやした</u>。

3　貯金を毎年少しずつ<u>ふやし</u>たい。　　4　仕事が<u>ふやす</u>のでとても疲れた。

30 中止

1　大雨のため祭りは<u>中止</u>になった。

2　危険なため、その窓は<u>中止</u>された。

3　パーティーへの参加を希望したが<u>中止</u>された。

4　初めから展覧会は<u>中止</u>した。

31 申し込む

1　迷子になった子どもを、やっと<u>申し込む</u>。

2　ガソリンスタンドで、車にガソリンを<u>申し込んだ</u>。

3　その報告にたいへん<u>申し込んだ</u>。

4　彼女に結婚を<u>申し込む</u>。

32 移る

1　分かるまで何度も<u>移る</u>ことが大切だ。

2　郊外の広い家に<u>移る</u>。

3　ボールを受け取って<u>移る</u>。

4　パンを入れてあるかごに<u>移る</u>。

33 不足

1　<u>不足</u>な味だったので、おいしかった。

2　この金額では<u>不足</u>だ。

3　彼の<u>不足</u>な態度を見て腹が立った。

4　やさしい表情に<u>不足</u>する感じがした。

言語知識（文法）・読解

問題1　つぎの文の（　　）に入れるのに最もよいものを、1・2・3・4から一
　　　　つえらびなさい。

1　こんなに部屋がきたないんじゃ、友だちを（　　　）そうもない。

　1　呼び　　　　　　　2　呼べ　　　　　　3　呼べる　　　　　4　呼ぶ

2　A「ねえ、あなたの（　　　）どんな人？」
　　B「普通の人だよ。なに、興味あるの？」

　1　お兄さんが　　　2　お兄さんに　　　3　お兄さんって　　4　お兄さんでも

3　私も（　　　）一人でヨーロッパに行ってみたいと思っています。

　1　いつか　　　　　2　いつ　　　　　　3　間もなく　　　　4　いつに

4　A「どこかいい歯医者さん知らない？」
　　B「あら、歯が痛いの。駅前の田中歯科に（　　　）。」

　1　行くことでしょう　　　　　　　　　2　行ってみせて

　3　行ってもどうかな　　　　　　　　　4　行ってみたらどう

5　あら、風邪？熱が（　　　）、病院に行ったほうがいいわよ。

　1　高いと　　　　　2　高いようなら　　3　高いらしいと　　4　高いからって

6　弟「お父さんは最近すごく忙しそうで、いらいらしてるよ。」
　　兄「そうか、じゃ、温泉に行こうなんて、（　　　）。」

　1　言わないほうがよさそうだね　　　　2　言わないほうがいいそうだね

　3　言わなかったかもしれないね　　　　4　言ったほうがいいね

7　たとえ明日雨が（　　　）遠足は行われます。

　1　降っても　　　　2　降ったら　　　　3　降るので　　　　4　降ったが

8　彼女と別れるなんて、想像する（　　　）悲しくなるよ。

　1　ので　　　　　　2　から　　　　　　3　だけで　　　　　4　なら

9 水（　　　）あれば、人は何日か生きられるそうです。

1 ばかり 　　　　2 は 　　　　　3 から 　　　　4 さえ

10 A「夏休みはどうするの？」

B「僕は田舎のおじさんの家に行く（　　　）。」

1 らしいよ 　　　　　　　　　2 ことになっているんだ

3 ようだよ 　　　　　　　　　4 ことはないよ

11 A「具合がわるそうね。医者に行ったの？」

B「うん。お酒をやめる（　　　）言われたよ。」

1 からだと 　　　2 ようだと 　　3 ように 　　　4 ことはないと

12 大変だ、弟が犬に（　　　）よ。

1 かんだ 　　　　2 かまられた 　　3 かみられた 　　4 かまれた

13 先生は、何を研究（　　　）いるのですか。

1 されて 　　　　2 せられて 　　　3 しられて 　　　4 しれて

問題2　つぎの文の＿★＿に入る最もよいものを、1・2・3・4から一つえらび
　　　　なさい。

（問題例）

　　A「＿＿＿　＿＿＿　＿★＿　＿＿＿　か。」
　　B「はい、だいすきです。」
　　1　すき　　　　　2　ケーキ　　　　　3　は　　　　　4　です

（解答のしかた）

1.　正しい答えはこうなります。

> A「　＿＿＿＿　＿＿＿＿　＿★＿　＿＿＿＿　か。」
> 　　　2　ケーキ　3　は　　1　すき　4　です
> B「はい、だいすきです。」

2.　＿★＿に入る番号を解答用紙にマークします。

（解答用紙）　（例）　● ② ③ ④

14　日本の＿＿＿　＿＿＿　＿★＿　＿＿＿　見事な花を咲かせます。
　1　3月末から　　　2　かけて　　　　3　桜は　　　　　4　4月初めに

15　母が、私の＿＿＿　＿★＿　＿＿＿　＿＿＿　よくわかりました。
　1　どんなに　　　　2　ことを　　　　3　心配して　　　4　いるか

16　先生に＿★＿　＿＿＿　＿＿＿　＿＿＿　難しくてできなかった。
　1　とおりに　　　　2　みたが　　　　3　教えられた　　4　やって

17　気温が急に高くなった＿＿＿　＿★＿　＿＿＿　＿＿＿　どうもよくない。
　1　体の　　　　　　2　か　　　　　　3　せい　　　　　4　調子が

18　妹は＿＿＿　＿＿＿　＿★＿　＿＿＿　母にそっくりだ。
　1　ば　　　　　　　2　ほど　　　　　3　見る　　　　　4　見れ

問題3　次の文章を読んで、文章全体の内容を考えて、　19　から　23　の中に入る最もよいものを、1・2・3・4から一つえらびなさい。

下の文章は、ある高校生が「野菜工場」を見学して書いた作文である。

　　先日、「野菜工場」を見学しました。　19　工場では、室内でレタスなどの野菜を作っています。工場内はとても清潔でした。作物は、土を使わず、肥料※1を溶かした水で育てます。日照量※2や、肥料・CO2の量なども、コンピューターで決めるそうです。

　　工場のかたの説明によると、「野菜工場」の大きな課題は、お金がかかることだそうです。しかし、一年中天候に影響されずに生産できることや、農業労働力の不足など日本の農業が抱えている深刻な問題が　20　と思われることから、近い将来、大きなビジネスになると期待されているということでした。

　　私は、工場内のきれいなレタスを見ながら、　21　、家の小さな畑のことを思い浮かべました。両親が庭の隅に作っている畑です。そこでは、土に汚れた小さな野菜たちが、太陽の光と風を受けて、とても気持ちよさそうにしています。両親は、野菜についた虫を取ったり、肥料をやったりして、愛情をこめて育てています。私もその野菜を食べると、日光や風の味がするような気がします。

　　22　、「野菜工場」の野菜には、土や日光、風や水などの自然の味や、育てた人の愛情が感じられるでしょうか。これからさらに技術が進歩すれば、野菜は　23　という時代が来るのかもしれません。しかし、私は、やはり、自然の味と生産者の愛情が感じられる野菜を、これからもずっと食べたいと思いました。

　　※1 肥料…植物や土に栄養を与えるもの。

　　※2 日照量…太陽が出すエネルギーの量。

19

1 あの   2 あれらの   3 この   4 これらの

20

1 解決される   2 増える   3 変わる   4 なくす

21

1 さっと   2 きっと   3 かっと   4 ふと

22

1 それから   2 また   3 それに   4 いっぽう

23

1 畑で作るもの   2 工場で作るもの
3 人が作るもの   4 自然が作るもの

問題4 次の（1）から(4)の文章を読んで、質問に答えなさい。答えは、1・2・3・4
から最もよいものを一つえらびなさい。

(1)

外国のある大学で、お酒を飲む人160人を対象に次のような心理学の実験を行った。

上から下まで同じ太さのまっすぐのグラス(A)と、上が太く下が細くなっているグラス(B)では、ビールを飲む速さに違いがあるかどうかという実験である。

その結果、Bのグラスのほうが、Aのグラスより、飲むスピードが2倍も早かったそうだ。

実験をした心理学者は、その理由を、ビールの残りが半分以下になると、人は話すことよりビールを飲み干す※ことを考えるからではないか、また、Bのグラスでは、自分がどれだけ飲んだのかが分かりにくいので、急いで飲んでしまうからではないか、と、説明している。

※飲み干す…グラスに入った飲み物を飲んでしまうこと。

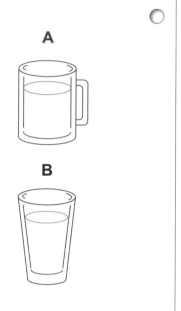

A

B

24 この実験で、どんなことが分かったか。

1 Aのグラスより、Bのグラスの方が、飲むのに時間がかかること

2 Aのグラスより、Bのグラスの方が、飲み干すのに時間がかからないこと

3 AのグラスでもBのグラスでも、飲み干す時間は変わらないこと

4 Bのグラスで飲むと、自分が飲んだ量が正確に分かること

(2) これは、中村さんにとどいたメールである。

あて先：jlpt1127.kukaku@group.co.jp
件　　名：資料の確認
送信日時：2020 年 8 月 14 日　13:15
==================================

海外事業部
中村　様

　お疲れさまです。
　8 月 10 日にインドネシア工場についての資料 4 部を郵便でお送りしまし
たが、とどいたでしょうか。
　内容をご確認の上、何か問題があればご連絡ください。
　よろしくお願いします。

山下

====================
東京本社　企画営業部

山下　花子

内線　XXXX

====================

---

25 このメールを見た後、中村さんはどうしなければならないか。

1　インドネシア工場に資料がとどいたかどうか、確認する。

2　山下さんに資料がとどいたかどうか、確認する。

3　資料を見て、問題があればインドネシア工場に連絡する。

4　資料の内容を確認し、問題があれば山下さんに連絡する。

(3) これは、大学の学習室を使う際の申し込み方法である。

【学習室の利用申し込みについて】

① 利用が可能な曜日と時間

　　・月曜日〜土曜日　9：00 〜 20：45

② 申し込みの方法

　　・月曜日〜金曜日　利用する1週間前から受け付けます。

　　・8：45 〜 16：45 に学生部の受付で申し込みをしてください。

　　＊なお、土曜日と平日の 16：45 〜 20：45 の間は自由にご使用ください。

③ 使用できない日時

　　・上の①以外の時間帯

　　・日曜、祝日※、大学が決めた休日

※祝日…国で決めたお祝いの日で、学校や会社は休みになる。

26　学習室の使い方で、正しいものはどれか。

1　月曜日から土曜日の9時から20時45分までに申し込む。

2　平日は、一日中自由に使ってもよい。

3　土曜日は、16時45分まで使うことができる。

4　朝の9時前は、使うことができない。

(4)

インターネットの記事によると、鼻で息をすれば、口で息をする
より空気中のごみやウイルスが体の中に入らないとのことです。ま
た、鼻で息をする方が、口で息をするより多くの空気、つまり酸素
を吸うことができるといいます。

（中略）

普段は鼻から呼吸をしている人も、ぐっすりねむっているとき
は、口で息をしていることが結構多いようですね。鼻で深く息をす
るようにすると、体に酸素が十分回るので、体が活発に働き、スト
レスも早くなくなる。したがって、常に、鼻から深くゆっくりとし
た呼吸をするよう習慣づければ、体によいばかりでなく、精神もか
なり落ち着いてくるということです。

27 鼻から息をすることによる効果でないものは、次のどれか。

1 空気中のウイルスが体に入らない。

2 ぐっすりねむることができる。

3 体が活発に働く。

4 ストレスを早くなくすことができる。

問題 5 　つぎの (1) と (2) の文章を読んで、質問に答えなさい。答えは、1・2・3・4
　　　　から最もよいものを一つえらびなさい。

(1)

　　亡くなった父は、いつも「人と同じことはするな」と繰り返し言ってい
ました。子どもにとって、その言葉はとても不思議でした。なぜなら、周
りの子どもたちは大人の人に「　①　」と言われていたからです。みんな
と仲良く遊ぶには、一人だけ違うことをしないほうがいいという大人たち
の考えだったのでしょう。

　　思い出してみると、父は②仕事の鬼で、高い熱があっても決して仕事を
休みませんでした。小さい頃からいっしょに遊んだ思い出は、ほとんどあ
りません。それでも、父の「人と同じことはするな」という言葉は、とて
も強く私の中に残っています。

　　今、私は、ある会社で商品の企画※の仕事をしていますが、父のこの言
葉は、③非常に役に立っています。今の時代は新しい情報が多く、商品や
サービスはあまっているほどです。そんな中で、ただ周りの人についてい
ったり、真似をしたりしていたのでは勝ち残ることができません。自分の
頭で人と違うことを考え出してこそ、自分の企画が選ばれることになるか
らです。

　　※企画…あることをしたり、新しい商品を作るために、計画を立てること。

28 「　①　」に入る文はどれか。
　1　人と同じではいけない
　2　人と同じようにしなさい
　3　人のまねをしてはいけない
　4　人と違うことをしなさい

29 筆者はなぜ父を②仕事の鬼だったと言うのか。

1 周りの大人たちと違うことを自分の子どもに言っていたから

2 高い熱があっても休まず、仕事第一だったから

3 子どもと遊ぶことがまったくなかったから

4 子どもには厳しく、まるで鬼のようだったから

30 ③非常に役に立っていますとあるが、なぜか。

1 周りの人についていけば安全だから

2 人のまねをすることはよくないことだから

3 人と同じことをしていても仕事の場で勝つことはできないから

4 自分で考え自分で行動するためには、自信が大切だから

(2)

　　ある留学生が入学して初めてのクラスで自己紹介をした時、緊張していたためきちんと話すことができず、みんなに笑われて恥ずかしい思いをしたという話を聞きました。彼はそれ以来、人と話すのが苦手になってしまったそうです。①とても残念な話です。確かに、小さい失敗が原因で性格が変わることや、ときには仕事を失ってしまうこともあります。

　　では、失敗はしない方がいいのでしょうか。私はそうは思いません。昔、ある本で、「人の②心を引き寄せるのは、その人の長所や成功よりも、短所や失敗だ」という言葉を読んだことがあります。その時はあまり意味がわかりませんでしたが、今はわかる気がします。

　　その学生は、失敗しなければよかったと思い、失敗したことを後悔したでしょう。しかし、周りの人、特に先輩や先生から見たらどうでしょうか。その学生が失敗したことによって、彼に何を教えるべきか、どんなアドバイスをすればいいのかがわかるので、声をかけやすくなります。まったく失敗しない人よりもずっと親しまれ愛されるはずです。

　　そう思えば、失敗もまたいいものです。

---

31 なぜ筆者は、①とても残念と言っているのか。

1　学生が、自己紹介で失敗して、恥ずかしい思いをしたから

2　学生が、自己紹介の準備をしていなかったから

3　学生が、自己紹介で失敗して、人前で話すのが苦手になってしまったから

4　ある小さい失敗が原因で、仕事を失ってしまうこともあるから

32 ②心を引き寄せると、同じ意味の言葉は文中のどれか。

1 失敗をする　　　2 教える　　　　3 叱られる　　　4 愛される

33 この文章の内容と合っているものはどれか。

1 緊張すると、失敗しやすくなる。

2 大きい失敗をすると、人に信頼されなくなる。

3 失敗しないことを第一に考えるべきだ。

4 失敗することは悪いことではない。

問題 6　つぎの文章を読んで、質問に答えなさい。答えは、1・2・3・4から最もよいものを一つえらびなさい。

　2015 年の 6 月、日本の選挙権が 20 歳以上から 18 歳以上に引き下げられることになった。1945 年に、それまでの「25 歳以上の男子」から「20 歳以上の男女」に引き下げられてから、なんと、70 年ぶりの改正である。2015 年当時、18・19 歳の青年は 240 万人いるそうだから、①この 240 万人の人々に選挙権が与えられるわけである。

　なぜ 20 歳から 18 歳に引き下げられるようになったかについては、若者の声を政治に反映させるためとか、諸外国では大多数の国が 18 歳以上だから、などと説明されている。

　日本では、小学校から高校にかけて、係や委員を選挙で選んでいるので、選挙には慣れているはずなのに、なぜか、国や地方自治体の選挙では②若者の投票率が低い。2014 年の冬に行われた国の議員を選ぶ選挙では、60 代の投票率が 68％なのに対して、50 代が約 60％、40 代が 50％、30 代 42％、そして、③20 代は 33％である。3 人に一人しか投票に行っていないのである。選挙権が 18 歳以上になったとしても、いったい、どれぐらいの若者が投票に行くか、疑問である。それに、18 歳といえば大学受験に忙しく、政治的な話題には消極的だという意見も聞かれる。

　しかし、投票をしなければ自分たちの意見は政治に生かされない。これからの長い人生が政治に左右されることを考えれば、若者こそ、選挙に行って投票すべきである。

　そのためには、学校や家庭で、政治や選挙についてしっかり教育することが最も大切であると思われる。

34 ①この 240 万人の人々について、正しいのはどれか。

1 2015 年に選挙権を失った人々　　 2 1945 年に新たに選挙権を得た人々

3 2015 年に初めて選挙に行った人々　 4 2015 年の時点で、18 歳と 19 歳の人々

35 ②若者の投票率が低いことについて、筆者はどのように考えているか。

1 若者は政治に関心がないので、仕方がない。

2 投票しなければ自分たちの意見が政治に反映されない。

3 もっと選挙に行きやすくすれば、若者の投票率も高くなる。

4 年齢とともに投票率も高くなるので、心配いらない。

36 ③20 代は 33% であるとあるが、他の年代と比べてどのようなことが言えるか。

1 20 代の投票率は、30 代の次に高い。

2 20 代の投票率は、40 代と同じくらいである。

3 20 代の投票率は、60 代の約半分である。

4 20 代の投票率が一番低く、4 人に一人しか投票に行っていない。

37 若者が選挙に行くようにするには、何が必要か。

1 選挙に慣れさせること

2 投票場をたくさん設けること

3 学校や家庭での教育

4 選挙に行かなかった若者の名を発表すること

問題7　右のページは、ある会社の社員旅行の案内である。これを読んで、下の質問
に答えなさい。答えは、1・2・3・4から最もよいものを一つえらびなさい。

38 この旅行に参加したいとき、どうすればいいか。

1　7月20日までに、社員に旅行代金の15,000円を払う。

2　7月20日までに、山村さんに申込書を渡す。

3　7月20日までに、申込書と旅行代金を山村さんに渡す。

4　7月20日までに、山村さんに電話する。

39 この旅行について、正しくないものはどれか。

1　この旅行は、帰りは新幹線を使う。

2　旅行代金15,000円の他に、2日目の昼食代がかかる。

3　本社に帰って来る時間は、午後5時より遅くなることがある。

4　この旅行についてわからないことは、山村さんに聞く。

令和元年 7 月 1 日

社員のみなさまへ

総務部

社員旅行のお知らせ

　本年も社員旅行を次の通り行います。参加希望の方は、下の申込書にご記入の上、7 月 20 日までに、山村（内線番号 XX）に提出してください。多くの方のお申し込みを、お待ちしています。

記

1. 日時　　　9 月 4 日（土）〜5 日（日）

2. 行き先　　静岡県富士の村温泉

3. 宿泊先　　星山温泉ホテル（TEL：XXX-XXX-XXXX）

4. 日程

　9 月 4 日（土）

　午前 9 時　本社出発 ― 月川 PA ― ビール工場見学 ― 富士の村温泉着 午後 5 時頃

　9 月 5 日（日）

　午前 9 時　ホテル出発 ― ピカソ村観光（アイスクリーム作り）― 月川 PA ― 本社着　午後 5 時頃　＊道路が混雑していた場合、遅れます

5. 費用　一人 15,000 円（ピカソ村昼食代は別）

-------------------------------------- キリトリ --------------------------------------

申し込み書

氏名

部署名

ご不明な点は、総務部山村（内線番号 XX）まで、お問い合わせ下さい。

答對：

／27 題

聴
解

T2-1 ～ 2-9

もんだい
問題 1

問題1では、まず質問を聞いてください。それから話を聞いて、問題用紙の1から4の中から、最もよいものを一つえらんでください。

れい

1　10時

2　6時

3　7時

4　6時半

1 ばん

1 場所を調べる

2 20人に話を聞く

3 電話をする

4 この前もらった名刺を見る

2 ばん

1 食べたあとに飲む

2 朝と夕方に飲む

3 一日3回飲む

4 別の痛み止めも飲む

3 ばん

1 廊下のゴミ箱に捨てる。
2 台所の燃えるゴミ入れに入れる。
3 会議室の隅のペットボトル入れに入れる。
4 廊下の隅の回収ボックスに入れる。

4 ばん

1 4月7日
2 4月1日
3 3月31日
4 4月2日

5 ばん

1

2

3

4

6 ばん

1　8こ

2　7こ

3　6こ

4　5こ

問題2

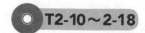

聴解

もんだい

問題2では、まず質問を聞いて下さい。そのあと、問題用紙を見て下さい。読む時間があります。それから話を聞いて、問題用紙の1から4の中から、最もよいものを一つえらんでください。

れい

1　レポートを書くのに時間がかかったから

2　ゲームをしていたから

3　コンビニで遅くまで買い物をしていたから

4　友だちとお店でお酒を飲んでいたから

1 ばん

1　出張に行っていたから

2　請求書を書いていたから

3　部長と出かけたから

4　部長に怒られたから

2 ばん

1　提出する日を間違えないようにする

2　内容をくわしく調べる

3　言葉の意味を確認する

4　漢字を間違えないようにする

聴解

3 ばん

1　会社の車
2　地下鉄
3　タクシー
4　電車

4 ばん

1　聡が待ち合わせに、来なかったから
2　聡の携帯の電池が、切れていたから
3　聡が待ち合わせに来ないで、寝ていたから
4　聡が謝りもしないで、変なことをほめたから

5ばん

1 父も一人で登山をしていたから

2 自分が強い心を持っていることを確かめたいから

3 好きな時に、好きな速さで登りたいから

4 仲間と登るより一人の方が楽しいから。

回数

1
2
3
4
5
6

6ばん

1 新しいコピー機に買い替える

2 コンビニでコピーをとってくる

3 キューキューオフィスに電話をする

4 佐藤さんに直してもらう

もんだい
問題3

　問題3では、問題用紙に何もいんさつされていません。この問題は、ぜんたいとしてどんなないようかを聞く問題です。話の前に質問はありません。まず話を聞いて下さい。それから、質問とせんたくしを聞いて、1から4の中から、最もよいものを一つえらんでください。

― メモ ―

<ruby>問<rt>もんだい</rt></ruby>題 4

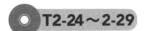

T2-24～2-29

問題4では、えを<ruby>見<rt>み</rt></ruby>ながら<ruby>質問<rt>しつもん</rt></ruby>を<ruby>聞<rt>き</rt></ruby>いてください。やじるし（➡）の<ruby>人<rt>ひと</rt></ruby>は<ruby>何<rt>なん</rt></ruby>と<ruby>言<rt>い</rt></ruby>いますか。1から3の<ruby>中<rt>なか</rt></ruby>から、<ruby>最<rt>もっと</rt></ruby>もよいものを1つえらんでください。

れい

1 ばん

2 ばん

Check ☐1 ☐2 ☐3

3 ばん

4 ばん

もんだい
問題 5

　問題 5 では、問題用紙に何もいんさつされていません。まず文を聞いてください。それから、そのへんじを聞いて、1 から 3 の中から、最もよいものを一つえらんでください。

― メモ ―

Check □1 □2 □3

MEMO

第三回

言語知識（文字、語彙）

問題1 ＿＿＿のことばの読み方として最もよいものを、1・2・3・4から一つ えらびなさい。

1 喫茶店のコーヒーが値上がりした。
1 ねさがり　2 ちあがり　3 ねうえがり　4 ねあがり

2 今日は、図書を整理する日だ。
1 とうしょ　2 ずが　3 としょ　4 ずしょ

3 暑いので、扇風機をつけた。
1 せんふうき　2 せんぶうき　3 せんぷうき　4 せんたくき

4 真っ青な空が、まぶしい。
1 まあお　2 まっさき　3 まつあお　4 まっさお

5 朝ごはんにみそ汁を飲む。
1 みそしる　2 みそじゅう　3 みそすい　4 みそじゅる

6 車の免許を取る。
1 めんきよ　2 めんきょ　3 めんきょう　4 めんきょお

7 校長先生の顔に注目する。
1 ちゅうもく　2 ちゅうい　3 ちょおもく　4 ちゅもく

8 黒板の字をノートにうつす。
1 くろばん　2 こうばん　3 こくばん　4 こくはん

問題2 ＿＿＿のことばを漢字で書くとき、最もよいものを、1・2・3・4から
一つえらびなさい。

9 室内は涼しくて、とても<u>かいてき</u>だ。
1 快嫡　　　　　2 快敵　　　　　3 快摘　　　　　4 快適

10 遠い昔の<u>きおく</u>が戻ってきた。
1 記億　　　　　2 記憶　　　　　3 記臆　　　　　4 記憶

11 彼女は、今ごろ、試験を受けている<u>さいちゅう</u>だ。
1 最注　　　　　2 最中　　　　　3 再仲　　　　　4 際中

12 <u>じじょう</u>をすべて話してください。
1 真情　　　　　2 実情　　　　　3 事情　　　　　4 強情

13 夏は、毎日<u>たりょう</u>の水を飲む。
1 他量　　　　　2 対量　　　　　3 大量　　　　　4 多量

14 私は、小さいとき、体が<u>よわかった</u>。
1 強かった　　　　2 便かった　　　　3 引かった　　　　4 弱かった

問題3 （　　）に入れるのに最もよいものを、1・2・3・4から一つえらびなさい。

15 部屋の（　　）は、とうとう 30℃ を超えた。
1 湿気　　　　　2 風力　　　　　3 気圧　　　　　4 温度

16 涼しい部屋だったので、気持ちよく（　　　）眠れた。
1 とっぷり　　　2 ぐっすり　　　3 くっきり　　　4 すっかり

17 多くの道路は（　　）で、煙草を吸える場所は限られている。
1 喫煙　　　　　2 禁煙　　　　　3 通行止め　　　4 水煙

18 （　　　）でなければ、そんな厳しい労働はできない。
1 健康　　　　　2 危険　　　　　3 正確　　　　　4 困難

19 その通りには、30（　　　）もの商店が並んでいる。
1 軒　　　　　　2 本　　　　　　3 個　　　　　　4 家

20 太陽（　　　）は、今、注目を集めているものの一つだ。
1 スクリーン　　2 クリック　　　3 エネルギー　　4 ダンサー

21 スポーツ好きな友だちの（　　　）もあって、水泳に通うようになった。
1 試合　　　　　2 影響　　　　　3 興味　　　　　4 長所

22 弟は、中学生になって（　　　）背が高くなった。
1 するする　　　2 わいわい　　　3 にこにこ　　　4 ますます

23 家族みんなの好みに（　　　）夕飯を作った。
1 選んで　　　　2 迷って　　　　3 受けて　　　　4 合わせて

問題4 ＿＿＿に意味が最も近いものを、1・2・3・4から一つえらびなさい。

回數

1

2

3

4

5

6

24 彼は学級委員に適する人だ。
　1　ぴったり合う　　2　似合わない　　　3　選ばれた　　　4　満足する

25 車の事故をこの町から一掃しよう。
　1　少なくしよう　　2　ながめよう　　　3　なくそう　　　4　掃除をしよう

26 彼のお姉さんはとても美人です。
　1　優しい人　　　　2　頭がいい人　　　3　変な人　　　　4　きれいな人

27 偶然、駅で小学校の友だちに会った。
　1　久しぶりに　　　2　うれしいことに 3　たまたま　　　4　しばしば

28 彼の店では、その商品をあつかっている。
　1　参加している　　2　売っている　　　3　楽しんでいる　4　作っている

問題5　つぎのことばの使い方として最もよいものを、1・2・3・4から一つえ
　　　　らびなさい。

29 えがく

1　きれいな字をえがく人だと先生にほめられた。

2　デザインされた服を、針と糸でえがいて作り上げた。

3　レシピ通りに玉子と牛乳をえがいて料理が完成した。

4　鳥たちは、水面に美しい円をえがくように泳いでいる。

30 感心

1　くつの修理を頼んだが、なかなかできないので感心した。

2　現代を代表する女優のすばらしい演技に感心した。

3　自分の欠点がわからず、とても感心した。

4　夕べはよく眠れなくて遅くまで感心した。

31 人種

1　わたしの家の人種は全部で6人です。　　2　世界にはいろいろな人種がいる。

3　料理によって人種が異なる。　　　　　　4　昨日見かけた外国人は、人種だった。

32 燃える

1　古いビルの中の店が燃えている。

2　春の初めにあさがおの種を燃えた。

3　食べ物の好みは、人によって燃えている。

4　湖の中で、何かがもぞもぞ燃えているのが見える。

33 不満

1　機械の調子が不満で、ついに動かなくなった。

2　自慢ばかりしている不満な彼に嫌気がさした。

3　その決定に不満な人が集会を開いた。

4　カーテンがひく不満で見かけが悪い。

答對：

／39 題

問題1　つぎの文の（　　）に入れるのに最もよいものを、1・2・3・4から一
　　　　つえらびなさい。

1　A「この引き出しには、何が入っているのですか。」
　　B「写真だけ（　　　）入っていません。」
　1　ばかり　　　　　　2　が　　　　　　　3　しか　　　　　4　に

2　ああ、喉が乾いた。冷たいビールが（　　　　）。
　1　飲めたいなあ　　2　飲みたいなあ　　3　飲もうよ　　　　4　飲むたいなあ

3　A「この会には誰でも入れるのですか。」
　　B「ええ、手続きさえ（　　　　）、どなたでも入れますよ。」
　1　して　　　　　　　2　しないと　　　　3　しないので　　4　すれば

4　A「英語は話せますか。」
　　B「そうですね。話せる（　　　）話せますが、自信はないです。」
　1　ことに　　　　　　2　ことは　　　　　3　ことが　　　　4　ものの

5　調査の結果を（　　　　）、新しい計画が立てられた。
　1　もとに　　　　　　2　もとで　　　　　3　さけて　　　　4　もって

6　A「なぜ、この服が好きなの。」
　　B「かわいい（　　　　）、着やすいからよ。」
　1　だけで　　　　　　2　ので　　　　　　3　だけでなく　　4　までで

7　クラスの代表（　　　　）、恥ずかしくないようにしっかりがんばります。
　1　とすると　　　　　2　だけど　　　　　3　なんて　　　　4　として

8　始めは泳げなかったのですが、練習するに（　　　　）上手になりました。
　1　して　　　　　　　2　したがって　　　3　なって　　　　4　よれば

9 A「中村さんは？」

B「あら、たった今、（　　　　）よ。まだその辺にいるんじゃない。」

1　帰ったとたん　　2　帰るばかり　　3　帰ったばかり　　4　帰るはず

10 A館のこの入場券は、B館に入る（　　　　）必要ですので、なくさないよう
にしてくださいね。

1　際にも　　　　　　2　際は　　　　　　3　間に　　　　　4　うちにも

11 来週の土曜日に佐久間教授に（　　　　）のですが、ご都合はいかがでしょうか。

1　拝見したい　　　　　　　　　　2　お目にかかりたい

3　いらっしゃる　　　　　　　　　4　お会いしていただきたい

12 A「明日の山登りには、お弁当と飲み物を持って行けばいいですね。」

B「そうですね。ただ、明日は雨が降る（　　　　）ので、傘は持っていったほ
うがいいですね。」

1　予定なので　　　　　　　　　　2　ことになっている

3　おそれがある　　　　　　　　　4　つもりなので

13 先生はどんなことを研究（　　　　）いるのですか。

1　せられて　　　　2　なさられて　　　3　されて　　　　　4　させられて

問題2　つぎの文の＿★＿に入る最もよいものを、1・2・3・4から一つえらび
　　　　なさい。

（問題例）

　　A「＿＿＿　＿＿＿　＿★＿　＿＿＿　か。」
　　B「はい、だいすきです。」
　　1　すき　　　　　　2　ケーキ　　　　　3　は　　　　　　4　です

（解答のしかた）

1.　正しい答えはこうなります。

A「 ＿＿＿＿　＿＿＿＿　＿★＿＿　＿＿＿＿　か。」
2　ケーキ　　3　は　　1　すき　　4　です
B「はい、だいすきです。」

2.　＿★＿に入る番号を解答用紙にマークします。

　　　　　　　　（解答用紙）　| （例） | ●　②③④ |

14　このスカートは少し小さいですので、＿＿＿　＿＿＿　＿★＿　＿＿＿替えて
　　いただけますか。

　　1　大きい　　　　　2　もっと　　　　3　に　　　　　　4　の

15　あの店は、曜日＿＿＿　＿★＿　＿＿＿　＿＿＿電話で聞いてみたほうがい
　　いですよ。

　　1　よって　　　　　2　閉まる時間が　3　に　　　　　4　違うから

16　この鏡は、＿＿＿　＿＿＿　＿★＿　＿＿＿きれいにならない。
　　1　磨いて　　　　　2　ちっとも　　　3　も　　　　　　4　いくら

17 彼__★___ _____ _____ _____と思います。

　1　立派な　　　　　2　ほど　　　　　3　いない　　　　4　人は

18 明日は、いつもより少し_____ _____ __★___ _____のですが。

　1　たい　　　　　　2　早く　　　　　3　いただき　　　　4　帰らせて

問題3　つぎの文章を読んで、文章全体の内容を考えて、　19　から　23　の中に
　　　　入る最もよいものを、1・2・3・4から一つえらびなさい。

下の文章は、日本に来た外国人が書いた作文である。

　　私が1回目に日本に来たのは15年ほど前である。その当時の日本人は周
りの人にも　19　接し、礼儀正しく親切で、私の国の人々に比べてまじめだ
と感じた。　20　、今回の印象はかなり違う。いちばん驚いたのは、電車の
中で、人々が携帯電話に夢中になっていることである。特に若い人たちは、
混んだ電車の中でもいち早く座席に座り、座るとすぐに携帯電話を取り出し
てメールをしたりしている。周りの人を見ることもなく、みな同じような顔
をして、同じように携帯の画面を見ている。　21　日本人たちから、私は、
他の人々を寄せ付けない冷たいものを感じた。

　　来日1回目のときの印象は、違っていた。満員電車に乗り合わせた人たち
は、お互いに何の関係もないが、そこに、見えないつながりのようなものが
感じられた。座っている自分の前にお年寄りが立っていると、席を譲る人が
多かったし、混み合った電車の中でも、「毎日大変ですね…」といった共感[※]
のようなものがあるように思った。

　　これは、日本社会が変わったからだろうか、　22　、私の見方が変わった
のだろうか。

　　どこの国にもさまざまな問題があるように、日本にもいろいろな社会問
題があり、それに伴って社会や人々の様子も少しずつ変化するのは当然であ
る。日本も15年前とは変わったが、それにしてもやはり、日本人は現在の
ところ、他の国に比べれば礼儀正しく、また、社会の秩序もしっかり守られ
ている。そのことは、とても　23　。これらの日本人らしさは、変わらない
でほしいと思う。

　　※共感…自分もほかの人も同じように感じること。

19

1　つめたく　　　2　さっぱり　　　3　温かく　　　4　きびしく

20

1　また　　　　2　そして　　　3　しかし　　　4　それから

21

1　こういう　　　2　そんな　　　3　あんな　　　4　どんな

22

1　それとも　　　2　だから　　　3　なぜ　　　4　つまり

23

1　いいことだろうか　　　　　　2　いいことにはならない

3　いいことだと思われる　　　　4　いいことだと思えない

問題4　つぎの（1）から(4)の文章を読んで、質問に答えなさい。答えは、1・2・
　　　　3・4から最もよいものを一つえらびなさい。

(1)

　　　私たち日本人は、食べ物を食べるときには「いただきます」、食べ終
　わったときには「ごちそうさま」と言う。自分で料理を作って一人で食
　べる時も、お店でお金を払って食べる時も、誰にということもなく、両
　手を合わせて「いただきます」「ごちそうさま」と言っている。
　　　ある人に「お金を払って食べているんだから、レストランなどではそ
　んな挨拶はいらないんじゃない？」と言われたことがある。
　　　しかし、私はそうは思わない。「いただきます」と「ごちそうさま」
　は、料理を作ってくれた人に対する感謝の気持ちを表す言葉でもあるが、
　それよりも、私たち人間の食べ物としてその生命をくれた動物や野菜な
　どに対する感謝の気持ちを表したものだと思うからである。

24　作者は「いただきます」「ごちそうさま」という言葉について、どう思ってい
　　るか。
　1　日本人としての礼儀である。
　2　作者の家族の習慣である。
　3　料理を作ってくれたお店の人への感謝の気持ちである。
　4　食べ物になってくれた動物や野菜への感謝の表れである。

(2)

　　暑い時に熱いものを食べると、体が熱くなるので当然汗をかく。その汗が蒸発※1するとき、体から熱を奪うので涼しくなる。だから、インドなどの熱帯地方では熱くてからいカレーを食べるのだ。

　　では、日本人も暑い時には熱いものを食べると涼しくなるのか。

　　実は、そうではない。日本人の汗は他の国の人と比べると塩分濃度※2が高く、かわきにくい上に、日本は湿度が高いため、ますます汗は蒸発しにくくなる。

　　　だから、暑い時に熱いものを食べると、よけいに暑くなってしまう。インド人のまねをしても涼しくはならないということである。

　　※1　蒸発…気体になること。
　　※2　濃度…濃さ。

25 暑い時に熱いものを食べると、よけいに暑くなってしまう 理由はどれか。

1　日本は、インドほどは暑くないから

2　カレーなどの食べ物は、日本のものではないから

3　日本人は、必要以上にあせをかくから

4　日本人のあせは、かわきにくいから

（3）佐藤さんの机の上に、メモがおいてある。

佐藤さん、

お疲れ様です。
本日 15 時頃、北海道支社の川本さんより、電話がありました。
出張※の予定表を金曜日までに欲しいそうです。
また、ホテルの希望を聞きたいので、
今日中に携帯 090-XXXX-XXXX に連絡をください、とのことです。
よろしくお願いします。

18:00 田中

　※出張…仕事のためにほかの会社などに行くこと

26　佐藤さんは、まず、何をしなければならないか。

1　川本さんに、ホテルの希望を伝える。

2　田中さんに、ホテルの希望を伝える。

3　川本さんに、出張の予定表を送る。

4　田中さんに、出張の予定表を送る。

(4) これは、病院にはってあったポスターである。

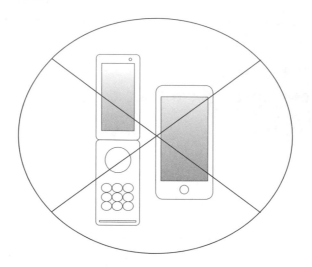

病院内では携帯電話をマナーモードにしてください

1. お電話は、決められた場所でしてください。
   （携帯電話コーナー、休憩室、病棟個室等）

2. 病院内では、電源 Off エリアが決められています。
   （診察室、検査室、処置室、ICU 等）

3. 歩きながらのご使用はご遠慮ください。

4. 診察に邪魔になる場合は、使用中止をお願いすることがあります。

27 この病院の中の携帯電話の使い方で、正しくないものはどれか。

1 休憩室では、携帯電話を使うことができる。

2 検査室では、マナーモードにしなければならない。

3 携帯電話コーナーでは、通話してもよい。

4 歩きながら使ってはいけない。

問題5　つぎの (1) と (2) の文章を読んで、質問に答えなさい。答えは、1・2・3・4から最もよいものを一つえらびなさい。

(1)

　　私は、仕事で人と会ったり会社を訪問したりするとき、①服の色に気をつけて選ぶようにしている。

　　例えば、仕事でほかの会社を訪問するとき、私は、黒い色の服を選ぶ。黒い色は、冷静で頭がよく自立※1 した印象を与えるため、仕事の場では有効な色だと思うからだ。また、初対面の人と会うときは、白い服を選ぶことが多い。初対面の人にあまり強すぎる印象は与えたくないし、その点、白は上品で清潔な印象を与えると思うからだ。

　　入社試験の面接※2 などでは、濃い青色の服を着る人が多い「②リクルートスーツ」などと呼ばれているが、青は、まじめで落ち着いた印象を与えるので、面接等に適しているのだろう。

　　このように、服の色によって人に与える印象が変わるだけでなく、③服を着ている人自身にも影響を与える。私は、赤が好きなのだが、赤い服を着ると元気になり、行動的になるような気がする。

　　服だけでなく、色のこのような作用は、身の回りのさまざまなところで利用されている。

　　それぞれの色の特徴や作用を知って、改めて商品の広告や、道路や建物の中のマークなどを見ると、その色が選ばれている理由がわかっておもしろい。

　　※1　自立…人に頼らないで、自分の考えで決めることができること。

　　※2　面接…会社の入社試験などで、試験を受ける人に会社の人が直接考えなどを聞くこと。

28 ①<u>服の色に気をつけて選ぶようにしている</u>とあるが、それはなぜか。

1　服の色は、その日の自分の気分を表しているから

2　服の色によって、人に与える印象も変わるから

3　服の色は服のデザインよりも人にいい印象を与えるから

4　服の色は、着る人の性格を表すものだから

29　入社試験などで着る②<u>「リクルートスーツ」</u>は、濃い青色が多いのはなぜだ
と筆者は考えているか。

1　青は、まじめで落ち着いた印象を人に与えるから

2　青は、上品で清潔な印象を人に与えるから

3　入社試験には、青い服を着るように決まっているから

4　青は、頭がよさそうな印象を人に与えるから

30　③<u>服を着ている人自身にも影響を与える</u>とあるが、その例として、どのよう
なことが書かれているか。

1　白い服は、人に強すぎる印象を与えないこと

2　黒い服を着ると、冷静になれること

3　青い服を着ると、仕事に対するファイトがわくこと

4　赤い服を着ると、元気が出て行動的になること

(2)

　最近、野山や林の中で昆虫採集※1をしている子どもを見かけることが少なくなった。私が子どものころは、夏休みの宿題といえば昆虫採集や植物採集だった。男の子はチョウやカブトムシなどの虫を捕る者が多く、虫捕り網をもって、汗を流しながら野山を走り回ったものである。うまく虫を捕まえた時の①わくわく、どきどきした気持ちは、今でも忘れられない。

　なぜ、今、虫捕りをする子どもたちが減っているのだろうか。

　一つには、近くに野山や林がなくなったからだと思われる。もう一つは、自然を守ろうとするあまり、学校や大人たちが、虫を捕ることを必要以上に強く否定し、禁止するようになったからではないだろうか。その結果、子どもたちは生きものに直接触れる貴重な機会をなくしてしまっている。

　分子生物学者の平賀壮太博士は、「子どもたちが生き物に接したときの感動が大切です。生き物を捕まえた時のプリミティブ※2な感動が、②自然を知る入口だといって良いかも知れません。」とおっしゃっている。そして、実際、多くの生きものを捕まえて研究したことのある人の方が自然の大切さを知っているということである。

　もちろんいたずらに生きものを捕まえたり殺したりすることは許されない。しかし、自然の大切さを強調するあまり、子どもたちの自然への関心や感動を奪ってしまわないように、私たち大人や学校は気をつけなければならないと思う。

※1　昆虫採集…勉強のためにいろいろな虫を集めること。

※2　プリミティブ…基本的な最初の。

31 ①わくわく、どきどきした気持ちとは、どんな気持ちか。

1 虫に対する恐怖心や不安感

2 虫をかわいそうに思う気持ち

3 虫を捕まえたときの期待感や緊張感

4 虫を逃がしてしまった残念な気持ち

32 ②自然を知る入口とはどのような意味か。

1 自然から教えられること

2 自然の恐ろしさを知ること

3 自然を知ることができないこと

4 自然を知る最初の経験

33 この文章を書いた人の意見と合うのは次のどれか。

1 自然を守るためには、生きものを捕らえたり殺したりしないほうがいい。

2 虫捕りなどを禁止してばかりいると、かえって自然の大切さを理解できなくなる。

3 学校では、子どもたちを叱らず、自由にさせなければならない。

4 自然を守ることを強く主張する人々は、自然を深く愛している人々だ。

問題6　つぎの文章を読んで、質問に答えなさい。答えは、1・2・3・4から最もよいものを一つえらびなさい。

　　二人で荷物を持って坂や階段を上がるとき、上と下ではどちらが重いかということが、よく問題になる。下の人は、物の重さがかかっているので下のほうが上より重いと言い、上の人は物を引き上げなければならないから、下より上のほうが重いと言う。

　　実際はどうなのだろうか。実は、力学※1的に言えば、荷物が二人の真ん中にあるとき、二人にかかる重さは全く同じなのだそうである。このことは、坂や階段でも平らな道を二人で荷物を運ぶときも同じだということである。

　　ただ、①これは、荷物の重心※2が二人の真ん中にある場合のことである。しかし、②もし重心が荷物の下の方にずれていると下の人、上の方にずれていると上の人の方が重く感じる。

　　③重い荷物を長い棒に結びつけて、棒の両端を二人でそれぞれ持つ場合、棒の真ん中に荷物があれば、二人の重さは同じであるが、そうでなければ、荷物に遠いほうが軽く、近いほうが重いということになる。

　　このように、重い荷物を二人以上で運ぶ場合、荷物の重心から、一番離れた場所が一番軽くなるので、④覚えておくとよい。

　※1　力学…物の運動と力との関係を研究する物理学の1つ。

　※2　重心…物の重さの中心

34 ①これは何を指すか。

1 物が二人の真ん中にあるとき、力学的には二人にかかる重さは同じであること

2 坂や階段を上がるとき、下の方の人がより重いということ

3 坂や階段を上がるとき、上の方の人により重さがかかるということ

4 物が二人の真ん中にあるときは、どちらの人も重く感じるということ

35 坂や階段を上るとき、②もし重心が荷物の下の方にずれていると、どうなるか。

1 上の人のほうが重くなる。

2 下の人のほうが重くなる。

3 重心の位置によって重さが変わることはない。

4 上の人も下の人も重く感じる。

36 ③重い荷物を長い棒に結びつけて、棒の両端を二人でそれぞれ持つ場合、二人の重さを同じにするは、どうすればよいか。

1 荷物を長いひもで結びつける。

2 荷物をもっと長い棒に結びつける。

3 荷物を二人のどちらかの近くに結びつける。

4 荷物を棒の真ん中に結びつける。

37 ④覚えておくとよいのはどんなことか。

1 荷物の重心がどこかわからなければ、どこを持っても重さは変わらないということ

2 荷物の二人で運ぶ時は、棒にひもをかけて持つと楽であるということ

3 荷物を二人以上で運ぶ時は、重心から最も離れたところを持つと軽いということ

4 荷物を二人以上で運ぶ時は、重心から一番近いところを持つと楽であるということ

問題7　つぎのページは、ある図書館のカードを作る時の決まりである。これを読んで、下の質問に答えなさい。答えは、1・2・3・4から最もよいものを一つえらびなさい。

38 中松市に住んでいる留学生のマニラムさん(21歳)は、図書館で本を借りるための手続きをしたいと思っている。マニラムさんが図書館カードを作るにはどうしなければならないか。

1　お金をはらう。

2　パスポートを持っていく。

3　貸し出し申込書に必要なことを書いて、学生証か外国人登録証を持っていく。

4　貸し出し申込書に必要なことを書いて、お金をはらう。

39 図書館カードについて、正しいものはどれか。

1　図書館カードは、中央図書館だけで使うことができる。

2　図書館カードは、三年ごとに新しく作らなければならない。

3　住所が変わった時は、電話で図書館に連絡をしなければならない。

4　図書館カードをなくして、新しく作る時は一週間かかる。

図書館カードの作り方

① はじめて本を借りるとき

- 中松市に住んでいる人

- 中松市内で働いている人

- 中松市内の学校に通学する人は、カードを作ることができます。

- また、坂下市、三田市及び松川町に住所がある人も作ることができます。

┌─────────────────────────┐
│ 図書館カード ‖‖‖‖‖‖‖‖‖ │
│   4 901301 247407 │
│ なまえ マニラム・スレシュ │
│   中松市立図書館 │
│ 〒 333-2212 中松市今中 1-22-3 ☎ 0901-33-3211 │
└─────────────────────────┘

　カウンターにある「貸し出し申込書」に必要なことを書いて、図書館カードを受け取ってください。

　その際、氏名・住所が確認できるもの（運転免許証・健康保険証・外国人登録証・住民票・学生証など）をお持ちください。中松市在勤、在学で、その他の市にお住まいの人は、その証明も合わせて必要です。

② 続けて使うとき、住所変更、カードをなくしたときの手続き

- 図書館カードは３年ごとに住所確認手続きが必要です。登録されている内容に変更がないか確認を行います。手続きをするときは、氏名・住所が確認できる書類をお持ちください。

- 図書館カードは中央図書館、市内公民館図書室共通で利用できます。３年ごとに住所確認のうえ、続けて利用できますので、なくさないようお願いいたします。

- 住所や電話番号等、登録内容に変更があった場合はカウンターにて変更手続きを行ってください。また、利用資格がなくなった場合は、図書館カードを図書館へお返しください。

- 図書館カードを紛失※された場合は、すぐに紛失届けを提出してください。カードをもう一度新しく作ってお渡しするには、紛失届け を提出された日から１週間かかります。

※紛失…なくすこと

もんだい
問題 1

　問題 1 では、まず質問を聞いてください。それから話を聞いて、問題用紙の 1 から 4 の中から、最もよいものを一つえらんでください。

れい

1　10 時
2　6 時
3　7 時
4　6 時半

回數

1

2

3

4

5

6

1 ばん

1 弁当を作る

2 病院へ行く

3 銀行へ行く

4 洗濯物を干す

2 ばん

1 友だちに会いに行く

2 バイトに行く

3 家に帰って、犬を散歩に連れていく

4 犬を予防注射に連れていく

Check □1 □2 □3

3ばん

1　30分以内

2　30分以上

3　30分だが、30分ずつのばすこともできる

4　15分だが、30分ずつのばすこともできる

4ばん

5 ばん

1　夕方5時ごろ

2　午後4時ごろ

3　午後3時ごろ

4　お昼の12時ごろ

6 ばん

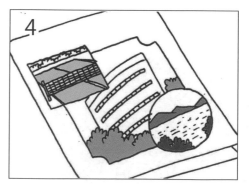

Check □1 □2 □3

もんだい
問題 2

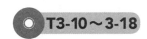

問題 2 では、まず質問を聞いてください。そのあと、問題用紙を見てください。読む時間があります。それから話を聞いて、問題用紙の 1 から 4 の中から、最もよいものを一つえらんでください。

れい

1　レポートを書くのに時間がかかったから

2　ゲームをしていたから

3　ずっとコンビニにいたから

4　近くの店でお酒を飲んでいたから

1ばん

1 タバコ

2 スポーツ

3 甘_{あま}いもの

4 仕事_{しごと}

2ばん

1 日本語_{にほんご}の意味_{いみ}

2 翻訳者_{ほんやくしゃ}の名前_{なまえ}

3 二_{ふた}つの翻訳_{ほんやく}のどちらが新_{あたら}しいか

4 中国語_{ちゅうごくご}の単語_{たんご}の意味_{いみ}

Check □1 □2 □3

3 ばん

1 傘を自分の体の前に持つ

2 傘の先を上に向けて持つ

3 傘の先を後ろに向けて持つ

4 傘の先を下に向けて持つ

4 ばん

1 科学の本

2 歴史の本

3 事実が書かれた本

4 小説

5 ばん

1 　全生徒の成績が上がった。

2 　学力が低いグループの生徒の成績が上がった。

3 　学力が高いグループの生徒の成績が上がった。

4 　成績にはほとんど影響がなかった。

6 ばん

1 　田中さんと山口さんがケンカをしたから。

2 　3人で会社の近くにご飯を食べに行ったから

3 　3人でお酒を飲みながら旅行の相談をしていたから

4 　カラオケに行ったから

もんだい
問題3

　問題3では、問題用紙に何もいんさつされていません。この問題は、ぜんたいとしてどんなないようかを聞く問題です。話の前に質問はありません。まず話を聞いてください。それから質問とせんたくしを聞いて、1から4の中から、最もよいものを一つえらんでください。

― メモ ―

もんだい
問題 4

T3-24 ～ 3-29

問題4では、えを見ながら質問を聞いてください。やじるし（➡）の人は何と言いますか。1から3の中から、最もよいものを一つえらんでください。

れい

Check ☐1 ☐2 ☐3

1 ばん

2 ばん

3 ばん

4 ばん

Check ☐1 ☐2 ☐3

もんだい
問題 5

問題 5 では、問題用紙には何もいんさつされていません。まず文を聞いてください。それから、そのへんじを聞いて、1 から 3 の中から、最もよいものを一つえらんでください。

― メモ ―

第四回

言語知識（文字、語彙）

問題1 ＿＿＿＿のことばの読み方として最もよいものを、1・2・3・4からえらびなさい。

1 その道は一方通行です。

1 いっぽつうこお

2 いっぽうつうこう

3 いっぽつこう

4 いっぽつうこう

2 もうすぐ、夏の祭りが始まる。

1 まつり

2 まいり

3 まいり

4 かざり

3 彼女が着る洋服は派手だ。

1 はしゅ

2 はて

3 はじゅ

4 はで

4 その美容師は、とても人気がある。

1 ぴようし

2 びよおし

3 びようし

4 びょうし

5 努力をすることはとても大事です。

1 どりく

2 どりょく

3 どりよく

4 どうりょく

6 彼は新しい方法を使って成功した。

1 ほうほお

2 ほうぼう

3 ほうほう

4 ぼうぼう

7 本日、3時にお伺いいたします。

1 ほんじつ

2 きょう

3 ほんにち

4 ほんび

8 お金を無駄にしないように注意しよう。

1 ぶじ

2 まだ

3 むだ

4 ぶだ

問題2 　＿＿＿のことばを漢字で書くとき、最もよいものを、1・2・3・4から
　　　　一つえらびなさい。

9 どうぞよろしくお願い<u>いたし</u>ます。
　1　致し　　　　　2　枚し　　　　　3　至し　　　　　4　倒し

10 選手が<u>にゅうじょう</u>してきた。
　1　人坂　　　　　2　入浴　　　　　3　人場　　　　　4　入場

11 多くの乗客を乗せて新幹線が<u>はっしゃ</u>した。
　1　発行　　　　　2　発車　　　　　3　発射　　　　　4　発社

12 彼は<u>つみ</u>に問われた。
　1　罰　　　　　　2　置　　　　　　3　罪　　　　　　4　署

13 私の<u>はんだん</u>は、間違っていなかった。
　1　半段　　　　　2　判断　　　　　3　版談　　　　　4　反談

14 <u>しょるい</u>に、名前を書いた。
　1　書類　　　　　2　書数　　　　　3　書頭　　　　　4　署類

問題3 （　　）に入れるのに最もよいものを、1・2・3・4から一つえらびなさい。

15 そのすばらしい芝居に（　　）が鳴り止まなかった。

1　拍手
2　大声
3　足音
4　頭痛

16 かわいそうな話を聞いて、涙が（　　）こぼれた。

1　ぽろぽろ
2　するする
3　からから
4　きりきり

17 外国人が、（　　）のお巡りさんに道を聞いている。

1　消防署
2　郵便局
3　派出所
4　市役所

18 つい（　　）な仕事を引き受けてしまった。

1　批判
2　懸命
3　必要
4　面倒

19 彼は作品に対する理解（　　）がある。

1　面
2　力
3　点
4　観

20 ペットボトルなどの（　　）に協力してください。

1　リサイクル
2　ラップ
3　インスタント
4　オペラ

21 オーケストラの（　　）に、耳を傾ける。

1　出演
2　予習
3　合唱
4　演奏

22 身の回りを（　　）整理しなさい。

1　にこりと
2　ずらっと
3　きちんと
4　がらりと

23 病気に（　　）と、体力が落ちるので注意しよう。

1　かかる
2　せめる
3　たかる
4　すすむ

Check □1 □2 □3

問題4 ＿＿＿＿に意味が最も近いものを、1・2・3・4から一つえらびなさい。

24 日曜日に、友達の家を訪問した。

1 たずねた 　　　2 さがした 　　　3 そうじした 　　　4 なおした

25 彼は愉快な人だ。

1 たのしい 　　　2 くらい 　　　3 まじめな 　　　4 やさしい

26 急にやる気が出て、一生懸命に勉強した。

1 気分 　　　　　　　　　　　2 目標
3 積極的な気持ち 　　　　　　4 消極的な気持ち

27 彼にボールをぶつけた。

1 ひろった 　　　2 投げた 　　　3 受け取った 　　　4 強く当てた

28 そうじの方法について、昨日、みんなで相談した。

1 てつだった 　　　2 話し合った 　　　3 聞いた 　　　4 命令した

問題5　つぎのことばの使い方として最もよいものを、1・2・3・4から一つえ
　　　　らびなさい。

29 まかせる

1　願いをまかせるために、神社に行ってお祈りをした。

2　あなたになら、この難しい仕事をまかせることができる。

3　つらい思い出をまかせることはなかなかできないだろう。

4　その料理はレシピを見れば、かんたんにまかせると思う。

30 経営

1　テレビを経営すると知識が増える。

2　勉強をはやく経営したいと思っている。

3　私の父はラーメン店を経営している。

4　お湯が早くわくように経営しなさい。

31 命令

1　「そこで止まれ。」と命令した。

2　「好きなようにしていいよ。」と命令した。

3　「今朝は何時に起きたの。」と命令した。

4　「ごめんなさい。」と母に命令した。

32 煮える

1　野菜がおいしそうに煮えてきた。

2　魚を煮える煙がもうもうと部屋に満ちている。

3　外で、ゆっくり煮えるようにしなさい。

4　部屋のすみに、よく煮える物をおくといいです。

33 苦手

1　これから苦手な方法を説明します。

2　さっそく、苦手にとりかかります。

3　彼女はピアノの先生になるほど、ピアノが苦手だ。

4　わたしは、漢字を書くのが苦手だ。

言語知識（文法）・読解

問題1　つぎの文の（　　）に入れるのに最もよいものを、1・2・3・4から一つえらびなさい。

1 夏生まれの母は、暑くなるに（　　）元気になる。

1　しても　　　　　2　ついて　　　　　3　したら　　　　　4　したがって

2 A「あなたのご都合はいかがですか。」

B「はい、私は大丈夫です。社長のご都合がよろしければ、明日（　　）と、
お伝えください。」

1　おいでます　　2　伺います　　　　3　参りました　　4　いらっしゃる

3 A「その机を運ぶの？　石黒くんに手伝ってもらったらどう。」

B「あら、体が大きいからって、力が強い（　　）わ。」

1　はずがない　　2　はずだ　　　　　3　とは限らない　4　に決まってる

4 A「今日は、20分でお弁当を作る方法をお教えします。」

B「まあ、それは、忙しい主婦に（　　）、とてもうれしいことです。」

1　とって　　　　2　ついて　　　　　3　しては　　　　　4　おいて

5 明日から試験だからって、ご飯の片付け（　　）できるでしょ。

1　まで　　　　　2　ぐらい　　　　　3　でも　　　　　　4　しか

6 展覧会は、9月の5日から10日間に（　　）開かれるそうです。

1　ついて　　　　2　までに　　　　　3　通じて　　　　　4　わたって

7 今度のテストには、1学期の範囲（　　）、2学期の範囲も出るそうだよ。

1　だけで　　　　2　だけでなく　　　3　くらい　　　　　4　ほどでなく

8 母「夕ご飯を何にするか、まだ決めてないのよ。」

子ども「じゃ、ぼくに（　　）。カレーがいいよ。」

1　決めて　　　　2　決まって　　　　3　決めさせて　　　4　決められて

9 彼女は台湾から来たばかり（　　　）、とても日本語が上手です。

1　なのに　　　　　2　なので　　　　　3　なんて　　　　4　などは

10 A「日曜日の朝は、早いよ。」

B「大丈夫だよ。ゴルフの（　　　）どんなに早くても。」

1　ために　　　　　2　せいなら　　　　3　せいで　　　　4　ためなら

11 天気予報では、「明日は晴れ。ところ（　　　）雨。」って言ってたよ。

1　により　　　　　2　では　　　　　　3　なら　　　　　4　について

12 大事な花瓶を割って（　　　）。ごめんなさい。

1　ちまった　　　　2　しまった　　　　3　みた　　　　　4　おいた

13 この計画に（　　　）意見があれば述べてください。

1　よって　　　　　2　しては　　　　　3　対して　　　　4　しても

問題2 つぎの文の__★__に入る最もよいものを、1・2・3・4から一つえらび
なさい。

(問題例)

A「____ ____ __★__ ____ か。」

B「はい、だいすきです。」

1 すき　　　　　2 ケーキ　　　　　3 は　　　　4 です

(解答のしかた)

1. 正しい答えはこうなります。

> A「 _____ _____ __★___ _____ か。」
>
> 　　　　2 ケーキ　　3 は　　　1 すき　　4 です
>
> B「はい、だいすきです。」

2. __★__に入る番号を解答用紙にマークします。

(解答用紙)　(例)　● ② ③ ④

---

14 明日から試験なので、今夜は____ ____ __★__ ____。

1 しない　　　　2 いかない　　　3 わけには　　　4 勉強

15 なんと言われても、____ __★__ ____ ____いる。

1 しない　　　　2 ことに　　　　3 して　　　　　4 気に

16 姉が作るお菓子____ ____ __★__ ____ない。

1 は　　　　　　2 ぐらい　　　　3 もの　　　　　4 おいしい

17 今ちょうど母から____ ____ ____ __★__です。

1 かかってきた　2 電話　　　　　3 が　　　　　　4 ところ

18 毎日____ ____ __★__ ____ピアノも上手に弾けるようになります。

1 ように　　　　2 と　　　　　　3 練習する　　　4 する

問題3　次の文章を読んで、文章全体の内容を考えて、　19　から　23　の中に入る最もよいものを、1・2・3・4から一つえらびなさい。

下の文章は、留学生のサリナさんが、旅行先で知り合った鈴木さんに出した手紙である。

　暑くなりましたが、お元気ですか。

　山登りの際には、いろいろとお世話になりました。山を下りてから、急におなかが　19　困っていた時、車でホテルまで送っていただいたので、とても助かりました。次の日に病院へ行くと、「急に暑くなって、冷たい飲み物　20　飲んでいたので、調子が悪くなったのでしょう。たぶん一種の風邪ですね。」と医者に言われました。翌日、一日　21　すっかり治って、いつも通り大学にも行くことができました。おかげさまで、今はとても元気です。

　私の大学ではもうすぐ文化祭が　22　。学生たちはそれぞれ、いろいろな準備に追われています。私は一年生なので、上級生ほど大変ではありませんが、それでも、文化祭の案内状やポスターを作ったり、演奏の練習をしたり、忙しい毎日です。

　鈴木さんが　23　にいらっしゃる時は、ぜひ連絡をください。またお会いできることを楽しみにしています。

サリナ・スリナック

19

1 痛い　　　　　　2 痛いから　　　　　3 痛くない　　　　　4 痛くなって

20

1 ばかり　　　　　2 だけ　　　　　　　3 しか　　　　　　　4 ぐらい

21

1 休めば　　　　　2 休んだら　　　　　3 休むなら　　　　　4 休みなら

22

1 始めます　　　　2 始まります　　　　3 始まっています　　4 始めています

23

1 あちら　　　　　2 こちら　　　　　　3 そちら　　　　　　4 どちら

問題4　次の (1) から (4) の文章を読んで、質問に答えなさい。答えは、1・2・3・4 から最もよいものを一つえらびなさい。

(1)

　　日本で、東京と横浜の間に電話が開通したのは 1890 年です。当時、電話では「もしもし」ではなく、「もうす、もうす (申す、申す) 」「もうし、もうし (申し、申し) 」とか「おいおい」と言っていたそうです。その当時、電話はかなりお金持ちの人しか持てませんでしたので、「おいおい」と言っていたのは、ちょっといばっていたのかもしれません。それがいつごろ「もしもし」に変わったかについては、よくわかっていません。たくさんの人がだんだん電話を使うようになり、いつのまにか<u>そうなっていた</u>ようです。

　　この「もしもし」という言葉は、今は電話以外ではあまり使われませんが、例えば、前を歩いている人が切符を落とした時に、「もしもし、切符が落ちましたよ。」というように使うことがあります。

24　<u>そうなっていた</u> は、どんなことをさすのか。

1　電話が開通したこと

2　人々がよく電話を使うようになったこと

3　お金持ちだけでなく、たくさんの人が電話を使うようになったこと

4　電話をかける時に「もしもし」と言うようになったこと

(2)

　「ペットボトル」の「ペット」とは何を意味しているのだろうか。もちろん動物のペットとはまったく関係がない。

　ペットボトルは、プラスチックの一種であるポリエチレン・テレフタラート（Polyethylene terephthalate）を材料として作られている。実は、ペットボトルの「ペット（pet）」は、この語の頭文字などをとったものだ。ちなみに「ペットボトル」という語と比べて、多くの国では「プラスチック　ボトル（plastic bottle）」と呼ばれているということである。

　ペットボトルは日本では1982年から飲料用に使用することが認められ、今や、お茶やジュース、しょうゆやアルコール飲料などにも使われていて、毎日の生活になくてはならない存在である。

25 「ペットボトル」の「ペット」とは、どこから来たのか。

1　動物の「ペット」の意味からきたもの

2　「plastic bottle」を省略したもの

3　1982年に、日本のある企業が考え出したもの

4　ペットボトルの材料「Polyethylene terephthalate」の文字からとったもの

(3) レストランの入り口に、お知らせが貼ってある。

お知らせ

　2020 年 8 月 1 日から 10 日まで、ビル外がわの階段工事を行います。ご来店のみなさまには、大変ご迷惑をおかけいたしますが、どうぞよろしくお願い申し上げます。

　なお、工事期間中は、お食事をご注文のお客様に、コーヒーのサービスをいたします。
みなさまのご来店を、心よりお待ちしております。

　　　　　　　　　　　　　　　　レストラン　サンセット・クルーズ
　　　　　　　　　　　　　　　　　　　　店主　山村

26　このお知らせの内容と、合っているものはどれか。

1　レストランは、8 月 1 日から休みになる。

2　階段の工事には、10 日間かかる。

3　工事の間は、コーヒーしか飲めない。

4　工事中は、食事ができない。

(4) これは、野口さんに届いたメールである。

結婚お祝いパーティーのご案内

［koichi.mizutani @xxx.ne.jp］
送信日時：2020/8/10（月）10:14
宛先：2020danceclub@members.ne.jp

このたび、山口友之さんと三浦千恵さんが結婚されることになりました。
つきましてはお祝いのパーティーを行いたいと思います。

日時　2020 年 10 月 17 日（土）18:00 ～
場所　ハワイアンレストラン HuHu（新宿）
会費　5000 円

出席か欠席かのお返事は、8 月 28 日（金）までに、水谷 koichi.
mizutani@xxx.ne.jp に、ご連絡ください。
楽しいパーティーにしたいと思います。ぜひ、ご参加ください。

世話係
水谷高一
koichi.mizutani@xxx.ne.jp

27 　このメールの内容で、正しくないのはどれか。

1 　山口友之さんと三浦千恵さんは、8 月 10 日（月）に結婚した。

2 　パーティーは、10 月 17 日（土）である。

3 　パーティーに出席するかどうかは、水谷さんに連絡をする。

4 　パーティーの会費は、5,000 円である。

問題5　つぎの (1) と (2) の文章を読んで、質問に答えなさい。答えは、1・2・3・4から最もよいものを一つえらびなさい。

(1)

　　日本では毎日、数千万人もの人が電車や駅を利用しているので、①もちろんのことですが、毎日のように多くの忘れ物が出てきます。

　　JR 東日本※の方に聞いてみると、一番多い忘れ物は、マフラーや帽子、手袋などの衣類、次が傘だそうです。傘は、年間約30万本も忘れられているということです。雨の日や雨上がりの日などには、「傘をお忘れになりませんように。」と何度も車内アナウンスが流れるほどですが、②効果は期待できないようです。

　　ところで、今から 100 年以上も前、初めて鉄道が利用されはじめた明治時代には、③現代では考えられないような忘れ物が、非常に多かったそうです。

　　その忘れ物とは、いったい何だったのでしょうか。

　　それは靴（履き物）です。当時はまだ列車に慣れていないので、間違えて、駅で靴を脱いで列車に乗った人たちがいたのです。そして、降りる駅で、履きものがない、と気づいたのです。

　　日本では、家にあがるとき、履き物を脱ぐ習慣がありますので、つい、靴をぬいで列車に乗ってしまったということだったのでしょう。

　　※JR 東日本…日本の鉄道会社名

Check □1 □2 □3

28 ①<u>もちろんのこと</u>とは、何か。

1 毎日、数千万人もの人が電車を利用していること

2 毎日のように多くの忘れ物が出てくること

3 特に衣類の忘れ物が多いこと

4 傘の忘れ物が多いこと

29 ②<u>効果は期待できない</u>とはどういうことか。

1 衣類の忘れ物がいちばん多いということ

2 衣類の忘れ物より傘の忘れ物の方が多いこと

3 傘の忘れ物は少なくならないということ

4 車内アナウンスはなくならないということ

30 ③<u>現代では考えられない</u>のは、なぜか。

1 鉄道が利用されはじめたのは、100年以上も前だから

2 明治時代は、車内アナウンスがなかったから

3 現代人は、靴を脱いで電車に乗ることはないから

4 明治時代の日本人は、履き物を脱いで家に上がっていたから

挨拶は世界共通の行動であるらしい。ただ、その方法は、社会や文化の違い、挨拶する場面によって異なる。日本で代表的な挨拶といえばお辞儀※1であるが、西洋でこれに代わるのは握手である。また、タイでは、体の前で両手を合わせる。変わった挨拶としては、ポリネシアの挨拶が挙げられる。ポリネシアでも、現代では西洋的な挨拶の仕方に変わりつつあるそうだが、①伝統的な挨拶は、お互いに鼻と鼻を触れ合わせるのである。

日本では、相手に出会う時間や場面によって、挨拶が異なる場合が多い。

朝は「おはよう」や「おはようございます」である。これは、「お早くからご苦労様です」などを略したもの、昼の「こんにちは」は、「今日はご機嫌いかがですか」などの略である。そして、夕方から夜にかけての「こんばんは」は、「今晩は良い晩ですね」などが略されて短い挨拶の言葉になったと言われている。

このように、日本の挨拶の言葉は、相手に対する感謝やいたわり※2の気持ち、または、相手の体調などを気遣う※3気持ちがあらわれたものであり、お互いの人間関係をよくする働きがある。時代が変わっても、お辞儀や挨拶は、最も基本的な日本の慣習※4として、ぜひ残していきたいものである。

※1　お辞儀…頭を下げて礼をすること。

※2　いたわり…親切にすること。

※3　気遣う…相手のことを考えること。

※4　慣習…社会に認められている習慣。

Check □1 □2 □3

31 ポリネシアの①伝統的な挨拶は、どれか。

1 お辞儀をすること 　　　　　 2 握手をすること

3 両手を合わせること 　　　　 4 鼻を触れ合わせること

32 日本の挨拶の言葉は、どんな働きを持っているか。

1 人間関係がうまくいくようにする働き

2 相手を良い気持ちにさせる働き

3 相手を尊重する働き

4 日本の慣習をあとの時代に残す働き

33 この文章に、書かれていないことはどれか。

1 挨拶は世界共通だが、社会や文化によって方法が違う。

2 日本の挨拶の言葉は、長い言葉が略されたものが多い。

3 目上の人には、必ず挨拶をしなければならない。

4 日本の挨拶やお辞儀は、ずっと残していきたい。

問題6　つぎの文章を読んで、質問に答えなさい。答えは、1・2・3・4から最もよいものを一つえらびなさい。

　「必要は発明の母」という言葉がある。何かに不便を感じてある物が必要だと感じることから発明が生まれる、つまり、必要は発明を生む母のようなものである、という意味である。電気洗濯機も冷蔵庫も、ほとんどの物は必要から生まれた。

　しかし、現代では、必要を感じる前に次から次に新しい製品が生まれる。特にパソコンや携帯電話などの情報機器※がそうである。①その原因はいろいろあるだろう。

　第一に考えられるのは、明確な目的を持たないまま機械を利用している人々が多いからであろう。新製品を買った人にその理由を聞いてみると、「新しい機能がついていて便利そうだから」とか、「友だちが持っているから」などだった。その機能が必要だから買うのではなく、ただ単に珍しいからという理由で、周囲に流されて買っているのだ。

　第二に、これは、企業側の問題なのだが、②企業が新製品を作る競争をしているからだ。人々の必要を満たすことより、売れることを目指して、不必要な機能まで加えた製品を作る。その結果、人々は、機能が多すぎてかえって困ることになる。③新製品を買ったものの、十分に使うことができない人たちが多いのはそのせいだ。

　次々に珍しいだけの新製品が開発されるため、古い携帯電話やパソコンは捨てられたり、個人の家の引き出しの中で眠っていたりする。ひどい資源のむだづかいだ。

　確かに、生活が便利であることは重要である。便利な生活のために機械が発明されるのはいい。しかし、必要でもない新製品を作り続けるのは、もう、やめてほしいと思う。

　※情報機器 …パソコンや携帯電話など、情報を伝えるための機械。

34 ①その原因は、何を指しているか。

1　ほとんどの物が必要から生まれたものであること

2　パソコンや携帯電話が必要にせまられて作られること

3　目的なしに機械を使っている人が多いこと

4　新しい情報機器が次から次へと作られること

35 ②企業が新製品を作る競争をしている目的は何か。

1　技術の発展のため

2　工業製品の発明のため

3　多くの製品を売るため

4　新製品の発表のため

36 ③新製品を買ったものの、十分に使うことができない人たちが多いのは、なぜか

1　企業側が、製品の扱い方を難しくするから

2　不必要な機能が多すぎるから

3　使う方法も知らないで新製品を買うから

4　新製品の説明が不足しているから

37 この文章の内容と合っていないのはどれか。

1　明確な目的・意図を持たないで製品を買う人が多い。

2　新製品が出たら、使い方をすぐにおぼえるべきだ。

3　どの企業も新製品を作る競争をしている。

4　必要もなく新製品を作るのは資源のむだ使いだ。

読解

問題7　右のページは、あるNPOが留学生を募集するための広告である。これを読んで、下の質問に答えなさい。答えは、1・2・3・4から最もよいものを一つえらびなさい。

38　東京に住んでいる留学生のジャミナさんは、日本語学校の夏休みにホームステイをしたいと思っている。その前に、北海道の友達の家に遊びに行くため、北海道までは一人で行きたい。どのプランがいいか。

1　Aプラン　　　　2　Bプラン　　　　3　Cプラン　　　　4　Dプラン

39　このプログラムに参加するためには、いつ申し込めばいいか。

1　8月20日までに申し込む。

2　6月23日が締め切りだが、早めに申し込んだ方がいい。

3　夏休みの前に申し込む。

4　6月23日の後で、できるだけ早く申し込む。

2020年　第29回夏のつどい留学生募集案内

北海道ホームステイプログラム「夏のつどい※1」

北海道
函館空港
東京駅
羽田空港
関西空港
福岡空港

日程　8月20日（木）～ 9月2日（水）14泊15日	
募集人数	100名
参加費	Aプラン 68,000円 （東京駅集合・関西空港解散） Bプラン 65,000円 （東京駅集合・羽田空港解散） Cプラン 70,000円 （福岡空港集合・福岡空港解散） Dプラン 35,000円 （函館駅集合・現地※2解散※3）
定員	100名
申し込み 締め切り	6月23日（火）まで

※毎年大人気のプログラムです。締め切りの前に定員に達する場合もありますので、早めにお申し込みください。

申し込み・問い合わせ先
（財）北海道国際文化センター
〒040-0054 函館市元町××ー1
Tel：0138-22-××××　Fax：0138-22-××××　http://www.×××.or.jp/
E-mail：×××@hif.or.jp

　※1　つどい…集まり

　※2　現地…そのことを行う場所。

　※3　解散…グループが別れること

聴解

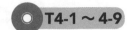

もんだい
問題 1

　問題1では、まず質問を聞いてください。それから話を聞いて、問題用紙の1から4の中から、最もよいものを一つえらんでください。

れい

1　10時

2　6時

3　7時

4　6時半

1 ばん

1　4 こ

2　10 こ

3　5 こ

4　12 こ

2 ばん

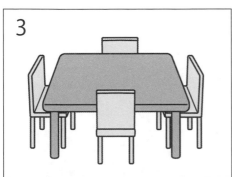

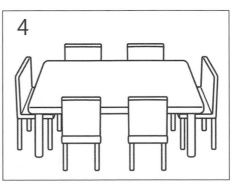

3 ばん

1 車を借りに行く
2 朝ごはんを作る
3 掃除をする
4 飛行場に迎えに行く

4 ばん

1 変
2 楽
3 止
4 動

5 ばん

1 10 時 11 分
2 10 時 23 分
3 10 時 49 分
4 11 時 00 分

6 ばん

1 A
2 B
3 C
4 D

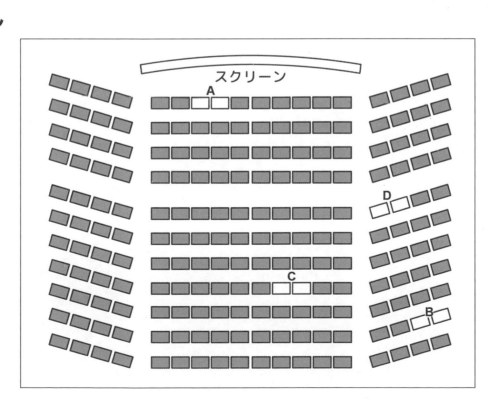

もんだい
問題 2

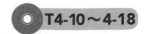

　問題2では、まず質問を聞いてください。そのあと、問題用紙を見てください。読む時間があります。それから話を聞いて、問題用紙の1から4の中から、最もよいものを一つえらんでください。

れい

1　レポートを書くのに時間がかかったから

2　ゲームをしていたから

3　ずっとコンビニにいたから

4　近くの店でお酒を飲んでいたから

1 ばん

1 気持ちよく大きな声で話してほしい

2 もっと努力をしてほしい

3 早く仕事を覚えてほしい

4 お客に清潔な印象を与えるようにしてほしい

2 ばん

1 暗い気持ちで過ごすこと

2 よく笑うこと

3 一日最低1時間以上は歩くこと

4 自分に厳しくしないこと

3 ばん

1　子<ruby>こ</ruby>どもの学<ruby>がっこう</ruby>校にいく

2　パソコンと書<ruby>しょるい</ruby>類を女<ruby>おんな</ruby>の人<ruby>ひと</ruby>の会<ruby>かいしゃ</ruby>社に運<ruby>はこ</ruby>ぶ

3　英<ruby>えいご</ruby>語を教<ruby>おし</ruby>える

4　女<ruby>おんな</ruby>の人<ruby>ひと</ruby>の会<ruby>かいしゃ</ruby>社まで車<ruby>くるま</ruby>で送<ruby>おく</ruby>る

4 ばん

1　電<ruby>でんわ</ruby>話かインターネットで予<ruby>よやく</ruby>約をする

2　代<ruby>だいひょうしゃ</ruby>表者を一<ruby>ひとり</ruby>人決<ruby>き</ruby>めて、あとで変<ruby>か</ruby>えないようにする

3　メールで予<ruby>よやく</ruby>約したら、あとで、電<ruby>でんわ</ruby>話で確<ruby>かくにん</ruby>認する

4　会<ruby>かいぎしつ</ruby>議室を使<ruby>つか</ruby>わなくなった場<ruby>ばあい</ruby>合は、連<ruby>れんらく</ruby>絡をする

Check □1 □2 □3

5 ばん

1　じゃがいも
2　牛肉<ruby>牛肉<rt>ぎゅうにく</rt></ruby>
3　砂糖<ruby>砂糖<rt>さとう</rt></ruby>
4　鳥肉<ruby>鳥肉<rt>とりにく</rt></ruby>

6 ばん

1　社長<ruby>社長<rt>しゃちょう</rt></ruby>のノートをなくしたから
2　山下<ruby>山下<rt>やました</rt></ruby>さんが失敗<ruby>失敗<rt>しっぱい</rt></ruby>をしたから
3　仕事<ruby>仕事<rt>しごと</rt></ruby>に慣<ruby>慣<rt>な</rt></ruby>れていないから
4　社員<ruby>社員<rt>しゃいん</rt></ruby>にきびしすぎるから

もんだい
問題3

問題3では、問題用紙に何もいんさつされていません。この問題は、ぜんたいとしてどんなないようかを聞く問題です。話の前に質問はありません。まず話を聞いてください。それから、質問とせんたくしを聞いて、1から4の中から、最もよいものを一つえらんでください。

― メモ ―

もんだい
問題 4

　問題 4 では、えを見ながら質問を聞いてください。やじるし（➡）の人は何と言いますか。1 から 3 の中から、最もよいものを一つえらんでください。

れい

1 ばん

2 ばん

Check ☐1 ☐2 ☐3

3 ばん

4 ばん

Check ☐1 ☐2 ☐3

もんだい 問題5

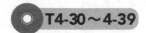T4-30～4-39

問題5では、問題用紙に何もいんさつされていません。まず文を聞いてください。それから、そのへんじを聞いて、1から3の中から、最もよいものを一つえらんでください。

— メモ —

MEMO

第五回

言語知識（文字、語彙）

問題1　＿＿＿＿＿のことばの読み方として最もよいものを、1・2・3・4から一つえらびなさい。

1 あたたかい毛布をお貸しします。
1 もおふ　　2 ふとん　　3 もふう　　4 もうふ

2 筋肉を強くする。
1 からだ　　2 きんにく　　3 きんじょ　　4 きんこつ

3 お年寄りに席を譲る。
1 かける　　2 ゆずる　　3 まける　　4 けずる

4 よい知らせを聞いて、喜びがこみあげる。
1 よろこび　　2 ほころび　　3 うれしび　　4 せつび

5 私は、日本に留学したいと思っている。
1 るがく　　2 りゆうがく　　3 りゅうがく　　4 りゅがく

6 彼女は礼儀正しい人だ。
1 れいき　　2 れいぎ　　3 れんぎ　　4 れえぎ

7 列車の時刻に遅れてはならない。
1 れつしや　　2 れえしゃ　　3 れつしゃ　　4 れっしゃ

8 作法にしたがって日本の料理をいただく。
1 さほお　　2 さくほう　　3 さほう　　4 さぼう

問題 2 　＿＿＿＿のことばを漢字で書くとき、最もよいものを、1・2・3・4から一つえらびなさい。

9 東北地方で大きな地震が<u>おこる</u>。

1　走る　　　　　2　超こる　　　　　3　起こる　　　　　4　怒る

10 将来の<u>もくひょう</u>を持って過ごすことが大事だ。

1　目標　　　　　2　目表　　　　　3　目評　　　　　4　目票

11 5月5日の遊園地は、大人も子どもも<u>むりょう</u>だそうだ。

1　無科　　　　　2　夢科　　　　　3　夢料　　　　　4　無料

12 彼の絵は高い<u>ひょうか</u>を受けた。

1　評化　　　　　2　評価　　　　　3　表価　　　　　4　評判

13 品質を<u>ほしょう</u>された製品。

1　保正　　　　　2　保賞　　　　　3　保証　　　　　4　補証

14 入院の<u>ひよう</u>を支払う。

1　費用　　　　　2　費要　　　　　3　必用　　　　　4　必要

問題3 （ ） に入れるのに最もよいものを、1・2・3・4から一つえらびなさい。

15 （ ） のためには手段を選ばない。

1 関心　　　　　　2 大事　　　　　　3 参考　　　　　　4 目的

16 彼は雨がやむのを木の下で （　　　） 待った。

1 さっと　　　　　2 じっと　　　　　3 きっと　　　　　4 おっと

17 （　　） できる先輩に相談にのってもらった。

1 信頼　　　　　　2 主張　　　　　　3 生産　　　　　　4 証明

18 台風が近付いているので、これからますます雨が （　　　） なるだろう。

1 高く　　　　　　2 悲しく　　　　　3 激しく　　　　　4 つらく

19 劇場には満員 （　　　） 礼の札が出された。

1 御　　　　　　　2 尊　　　　　　　3 明　　　　　　　4 多

20 彼は （　　　） がある人なので、みんなの人気者だ。

1 チェック　　　　2 イコール　　　　3 ブログ　　　　　4 ユーモア

21 困っていたことが、やっと （　　　） したので、ほっとした。

1 連絡　　　　　　2 約束　　　　　　3 保存　　　　　　4 解決

22 あれから （　　　） あなたの帰りを待っていた。

1 きっと　　　　　2 ずっと　　　　　3 はっと　　　　　4 さっと

23 昨日の会議で決まったことを （　　　） いたします。

1 教育　　　　　　2 講義　　　　　　3 報告　　　　　　4 研究

問題4 ＿＿＿に意味が最も近いものを、1・2・3・4から一つえらびなさい。

24 妹の提案に反対した。

1 同じ意見を言った　　　　　　　2 違う意見を言った

3 みんなで意見を言った　　　　　4 賛成した

25 彼女と私は、とても親しい。

1 仲が悪い　　　　2 つめたい　　　3 仲がいい　　　4 安心だ

26 彼には欠点は何もない。

1 優れたところ　　2 よいところ　　3 完全なところ　　4 よくないところ

27 地震で家がゆれたので、外に飛び出した。

1 ぐらぐら動いた 2 たおれた　　　　3 火事になった　4 なくなった

28 駅の近くで、彼を見かけた。

1 たまたま見た　　2 やっと見た　　3 はじめて見た　4 よく見た

Check □1 □2 □3

問題5　つぎのことばの使い方として最もよいものを、1・2・3・4から一つえ
　　　　らびなさい。

29 履く

1　彼女はいつもすてきな服を<u>履いて</u>いる。

2　日差しが強いので、帽子を<u>履く</u>つもりだ。

3　今日は遠くまで行くので、歩きやすい靴を<u>履いて</u>いく。

4　人に風邪をうつさないように、今日はマスクを<u>履いて</u>いこう。

30 注文（ちゅうもん）

1　彼女は小さいとき、先生になりたいと<u>注文</u>していた。

2　わたしの<u>注文</u>は、何事にも驚かないことです。

3　彼（かれ）は<u>注文</u>が深いので、どこへ行っても大丈夫だ。

4　近所のそば屋（や）で、おいしそうなおそばを<u>注文</u>した。

31 似合う（にあう）

1　「あなたの成績（せいせき）は非常に<u>似合う</u>。」と、先生（せんせい）に言われた。

2　「その兄弟は、顔がとても<u>似合って</u>いる。」と、みんなが言う。

3　「この薬（くすり）はあなたの傷（きず）に<u>似合います</u>。」と、医者が言った。

4　「君にはピンクの服がよく<u>似合う</u>よ。」と、彼にほめられた。

32 済ませる（す）

1　用事（ようじ）を<u>済ませた</u>ので、二人でゆっくり話（はなし）ができそうだ。

2　耳（みみ）を<u>済ませる</u>と、かすかな波の音（おと）が聞（き）こえてくる。

3　夕ご飯が<u>済ませた</u>ので、そろそろお風呂に入ろう。

4　棚のお菓子を一人で食べた弟は、<u>済ませた</u>顔をしている。

33 新鮮（しんせん）

1　<u>新鮮</u>な洋服（ようふく）が気（き）に入（い）って買い求めた。

2　<u>新鮮</u>な森（もり）と湖（みずうみ）のあるところに旅行（りょこう）した。

3　<u>新鮮</u>な野菜（やさい）と果物（くだもの）を買ってきた。

4　<u>新鮮</u>な机（つくえ）を買ってもらったので、うれしい。

言語知識（文法）・読解

問題1　つぎの文の（　　）に入れるのに最もよいものを、1・2・3・4から一
　　　　つえらびなさい。

1　私は小学校のときは、病気（　　　　）病気をしたことがなかった。
　1　らしく　　　　　2　らしい　　　　　3　みたいな　　　4　ような

2　今、友だちに私の新しいアパートを探して（　　　）います。
　1　あげて　　　　　2　差し上げて　　　3　もらって　　　4　おいて

3　先生がかかれたその絵を、（　　　）いただけますか。
　1　拝見して　　　　2　見て　　　　　　3　拝見すると　　4　拝見させて

4　友だちと遊んでいる（　　　）、母から電話がかかった。
　1　ふと　　　　　　2　最中に　　　　　3　さっさと　　　4　急に

5　骨折して入院していましたが、やっと自分で（　　　）ようになりました。
　1　歩ける　　　　　2　歩かる　　　　　3　歩けて　　　　4　歩かられる

6　車で（　　　）お客様は、絶対にお酒を飲んではいけません。
　1　使う　　　　　　2　伺う　　　　　　3　来ない　　　　4　いらっしゃる

7　十分練習した（　　　）、1回戦で負けてしまった。
　1　はずだから　　　2　のでは　　　　　3　はずなのに　　4　つもりで

8　どうぞ、係の者になんでもお聞き（　　　）ください。
　1　して　　　　　　2　になって　　　　3　になさって　　4　されて

9　朝早く起きた（　　　）、今日は一日中眠かった。
　1　ことに　　　　　2　とおりに　　　　3　せいか　　　　4　だから

10 今年の夏こそ、絶対にやせて（　　　）。

1　みた　　　　　　2　らしい　　　　　3　もらう　　　　　4　みせる

11 彼女が何も言わないで家を出るなんて（　　　）。

1　考えられる　　　2　考えられない　　3　はずだ　　　　　4　考える

12 結婚するためには、親に認めて（　　　）。

1　もらわないわけにはいかない　　　　2　させなければならない

3　わけにはいかない　　　　　　　　　4　ならないことはない

13 つまらない冗談を言って、彼を（　　　）しまった。

1　怒らさせて　　　2　怒りて　　　　　3　怒られて　　　　4　怒らせて

問題2　つぎの文の　★　に入る最もよいものを、1・2・3・4から一つえらび
　　　　なさい。

（問題例）

A「 ＿＿＿＿ ＿＿＿＿ ＿★＿ ＿＿＿＿ か。」

B「はい、だいすきです。」

1　すき　　　　　　2　ケーキ　　　　　3　は　　　　　4　です

（解答のしかた）

1.　正しい答えはこうなります。

A「 ＿＿＿＿＿＿ ＿＿＿＿＿＿ ＿★＿＿ ＿＿＿＿＿ か。」
　　　2　ケーキ　　3　は　　　1　すき　　4　です
B「はい、だいすきです。」

2.　★　に入る番号を解答用紙にマークします。

（解答用紙）　（例）　● ② ③ ④

14　高校生の息子がニュージーランドにホームステイをしたいと言っている。私
　　は、子どもが＿＿＿＿ ＿＿＿＿ ＿★＿ ＿＿＿＿と思うが、やはり少し心配だ。

1　思うことは　　2　やりたい　　　3　したいと　　　4　させて

15　A「あのお店の料理はどうでした？」

　　B「ああ、お店の＿＿＿＿ ＿★＿ ＿＿＿＿ ＿＿＿＿とてもおいしかったよ。」

1　勧められた　　2　注文したら　　3　人に　　　　4　とおりに

16　彼女は親友の＿＿＿＿ ＿＿＿＿ ＿★＿ ＿＿＿＿いたに違いない。

1　相談できずに　2　悩んで　　　　3　私にも　　　4　一人で

17 さっき歯医者に行った___★___ _____ _____ _____間違えていました。

　1　時間を　　　　　2　のに　　　　　3　の　　　　　　4　予約

18 あなたのことを_____ ___★___ _____ _____はいないと思います。

　1　愛している　　2　人　　　　　　3　ほど　　　　　4　僕

問題3　次の文章を読んで、文章全体の内容を考えて、 19 から 23 の中に入る最もよいものを、1・2・3・4から一つえらびなさい。

　下の文章は、留学生のチンさんが、帰国後に日本のホストファミリーの高木さんに出した手紙である。

　高木家のみなさま、お元気ですか。

　ホームステイの時は、大変お世話になりました。みなさんに温かく 19 、まるで親せきの家に遊びに行った 20 気持ちで過ごすことができました。のぞみさんやしゅんくんと富士山に登ったことも楽しかったし、うどんを作ったり、お茶をいれたり、いろいろな手伝いを 21 ことも、とてもよい思い出です。

　実は、日本に行く前は、ホームステイをすることは考えていませんでした。もしホームステイをしないで、ホテルに 22 泊まらなかったら、高木家のみなさんと知り合うこともできなかったし、日本人の考え方についても何もわからないまま帰国するところでした。お宅にホームステイをさせていただいて、本当によかったと思っています。

　来年は、交換留学生として日本に行きます。その時は必ずまたお宅にうかがって、私の国の料理を 23 ほしいと思っています。

　もうすぐお正月ですね。みなさん、健康に注意して、よいお年をお迎えください。

チン・メイリン

19

1　迎えられたので　　　　　　　2　迎えさせたので

3　迎えたので　　　　　　　　　4　迎えさせられて

20

1　みたい　　　　2　そうな　　　3　ような　　　4　らしい

21

1　させていただいた　　　　　　2　していただいた

3　させてあげた　　　　　　　　4　してもらった

22

1　だけ　　　　　2　しか　　　　3　ばかり　　　4　ただ

23

1　いただいて　　　　　　　　　2　召し上がらせて

3　召し上がって　　　　　　　　4　作られて

問題 4　次の（1）から(4)の文章を読んで、質問に答えなさい。答えは、1・2・3・
　　　　4から最もよいものを一つえらびなさい。

（1）

　　最近、自転車によく乗るようになりました。特に休みの日には、気持
ちのいい風を受けながら、のびのびとペダルをこいでいます。
　　自転車に乗るようになって気づいたのは、自転車は車に比べて、見え
る範囲がとても広いということです。車は、スピードを出していると、
ほとんど風景を見ることができないのですが、自転車は走りながらでも
じっくりと周りの景色を見ることができます。そうすると、今までどん
なにすばらしい風景に気づかなかったかがわかります。小さな角を曲が
れば、そこには、新しい世界が待っています。それはその土地の人しか
知らない珍しい店だったり、小さなすてきなカフェだったりします。い
つも何となく車で通り過ぎていた街には、実はこんな物があったのだと
いう新しい感動に出会えて、考えの幅も広がるような気がします。

24 考えの幅も広がるような気がするのは、なぜか。
　1　自転車では珍しい店やカフェに寄ることができるから
　2　自転車は思ったよりスピードが出せるから
　3　自転車ではその土地の人と話すことができるから
　4　自転車だと新しい発見や感動に出会えるから

(2)

　　仕事であちらこちらの会社や団体の事務所に行く機会があるが、その際、よくペットボトルに入った飲み物を出される。日本茶やコーヒー、紅茶などで、夏は冷たく冷えているし、冬は温かい。ペットボトルの飲み物は、清潔な感じがするし、出す側としても手間がいらないので、忙しい現代では、とても便利なものだ。

　　しかし、たまにその場でいれた日本茶をいただくことがある。茶葉を入れた急須^{※1}から注がれる緑茶の香りやおいしさは、ペットボトルでは味わえない魅力がある。丁寧に入れたお茶をお客に出す温かいもてなし^{※2}の心を感じるのだ。

　　何もかも便利で簡単になった現代だからこそ、このようなもてなしの心は<u>大切にしたい</u>。それが、やがてお互いの信頼関係へとつながるのではないかと思うからである。

　※１　急須…湯をさして茶を煎じ出す茶道具。
　※２　もてなし…客への心をこめた接し方。

25　<u>大切にしたい</u>のはどんなことか。

1　お互いの信頼関係

2　ペットボトルの便利さ

3　日本茶の味や香り

4　温かいもてなしの心

(3) ホテルのロビーに、下のようなお知らせの紙が貼ってある。

8月11日(金)
屋外プール休業について

お客様各位

　平素は山花レイクビューホテルをご利用いただき、まことにありがとうございます。台風12号による強風・雨の影響により、8/11（金）、屋外※プールを休業とさせて頂きます。ご理解とご協力を、よろしくお願い申し上げます。

　8/12(土)については、天候によって、営業時間に変更がございます。前もって問い合わせをお願いいたします。

山花ホテル　総支配人

※屋外…建物の外

26　このお知らせの内容と合っているものはどれか。

1　11日に台風が来たら、プールは休みになる。

2　11日も12日も、プールは休みである。

3　12日はプールに入れる時間がいつもと変わる可能性がある。

4　12日はいつも通りにプールに入ることができる。

（4）これは、一瀬<ruby>一瀬<rt>いちのせ</rt></ruby>さんに届いたメールである。

株式会社 山中デザイン
一瀬さゆり様

　　いつも大変お世話になっております。
　　私事<ruby>私事<rt>わたくしごと</rt></ruby>※1 ですが、都合により、8月31日をもって退職※2 いたすことになりました。

　　在職中※3 はなにかとお世話になりました。心よりお礼を申し上げます。

　　これまで学んだことをもとに、今後は新たな仕事に挑戦してまいりたいと思います。

　　一瀬様のますますのご活躍をお祈りしております。

　　なお、新しい担当は川島と申す者です。あらためて本人よりご連絡させていただきます。

　　簡単ではありますが、メールにてご挨拶申しあげます。

株式会社 日新自動車販売促進部
加藤太郎
住所：〒111-1111　東京都〇〇区〇〇町1-2-3
TEL：03-****-****　　／　　FAX：03-****-****
URL：http://www. ×××.co.jp
Mail：×××@example.co.jp

※1　私事…自分自身だけに関すること。
※2　退職…勤めていた会社をやめること。
※3　在職中…その会社にいた間。

27　このメールの内容で、正しいのはどれか。

1　これは、加藤さんが会社をやめた後で書いたメールである。

2　加藤さんは、結婚のために会社をやめる。

3　川島さんは、現在、日新自動車の社員である。

4　加藤さんは、一瀬さんに、新しい担当者を紹介してほしいと頼んでいる。

問題5　つぎの (1) と (2) の文章を読んで、質問に答えなさい。答えは、1・2・3・4
　　　　から最もよいものを一つえらびなさい。

(1)

日本人は寿司が好きだ。日本人だけでなく外国人にも寿司が好きだと
いう人が多い。しかし、銀座などで寿司を食べると、目の玉が飛び出る
ほど値段が高いということである。

私も寿司が好きなので、値段が安い回転寿司をよく食べる。いろいろ
な寿司をのせて回転している棚から好きな皿を取って食べるのだが、そ
の中にも、値段が高いものと安いものがあり、お皿の色で区別している
ようである。

回転寿司屋には、チェーン店が多いが、作り方やおいしさには、同じ
チェーン店でも①「差」があるようである。例えば、店内で刺身を切っ
て作っているところもあれば、工場で切った冷凍※1 の刺身を、機械で握っ
たご飯の上に載せているだけの店もあるそうだ。

寿司が好きな友人の話では、よい寿司屋かどうかは、「イカ」を見る
とわかるそうである。②イカの表面に細かい切れ目※2 が入っているかどう
かがポイントだという。なぜなら、生のイカの表面には寄生虫※3 がいる
可能性があって、冷凍すれば死ぬが、生で使う場合は切れ目を入れるこ
とによって、食べやすくすると同時にこの寄生虫を殺す目的もあるから
だ。こんなことは、料理人の常識なので、イカに切れ目がない店は、こ
の常識を知らない料理人が作っているか、冷凍のイカを使っている店だ
と言えるそうだ。

※1　冷凍…保存のために凍らせること

※2　切れ目…物の表面に切ってつけた傷。また，切り口。

※3　寄生虫…人や動物の表面や体内で生きる生物

28 ①「差」は、何の差か。

1 値段の「差」

2 チェーン店か、チェーン店でないかの「差」

3 寿司が好きかどうかの「差」

4 作り方や、おいしさの「差」

29 ②イカの表面に細かい切れ目が入っているかどうかとあるが、この切れ目は
何のために入っているのか。

1 イカが冷凍かどうかを示すため

2 食べやすくすると同時に、寄生虫を殺すため

3 よい寿司屋であることを客に知らせるため

4 常識がある料理人であることを示すため

30 回転寿司について、正しいのはどれか。

1 銀座の回転寿司は値段がとても高い。

2 冷凍のイカには表面に細かい切れ目がつけてある。

3 寿司の値段はどれも同じである。

4 イカを見るとよい寿司屋かどうかがわかる。

(2)

　世界の別れの言葉は、一般に「Goodbye＝神があなたとともにいますように」か、「See you again＝またお会いしましょう」か、「Farewell＝お元気で」のどれかの意味である。つまり、相手の無事や平安※1を祈るポジティブ※2な意味がこめられている。しかし、日本語の「さようなら」の意味は、その①どれでもない。

　恋人や夫婦が別れ話をして、「そういうことならば、②仕方がない」と考えて別れる場合の別れに対するあきらめであるとともに、別れの美しさを求める心を表していると言う人もいる。

　または、単に「左様ならば（そういうことならば）、これで失礼します」と言って別れる場合の「左様ならば」だけが残ったものであると言う人もいる。

　いずれにしても、「さようなら」は、もともと、「左様であるならば＝そうであるならば」という意味の接続詞※3であって、このような、別れの言葉は、世界でも珍しい。ちなみに、私自身は、「さようなら」という言葉はあまり使わず、「では、またね」などと言うことが多い。やはり、「さようなら」は、なんとなくさびしい感じがするからである。

　※1　平安…穏やかで安心できる様子。

　※2　ポジティブ…積極的なこと。ネガティブはその反対に消極的、否定的なこと。

　※3　接続詞…言葉と言葉をつなぐ働きをする言葉。

31 ①<u>どれでもない</u>、とはどんな意味か。

1 日本人は、「Good bye」や「See you again」「Farewell」を使わない。

2 日本語の「さようなら」は、別れの言葉ではない。

3 日本語の「さようなら」という言葉を知っている人は少ない。

4 「さようなら」は、「Good bye」「See you again」「Farewell」のどの意味でもない。

32 <u>仕方がない</u>には、どのような気持ちが込められているか。

1 自分を反省する気持ち

2 別れたくないと思う気持ち

3 別れをつらく思う気持ち

4 あきらめの気持ち

33 この文章の内容に合っているのはどれか

1 「さようなら」は、世界の別れの言葉と同じくネガティブな言葉である。

2 「さようなら」には、別れに美しさを求める心がこめられている。

3 「さようなら」は、相手の無事を祈る言葉である。

4 「さようなら」は、永遠に別れる場合しか使わない。

問題6　つぎの文章を読んで、質問に答えなさい。答えは、1・2・3・4から最もよいものを一つえらびなさい。

　　日本語の文章にはいろいろな文字が使われている。漢字・平仮名・片仮名、そしてローマ字などである。

　①漢字は、3000年も前に中国で生まれ、それが日本に伝わってきたものである。4～5世紀ごろには、日本でも漢字が広く使われるようになったと言われている。「仮名」には「平仮名」と「片仮名」があるが、これらは、漢字をもとに日本で作られた。ほとんどの平仮名は漢字をくずして書いた形から作られたものであり、片仮名は漢字の一部をとって作られたものである。例えば、平仮名の「あ」は、漢字の「安」をくずして書いた形がもとになっており、片仮名の「イ」は、漢字「伊」の左側をとって作られたものである。

　　日本語の文章を見ると、漢字だけの文章に比べて、やさしく柔らかい感じがするが、それは、平仮名や片仮名が混ざっているからであると言われる。

　　それでは、②平仮名だけで書いた文はどうだろう。例えば、「はははははつよい」と書いても意味がわからないが、漢字をまぜて「母は歯は強い」と書けばわかる。漢字を混ぜて書くことで、言葉の意味や区切りがはっきりするのだ。

　　それでは、③片仮名は、どのようなときに使うのか。例えば「ガチャン」など、物の音を表すときや、「キリン」「バラ」など、動物や植物の名前などは片仮名で書く。また、「ノート」「バッグ」など、外国から日本に入ってきた言葉も片仮名で表すことになっている。

　　このように、日本語は、漢字と平仮名、片仮名などを区別して使うことによって、文章をわかりやすく書き表すことができるのだ。

34 ①<u>漢字</u>について、正しいのはどれか。

1　3000 年前に中国から日本に伝わった。

2　漢字から平仮名と片仮名が日本で作られた。

3　漢字をくずして書いた形から片仮名ができた。

4　漢字だけの文章は優しい感じがする。

35 ②<u>平仮名だけで書いた文</u>がわかりにくいのはなぜか。

1　片仮名が混じっていないから

2　文に「、」や「。」が付いていないから

3　言葉の読み方がわからないから

4　言葉の意味や区切りがはっきりしないから

36 ③<u>片仮名は、どのようなときに使うのか</u>とあるが、普通、片仮名で書かない
のはどれか

1　「トントン」など、物の音を表す言葉

2　「アタマ」など、人の体に関する言葉

3　「サクラ」など、植物の名前

4　「パソコン」など、外国から入ってきた言葉

37 日本語の文章について、間違っているものはどれか。

1　漢字だけでなく、いろいろな文字が混ざっている。

2　漢字だけの文章に比べて、やわらかく優しい感じを受ける。

3　いろいろな文字が区別して使われているので、意味がわかりやすい。

4　ローマ字が使われることは、ほとんどない。

問題 7　つぎのページは、ホテルのウェブサイトにある着物体験教室の参加者を募集する広告である。下の質問に答えなさい。答えは、1・2・3・4から最もよいものを一つえらびなさい。

38　会社員のハンさんは、友人と日本に観光に行った際、着物を着てみたいと思っている。ハンさんと友だちが着物を着て散歩に行くには、料金は一人いくらかかるか。

1　6,000 円

2　9,000 円

3　6,000 円〜 9,000 円

4　10,000 円〜 13,000 円

39　この広告の内容と合っているものはどれか。

1　着物を着て、小道具や背景セットを作ることができる。

2　子どもも、参加することができる。

3　問い合わせができないため、予約はできない。

4　着物を着て出かけることはできないが、人力車観光はできる。

着物体験

参加者募集

【着物体験について】

1回：2人〜3人程度、60分〜90分

料金：〈大人用〉6,000円〜9,000円／1人
　　　〈子ども用〉（12歳まで）4,000円／1人
　　　（消費税込み）

＊着物を着てお茶や生け花※1をする「日本文化体験コース」もあります。
＊着物を着てお出かけしたり、人力車※2観光をしたりすることもできます。
＊ただし、一部の着物はお出かけ不可
＊人力車観光には追加料金がかかります

【写真撮影について】

　振り袖から普通の着物・袴※3などの日本の伝統的な着物を着て写真撮影ができます。着物は、大人用から子ども用までございますので、お好みに合わせてお選びください。小道具※4や背景セットを使った写真が楽しめます。（デジカメ写真プレゼント付き）

ご予約時の注意点

①上の人数や時間は、変わることもあります。お気軽にお問い合わせください。（多人数の場合は、グループに分けさせていただきます。）
②予約制ですので、前もってお申し込みください。（土・日・祝日は、空いていれば当日受付も可能です。）
③火曜日は定休日です。（但し、祝日は除く）
④中国語・英語でも説明ができます。

ご予約承ります！
お問い合せ・お申込みは
富士屋
nihonntaiken@×××fujiya.co.jp
電話 03-××××-××××

※1　お茶・生け花…日本の伝統的な文化で、茶道と華道のこと。
※2　人力車…お客をのせて人が引いて走る二輪車。
※3　振り袖〜袴…日本の着物の種類。
※4　小道具…写真撮影などのために使う道具。

聴解

T5-1 〜 5-9

もんだい
問題 1

　問題1では、まず質問を聞いてください。それから話を聞いて、問題用紙の1から4の中から、最もよいものを一つえらんでください。

れい

1　10時

2　6時

3　7時

4　6時半

1ばん

1　レポートのコピーをする
2　山口先生にレポートを渡す
3　竹内さんに連絡する
4　山口先生に、竹内さんのアドレスを聞く

2ばん

1　引っ越しをする
2　前の住所の役所に行く
3　パスポートをもらう
4　写真を撮る

3 ばん

1 体重を計る。

2 紅茶を入れる。

3 コーヒーを入れる。

4 ケーキを食べる。

回數

1

2

3

4

5

6

4 ばん

1 必ず何か食べてから飲む。

2 車の運転をしない。

3 白い薬を飲んだあと、30分間は、何も食べない。

4 どちらの薬も朝と夕方の食後に飲む。

5 ばん

1 おみやげを買^かう。
2 銀行^{ぎんこう}に行^いく。
3 歯医者^{は いしゃ}に行^いく。
4 車^{くるま}のガソリンを入^いれる。

6 ばん

問題2

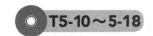

　問題2では、まず質問を聞いてください。そのあと、問題用紙を見てください。読む時間があります。それから話を聞いて、問題用紙の1から4の中から、最もよいものを一つえらんでください。

れい

1　レポートを書くのに時間がかかったから

2　ゲームをしていたから

3　ずっとコンビニにいたから

4　近くの店でお酒を飲んでいたから

1ばん

1　小_{ちい}さくてかわいい車_{くるま}

2　大_{おお}きくてゆったりした車_{くるま}

3　ガソリンの消費_{しょうひ}が少_{すく}ない車_{くるま}

4　運転_{うんてん}しやすい車_{くるま}

2ばん

1　世話_{せわ}が簡単_{かんたん}なこと

2　餌代_{えさだい}が高_{たか}くないこと

3　一日中_{いちにちじゅう}部屋_{へや}から出_でないこと

4　健康_{けんこう}でいられること

Check ☐1 ☐2 ☐3

3 ばん

1 スマートフォンやケータイ電話を使うこと

2 メールを送信したり受信したりすること

3 音を出してスマートフォンを使うこと

4 食事をしながらスマートフォンを使うこと

回數

1

2

3

4

5

6

4 ばん

1 誰かと一緒にいくと、その人と同じものを注文しなければならないから

2 自分の都合のいい時間に、自分の好きなものを食べたいから

3 一人だと何を食べてもおいしく感じるから

4 みんながいく店には行きたくないから

5ばん

1 携帯をなくしたから

2 朝寝坊したから

3 前の晩、お酒を飲みすぎて、頭痛がしたから

4 携帯を修理に持って行ったから

6ばん

1 叱る前に褒めること

2 子どもが冷静になるのを待って叱ること

3 叱る前に、3回、深く呼吸をすること

4 反抗的な気持ちにさせないように優しい顔で叱ること

Check □1 □2 □3

もんだい
問題3

問題3では、問題用紙に何もいんさつされていません。この問題は、ぜんたいとしてどんなないようかを聞く問題です。話の前に質問はありません。まず話を聞いてください。それから、質問とせんたくしを聞いて、1から4の中から、最もよいものを一つえらんでください。

― メモ ―

<ruby>問題<rt>もんだい</rt></ruby> 4

<ruby>問題<rt>もんだい</rt></ruby>4では、えを<ruby>見<rt>み</rt></ruby>ながら<ruby>質問<rt>しつもん</rt></ruby>を<ruby>聞<rt>き</rt></ruby>いてください。やじるし（➡）の<ruby>人<rt>ひと</rt></ruby>は<ruby>何<rt>なん</rt></ruby>と<ruby>言<rt>い</rt></ruby>いますか。1から3の<ruby>中<rt>なか</rt></ruby>から、<ruby>最<rt>もっと</rt></ruby>もよいものを<ruby>一<rt>ひと</rt></ruby>つえらんでください。

れい

1 ばん

2 ばん

3 ばん

4 ばん

Check ☐1 ☐2 ☐3

もんだい
問題 5

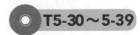 **T5-30～5-39**

問題 5 では、問題用紙に何もいんさつされていません。まず文を聞いて下さい。それからそのへんじを聞いて、1 から 3 の中から、最もよいものを一つえらんでください。

― メ モ ―

答對：

／33題

第六回

言語知識（文字、語彙）

問題1 　＿＿＿のことばの読み方として最もよいものを、1・2・3・4から一つ
えらびなさい。

1 一般のかたは、こちらからお入りください。

　1　いっぱん　　　　2　いいぱん　　　　3　いっぱ　　　　4　いつぱん

2 今日は東京湾の波が高い。

　1　とうきょうこう　　　　　　　　2　とうきょうわん
　3　とうきようわん　　　　　　　　4　とうきよこう

3 彼女はあいにく留守だった。

　1　るす　　　　　　2　がいしゅつ　　　3　るうしゅ　　　4　るしゅ

4 彼は医者になることを決めた。

　1　あきらめた　　　2　とめた　　　　3　きめた　　　　4　すすめた

5 手をあげて横断歩道をわたる。

　1　おうだんどうろ　2　おだんほどう　　3　おうだんほど　4　おうだんほどう

6 彼は孫といっしょに散歩した。

　1　むすこ　　　　　2　まご　　　　　3　まこ　　　　　4　まいご

7 彼女の勝手な行動は、多くの人に迷惑をかけた。

　1　めえわく　　　　2　めわく　　　　3　めいわく　　　4　めわあく

8 申し訳ない、と社長は全社員に謝った。

　1　もしわけない　　2　もうしやくない　3　もうしたてない　4　もうしわけない

Check □1 □2 □3

問題2 ＿＿＿のことばを漢字で書くとき、最もよいものを、1・2・3・4から
一つえらびなさい。

9 時間をゆうこうに使おう。

1 友好 2 友交 3 有郊 4 有効

10 調査の方法について、彼とろんそうになった。

1 輪争 2 輪戦 3 論争 4 論戦

11 彼らは、いだいな人々と言われた。

1 緯大 2 緯代 3 偉大 4 偉代

12 彼女を納得させるのは、よういなことではない。

1 容易 2 容意 3 用意 4 用易

13 おゆをわかしてコーヒーをいれる。

1 お池 2 お場 3 お水 4 お湯

14 そのものがたりが、いつまでも心に残った。

1 物話 2 物語 3 物講 4 物誠

問題3 （　　）に入れるのに最もよいものを、1・2・3・4から一つえらびなさい。

15 （　　）の試合で、私たちの町の野球チームが勝ち続けた。

1 地所　　　　　　2 地下　　　　　　3 地上　　　　　　4 地区

16 友だちが無事だとの知らせに（　　　）した。

1 もっと　　　　　2 かっと　　　　　3 ぬっと　　　　　4 ほっと

17 この宅配便は、明日の午前中に、姉の家に着く（　　　）です。

1 計画　　　　　　2 予定　　　　　　3 時　　　　　　　4 場所

18 この試合は、先に点をとったチームが絶対に（　　　）だ。

1 有利　　　　　　2 残念　　　　　　3 正確　　　　　　4 条件

19 入学試験の合格者が（　　　）された。

1 表現　　　　　　2 発表　　　　　　3 発達　　　　　　4 発車

20 試合の順番は、それぞれのチームの（　　　）が話し合って決めた。

1 ラッシュ　　　　2 リサイクル　　　3 ポップス　　　　4 キャプテン

21 （　　　）して二十日も暑い日が続いた。

1 連続　　　　　　2 断定　　　　　　3 想像　　　　　　4 実験

22 よくないことはよくないと、（　　　）言うべきだ。

1 はっきり　　　　2 すっきり　　　　3 がっかり　　　　4 どっかり

23 黒くて大きな（　　　）にほえられた。

1 ねずみ　　　　　2 魚　　　　　　　3 ねこ　　　　　　4 犬

問題4 ＿＿＿に意味が最も近いものを、1・2・3・4から一つえらびなさい。

24 彼女（かのじょ）は、そこで熱心（ねっしん）に働いた。

1 たのしそうに　　2 ときどき　　　　3 我慢しながら　　4 一生懸命

25 かしこい人は、むだなことをしないでものごとをやり遂（と）げる。

1 気が重い　　　　2 頭がよい　　　　3 明るい　　　　　4 かわいい

26 その研究（けんきゅう）の結果は、価値（かち）あることだと評価（ひょうか）された。

1 はずかしい　　2 料金が高い　　　3 無意味な　　　　4 ねうちがある

27 母親は、子どもの行動を観察した。

1 厳しくしかった　　　　　　　　2 いつも批判した

3 細かいところまでよく見た　　　4 いつも自慢した

28 彼（かれ）はなんとかして、その話（はなし）をまとめようとした。

1 うまく決めようとした　　　　　2 楽しいものにしようとした

3 なかったことにしようとした　　4 思い出そうとした

問題5　つぎのことばの使い方として最もよいものを、1・2・3・4から一つえ
　　　　らびなさい。

29 こぼす

1　コーヒーをズボンにこぼしてしまった。
2　とても悲しくて涙がこぼした。
3　帰り道で、さいふをこぼしてしまった。
4　母は兄の自慢ばかり人にこぼす。

30 たっぷり

1　わたしの好きな服を買ってくれたので、たっぷりした。
2　お湯がたっぷりのお風呂は気持ちがいい。
3　先生に注意され、たっぷりして家に帰った。
4　彼女はたっぷりしているので、みんなに人気がある。

31 とんでもない

1　こんな大事な会議に欠席するなんて、とんでもない。
2　毎晩遅くまで勉強したので、とんでもないことだ。
3　高い塀からとんでもないので、けがをしてしまった。
4　彼の態度はいつもおだやかで、とんでもない。

32 たまたま

1　図書館で、たまたま小学校の友だちに出会った。
2　毎日彼に教室でたまたま会えるので、うれしい。
3　りんごが1個150円もするなんて全くたまたまだ。
4　寒くなったので、たまたまコートを着た。

33 幸福

1　幸福な議論をしたために、よい結果が出なかった。
2　幸福な部屋のおかげで、すっかり疲れてしまった。
3　苦労した彼だったが、その後は幸福な人生を送った。
4　幸福な野菜を収穫したために、被害を受けてしまった。

言語知識（文法）・読解

問題1　つぎの文の（　　）に入れるのに最もよいものを、1・2・3・4から一つえらびなさい。

1 外国で働いている父は、いつも「学生時代にもっと英語を勉強しておけば（　　）。」と思っているそうだ。

　1　よい　　　　　　　2　よかった　　　　3　済んだ　　　　　4　おいた

2 練習すれば、君だって1km ぐらい泳げる（　　）なるさ。

　1　らしく　　　　　　2　ことに　　　　　3　ように　　　　　4　そうに

3 またお会いするのを（　　）にしております。

　1　楽しむ　　　　　　2　楽しい　　　　　3　楽しく　　　　　4　楽しみ

4 北海道は東京（　　）暑くないですよ。

　1　ほど　　　　　　　2　など　　　　　　3　なら　　　　　　4　から

5 彼女のお兄さんは、スタイルは（　　）、とても性格がいいそうよ。

　1　いいけど　　　　　2　もちろん　　　　3　悪く　　　　　　4　いいのに

6 私の家は農業に（　　）生活しています。

　1　とって　　　　　　2　して　　　　　　3　そって　　　　　4　よって

7 先生になった（　　）、生徒に信頼される先生になりたい。

　1　には　　　　　　　2　けれど　　　　　3　からには　　　　4　とたん

8 私が小学生の時から、母は留守（るす）（　　）だったので、私は自分で料理をしていた。

　1　がち　　　　　　　2　がちの　　　　　3　から　　　　　　4　頃

9 あわてて道路に（　　　）、交通事故にあった。

1　飛び出すとたん　　　　　　　　2　飛び出したとたん

3　飛び出すと　　　　　　　　　　4　飛び出したけれど

10 社長は、ゴルフがとても（　　　）と伺いました。

1　お上手にされる　　　　　　　　2　お上手でおる

3　お上手でいらっしゃる　　　　　4　お上手でいる

11 A「変なこと言っちゃって悪かった。ごめん。」

　　 B「謝る（　　　）なら、最初から少し考えて物を言ってよ。」

1　しかない　　　　2　だけ　　　　3　みたい　　　　4　ぐらい

12 その本を（　　　）、私に貸してくれない？

1　読みたら　　　　2　読みて　　　　3　読んだら　　　　4　読むと

13 弟にパンと牛乳を買いに（　　　）が、まだ、帰ってこない。

1　行かせた　　　　2　行かさせた　　　3　行かれ　　　　4　行くさせた

問題2　つぎの文の＿★＿に入る最もよいものを、1・2・3・4から一つえらび

　　　なさい。

（問題例）

　　A「＿＿＿　＿＿＿　＿★＿　＿＿＿　か。」

　　B「はい、だいすきです。」

　　1　すき　　　　　　2　ケーキ　　　　　　3　は　　　　　4　です

（解答のしかた）

1.　正しい答えはこうなります。

> A「＿＿＿＿　＿＿＿＿　＿★＿　＿＿＿＿　か。」
>
> 　　2　ケーキ　3　は　　1　すき　　4　です
>
> B「はい、だいすきです。」

2.　＿★＿に入る番号を解答用紙にマークします。

（解答用紙）　（例）　● ② ③ ④

14　母に＿＿＿　＿＿＿　＿★＿　＿＿＿　、昔、この辺りは川だったそうです。

　1　ところ　　　　　2　聞く　　　　　　3　に　　　　　　4　よると

15　彼は、のんびり＿＿＿　＿★＿　＿＿＿　＿＿＿あります。

　1　反面　　　　　　2　ところも　　　　3　気が短い　　　4　している

16　彼女は手を＿＿＿　＿＿＿　＿★＿　＿＿＿いきました。

　1　別れて　　　　　2　ながら　　　　　3　笑って　　　　4　振り

17　今年＿＿＿　＿＿＿　＿★＿　＿＿＿私の大学の友だちです。

　1　ことに　　　　　2　入社する　　　　3　女性は　　　　4　なった

18　とても便利ですので、＿＿＿　＿★＿　＿＿＿　＿＿＿ください。

　1　なって　　　　　2　に　　　　　　　3　お試し　　　　4　ぜひ

Check □1 □2 □3　　　　　　　　　　　　　　　　　　　　　　195

問題3　次の文章を読んで、文章全体の内容を考えて、　19　から　23　の中に入る最もよいものを、1・2・3・4から一つえらびなさい。

下の文章は、留学生が日本の習慣について書いた作文である。

　私は、2年前に日本に来ました。前から日本文化に強い関心を持っていましたので、　19　知識を身につけたいと思って、頑張っています。

　来たばかりのころは、日本の生活の習慣がわからなかったため、困ったり迷ったりしました。例えば、ゴミの捨て方です。日本では、住んでいる町のルールに　20　、燃えるゴミと燃えないごみを、必ず分けて捨てなくてはいけません。最初は、なぜそんな面倒なことをしなければならないのか、と思って、いやになることが多かったのですが、そのうち、なるほど、と、思うようになりました。日本は狭い国ですから、ゴミは特に大きな問題です。ゴミを分けて捨て、できるものはリサイクルすることがどうしても必要なのです。しかし、留学生の中には、そんなこと　21　全然気にしないで、どんなゴミも一緒に捨ててしまって、近所の人に迷惑をかける人もいます。実は、こういう小さい問題が、外国人に対する大きな誤解や問題を生んでしまうのです。日常生活の中で少しでも気をつければ、みんな、きっと気持ちよく生活ができる　22　です。

　「留学」というのは、知識を学ぶだけでなく、毎日の生活の中でその国の文化や習慣を身につけることが大切です。日本の社会にとけこんで、日本人と心からの交流できるかどうかは、私たち留学生の一人一人の意識や生活の仕方につながっています。本当の交流が実現できれば、留学も　23　ことができるのではないでしょうか。

19

　1　ずっと　　　　　2　また　　　　　　3　さらに　　　　　4　もう一度

20

　1　したがって　　　2　加えて　　　　　3　対して　　　　　4　ついて

21

　1　だけ　　　　　　2　しか　　　　　　3　きり　　　　　　4　など

22

　1　わけ　　　　　　2　はず　　　　　　3　から　　　　　　4　こと

23

　1　実現できる　　　2　成功する　　　　3　考えられる　　　4　成功させる

問題4　次の（1）から(4)の文章（ぶんしょう）を読んで、質問に答えなさい。答えは、1・2・3・4から最もよいものを一つえらびなさい。

(1)

人類は科学技術の発展によって、いろいろなことに成功しました。例えば、空を飛ぶこと、海底や地底の奥深く行くこともできるようになりました。今や、宇宙へ行くことさえできます。

しかし、人間の望みは限りがないもので、さらに、未来や過去へ行きたいと思う人たちが現れました。そうです。『タイムマシン』の実現です。

いったいタイムマシンを作ることはできるのでしょうか？

理論上は、できるそうですが、現在の科学技術ではできないということです。

残念な気もしますが、でも、未来は夢や希望として心の中に描くことができ、また、過去は思い出として一人一人の心の中にあるので、それで十分ではないでしょうか。

24 「タイムマシン」について、文章の内容と合っていないのはどれか。

1　未来や過去に行きたいという人間の夢をあらわすものだ

2　理論上は作ることができるものだが実際には難しい

3　未来も過去も一人一人の心の中にあるものだ

4　タイムマシンは人類にとって必要なものだ

(2) これは、田中さんにとどいたメールである。

あて先：jlpt1127.clear@nihon.co.jp
件名：パンフレット送付※のお願い
送信日時：2020 年 8 月 14 日　13:15
================================
ご担当者様

　はじめてご連絡いたします。
　株式会社山田商事、総務部の山下花子と申します。
　このたび、御社のホームページを拝見し、新発売のエアコン「エコール」
について、詳しくうかがいたいので、パンフレットをお送りいただきたい
と存じ、ご連絡いたしました。2 部以上お送りいただけると助かります。
　どうぞよろしくお願いいたします。

【送付先】
〒 564-9999
大阪府○○市△△町 11-9　XX ビル 2F
TEL：066-9999-XXXX
株式会社　山田商事　総務部
担当：山下　花子

※　送付…相手に送ること。

25 このメールを見た後、田中さんはどうしなければならないか。

1 「エコール」について、メールで詳しい説明をする。

2 山下さんに「エコール」のパンフレットを送る。

3 「エコール」のパンフレットが正しいかどうか確認する。

4 「エコール」の新しいパンフレットを作る。

(3) これは、大学内の掲示である。

台風９号による１・２時限※1休講※2について

　本日（10月16日）、関東地方に大型の台風が近づいているため、本日と、明日１・２時限目の授業を中止して、休講とします。なお、明日の３・４・５時限目につきましては、大学インフォメーションサイトの「お知らせ」で確認して下さい。

東青大学

※１　時限…授業のくぎり。

※２　休講…講義がお休みになること。

26　正しいものはどれか。

1　台風が来たら、10月16日の授業は休講になる。

2　台風が来たら、10月17日の授業は行われない。

3　本日の授業は休みで、明日の３時限目から授業が行われる。

4　明日３、４、５時限目の授業があるかどうかは、「お知らせ」で確認する。

(4)

（回數）

1
2
3
4
5
6

　　日本では、少し大きな駅のホームには、立ったまま手軽に「そば」や「うどん」を食べられる店（立ち食い屋）がある。

　　「そば」と「うどん」のどちらが好きかは、人によってちがうが、一般的に、関東では「そば」の消費量が多く、関西では「うどん」の消費量が多いと言われている。

　　地域毎に「そば」と「うどん」のどちらに人気があるかは、実は、駅のホームで簡単にわかるそうである。ホームにある立ち食い屋の名前を見ると、関東と関西で違いがある。関東では、多くの店が「そば・うどん」、関西では、「うどん・そば」となっている。「そば」と「うどん」、どちらが先に書いてあるかを見ると、その地域での人気がわかるというのだ。

27　駅のホームで簡単にわかる　とあるが、どんなことがわかるのか。

1　自分が、「そば」と「うどん」のどちらが好きかということ

2　関東と関西の「そば」の消費量のちがい

3　駅のホームには必ず、「そば」と「うどん」の立ち食い屋があるということ

4　店の名前から、その地域で人気なのは「うどん」と「そば」のどちらかということ

Check □1 □2 □3

201

問題 5　つぎの (1) と (2) の文章を読んで、質問に答えなさい。答えは、1・2・3・4
　　　　から最もよいものを一つえらびなさい。

(1)

　　　テクノロジーの進歩で、私たちの身の回りには便利な機械があふれてい
　ます。特に IT と呼ばれる情報機器は、人間の生活を便利で豊かなものにし
　ました。①例えば、パソコンです。パソコンなどのワープロソフトを使え
　ば、誰でもきれいな文字を書いて印刷まですることができます。また、何
　かを調べるときは、インターネットを使えばすぐに必要な知識や世界中の
　情報が得られます。今では、これらのものがない生活は考えられません。
　　　しかし、これらテクノロジーの進歩が②新たな問題を生み出しているこ
　とも忘れてはなりません。例えば、ワープロばかり使っていると、漢字を
　忘れてしまいます。また、インターネットで簡単に知識や情報を得ている
　と、自分で努力して調べる力がなくなるのではいないでしょうか。
　　　これらの機器は、便利な反面、人間の持つ能力を衰えさせる面もあるこ
　とを、私たちは忘れないようにしたいものです。

28 ①例えばは、何の例か。

1　人間の生活を便利で豊かなものにした情報機器

2　身の回りにあふれている便利な電気製品

3　文字を美しく書く機器

4　情報を得るための機器

29 ②新たな問題とは、どんな問題か。

1　新しい便利な機器を作ることができなくなること

2　ワープロやパソコンを使うことができなくなること

3　自分で情報を得る簡単な方法を忘れること

4　便利な機器に頼ることで、人間の能力が衰えること

30 ②新たな問題を生みだしているのは、何か。

1　人間の豊かな生活

2　テクノロジーの進歩

3　漢字が書けなくなること

4　インターネットの情報

(2)

日本語を学んでいる外国人が、いちばん苦労するのが敬語の使い方だそうです。日本に住んでいる私たちでさえ難しいと感じるのですから、外国人にとって難しく感じるのは当然です。

ときどき、敬語があるのは日本だけで、外国語にはないと聞くことがありますが、そんなことはありません。丁寧な言い回しというものは例えば英語にもあります。ドアを開けて欲しいとき、簡単に「Open the door.（ドアを開けて。）」と言う代わりに、「Will you 〜（Can you 〜）」や「Would you 〜（Could you 〜）」を付けたりして丁寧な言い方をしますが、①これも敬語と言えるでしょう。

私たちが敬語を使うのは、相手を尊重し敬う※気持ちをあらわすことで、人間関係をよりよくするためです。敬語を使うことで自分の印象をよくしたいということも、あるかもしれません。

ところが、中には、相手によって態度や話し方を変えるのはおかしい、敬語なんて使わないでいいと主張する人もいます。

しかし、私たちの社会に敬語がある以上、それを無視した話し方をすると、人間関係がうまくいかなくなることもあるかもしれません。

確かに敬語は難しいものですが、相手を尊重し敬う気持ちがあれば、使い方が多少間違っていても構わないのです。

※敬う…尊敬する。

31 ①これは、何を指しているか。
1 「Open the door.」などの簡単な言い方
2 「Will（Would）you 〜」や「Can（Could）you 〜)」を付けた丁寧な言い方
3 日本語にだけある難しい敬語
4 外国人にとって難しく感じる日本の敬語

32 敬語を使う主な目的は何か。
1 相手に自分をいい人だと思われるため
2 自分と相手との上下関係を明確にするため
3 日本の常識を守るため
4 人間関係をよくすること

33 「敬語」について、筆者の考えと合っているのはどれか。
1 言葉の意味さえ通じれば敬語は使わないでいい。
2 敬語は正しく使うことが大切だ。
3 敬語は、使い方より相手に対する気持ちが大切だ。
4 敬語は日本独特なもので、外国語にはない。

問題6　つぎの文章を読んで、質問に答えなさい。答えは、1・2・3・4から最もよいものを一つえらびなさい。

　　信号機の色は、なぜ、赤・青（緑）・黄の3色で、赤は「止まれ」、黄色は「注意」、青は「進め」をあらわしているのだろうか。

　　①当然のこと過ぎて子どもの頃から何の疑問も感じてこなかったが、実は、それには、しっかりとした理由があるのだ。その理由とは、色が人の心に与える影響である。

　　まず、赤は、その「物」を近くにあるように見せる色であり、また、他の色と比べて、非常に遠くからでもよく見える色なのだ。さらに、赤は「興奮※1色」とも呼ばれ、人の脳を活発にする効果がある。したがって、「止まれ」「危険」といった情報をいち早く人に伝えるためには、②赤がいちばんいいということだ。

　　それに対して、青（緑）は人を落ち着かせ、冷静にさせる効果がある。そのため、　③　をあらわす色として使われているのである。

　　最後に、黄色は、赤と同じく危険を感じさせる色だと言われている。特に、黄色と黒の組み合わせは「警告※2色」とも呼ばれ、人はこの色を見ると無意識に危険を感じ、「注意しなければ」、という気持ちになるのだそうだ。踏切や、「工事中につき危険！」を示す印など、黄色と黒の組み合わせを思い浮かべると分かるだろう。

　　このように、信号機は、色が人に与える心理的効果を使って作られたものなのである。ちなみに、世界のほとんどの国で、赤は「止まれ」、青（緑）は「進め」を表しているそうだ。

　※1　興奮…感情の働きが盛んになること。
　※2　警告…危険を知らせること。

34 ①当然のこととは、何か。

1　子どものころから信号機が赤の時には立ち止まり、青では渡っていること

2　さまざまなものが、赤は危険、青は安全を示していること

3　信号機が赤・青・黄の３色で、赤は危険を、青は安全を示していること

4　信号機に赤・青・黄が使われているのにはしっかりとした理由があること

35 ②赤がいちばんいいのはなぜか。

1　人に落ち着いた行動をさせる色だから

2　「危険！」の情報をすばやく人に伝えることができるから。

3　遠くからも見えるので、交差点を急いで渡るのに適しているから。

4　黒と組み合わせることで非常に目立つから。

36 　③　に適当なのは次のどれか。

1　危険

2　落ち着き

3　冷静

4　安全

37 この文の内容と合わないものはどれか。

1　ほとんどの国で、赤は「止まれ」を示す色として使われている。

2　信号機には、色が人の心に与える影響を考えて赤・青・黄が使われている

3　黄色は人を落ち着かせるので、「待て」を示す色として使われている。

4　黄色と黒の組み合わせは、人に危険を知らせる色として使われている。

問題7　右の文章は、ある文化センターの案内である。これを読んで、下の質問に答えなさい。答えは、1・2・3・4から最もよいものを一つえらびなさい。

38　男性会社員の井上 正さんが平日、仕事が終わった後、18時から受けられるクラスはいくつあるか。

　1　1つ　　　　　　2　2つ　　　　　　3　3つ　　　　　　4　4つ

39　主婦の山本 真理菜さんが週末に参加できるクラスはどれか。

　1　BとA　　　　　2　BとC　　　　　3　BとD　　　　　4　BとE

小町文化センター秋の新クラス

	講座名	日時	回数	費用	対象	その他
A	男子力 UP!4 回でしっかりおぼえる料理の基本	11・12 月第 1・3 金曜日 (11/7・21・12/5・12) 18:00 ～ 19:30	全 4 回	18,000 円＋税 (材料費含む)	男性 18 歳以上	男性のみ
B	だれでもかんたん！色えんぴつを使った植物画レッスン	10 ～ 12 月第 1 土曜日 13:00 ～ 14:00	全 3 回	5,800 円＋税 *色えんぴつは各自ご用意下さい	15 歳以上	静かな教室で、先生が一人一人ていねいに教えます
C	日本のスポーツで身を守る！女性のためのはじめての柔道：入門	10 ～ 12 月第 1 ～ 4 火曜日 18:00 ～ 19:30	全 12 回	15,000 円＋税 *柔道着は各自ご用意ください。詳しくは受付まで	女性 15 歳以上	女性のみ
D	緊張しないスピーチトレーニング	10 ～ 12 月第 1・3 木曜日 (10/2・16 11/6・20 12/4・18) 18:00 ～ 20:00	全 6 回	10,000 円 (消費税含む)	18 歳以上	まずは楽しくおしゃべりから始めましょう
E	思い切り歌ってみよう！「みんな知ってる日本の歌」	10 ～ 12 月第 1・2・3 土曜日 10：00 ～ 12：00	全 9 回	5,000 円＋楽譜代 500 円 (税別)	18 歳以上	一緒に歌えばみんな友だち！カラオケにも自信が持てます！

聴解

T6-1 ～ 6-9

もんだい
問題 1

問題 1 では、まず質問を聞いてください。それから話を聞いて、問題用紙の 1 から 4 の中から、最もよいものを一つえらんでください。

れい

1 10 時

2 6 時

3 7 時

4 6 時半

1ばん

1 教室の机を並べ変える。
2 宿題の紙をコピーする。
3 みんなの連絡先を聞く。
4 授業で使う資料を教室に持っていく。

2ばん

1 ビール
2 お弁当
3 お菓子
4 おもちゃ

3 ばん

1　18日(水)9時

2　18日(水)6時

3　21日(土)3時

4　25日(水)7時

4 ばん

1　ウイスキー

2　おもちゃ

3　ジュース

4　花

5 ばん

1 木曜日の試験のために歴史の勉強をする

2 金曜日の試験のために漢字の勉強をする

3 レポートの残りを書く

4 先生にレポートの提出を伸ばしてもらう

6 ばん

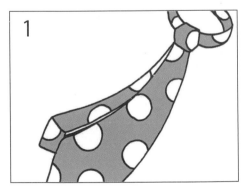

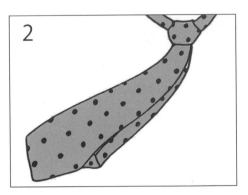

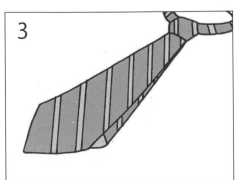

問題 2

問題 2 では、まず質問を聞いてください。そのあと、問題用紙を見てください。読む時間があります。それから話を聞いて、問題用紙の 1 から 4 の中から、最もよいものを一つえらんでください。

れい

1　レポートを書くのに時間がかかったから

2　ゲームをしていたから

3　ずっとコンビニにいたから

4　近くの店でお酒を飲んでいたから

1 ばん

1　作品の中に入ること
2　写真やスケッチをすること
3　タバコを吸うこと
4　ものを食べること

2 ばん

1　運転がきらいだから。
2　ガソリンが高いから。
3　自動車は環境によくないから。
4　駐車場代が高いから。

3 ばん

1 外(そと)で遊(あそ)ぶこと

2 勉強(べんきょう)の目標(もくひょう)

3 一緒(いっしょ)に遊(あそ)ぶ友(とも)だち

4 勉強(べんきょう)する時間(じかん)

4 ばん

1 たくさん入(はい)る大(おお)きいカバン

2 小(ちい)さくて厚(あつ)みのないカバン

3 値段(ねだん)が高(たか)い上等(じょうとう)なカバン

4 しっかりした丈夫(じょうぶ)なカバン

Check □1 □2 □3

5ばん

1　課長に連絡をしないで先に帰った。

2　システムサービスの人が来ることを忘れた。

3　パソコンのある部屋の鍵を閉めて帰ってしまった。

4　管理人室に行かないで帰ってしまった。

6ばん

1　体のためになる料理の作り方を教えること。

2　食べものについての知識や判断力を身につけさせる教育のこと。

3　何を食べると病気が治るかを教える教育のこと。

4　危険な食べ物の知識を身につけさせる教育のこと。

もんだい
問題 3

 T6-19〜6-23

問題3では、問題用紙に何もいんさつされていません。この問題は、ぜんたいとしてどんなないようかを聞く問題です。話の前に質問はありません。まず話を聞いてください。それから、せんたくしを聞いて、1から4の中から、最もよいものを一つえらんでください。

― メモ ―

Check □1 □2 □3

もんだい
問題 4

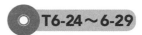

問題 4 では、えを見ながら質問を聞いてください。やじるし（➡）の人は何と言いますか。1 から 3 の中から、最もよいものを一つえらんでください。

れい

1 ばん

2 ばん

Check □1 □2 □3

3 ばん

4 ばん

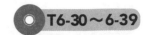

問題5
もんだい

問題5では、問題用紙に何もいんさつされていません。まず文を聞いてください。それから、そのへんじを聞いて、1から3の中から、最もよいものを一つえらんでください。

― メモ ―

聴解スクリプト

（M：男性　F：女性）

日本語能力試験聴解 N3　第一回

問題 1

例

男の人と女の人が家で話をしています。明日、女の人は何時に家を出ますか。

F：明日、早く家を出ないと。

M：めずらしいね。

F：会議だから、遅刻できないの。

M：大阪で会議？

F：うん。10 時には大阪駅に着いてなきゃ。

M：新幹線の切符は？

F：それは買ってあるの。ええと…ちょうど 7 時発だわ。

M：それなら 6 時半に家を出れば間に合うんじゃない？

F：無理よ。あなたなら大丈夫だけど、私は発車の 1 時間前には出るわ。

M：まあ、確かに、早めに出た方がいいね。

明日、女の人は何時に家を出ますか。

1 番

会社で男の人と女の人が話しています。男の人はこの後、何をしますか。

M：会議の準備はできていますか。

F：はい、ほとんど終わりました。資料も、30 部ずつ印刷してあります。

M：そうですか。椅子の数は確認しましたか。

F：全部で 25 脚、用意しておきました。

M：ああ、それじゃ足りないですね。大阪からも5人来るから。

F：わかりました。では、すぐに運びます。

M：いや、それはいいですよ。僕がやっておくから。それより、弁当とコーヒー。

F：はい。注文ですね。

M：それじゃ、よろしくお願いしますよ。

男の人はこの後、何をしますか。

2番

男の学生と女の学生が話しています。男の学生はこの後、どの授業に出ますか。

M：経済学の授業、むずかしくてよくわからなかったよ。

F：そうね。やっぱりよくテキストを読んでいかなくちゃだめだね。

M：来週は、しっかり予習して行かなきゃ。

F：今日はドイツ語もあるんでしょ？

M：うん、英語の後でね。教育学もあるよ。

F：私は、英語が終わったら今日は終わり。

M：えっ、いいなあ。

F：中国語の陳先生がお休みだからね。

男の学生はこの後、どの授業に出ますか。

3番

女の人と男の人が話しています。ペットボトルを出してもいいのは何曜日ですか。

F：ゴミの捨て方ですが、月曜日と木曜日は、燃えるごみですよ。

M：はい。

F：で、第二、第四火曜日が燃えないゴミで…ああ、アルミホイルとか、ビンの蓋とか、ね。詳しいことはこの紙に書いてあります。缶、ビン、紙なんかの資源ゴミは土曜日です。

M：あのう、ペットボトルは、何曜日ですか。

F：ああ、それは、缶やビンと一緒。洗って、つぶして、ほら、あの黄色いケースに入れてください。

M：わかりました。ありがとうございました。

ペットボトルを出してもいいのは何曜日ですか。

4番

女の人と店の人が電話で話しています。女の人はその店まで、どうやって行きますか。

F：そちらまで、歩くと時間がかかりますよね。うちは、市役所のそばなんですけど。

M：はあ、1時間以上かかると思います。電車だと駅から歩いて20分ぐらいです。

F：じゃ、車だと…駐車場はありますか。

M：2台止められるんですが、その時に空いているかどうか…。

F：ああ、じゃ…バスがいいかな。

M：はい、店の前がバス停です。ただ、市役所前からのバスはあまり多くないですよ。

F：いいです。帰りは電車にします。

M：はい、お待ちしています。

女の人はその店まで、どうやって行きますか。

5番

女の人と男の人が話しています。二人はこれから、どこで食事をしますか。

F：今日は、疲れたわねえ。

M：そう。じゃ、どこかでご飯食べていこうか。

F：そうね。たまにはラーメン屋さんでもいいかもね。

M：えーっ、夕食にラーメンか。ちょっとなあ。

F：じゃ、せっかくだから、イタリア料理の店は？　新しくできたとこ、行ってみない？

M：イタリアンねぇ…もうちょっとさっぱりしたものがいいよ。

F：それなら、お寿司屋さんは？

M：ううん…。

F：いいよ。もう。帰れば冷蔵庫に何かあるし。魚でも焼くから。

M：よし、そうしよう。

二人はこれから、どこで食事をしますか。

6番

旅行パンフレットを見ながら、女の人が、旅行会社の人とホテルの相談をしています。女の人はどのホテルを予約しますか。

F：部屋に温泉があるこのファーストホテルはいいですね。

M：はい、ただ、こちらは、もう予約がいっぱいです。

F：それなら、この、海の近くのシーサイドホテルはどうですか。

M：こちらは、まだ空いています。食事がおいしいと評判のホテルですよ。ただ、海側の部屋は、もういっぱいです。

F：あら、それは残念。食事がおいしそうで、気に入ったのに。

M：今の時期は、どこも混んでいますよ。そうですねぇ、こちらの山下旅館は、大きな温泉がいくつもあって、お勧めです。

F：そうですか…別に温泉はなくてもいいんです。みんなでおしゃべりしながらおいしい料理を食べて、きれいな景色が見られれば。

M：それでしたら、この山上ホテルはいかがですか。部屋ですきやきが食べられるし、夜は星がきれいですよ。

F：そうね、……でも、やっぱり、こちらにします。海が見えなくても、朝、散歩ができたら楽しいし。それに、食事がおいしいことが一番ですから。

女の人はどのホテルを予約しますか。

問題2

例

男の学生と女の学生が話をしています。男の学生は、昨夜何をしていたから眠いのですか。

M：あ〜（あくびの音）…ああ眠たい。

F：遅くまでレポート書いてたのね。

M：いや、レポートはけっこう早く終わったんだよ。

F：へえ。じゃ、あっ、ゲームでしょう。

M：ちがうよ。レポートが9時ごろ終わって、すぐ寝ようとしたんだよ。だけど、眠れなかったんだんだ。おなかすいちゃってさ。

Ｆ：まあ。

Ｍ：で、コンビニに行ったら、田中に会って。一緒に近くの店に行って２時まで飲んでたんだ。

Ｆ：なーんだ。

男の学生は、昨夜何をしていたから眠いのですか。

1番

息子と母親が話しています。息子は、なぜ先生に叱られたのですか。

Ｍ：今日、先生に叱られちゃった。

Ｆ：え、どうしてなの。

Ｍ：宿題、やっていかなかったんだ。

Ｆ：それは、叱られるわよ。

Ｍ：ちがうよ。宿題を忘れたから叱られたんじゃないよ。

Ｆ：じゃ、どうして。

Ｍ：先生に、休み時間に忘れた宿題をしなさい、と言われたのを忘れて…

Ｆ：忘れて？

Ｍ：友だちとサッカーしてたんだ。

Ｆ：サッカー？

Ｍ：うん。で、負けたから腹が立って、友だちとケンカした。

Ｆ：ケンカ…。

Ｍ：それで、叱られたんだ。

Ｆ：ああ～

息子は、なぜ先生に叱られたのですか。

2番

会社で女の人と男の人が話しています。女の人は、どうして困っているのですか。

Ｆ：困ったなあ。

Ｍ：どうしたの。

Ｆ：今日は午後１時から会議なんだ。

M：会議か。大変だね。準備できてないの。

F：いや、それはもういいの。問題は、課長。

M：どうしたの。

F：終わったらすぐに出張に出発なんだけど。

M：ああ、パリと…ロンドンだよね。

F：英語の資料はできたんだけど、フランス語のほうがまだ…。

M：そりゃ、大変だ。出張に持って行くって言っていたからね。手伝おうか。

F：悪いけど…。お願いします。

女の人は、どうして困っているのですか。

3番

女の人が話しています。女の人は、メールを送る前に、どうしなければならないと言っていますか。

F：メールは、電話と違って、電話なら、相手の声の大きさや話し方で、相手の気持ちを知ることができるので、それによってこちらの言い方を変えたり、冗談を言ったりして、こちらの気持ちをやわらかく伝えることもできます。しかし、メールの場合は、そんなことができないので、こちらの気持ちをそのまま伝えてしまいます。その結果、相手に大きなストレスを与えてしまうことがあります。ですから、書いたメールは出す前に必ず読み返して、強すぎる表現はないかなどを確認してから送るようにしなければなりません。

この女の人は、メールを送る前に、どうしなければならないと言っていますか。

4番

女の人と男の人が、話しています。女の人は、どんな動物を飼いたいと思っていますか。

F：田中君、犬を飼っているんだよね。

M：うん。うちは、家族がみんな犬好きなんだ。

F：へえ、そう。うちには昔は、ネコがいたわ。今は、一人で暮らしているから、何も飼ってないけど、また何か飼いたいな。

M：じゃあ、金魚にしたら。まず。

F：ああ、それもいいんだけど、ウサギがいいな。鳴かないから近所にも迷惑がかからないし。

M：でも、ウサギって、何を考えているかわからないからなあ。

F：それは、金魚も同じじゃない。

M：まあ、そうだね。じゃ、やっぱり、犬がいいんじゃないかな。

F：散歩が大変じゃない。それに比べたらウサギは散歩もいらないし、何より、長い耳がかわいい
　　よー。いいなあ。飼ってみたい。

女の人は、どんな動物を飼いたいと思っていますか。

5番

女の人が、洋服の店について話しています。どんな店が売れていると言っていますか。

F： 今、景気が悪いので、生活に必要な物以外の買い物をする人が減って、物の値段がどんどん下
　　がっています。そのうえ、消費者は安いだけでなく、少しでもいいものを求める傾向が強いの
　　です。特に、洋服は、値段を下げただけでは売れません。安くても、流行を取り入れた服を揃
　　えている店にお客は集まります。たくさんのお客が来る店は、流行を意識して、品物を揃えて
　　いる店です。こういう店は、景気が悪い時も売り上げを伸ばしているのです。

どんな店が売れていると言っていますか。

6番

父親と女の子が、テレビを見ています。女の子は今からどんな番組を見ますか。

F：お父さん、私、7時からテレビ見たいんだけど。

M：え〜っ、今、野球を見ているんだけどな。さなえは何を見るの？

F：アニメ。学校の友だちはみんな見てるの。

M：そうか。でも、さなえは、この時間、毎週ドラマを見てたんじゃなかった？

F：あのドラマは、先週終わったの。

M：そうなのか。あ、よし、打った〜。

F：やった〜！ 野球ってほんとに面白いわね。あ、でも、お父さん、やっぱりアニメにして。

M：何で？

F：このアニメ見ないと、学校でお友だちと話が合わないから。

M：そうか、…小学生も、大変なんだな。

おんな こ いま ばんぐみ み
女の子は今からどんな番組を見ますか。

問題3

例

おとこ ひと おんな ひと やす じかん はなし
男の人と女の人が、休み時間に話をしています。

M：あのう、キムさん、来週の金曜日、時間ある。
らいしゅう きんようび じかん

F：金曜日？ 国から友だちが来るから、迎えに行くつもりだけど。
きんようび くに とも く むか い

M：そうか。じゃ、無理だよな。
むり

F：でも、午後は空いてるよ。その友だちとランチを食べて大学に案内するだけだから。どうして？
ごご あ とも た だいがく あんない

M：実は、日本語学校の先生から通訳を頼まれたんだけど、その時間、ちょうどバイトがあるんだ。
じつ にほんごがっこう せんせい つうやく たの じかん
だから、誰かに変わってもらえないかと思って。
だれ か おも

F：午後2時からでいいの。
ごご じ

M：ああ、もし、頼めたら助かるよ。
たの たす

F：いいわよ。この前代わってもらったし。
まえか

おとこ ひと おんな ひと なに たの
男の人は、女の人に何を頼みましたか。
とも ひこうじょう むか い
1 友だちを飛行場に迎えに行くこと
とも だいがく あんない
2 友だちを大学に案内すること
にほんごがっこう せんせい つうやく
3 日本語学校の先生の通訳をすること
か
4 アルバイトを代わってもらうこと

1番

す むすこ ははおや でんわ はな
アパートに住んでいる息子が母親と電話で話しています。

M：はい、（咳の音：ゴホゴホ）
せき おと

F：電話に出ないから心配してたのよ。で、熱はあるの。
でんわ で しんぱい ねつ

M：ああ、38度ちょっと。
ど

F：あら、けっこう高いわね。病院へ行かなきゃ。何か食べたの。
たか びょういん い なに た

M：今日はまだ食べてないけど、（ゴホゴホ）カップラーメンがあるよ。あと、みかんも。
きょう た

F：そんな物食べていたらなおらないわよ。困ったわねえ。お母さん、これから仕事なんだけど…
もの た こま かあ しごと

M：来なくていいよ。（ゴホッ）

F：悪くなったら困るでしょ。もうすぐテストなんだから。

M：いや、いいって。

F：お父さんはちょうど出張中だし…。いいわ。仕事が終わったら行きますよ。

M：…そう、…じゃ、悪いけど…ゴホゴホ。

母親は、今から何をしますか。

1　病院へ行く

2　仕事に行く

3　テストを受ける

4　息子のアパートに行く

2番

男の人がみんなの前で話しています。

M：いくら考えても問題が解けなかったのに、シャワーを浴びていたら、急に答えがわかった、と
　　いう経験のある人は多いのではないでしょうか。何か考えなければならない時は、ずっと机に
　　向かっていても、時間ばかりたってしまうものです。ちょっとトイレに行っただけで、脳は
　　活発になることもあるのだとか。また、いろいろなアイデアが浮かびやすいのは、散歩をして
　　いる時だそうです。行き先も決めず、のんびりした気持ちでぶらぶら歩く。私は文章を考える
　　時によくこの方法を使っています。

この男の人は、何について話していますか。

1　数学の問題がわかる場所

2　気持ちが明るくなる場所

3　アイデアを思いつきやすい場所

4　散歩をするのにいい場所

3番

男の人と女の人が料理について話しています。

F：私は、じゃがいもは入れないで、野菜だけで作るわよ。

M：へえ。肉は？

F：豚肉。エビとか、イカを入れるときもあるわ。

M：ぼくは、牛肉だな。よーく煮た牛肉と、大きめに切った野菜で作るんだ。

F：うんうん。お肉も野菜も長いこと煮るとおいしいよね。

M：うちなんか、たくさん作って、次の日も食べるよ。

F：でも私、あまり辛いのは苦手。

M：ふうん。じゃ、インドに旅行したときは、何を食べてたの。

F：あまり辛くないのを注文したわ。

二人は、どんな料理について話していますか。

1　味噌汁

2　チャーハン

3　カレー

4　おでん

問題4

例

友だちに借りた傘をなくしました。なんといいますか。

F：1　借りた傘、なかったの。ごめんなさい。

　　2　借りた傘、なくなったみたいなの。ごめんなさい。

　　3　借りた傘、なくしちゃったの。ごめんなさい。

1番

明日会社を休みたいです。課長に何と言いますか。

F：1　明日休もうと思いますが。

　　2　明日は休みますよ。

　　3　明日、お休みをいただきたいのですが。

2番

先生の荷物を持とうとする時、何と言いますか。

M：1　先生、ぼく、持てますよ。

　　2　先生、お荷物お持ちします。

　　3　先生、お荷物、どうしますか。

3番

友だちのペンを借りたい時、何と言いますか

F：1　このペン、借りていい？

　　2　このペン、貸していい？

　　3　このペン、貸そうか？

4番

隣の部屋の人が、お土産を持って来てくれました。何と言いますか。

F：1　気を遣っていただいて、すみません。ありがとうございます。

　　2　気をつけて下さって、すみません。ありがとうございます。

　　3　気がつかなくて、すみません。ありがとうございます。

問題5

例

M：日本語がお上手ですね

F：1　いいえ、けっこうです。

　　2　いいえ、そうはいきません。

　　3　いいえ、まだまだです。

1番

M：電車、混んでなさそうだよ。

F：1　そうね、よかった。

　　2　そうね、いやだね。

　　3　そうね。混んでるね。

2番

F：コンサートのチケットがあるんだけど、明日、いっしょに行きませんか？

M：1　はい、行きません。

　　2　ありがとう。でも、明日はちょっと用があります。

　　3　いいえ、私はチケットがありません。

3番

F：こんな時間まで、おじゃましてすみません。

M：1　いいえ、どうぞゆっくりしていってください

　　2　いいえ、じゃまではありません。

　　3　いいえ、おじゃましてもいいです。

4番

F：お体の具合は、いかがですか。

M：1　どうぞいつまでもお元気で。

　　2　おかげさまでだいぶよくなりました。

　　3　お大事になさってください。

5番

F：今日はお世話になりました。

M：1　はい、お世話をしました。

　　2　いいえ、こちらこそ。

　　3　いいえ、お世話ではありません。

6番

F：電車にカバンを忘れちゃった。

M：1　忘れてよかったね。

　　2　それは困ったね。

　　3　それは苦しいね。

7番

M：この仕事、まさか失敗するなんて思わなかったよ。

F：1　そうか。残念だったね。

　　2　そうか。うれしいね。

　　3　そうか。よかったね。

8番

F：本当にわからないの？

M：1　うん、本当にわかったんだよ。

　　2　いや、本当にわかるんだよ。

　　3　うん、本当にわからないんだよ。

聴
解

問題 1

例

男の人と女の人が家で話をしています。明日、女の人は何時に家を出ますか。

F：明日、早く家を出ないと。

M：めずらしいね。

F：会議だから、遅刻できないの。

M：大阪で会議？

F：うん。10 時には大阪駅に着いてなきゃ。

M：新幹線の切符は？

F：それは買ってあるの。ええと…ちょうど 7 時発だわ。

M：それなら 6 時半に家を出れば間に合うんじゃない？

F：無理よ。あなたなら大丈夫だけど、私は発車の 1 時間前には出るわ。

M：まあ、確かに、早めに出た方がいいね。

明日、女の人は何時に家を出ますか。

1 番

先生と男の学生が話しています。男の学生はこの後、まず、何をしますか。

F：さあ、来週からいよいよ調査ですね。みなさん、インタビューに行くところについて、ちゃん
　　と調べてありますか。鈴木君のグループ、どうですか。

M：はい、部品を作る工場で、20 人の方にお話を伺います。

F：そうですか。で、責任者のお名前は。

M：ええっと、それはまだ…。

F：あら、それじゃ、わからないことをお聞きする時に困りますよ。

M：そうですね。では、すぐ電話をしてみます。

F：あ、待って。あちらは忙しい時間じゃない？電話する時は時間を考えてね。電話番号はわかりますか。

M：はい。前に頂いた名刺で、確認します。

男の学生はこの後、まず、何をしますか。

2番

医者が患者に薬の飲み方を説明しています。この薬を飲む時にしてはいけないことはどれですか。

M：この薬は、食後に飲んで下さい。

F：はい。朝・昼・夕方の食後ですね。

M：いえ、朝、夕です。でも、痛い時はもう一回飲んでいいです。

F：1日、3回ですね。

M：ええ、痛くて我慢できない時は、間を5時間空けて1日に3回まではいいですよ。

F：わかりました。それから、痛くなったら別の痛み止めを飲んでもいいですか。

M：ああ、それはダメです。でも、もうだんだん痛みもなくなりますよ。

F：じゃ、痛くなくなったら、飲まなくてもいいですか。

M：そうですね。ただ、これから一週間は朝晩2回は飲んで下さいね。

この薬を飲む時にしてはいけないことはどれですか。

3番

女の人が、会社の会議室の使い方について話をしています。空のペットボトルは、どうすればいいですか。

F：この会議室は、いろいろな課の人が使うので、使ったものは、必ず元の所に戻してください。例えば、コップや灰皿など、自由に使ってかまいませんが、戻すときは、数を数えて元の場所に戻しておいてください。

それから、ゴミは、必ず分けてゴミ箱に入れてください。空のペットボトルは、会議室の隅のペットボトル入れに入れます。お弁当の残りやパンの袋などは会議室の台所にある燃えるごみの箱に入れて下さい。コピー用紙や新聞紙などの紙は、廊下の隅の回収ボックスに入れて下さい。リサイクルに出しますので。会議室の使い方については以上です。わからないことがあったら、受付で聞いて下さい。夜8時までは必ず誰かいますから。それを過ぎたら、内線221で聞いて下さい。

空のペットボトルは、どうすればいいですか。

4番

女の人と男の人が、お花見について話しています。お花見は、いつにするといいですか。

M：できれば木曜日がいいよ。一番みんな都合がつくだろう。今月も来月も、水曜日は会議が多い
　　から。

F：じゃ、4月7日の木曜日はどう？

M：そうだね。ただ、今年はいつもの年よりうんと暖かいから、7日ごろには、桜は散っているか
　　もしれないよ。

F：それもそうね。じゃ、1週間前の3月31日の木曜日というのはどうかしら？

M：いいね。あ…でも、待てよ。その日は、僕、一日中外出していて何時に会社に戻れるかわから
　　ないんだ。

F：わかった。じゃ、翌日の金曜日にしましょう。土曜日は会社お休みだし。

M：そうだね。それがいい。

お花見は、いつにするといいですか。

5番

客と店員が話しています。客が選んだカバンはどれですか。

M：これ、大きさはちょうどいいんだけど、色が暗いから、重そうに見えるな。

F：では、こちらはいかがでしょう。セール品でお値段もお安くなっております。

M：うーん、色はいいけど、ちょっと小さすぎるし、縞の柄はないほうがいいな。

F：では…こちらは？　肩からかけるベルトもついておりまして、大変使いやすいです。

M：ああ、いいですね。いくらですか。

F：28,000円でございます。

M：ううん…。ちょっと高いよ。

F：それでしたら、こちらはいかがでしょう。色も明るいですし、ちょうどいい大きさかと…。

M：ああ、確かに大きさも適当だし、値段も…まあ、いいか。これをお願いします。

F：はい、かしこまりました。ありがとうございます。2万円お預かりします。

客が選んだカバンはどれですか。

6番

<ruby>男<rt>おとこ</rt></ruby>の<ruby>人<rt>ひと</rt></ruby>と<ruby>女<rt>おんな</rt></ruby>の<ruby>人<rt>ひと</rt></ruby>が<ruby>話<rt>はな</rt></ruby>しています。<ruby>男<rt>おとこ</rt></ruby>の<ruby>人<rt>ひと</rt></ruby>は、グラスをいくつ<ruby>用意<rt>ようい</rt></ruby>しますか。

M：<ruby>今夜<rt>こんや</rt></ruby>のパーティー、グラスはいくつ<ruby>必要<rt>ひつよう</rt></ruby>かな。

F：ええと、<ruby>山口<rt>やまぐち</rt></ruby>さんと<ruby>鈴木<rt>すずき</rt></ruby>さんの<ruby>二人<rt>ふたり</rt></ruby>。それで、<ruby>山口<rt>やまぐち</rt></ruby>さんは<ruby>友<rt>とも</rt></ruby>だちを<ruby>二人<rt>ふたり</rt></ruby><ruby>連<rt>つ</rt></ruby>れて<ruby>来<rt>く</rt></ruby>るって。あな
　　たの<ruby>方<rt>ほう</rt></ruby>は<ruby>何人<rt>なんにん</rt></ruby>？

M：<ruby>山田<rt>やまだ</rt></ruby>と、<ruby>竹内<rt>たけうち</rt></ruby>と<ruby>市川<rt>いちかわ</rt></ruby>の<ruby>三人<rt>さんにん</rt></ruby>だよ。

F：そうそう、さっき<ruby>竹内<rt>たけうち</rt></ruby>さんから<ruby>電話<rt>でんわ</rt></ruby>があって、<ruby>急<rt>きゅう</rt></ruby>な<ruby>用事<rt>ようじ</rt></ruby>で<ruby>来<rt>こ</rt></ruby>られなくなったって。

M：そうか…、それは<ruby>残念<rt>ざんねん</rt></ruby>だな。

F：で、グラス、<ruby>足<rt>た</rt></ruby>りるよね。<ruby>私<rt>わたし</rt></ruby>たち<ruby>二人<rt>ふたり</rt></ruby>の<ruby>分<rt>ぶん</rt></ruby>も<ruby>出<rt>だ</rt></ruby>しておいてね。

M：オーケー

<ruby>男<rt>おとこ</rt></ruby>の<ruby>人<rt>ひと</rt></ruby>は、グラスをいくつ<ruby>用意<rt>ようい</rt></ruby>しますか。

問題2

例

<ruby>男<rt>おとこ</rt></ruby>の<ruby>学生<rt>がくせい</rt></ruby>と<ruby>女<rt>おんな</rt></ruby>の<ruby>学生<rt>がくせい</rt></ruby>が<ruby>話<rt>はなし</rt></ruby>をしています。<ruby>男<rt>おとこ</rt></ruby>の<ruby>学生<rt>がくせい</rt></ruby>は、<ruby>昨夜<rt>ゆうべ</rt></ruby><ruby>何<rt>なに</rt></ruby>をしていたから<ruby>眠<rt>ねむ</rt></ruby>いのですか。

M：あ～（あくびの<ruby>音<rt>おと</rt></ruby>）…ああ<ruby>眠<rt>ねむ</rt></ruby>たい。

F：<ruby>遅<rt>おそ</rt></ruby>くまでレポート<ruby>書<rt>か</rt></ruby>いてたのね。

M：いや、レポートはけっこう<ruby>早<rt>はや</rt></ruby>く<ruby>終<rt>お</rt></ruby>わったんだよ。

F：へえ。じゃ、あっ、ゲームでしょう。

M：ちがうよ。レポートが9<ruby>時<rt>じ</rt></ruby>ごろ<ruby>終<rt>お</rt></ruby>わって、すぐ<ruby>寝<rt>ね</rt></ruby>ようとしたんだよ。だけど、<ruby>眠<rt>ねむ</rt></ruby>れなかったん

　　だんだ。おなかすいちゃってさ。

F：まあ。

M：で、コンビニに<ruby>行<rt>い</rt></ruby>ったら、<ruby>田中<rt>たなか</rt></ruby>に<ruby>会<rt>あ</rt></ruby>って。<ruby>一緒<rt>いっしょ</rt></ruby>に<ruby>近<rt>ちか</rt></ruby>くの<ruby>店<rt>みせ</rt></ruby>に<ruby>行<rt>い</rt></ruby>って2<ruby>時<rt>じ</rt></ruby>まで<ruby>飲<rt>の</rt></ruby>んでたんだ。

F：なーんだ。

<ruby>男<rt>おとこ</rt></ruby>の<ruby>学生<rt>がくせい</rt></ruby>は、<ruby>昨夜<rt>ゆうべ</rt></ruby><ruby>何<rt>なに</rt></ruby>をしていたから<ruby>眠<rt>ねむ</rt></ruby>いのですか。

1番

男の人と女の人が話をしています。男の人は、昨日どうして会議に出なかったのですか。

M：田中さん、昨日の会議はどうだった。

F：ああ、予定通り終わりましたよ。鈴木さん、出張だったんですか。

M：いや、急に部長と一緒に、エース商事に行くことになっちゃって。

F：あれ、何か問題があったんですか。

M：うん。先月送った請求書に間違いがあったんだよ。それで…。

F：うわあ、それは大変でしたね。怒られましたか。

M：文句は言われたよ。商品の数も間違っていたから。

F：あら…。で、結局、大丈夫だったんですか。

M：まあ、今回はなんとかね。とにかくこっちが悪いんだ。これからは気をつけないとね。

F：そうですね。

男の人は、昨日どうして会議に出なかったのですか。

2番

学生と先生が研究室で話しています。学生は次にレポートを書く時、どんなことに注意しなければ

なりませんか。

M：レポートは、いつまででしょうか。

F：金曜日までに出してください。前と同じように、この机の上に置いておいてください。

M：はい。わかりました。

F：この前の「日本の祭りの文化について」のレポートはよくできていましたよ。よく調べましたね。

M：ありがとうございます。日本語でレポートを書くのは初めてなので、言葉の意味を調べるのに

　　時間がかかりましたが、先輩たちがいろいろ教えてくださったので、なんとか完成しました。

F：そう。でも、漢字の間違いがありましたよ。例えば、ほら、ここことか。

M：あ、それは、最後に直した部分です。すみません。

F：それと、ほら、ここも。「きかい」の「かい」が、まちがってるよ。

M：ああ…やっぱり、まだまだですね。今度は気をつけます。

F：そうね。

学生は次にレポートを書く時、どんなことに注意しなければなりませんか。

3番

男の人と女の人が話をしています。二人は、何ででかけますか。

M：すごい雨だね。

F：はい。台風で電車も、遅れているみたいです。

M：地下鉄はどうかな。

F：今は大丈夫そうですが、地下鉄の駅まで行くのが…。

M：ぬれてしまうね。大切な荷物もあるし。

F：会社の車は全部使っていますから、荷物は手で持っていくしかないんです。

M：しょうがないね。じゃ、タクシー会社に電話して。

F：来てもらいますか。

M：うん。遅れたらまずいからね。早めに行こう。

F：あ、課長、今、佐藤さんが戻ってきたみたいです。車が一台、空きました。

M：そうか。助かった。じゃ、それで行こう。

F：はい。

二人は、何で出かけますか。

4番

女の人と男の人が話しています。女の人はどうして怒っているのですか。

F：もう、聡ったら～

M：どうしたの。

F：待ち合わせに来なかったの。

M：へえ、時間、間違えたんじゃない。

F：携帯で連絡したんだけど全然連絡つかなくて。あとで聞いたら、充電が切れていたって言うの。

M：そうか。それはしかたがないよね。でも、何で来なかったの。

F：寝てたんだって。

M：ええっ。そりゃひどいね。

F：それはいいのよ。誰にでも失敗はあるし、私もよく寝坊するから。でも、謝りもしないで「寒いのに30分も待ってたの？元気だなあ。いつもたくさん食べるから丈夫なんだね。」なんて、変なこと言って褒めるのよ。

M：わあ、僕が彼女に同じこと言ったら…殺されるな。

女の人は、どうして怒っているのですか。

5番

男の人が、登山について話しています。男の人はどうして一人で登山をしたいのですか。

M：山は、子どもの時によく父に連れて行ってもらいました。父も僕が大きくなるまではよく一人で登っていたそうです。仲間と登るのも楽しいけど、僕も、一人が好きですね。別に、好きな時に登りたいからとか、自分の好きな速さで登りたいからというわけではないんですけど。登山って、大雪なんかの、大変な時に頼れるのは自分しかいないんです。つまり、自分との戦いです。自分に甘さがあれば、死ぬこともある。だから、どんな場合でも決してあきらめない強い心が要求される。それを自分が持っていることを確かめたいんですよね。一人だとそれができるから。

男の人はどうして一人で登山をしたいのですか。

6番

女の人と男の人が、事務所で話しています。二人は、まず、どうすることになりましたか。

F：このコピー機、こわれてるんじゃない？
M：確かに最近よく紙が詰まるね。それと、コピーすると、紙に変な線が出る。
F：あれ、全然だめだ…。
M：もう、新しいのに買い替えた方がいいんじゃない？
F：そりゃ無理よ。確かこれ、来年まで借りてるのよ。それに、この書類、今日中に、200部必要なのよ。
M：うーん、しかたない、下のコンビニでコピーしてくるか。
F：そうね。でも、まず、キューキューオフィスに電話する。それで間に合わなそうなら、コンビニね。
M：佐藤さん、いないの。彼なら直せるんじゃないの。
F：さっきでかけちゃったのよ。

二人は、まず、どうすることになりましたか。

問題3

例

<ruby>男<rt>おとこ</rt></ruby>の<ruby>人<rt>ひと</rt></ruby>と<ruby>女<rt>おんな</rt></ruby>の<ruby>人<rt>ひと</rt></ruby>が、<ruby>休<rt>やす</rt></ruby>み<ruby>時間<rt>じかん</rt></ruby>に<ruby>話<rt>はなし</rt></ruby>をしています。

M：あのう、キムさん、<ruby>来週<rt>らいしゅう</rt></ruby>の<ruby>金曜日<rt>きんようび</rt></ruby>、<ruby>時間<rt>じかん</rt></ruby>ある。

F：<ruby>金曜日<rt>きんようび</rt></ruby>？　<ruby>国<rt>くに</rt></ruby>から<ruby>友<rt>とも</rt></ruby>だちが<ruby>来<rt>く</rt></ruby>るから、<ruby>迎<rt>むか</rt></ruby>えに<ruby>行<rt>い</rt></ruby>くつもりだけど。

M：そうか。じゃ、<ruby>無理<rt>むり</rt></ruby>だよな。

F：でも、<ruby>午後<rt>ごご</rt></ruby>は<ruby>空<rt>あ</rt></ruby>いてるよ。その<ruby>友<rt>とも</rt></ruby>だちとランチを<ruby>食<rt>た</rt></ruby>べて<ruby>大学<rt>だいがく</rt></ruby>に<ruby>案内<rt>あんない</rt></ruby>するだけだから。どうして？

M：<ruby>実<rt>じつ</rt></ruby>は、<ruby>日本語学校<rt>にほんごがっこう</rt></ruby>の<ruby>先生<rt>せんせい</rt></ruby>から<ruby>通訳<rt>つうやく</rt></ruby>を<ruby>頼<rt>たの</rt></ruby>まれたんだけど、その<ruby>時間<rt>じかん</rt></ruby>、ちょうどバイトがあるんだ。
　　だから、<ruby>誰<rt>だれ</rt></ruby>かに<ruby>変<rt>か</rt></ruby>わってもらえないかと<ruby>思<rt>おも</rt></ruby>って。

F：<ruby>午後<rt>ごご</rt></ruby>2<ruby>時<rt>じ</rt></ruby>からでいいの。

M：ああ、もし、<ruby>頼<rt>たの</rt></ruby>めたら<ruby>助<rt>たす</rt></ruby>かるよ。

F：いいわよ。この<ruby>前<rt>まえ</rt></ruby><ruby>代<rt>か</rt></ruby>わってもらったし。

<ruby>男<rt>おとこ</rt></ruby>の<ruby>人<rt>ひと</rt></ruby>は、<ruby>女<rt>おんな</rt></ruby>の<ruby>人<rt>ひと</rt></ruby>に<ruby>何<rt>なに</rt></ruby>を<ruby>頼<rt>たの</rt></ruby>みましたか。
1　<ruby>友<rt>とも</rt></ruby>だちを<ruby>飛行場<rt>ひこうじょう</rt></ruby>に<ruby>迎<rt>むか</rt></ruby>えに<ruby>行<rt>い</rt></ruby>くこと
2　<ruby>友<rt>とも</rt></ruby>だちを<ruby>大学<rt>だいがく</rt></ruby>に<ruby>案内<rt>あんない</rt></ruby>すること
3　<ruby>日本語学校<rt>にほんごがっこう</rt></ruby>の<ruby>先生<rt>せんせい</rt></ruby>の<ruby>通訳<rt>つうやく</rt></ruby>をすること
4　アルバイトを<ruby>代<rt>か</rt></ruby>わってもらうこと

1番

<ruby>男<rt>おとこ</rt></ruby>の<ruby>人<rt>ひと</rt></ruby>と<ruby>女<rt>おんな</rt></ruby>の<ruby>人<rt>ひと</rt></ruby>が、<ruby>電話<rt>でんわ</rt></ruby>で<ruby>話<rt>はな</rt></ruby>しています。

F：<ruby>明日<rt>あした</rt></ruby>、いつもの<ruby>時間<rt>じかん</rt></ruby>よりちょっと<ruby>早<rt>はや</rt></ruby>く<ruby>来<rt>き</rt></ruby>ていただけますか。

M：ええと、いつもは8<ruby>時<rt>じ</rt></ruby>ですが、もっと<ruby>早<rt>はや</rt></ruby>くですか。

F：30<ruby>分<rt>ぶん</rt></ruby>ほどでいいんですが。

M：そうですか…。<ruby>少<rt>すこ</rt></ruby>しお<ruby>待<rt>ま</rt></ruby>ちください。<ruby>確認<rt>かくにん</rt></ruby>してみます。

F：ああ、すみません。

M：もしもし、お<ruby>待<rt>ま</rt></ruby>たせしました。

F：いかがでしょう。

M：30<ruby>分<rt>ぶんはや</rt></ruby><ruby>早<rt></rt></ruby>く<ruby>伺<rt>うかが</rt></ruby>えます。ただ、<ruby>特別料金<rt>とくべつりょうきん</rt></ruby>がかかるんですが、それは<ruby>大丈夫<rt>だいじょうぶ</rt></ruby>ですか。

F：ああ、おいくらですか。

M：一般料金は一時間 3500 円ですが、8 時前だと早朝で 4000 円になります。

F：はい、結構です。じゃ、よろしくお願いします。

男の人は、明日何時に行きますか。

1　8 時 15 分

2　8 時 30 分

3　7 時 45 分

4　7 時 30 分

2 番

女の人が話しています。

F：パソコンを使うようになってから、漢字を書けなくなった、という人が大勢います。それは、漢字を書けなくなったのではなく、思い出そうとしなくなったのではないでしょうか。パソコンを使っていると、どんなに難しい漢字でも平仮名で入力すればすぐに漢字に直してくれます。ですから、わからない漢字があっても、思い出そうとせず、すぐにワープロに頼ってしまうのです。これでは、ますます漢字が書けなくなってしまいます。人間の能力は、使わずにいるとどんどん衰えます。思い出す力だってそうです。自分の能力をなくさないようにするためには、何かに頼りすぎないようにすることです。例えば、漢字はできるだけ自分で思い出す努力をしてください。

人が自分の持っている能力を失わないようにするためにはどんなことが大切ですか。

1　新しいことを一生懸命覚えること

2　わからないことは、人に聞くこと

3　自分の力でできていたことを、何かに頼りすぎないこと

4　知っていたことを忘れないように努力すること

3 番

父親と娘が電話で話しています。

M：今日は、お母さん、遅くなるそうだよ。

F：ふうん。で、夕ご飯はどうするの？

M：冷蔵庫にあるもので、作って食べるようにって。

Ｆ：そう。わかった。

Ｍ：お父さんは、だいたい8時頃には帰るから。

Ｆ：はあい。

Ｍ：おまえは、何時頃帰るんだ？

Ｆ：お父さんよりはずっと早いよ。孝は、7時過ぎるって。

Ｍ：まあ、毎日野球の練習だから、しょうがないよ。

Ｆ：そうね、今日は私が作るわ。だけど、実は、明日から試験なんだ。

Ｍ：えっ、試験か。じゃ、お父さんが、もっと早く帰って、夕飯作るよ。6時半ごろまでには帰れる

　　だろう。

Ｆ：そう？　それなら、帰りに図書館で勉強してきていい？

Ｍ：ああ、いいよ。おいしいカレーを作るから、楽しみにな。

Ｆ：はあい。じゃ、8時までに帰るわ。

今日は誰が夕食を作りますか

1　母親

2　父親

3　娘

4　弟の孝

問題4

例

友だちに借りた傘をなくしました。なんといいますか。

Ｆ：1　借りた傘、なかったの。ごめんなさい。

　　2　借りた傘、なくなったみたいなの。ごめんなさい。

　　3　借りた傘、なくしちゃったの。ごめんなさい。

1番

電車で、人に席を譲る時、何と言いますか。

Ｍ：1　どうぞ、おかけください。

　　2　どうも、おかけしますか。

　　　3　どうか、すわっていいですよ。

2番

<ruby>先<rt>せん</rt></ruby><ruby>輩<rt>ぱい</rt></ruby>より<ruby>先<rt>さき</rt></ruby>に<ruby>帰<rt>かえ</rt></ruby>る<ruby>時<rt>とき</rt></ruby>、<ruby>何<rt>なん</rt></ruby>と<ruby>言<rt>い</rt></ruby>いますか。

Ｆ：1　<ruby>お先<rt>さき</rt></ruby>に<ruby>失礼<rt>しつれい</rt></ruby>いたしました
　　　2　<ruby>お先<rt>さき</rt></ruby>に<ruby>失礼<rt>しつれい</rt></ruby>いたします
　　　3　<ruby>お先<rt>さき</rt></ruby>に<ruby>失礼<rt>しつれい</rt></ruby>させます

3番

テーブルの<ruby>向<rt>む</rt></ruby>こうにある<ruby>醬油<rt>しょうゆ</rt></ruby>をとって<ruby>欲<rt>ほ</rt></ruby>しいです。<ruby>何<rt>なん</rt></ruby>と<ruby>言<rt>い</rt></ruby>いますか

Ｍ：1　<ruby>お醬油<rt>しょうゆ</rt></ruby>、<ruby>欲<rt>ほ</rt></ruby>しいんですが。
　　　2　<ruby>お醬油<rt>しょうゆ</rt></ruby>、こっちに<ruby>置<rt>お</rt></ruby>いといてください。
　　　3　<ruby>お醬油<rt>しょうゆ</rt></ruby>、<ruby>取<rt>と</rt></ruby>っていただけますか。

4番

<ruby>待<rt>ま</rt></ruby>ち<ruby>合<rt>あ</rt></ruby>わせに<ruby>遅<rt>おく</rt></ruby>れた<ruby>友<rt>とも</rt></ruby>だちが、あなたに<ruby>謝<rt>あやま</rt></ruby>っています。あなたは<ruby>何<rt>なん</rt></ruby>と<ruby>言<rt>い</rt></ruby>いますか。

Ｆ：1　<ruby>気<rt>き</rt></ruby>にしないで
　　　2　<ruby>気<rt>き</rt></ruby>にしなよ
　　　3　<ruby>気<rt>き</rt></ruby>にしなかった

問題5

例

Ｍ：<ruby>日本語<rt>にほんご</rt></ruby>が<ruby>お上手<rt>じょうず</rt></ruby>ですね

Ｆ：1　いいえ、けっこうです。
　　　2　いいえ、そうはいきません。
　　　3　いいえ、まだまだです。

1番

M：暑いですね。窓を開けませんか。

F：1　いいえ、窓を開けません

　　2　ええ、窓を開けません

　　3　ええ、開けましょう。

2番

M：いつもお世話になっております。

F：1　それは、お世話になっております。

　　2　こちらこそ、お世話になっております。

　　3　いいえ、お世話をしておりません。

3番

F：具合はいかがですか。

M：1　おかげさまで、だいぶよくなりました。

　　2　おかげさまで、とてもつらいです。

　　3　おかげさまで、ぜんぜんだめです。

4番

F：そのお菓子、お口に合いましたか。

M：1　はい、とてもおいしかったです

　　2　はい、ちょうどいい大きさでした。

　　3　はい、おもしろいお話でした。

5番

F：写真を撮っていただけませんか。

M：1　ええ、いただけません。

　　2　ええ、あげますよ。

　　3　ええ、いいですよ。

6番

M：田中君のことを考えると、頭が痛いよ。

F：1　薬を飲ませた方がいいね。

　　2　しかたがないよ。まだ若いんだから。

　　3　少し、頭を治そうか。

7番

M：この書類、20部コピーしておいてくれる？

F：1　はい、ありがとうございます。

　　2　いいえ、失礼します。

　　3　はい、かしこまりました。

8番

F：どうぞ遠慮なく召し上がってください。

M：1　はい、遠慮させていただきます。

　　2　はい、いただきます。

　　3　いいえ、遠慮はしません。

日本語能力試験聴解 N3　第三回

問題 1

例

男の人と女の人が家で話をしています。明日、女の人は何時に家を出ますか。

F：明日、早く家を出ないと。

M：めずらしいね。

F：会議だから、遅刻できないの。

M：大阪で会議？

F：うん。10時には大阪駅に着いてなきゃ。

M：新幹線の切符は？

F：それは買ってあるの。ええと…ちょうど 7 時発だわ。

M：それなら 6 時半に家を出れば間に合うんじゃない？

F：無理よ。あなたなら大丈夫だけど、私は発車の 1 時間前には出るわ。

M：まあ、確かに、早めに出た方がいいね。

明日、女の人は何時に家を出ますか。

1 番

女の人と男の人が家で話しています。女の人はこの後、何をしますか。

M：今日、弁当いらないよ。

F：えっ、もう、作っちゃった。

M：ごめん、じゃ、帰ってから食べるよ。今日、帰り、早いから。

F：そうなの。

M：うん。日曜日も仕事だったからね。その代わりに、午後は休みをとったんだよ。

F：そう。私はこれから病院へ行くけど、その前に銀行へ行かなくちゃ。

M：そうか。じゃ、いっしょに出よう。

F：だけど、洗濯物を干さなくちゃ。

M：ぼくがさっき干しておいたよ。

F：うれしい！ありがとう。

女の人はこの後、何をしますか。

2番

男の学生と女の学生が話しています。男の学生はこの後、何をしますか。

M：ああ、授業が終わった！　明日からいよいよ夏休みだ。

F：台湾へ行くんでしょう。いいなあ。

M：うん。でもいろいろ忙しいんだよ。台湾にいる友だちにも会う予定だし、あっちに住んでる親戚の家にも行くし。

F：私は、バイトとクラブの練習。

M：でも、練習は、みんなで軽井沢へ行くんだろう。涼しくていいね。

F：まあね。あ、今日はバイト？

M：うん。その前に一度家に帰ってから。うちの犬を予防注射に連れていくんだよ。

F：ふうん、そう。…じゃ、私はバイトだから。じゃあね。

男の学生はこの後、何をしますか。

3番

図書館で、女の人が男の人に、パソコンの使い方を説明しています。パソコンは、何分使えますか。

F：使う時は、ここにカードを置いてください。ピッと鳴ったら、大丈夫です。

M：はい。

F：時間は30分です。30分たつと、パソコンに、「終わりです」という文字が出ます。

M：もっと使いたい時は、どうすればいいですか。

F：受付で聞いて下さい。もし誰も待っている方がいらっしゃらなければ、時間をのばせます。それも30分ずつです。

M：わかりました。

F：30分ちょうどで終わったら特に何もしなくてもいいですが、例えば15分で終わったとしたら、ここにカードを置いて、終了登録をして下さい。パソコンに記録が残っていると、いろいろと問題ですから。

M：はい、わかりました。ありがとうございます。

パソコンは、何分間使えますか。

4番

女の人と男の人が写真を見ながら話しています。二人が見ているのは、どの写真ですか。

F：この写真、見て見て。みんなすごく若いね。

M：ああ、あの日、暑かったね。8月だったからね。

F：そう。確か夏休み。

M：うん。彩香がまだ3歳のときだよ、これ、かわいいなあ。

F：それが今ではもう、中学生よ。

M：月日がたつのは早いね。そうそう、父さんとテニスをしたんだよ。あの時。で、僕が負けたんだ。

F：フフフ、そうそう。あれっ、なんで朋子さんがいるのに、明はいないんだっけ。

M：写真を撮ったのが僕だからだよ、姉さん。

F：ああ、そうか。

二人が見ているのは、どの写真ですか。

5番

男の人と女の人が電話で話しています。男の人はいつ会社に戻りますか。

F：お疲れ様です。課長、今日は何時に会社に戻られますか。

M：いつもと同じ、5時頃になるね。何かあった。

F：山川サービスの田中さんから連絡がありました。請求書を送って欲しいそうです。

M：それ、やっておいてくれない？ もう少し早めに戻るようにするから。

F：それが、私もこれからすぐに会議で…。請求書は急いでいるので3時までに一応メールで送って欲しいと言われましたが…。

M：ええ、困ったな。片岡くんは？

F：今、いなくて…。帰りは夕方になるそうです。

M：じゃあ、昼に一度帰るよ。

F：はい、よろしくお願いします。

男の人はいつ会社に戻りますか。

6番

女の人が、旅行会社の人と旅行の相談をしています。女の人はどのホテルを予約しますか。

F：いろいろ見る所がある方がいいんです。

M：こちらはいかがですか。海の近くのホテルで温水プールもあります。

F：海より、山がいいな。

M：これだと、湖の近くで、温泉もあります。

F：神社とか、お寺もあるんですね。

M：はい。この、湖の近くのホテルです。

F：あ、ここ、200年以上前にできたホテルなんですよね。いいですね。

M：はい、ホテルの中にも有名な絵が飾ってあります。

F：そうですか。じゃあ、こちらにします。

女の人はどのホテルを予約しますか。

問題2

例

男の学生と女の学生が話をしています。男の学生は、昨夜何をしていたから眠いのですか。

M：あ〜（あくびの音）…ああ眠たい。

F：遅くまでレポート書いてたのね。

M：いや、レポートはけっこう早く終わったんだよ。

F：へえ。じゃ、あっ、ゲームでしょう。

M：ちがうよ。レポートが9時ごろ終わって、すぐ寝ようとしたんだよ。だけど、眠れなかったん
　　だんだ。おなかすいちゃってさ。

F：まあ。

M：で、コンビニに行ったら、田中に会って。一緒に近くの店に行って2時まで飲んでたんだ。

F：なーんだ。

男の学生は、昨夜何をしていたから眠いのですか。

1番

医者と男の人が話をしています。男の人は、何をやめなければなりませんか。

F：かなりよくなっていますから、心配いらないでしょう。食事も、もう普通でいいですよ。あ、
　　でも甘いものは少なめに。

M：お酒や、タバコは…。

F：だめですね。スポーツはすこしずつ、始めは散歩ぐらいにしておいて、一週間ほどして、どう
　　もなかったら、どんどんやっていいですよ。

M：はい。

F：ただ、お酒は当分ダメですよ。

M：はあ。

F：それと、禁煙してください。

M：…はい。がんばります。

F：がんばるだけじゃだめです。タバコは絶対ダメです。タバコをすっていたら、仕事も、何もで
　　きなくなりますよ。

M：はい。

男の人は、何をやめなければなりませんか。

2番

女の人と男の人が電話で話しています。男の人は、何が知りたいのですか。

F：はい、ワンデー翻訳サービスです。

M：あさひ出版の山口です。お世話になっております。

F：こちらこそ、お世話になっております。

M：先日は、中国語の翻訳をありがとうございました。丁寧で、わかりやすいです。

F：いえ、こちらこそ、いつもご注文ありがとうございます。

M：ところで、ちょっとうかがいたいことがあるんですが。

F：はい。どんなことでしょうか。

M：今回の翻訳はいつもの方ですか。

F：少々お待ち下さい。確認いたします。

M：あ、いいんです。実は、同じ単語なのに、今回違う訳になっているところがあって、どちらが
　　新しい言い方なのかお聞きしたいと思いまして。

F：ああ、そういうことですね。少々お待ちいただけますか。担当者に確認いたしますので。

男の人は、何が知りたいのですか。

3番

女の人が話しています。女の人は、どんな傘の持ち方がいいと言っていますか。

F：ぬれた傘の持ち方で、その人が他の人の迷惑を考える人か、そうじゃないかがわかりますよね。傘を持って駅の階段を上がる時、傘の先を後ろに向けている人がいますが、本当に危険です。この前、階段を上がりながら顔を上げたら。目の前に傘の先があって、びっくりしました。傘はまっすぐ、下に向けて持ってほしいものです。このことは、学校でも子どもたちに教えるべきだと思います。

女の人は、どんな傘の持ち方がいいと言っているのですか。

4番

女の人と男の人が、本について話しています。女の人は、どんな本が好きだと言っていますか。

F：何読んでるの？
M：歴史小説。最近出た本だよ。
F：私はね、最近、科学の本を読んでるの。
M：へえ。
F：携帯とか、パソコンについて、科学的なことが知りたくて。
M：そうか。僕はITの仕事だから、自分で読む本はそれと関係ないものがいいな。
F：でも、歴史と科学って関係あるよね。
M：まあ、そうだね。
F：この時代にこんなことがあったから、こんな発明があったんだっていう事実が書かれた本が、私は好きだな。
M：うん。わかるよ。
F：前は小説が好きだったんだけどね。
M：ふうん。僕は、どっちも好きだな。

女の人は、どんな本が好きだと言っていますか。

5番

先生が生徒に話しています。イギリスでは携帯電話を学校に持って来るのを禁止した結果、どうなりましたか。

M：スマートフォンなどの携帯電話を学校に持ってくるのを禁止することで、生徒の成績に変化があるか、という調査をイギリスの研究チームが行ったそうです。その結果、学力が低いグループの生徒の成績が上がったそうです。ただ、学力が高いグループの生徒の成績には大きな差はなかったということです。国の調査によると、日本でも、高校1年生の9割近くがスマートフォンを持っているそうで、成績への影響がないかどうか問題になっているということです。

イギリスでは携帯電話を学校に持って来るのを禁止した結果、どうなりましたか。

6番

男の人と女の人が話しています。女の人は、どうして帰りが遅くなりましたか。

F：ただいまあ。

M：ああ、おかえり。けっこう遅かったね。あれ、酔ってるの？

F：ちがうよー。田中さんと山口さんが仕事のことでケンカして。

M：ケンカ？

F：うん、それで、昼休みに二人と、コーヒーを飲みに行ったの。

M：へえ。

F：そしたら、なんか、旅行に行く話になっちゃって。それから仕事にもどったんだけど、仕事の後、会社の近くの店でお酒を飲みながら旅行の相談をしてたんだ。

M：なんだ。やっぱり飲んでたんじゃないか。

F：でも、カラオケには行かなかったよ。二人は行ったけど。

女の人は、どうして帰りが遅くなりましたか。

例

<ruby>男<rt>おとこ</rt></ruby>の<ruby>人<rt>ひと</rt></ruby>と<ruby>女<rt>おんな</rt></ruby>の<ruby>人<rt>ひと</rt></ruby>が、<ruby>休<rt>やす</rt></ruby>み<ruby>時間<rt>じかん</rt></ruby>に<ruby>話<rt>はなし</rt></ruby>をしています。

M：あのう、キムさん、<ruby>来週<rt>らいしゅう</rt></ruby>の<ruby>金曜日<rt>きんようび</rt></ruby>、<ruby>時間<rt>じかん</rt></ruby>ある。

F：<ruby>金曜日<rt>きんようび</rt></ruby>？ <ruby>国<rt>くに</rt></ruby>から<ruby>友<rt>とも</rt></ruby>だちが<ruby>来<rt>く</rt></ruby>るから、<ruby>迎<rt>むか</rt></ruby>えに<ruby>行<rt>い</rt></ruby>くつもりだけど。

M：そうか。じゃ、<ruby>無理<rt>むり</rt></ruby>だよな。

F：でも、<ruby>午後<rt>ごご</rt></ruby>は<ruby>空<rt>あ</rt></ruby>いてるよ。その<ruby>友<rt>とも</rt></ruby>だちとランチを<ruby>食<rt>た</rt></ruby>べて<ruby>大学<rt>だいがく</rt></ruby>に<ruby>案内<rt>あんない</rt></ruby>するだけだから。どうして？

M：<ruby>実<rt>じつ</rt></ruby>は、<ruby>日本語学校<rt>にほんごがっこう</rt></ruby>の<ruby>先生<rt>せんせい</rt></ruby>から<ruby>通訳<rt>つうやく</rt></ruby>を<ruby>頼<rt>たの</rt></ruby>まれたんだけど、その<ruby>時間<rt>じかん</rt></ruby>、ちょうどバイトがあるんだ。だから、<ruby>誰<rt>だれ</rt></ruby>かに<ruby>変<rt>か</rt></ruby>わってもらえないかと<ruby>思<rt>おも</rt></ruby>って。

F：<ruby>午後<rt>ごご</rt></ruby>2<ruby>時<rt>じ</rt></ruby>からでいいの。

M：ああ、もし、<ruby>頼<rt>たの</rt></ruby>めたら<ruby>助<rt>たす</rt></ruby>かるよ。

F：いいわよ。この<ruby>前<rt>まえ</rt></ruby><ruby>代<rt>か</rt></ruby>わってもらったし。

<ruby>男<rt>おとこ</rt></ruby>の<ruby>人<rt>ひと</rt></ruby>は、<ruby>女<rt>おんな</rt></ruby>の<ruby>人<rt>ひと</rt></ruby>に<ruby>何<rt>なに</rt></ruby>を<ruby>頼<rt>たの</rt></ruby>みましたか。

1 <ruby>友<rt>とも</rt></ruby>だちを<ruby>飛行場<rt>ひこうじょう</rt></ruby>に<ruby>迎<rt>むか</rt></ruby>えに<ruby>行<rt>い</rt></ruby>くこと
2 <ruby>友<rt>とも</rt></ruby>だちを<ruby>大学<rt>だいがく</rt></ruby>に<ruby>案内<rt>あんない</rt></ruby>すること
3 <ruby>日本語学校<rt>にほんごがっこう</rt></ruby>の<ruby>先生<rt>せんせい</rt></ruby>の<ruby>通訳<rt>つうやく</rt></ruby>をすること
4 アルバイトを<ruby>代<rt>か</rt></ruby>わってもらうこと

1番

<ruby>男<rt>おとこ</rt></ruby>の<ruby>人<rt>ひと</rt></ruby>とガス<ruby>会社<rt>かいしゃ</rt></ruby>の<ruby>女<rt>おんな</rt></ruby>の<ruby>人<rt>ひと</rt></ruby>が<ruby>電話<rt>でんわ</rt></ruby>で<ruby>話<rt>はな</rt></ruby>しています。

M：ガスが<ruby>使<rt>つか</rt></ruby>えないと<ruby>寒<rt>さむ</rt></ruby>いので<ruby>困<rt>こま</rt></ruby>るんですよ。<ruby>暖房<rt>だんぼう</rt></ruby>もガスだから。<ruby>今日<rt>きょう</rt></ruby>の7<ruby>時<rt>じ</rt></ruby><ruby>頃<rt>ごろ</rt></ruby><ruby>着<rt>き</rt></ruby>てもらえませんか。

F：はい、ただ、<ruby>今日<rt>きょう</rt></ruby>は、どうしても<ruby>人<rt>ひと</rt></ruby>がいなくて…。

M：<ruby>明日<rt>あした</rt></ruby>は<ruby>僕<rt>ぼく</rt></ruby>も<ruby>妻<rt>つま</rt></ruby>も、<ruby>仕事<rt>しごと</rt></ruby>で<ruby>家<rt>いえ</rt></ruby>にいないんです。

F：あ、<ruby>今回<rt>こんかい</rt></ruby>は、<ruby>家<rt>いえ</rt></ruby>の<ruby>外<rt>そと</rt></ruby>のガス<ruby>管<rt>かん</rt></ruby>の<ruby>修理<rt>しゅうり</rt></ruby>なので、<ruby>家<rt>いえ</rt></ruby>にいらっしゃらなくても<ruby>大丈夫<rt>だいじょうぶ</rt></ruby>です。

M：そうですか。それなら、<ruby>明日<rt>あした</rt></ruby>は<ruby>午前中<rt>ごぜんちゅう</rt></ruby>に<ruby>来<rt>き</rt></ruby>てもらえませんか。<ruby>午後<rt>ごご</rt></ruby>、<ruby>妻<rt>つま</rt></ruby>が<ruby>帰<rt>かえ</rt></ruby>って<ruby>来<rt>く</rt></ruby>るまでに<ruby>直<rt>なお</rt></ruby>しておいてもらえれば<ruby>助<rt>たす</rt></ruby>かるんですが。

F：はい。それは、<ruby>大丈夫<rt>だいじょうぶ</rt></ruby>です。<ruby>朝<rt>あさ</rt></ruby>、9<ruby>時<rt>じ</rt></ruby><ruby>過<rt>す</rt></ruby>ぎにはうかがいますので…あの、<ruby>奥<rt>おく</rt></ruby>さまは、<ruby>何時<rt>なんじ</rt></ruby>にお<ruby>戻<rt>もど</rt></ruby>りでしょうか。できればご<ruby>一緒<rt>いっしょ</rt></ruby>に、ガスの<ruby>安全確認<rt>あんぜんかくにん</rt></ruby>をお<ruby>願<rt>ねが</rt></ruby>いしたいのですが。それは5<ruby>分<rt>ふん</rt></ruby>ほどですぐ<ruby>終<rt>お</rt></ruby>わるんですが。

M：妻は２時頃だと思いますが、一応、携帯に電話をしてからにして下さい。たまに遅くなるので。

F：ありがとうございます。では、工事の後に、ご連絡させていただきます。恐れ入りますが、奥様の携帯電話の番号をお願いできますでしょうか。

聴解
❸
回

ガスの工事はいつですか。
1　今日の６時過ぎ
2　明日の午前中
3　明日の午後
4　明日の３時頃

2番

日本人の男の人が講演会で話しています。

M：誰かと親しくなりたいと思ったら、まず、共通点を見つけるといいんです。たとえば、誕生日でも、好きな食べ物でも、映画でも、何でも、共通する何かがあれば親しくなれます。私がアメリカに留学していた時も、韓国人や台湾の人など、アジア人ととても仲が良くなりました。もちろん、文化はちがうのですが、肌の色や髪の色、顔の形が似ていることで、なんとなく安心し、話しやすい感じがするのです。ですから、アジア人の友だちがたくさんできました。一人、とても親しくなったアメリカ人がいましたが、その人のお母さんは、日本人でした。やっぱり、何かしら共通点があったんですね。

この男の人は、何について話していますか。
1　人と親しくなる方法
2　アジア人の考え方
3　文化の違う人との付き合い方
4　アメリカ人の友だちを見つける方法

3番

男の人と女の人が住む場所について話しています。

F：私は、とにかく静かな所がいいな。
M：へえ。静かな所なら、駅から遠くてもいいの？

F：そうね、そんなに遠いのも困るけど、20分ぐらいなら歩いてもいいかな。ちょっと広い家に住

みたいと思ったら、やっぱり少しぐらい遠いのはしかたないよ。

M：僕はやっぱり、駅に近い方がいいよ。朝は、ゆっくり寝たいし。それに、駅に近ければ買い物

なんかにも便利だしね。

F：近ければ、狭くてもいいの？　あと、駅に近いと、家が古かったり、周りがうるさかったりす

るかもよ。

M：家賃が高いのは仕方ないし、狭いのはがまんできるけど、うるさいのはいやだな。

F：うん。そうよね。ゆっくり休めないもの。

二人とも、どんなところに住むのは嫌だと言っていますか。

1　駅から遠い所

2　家賃が高い所

3　狭い所

4　うるさい所

問題4

例

友だちに借りた傘をなくしました。なんといいますか。

F：1　借りた傘、なかったの。ごめんなさい。

　　2　借りた傘、なくなったみたいなの。ごめんなさい。

　　3　借りた傘、なくしちゃったの。ごめんなさい。

1番

コーヒーのおかわりを勧められました。何と言いますか。

F：1　いえ、もう結構です。

　　2　はい、とても結構です。

　　3　どうも、結構です。

2番

一万円札を千円札10枚に両替してもらいたい時、何と言いますか。

M：1　千円札たくさんください。
　　 2　一万円札を替えてください
　　 3　千円札に替えてください

3番

病気で早く帰る友だちに何と言いますか。

F：1　お丈夫に。
　　 2　お大事に。
　　 3　お疲れ様。

4番

新幹線で、あなたの椅子に隣の人が荷物を置いています。何と言いますか。

F：1　すみません。ここは、私の席です。
　　 2　あのう、この荷物、邪魔です。
　　 3　あら、この荷物私のじゃないわ。

問題5

例

M：日本語がお上手ですね

F：1　いいえ、けっこうです。
　　 2　いいえ、そうはいきません。
　　 3　いいえ、まだまだです。

1番

M：お久しぶりですね。

F：1　ええ、以前からですね。
　　2　ええ、一年だけでしたね。
　　3　ええ、最後にお会いしたのは、一年も前ですね。

2番

F：もう一杯、いかがですか。

M：1　もう結構です。十分いただきました。
　　2　まだ結構です。もう一杯だけです。
　　3　ありがとう。そうしてください。

3番

F：この説明書をいただいてもいいでしょうか。

M：1　はい、いただいてください。
　　2　はい、どうぞお持ちください。
　　3　はい、くださいます。

4番

F：今日は、これで失礼します。

M：1　また、ぜひいらっしゃってください。
　　2　こちらこそ、失礼します。
　　3　とんでもない。

5番

F：ちょっと伺いたいことがあるんですが。

M：1　はい、いつでもいらっしゃってください。

　　2　はい、どんなことでしょうか。

　　3　いいえ、質問はありません。

6番

F：ここに座ってもよろしいですか。

M：1　ええ、かまいませんよ。

　　2　ええ、よろしくどうぞ。

　　3　いいえ、よろしいですよ。

7番

M：来週の日曜日にお宅に伺ってもいいですか？

F：1　はい、伺ってください。

　　2　何か聞きたいことがありますか？

　　3　はい。お待ちしています。

8番

F：明日、雨なら試合は中止ですか？

M：1　雨が降っても中止です。

　　2　雨が降ったら中止です。

　　3　いいえ、中止です。

聴
解

問題 1

例

<ruby>男<rt>おとこ</rt></ruby>の<ruby>人<rt>ひと</rt></ruby>と<ruby>女<rt>おんな</rt></ruby>の<ruby>人<rt>ひと</rt></ruby>が<ruby>家<rt>いえ</rt></ruby>で<ruby>話<rt>はなし</rt></ruby>をしています。<ruby>明日<rt>あした</rt></ruby>、<ruby>女<rt>おんな</rt></ruby>の<ruby>人<rt>ひと</rt></ruby>は<ruby>何時<rt>なんじ</rt></ruby>に<ruby>家<rt>いえ</rt></ruby>を<ruby>出<rt>で</rt></ruby>ますか。

F：<ruby>明日<rt>あした</rt></ruby>、<ruby>早<rt>はや</rt></ruby>く<ruby>家<rt>いえ</rt></ruby>を<ruby>出<rt>で</rt></ruby>ないと。

M：めずらしいね。

F：<ruby>会議<rt>かいぎ</rt></ruby>だから、<ruby>遅刻<rt>ちこく</rt></ruby>できないの。

M：<ruby>大阪<rt>おおさか</rt></ruby>で<ruby>会議<rt>かいぎ</rt></ruby>？

F：うん。10<ruby>時<rt>じ</rt></ruby>には<ruby>大阪駅<rt>おおさかえき</rt></ruby>に<ruby>着<rt>つ</rt></ruby>いてなきゃ。

M：<ruby>新幹線<rt>しんかんせん</rt></ruby>の<ruby>切符<rt>きっぷ</rt></ruby>は？

F：それは<ruby>買<rt>か</rt></ruby>ってあるの。ええと…ちょうど7<ruby>時<rt>じ</rt></ruby><ruby>発<rt>はつ</rt></ruby>だわ。

M：それなら6<ruby>時<rt>じ</rt></ruby><ruby>半<rt>はん</rt></ruby>に<ruby>家<rt>いえ</rt></ruby>を<ruby>出<rt>で</rt></ruby>れば<ruby>間<rt>ま</rt></ruby>に<ruby>合<rt>あ</rt></ruby>うんじゃない？

F：<ruby>無理<rt>むり</rt></ruby>よ。あなたなら<ruby>大丈夫<rt>だいじょうぶ</rt></ruby>だけど、<ruby>私<rt>わたし</rt></ruby>は<ruby>発車<rt>はっしゃ</rt></ruby>の1<ruby>時間前<rt>じかんまえ</rt></ruby>には<ruby>出<rt>で</rt></ruby>るわ。

M：まあ、<ruby>確<rt>たし</rt></ruby>かに、<ruby>早<rt>はや</rt></ruby>めに<ruby>出<rt>で</rt></ruby>た<ruby>方<rt>ほう</rt></ruby>がいいね。

<ruby>明日<rt>あした</rt></ruby>、<ruby>女<rt>おんな</rt></ruby>の<ruby>人<rt>ひと</rt></ruby>は<ruby>何時<rt>なんじ</rt></ruby>に<ruby>家<rt>いえ</rt></ruby>を<ruby>出<rt>で</rt></ruby>ますか。

1<ruby>番<rt>ばん</rt></ruby>

<ruby>男<rt>おとこ</rt></ruby>の<ruby>人<rt>ひと</rt></ruby>と<ruby>女<rt>おんな</rt></ruby>の<ruby>人<rt>ひと</rt></ruby>が<ruby>話<rt>はな</rt></ruby>しています。<ruby>男<rt>おとこ</rt></ruby>の<ruby>人<rt>ひと</rt></ruby>は、グラスをいくつ<ruby>買<rt>か</rt></ruby>いますか。

M：<ruby>僕<rt>ぼく</rt></ruby>たちのと、お<ruby>客<rt>きゃく</rt></ruby>さん<ruby>用<rt>よう</rt></ruby>だよね。<ruby>全部<rt>ぜんぶ</rt></ruby>でいくつ<ruby>買<rt>か</rt></ruby>っておく？

F：そうねえ、4つじゃ<ruby>足<rt>た</rt></ruby>りないね。クリスマスや、お<ruby>正月<rt>しょうがつ</rt></ruby>もあるし。

M：じゃあ、10<ruby>個<rt>こ</rt></ruby>ぐらい？

F：うちは<ruby>狭<rt>せま</rt></ruby>いから、10<ruby>人<rt>にん</rt></ruby>も<ruby>部屋<rt>へや</rt></ruby>に<ruby>入<rt>はい</rt></ruby>らないよ。5つで<ruby>十分<rt>じゅうぶん</rt></ruby>じゃない？

M：そうか。だけどちがう<ruby>飲<rt>の</rt></ruby>み<ruby>物<rt>もの</rt></ruby>を<ruby>飲<rt>の</rt></ruby>むたびに<ruby>洗<rt>あら</rt></ruby>うのもめんどうだよ。

F：まあ、それはいいけど…<ruby>多分<rt>たぶん</rt></ruby><ruby>割<rt>わ</rt></ruby>れたりするよね。<ruby>多<rt>おお</rt></ruby>めに<ruby>買<rt>か</rt></ruby>っておこうか。

M：そうだよ。おっ、この<ruby>箱<rt>はこ</rt></ruby>、6<ruby>個入<rt>こい</rt></ruby>りで、ずいぶん<ruby>安<rt>やす</rt></ruby>くなってる。

F：うん、じゃ、それ2<ruby>箱<rt>はこ</rt></ruby><ruby>買<rt>か</rt></ruby>っておこう。

<ruby>二人<rt>ふたり</rt></ruby>は、グラスをいくつ<ruby>買<rt>か</rt></ruby>いますか。

2番

<ruby>女<rt>おんな</rt></ruby>の<ruby>人<rt>ひと</rt></ruby>が<ruby>店員<rt>てんいん</rt></ruby>と<ruby>話<rt>はな</rt></ruby>しています。<ruby>女<rt>おんな</rt></ruby>の<ruby>人<rt>ひと</rt></ruby>はどのテーブルを<ruby>買<rt>か</rt></ruby>いますか。

M：いらっしゃいませ。テーブルをお<ruby>探<rt>さが</rt></ruby>しですか。

F：ええ、この<ruby>丸<rt>まる</rt></ruby>いのもいいですね。<ruby>何人<rt>なんにん</rt></ruby><ruby>座<rt>すわ</rt></ruby>れるかしら。

M：<ruby>4人用<rt>にんよう</rt></ruby>です。<ruby>同<rt>おな</rt></ruby>じ<ruby>形<rt>かたち</rt></ruby>で<ruby>黒<rt>くろ</rt></ruby>もございまして、こちらは<ruby>少<rt>すこ</rt></ruby>し<ruby>大<rt>おお</rt></ruby>きめで、<ruby>6人<rt>にん</rt></ruby>は<ruby>大丈夫<rt>だいじょうぶ</rt></ruby>です。

F：うちは<ruby>4人家族<rt>にんかぞく</rt></ruby>だけど、<ruby>両親<rt>りょうしん</rt></ruby>が<ruby>遊<rt>あそ</rt></ruby>びに<ruby>来<rt>く</rt></ruby>るときは<ruby>6人<rt>にん</rt></ruby>は<ruby>座<rt>すわ</rt></ruby>れる<ruby>方<rt>ほう</rt></ruby>がいいな。でも、<ruby>黒<rt>くろ</rt></ruby>は<ruby>部屋<rt>へや</rt></ruby>に<ruby>合<rt>あ</rt></ruby>わないな…。

M：それでしたら、…こちらの<ruby>形<rt>かたち</rt></ruby>はいかがでしょうか。

F：ああ、いいですね。<ruby>丸<rt>まる</rt></ruby>もいいけど、これだと<ruby>6人<rt>にんすわ</rt></ruby>座れますよね。

M：はい、<ruby>十分<rt>じゅうぶん</rt></ruby>お<ruby>座<rt>すわ</rt></ruby>りになれます。

F：ああ、やっぱり<ruby>落<rt>お</rt></ruby>ち<ruby>着<rt>つ</rt></ruby>いていて、いいわ。これにします。

<ruby>女<rt>おんな</rt></ruby>の<ruby>人<rt>ひと</rt></ruby>はどのテーブルを<ruby>買<rt>か</rt></ruby>いますか。

3番

<ruby>男<rt>おとこ</rt></ruby>の<ruby>人<rt>ひと</rt></ruby>と<ruby>女<rt>おんな</rt></ruby>の<ruby>人<rt>ひと</rt></ruby>が<ruby>話<rt>はな</rt></ruby>しています。<ruby>女<rt>おんな</rt></ruby>の<ruby>人<rt>ひと</rt></ruby>はこれから、まず<ruby>何<rt>なに</rt></ruby>をしますか。

F：（ドアのチャイム）おはよう。あれ、<ruby>兄<rt>にい</rt></ruby>さん、まだ<ruby>寝<rt>ね</rt></ruby>てたの？ お<ruby>父<rt>とう</rt></ruby>さんとお<ruby>母<rt>かあ</rt></ruby>さん、<ruby>迎<rt>むか</rt></ruby>えに<ruby>行<rt>い</rt></ruby>くんじゃないの。

M：いや、<ruby>昨日<rt>きのう</rt></ruby>は<ruby>飲<rt>の</rt></ruby>み<ruby>過<rt>す</rt></ruby>ぎて、すぐ<ruby>寝<rt>ね</rt></ruby>ちゃったんだよ。（あくび）これから<ruby>準備<rt>じゅんび</rt></ruby>する。

F：ええっ、<ruby>時間大丈夫<rt>じかんだいじょうぶ</rt></ruby>？そうだ、<ruby>車<rt>くるま</rt></ruby>は？

M：<ruby>8時<rt>じ</rt></ruby>に<ruby>借<rt>か</rt></ruby>りに<ruby>行<rt>い</rt></ruby>く<ruby>予約<rt>よやく</rt></ruby>をしたから、これから<ruby>行<rt>い</rt></ruby>くよ。ええと、<ruby>飛行機<rt>ひこうき</rt></ruby>は<ruby>何時<rt>なんじ</rt></ruby>に<ruby>着<rt>つ</rt></ruby>くんだっけ？

F：<ruby>10時半<rt>じはん</rt></ruby>。<ruby>二人<rt>ふたり</rt></ruby>ともきっと<ruby>疲<rt>つか</rt></ruby>れてるから、<ruby>待<rt>ま</rt></ruby>たせないようにしないと。<ruby>早<rt>はや</rt></ruby>く<ruby>行<rt>い</rt></ruby>こうよ。

M：<ruby>大丈夫<rt>だいじょうぶ</rt></ruby>だよ。じゃ、<ruby>車<rt>くるま</rt></ruby>を<ruby>借<rt>か</rt></ruby>りに<ruby>行<rt>い</rt></ruby>ってくるから、おまえは<ruby>朝<rt>あさ</rt></ruby>ごはんの<ruby>支度<rt>したく</rt></ruby>を<ruby>頼<rt>たの</rt></ruby>むよ。

F：でも、その<ruby>前<rt>まえ</rt></ruby>に、この<ruby>部屋<rt>へや</rt></ruby>なんとかきれいにしないと。

M：そうだね。あんまりきたないとお<ruby>母<rt>かあ</rt></ruby>さんたち<ruby>久<rt>ひさ</rt></ruby>しぶりに<ruby>帰<rt>かえ</rt></ruby>ってきてびっくりするからね。

<ruby>女<rt>おんな</rt></ruby>の<ruby>人<rt>ひと</rt></ruby>はまず<ruby>何<rt>なに</rt></ruby>をしますか。

4番

男の人と女の人が話しています。男の人は、今年を表すのはどの字だと言っていますか。

F：私はこの字。今年は。いろいろ変化があったから。

M：うん。加奈子も小学校に入ったし、君の仕事も変わったしね。

F：ほんと。いろいろ大変だったよ。引っ越しもしたし。

M：そうだね。

F：あなたは、どの漢字？

M：これ…じゃないな。まあ、楽しいことも多かったけど。

F：じゃ、これ？

M：そうだね。うん。これこれ。とにかく、止まっていることがなかったって感じだからな。

F：そうね。常に動いていたわね。

男の人は、今年を表すのはどの字だと言っていますか。

5番

男の学生と女の学生が、バスの時間について話しています。二人は何時のバスに乗りますか。

F：集合は 11 時だから、10 時 23 分のバスに乗ればいいね。11 分のはもう行っちゃったから。

M：いや、23 分でもだいぶ早く着くよ。道がすいてれば 10 分かからないから。

F：ただ、23 分の次は 49 分だよ。これだと、あっちで道に迷ったら遅刻するよ。

M：そうか。あれ、ちがうぞ。今日は土曜日だ。

F：あ、そうすると、…23 分はないのね。

M：うん。これで行くしかない。向こうに着いたら走ろう。

F：そうね。じゃ、私、コンビニに行って来る。

二人は何時のバスに乗りますか。

6番

男の人と女の人が、映画館の席について話しています。二人はどの席を予約しますか。

F：まだ、席は残ってる？

M：もうほとんどいっぱいだから、早く予約した方がいいよ。どこがいい？

F：一番前の席は、疲れるよね。

M：でも、端は見にくいよ。

F：そうね。別に、映画の途中で外に出たりしないんだから、ここにしようか。

M：ううん…もう少し前がいいな。ここはどう？　ちょっと右に寄っているけど、背が高い人に前に座られる心配がないから。

F：そうか。じゃ、そうしよう。

二人はどの席を予約しますか。

問題2

例

男の学生と女の学生が話をしています。男の学生は、昨夜何をしていたから眠いのですか。

M：あ〜（あくびの音）…ああ眠たい。

F：遅くまでレポート書いてたのね。

M：いや、レポートはけっこう早く終わったんだよ。

F：へえ。じゃ、あっ、ゲームでしょう。

M：ちがうよ。レポートが9時ごろ終わって、すぐ寝ようとしたんだよ。だけど、眠れなかったんだんだ。おなかすいちゃってさ。

F：まあ。

M：で、コンビニに行ったら、田中に会って。一緒に近くの店に行って2時まで飲んでたんだ。

F：なーんだ。

男の学生は、昨夜何をしていたから眠いのですか。

1番

男の人と女の人が話をしています。女の人は男の人に、これから何に気をつけてほしいと言っていますか。

F：がんばっていますね。仕事を覚えるのが早いって店長が言っていましたよ。

M：ああ、そうっすか。

F：まだ入ったばかりなのに、よく努力しているって。声も元気があって気持ちがいいし。

M：はい。まあ。

F：だけど、その髪の毛と、ひげ。

M：だめっすか。長いっすかね。じゃ、もっと切ります。

F：いいえ、長さじゃなくて、清潔に見えるかどうかなのよ。お客様にいい印象を持たれるように
　　してほしいんです。うちは食べ物を売っている店ですからね。爪にも、気をつけてくださいよ。

M：はあ…。わかりました。

女の人は男の人に、これから何に気をつけてほしいと言っていますか。

2番

女の人が話をしています。女の人は、どんなことが病気になりやすい体を作ると言っていますか。

F：例えば、毎日、暗い気持ちで過ごすと病気になりやすい体を作ってしまいますので、あまり笑
　　わないというのはよくありません。一日一回はおもしろいテレビ番組を見たり人と話したりし
　　て、大笑いしたほうがいいですね。そして、毎日1時間は歩くことです。一日中パソコンの前
　　に座っているのはよくないです。あとは、あれをしてはいけない、これをしちゃダメだ、と、
　　自分に厳しくしてばかりいるのもよくありませんね。

女の人は、どんなことが病気になりやすい体を作ると言っていますか。

3番

男の人と女の人が話をしています。男の人は、女の人のために何をしますか。

F：明日は孝の学校に行かなきゃならないんだけど、困ったわ。

M：どうしたの。

F：うん、午後、会議があるのよ。

M：ああ、それなら、ぼくが学校へ行こうか。明日なら、午前中は休めるから。

F：時間は大丈夫なんだけどね。このパソコンと書類全部持って行かないといけないの。

M：えっ、それ全部？

F：そうなのよ。それに、英語クラブのボランティアの集まりだから、私が行かないと。

M：ああ、おれ、英語は苦手だからな。

F：荷物、どうしよう…。そうだ。悪いけど、私の会社の受付に持って行っておいてくれない？

M：ああ、それならできるよ。明日はちょうど車だし。朝、早くてもいいならね。

F：早くてもだいじょうぶよ。助かるわ。ありがとう。

男の人は、女の人のために何をしますか。

4番

男の人が会議室の予約の仕方について説明しています。会議室を予約する時に必要のないことはどれですか。

M：会議室A、B、Cは、どれも、予約が入っていなければ、その日に申し込めます。予約は1ヶ月前からできます。インターネットでも、電話でもできます。同じ日に同じ部屋にいくつも予約が入った時は、一番早く申し込んだ人に決まります。申し込み代表者は一人決めて、後で変えたりしないでください。予約ができた場合は、その方に確認のメールをします。予約ができなかった場合も、断りのメールをします。どの会議室が空いているかは、ホームページで確認してください。なお、申し込みをした後でキャンセルする場合は、必ず連絡をしてください。

会議室を予約する時に必要のないことはどれですか。

5番

女の人が、料理の作り方について話しています。この料理に使わないものはどれですか。

F：玉ねぎは弱火でゆっくりまぜながら火を通します。

M：それから？

F：今日は、ここでトマトを使います。夏の野菜スープですから。

M：肉は、牛肉ですか。それとも鳥肉ですか。

F：このスープには牛肉は使いません。鳥肉は大きめに切って、塩とコショウをふっておきます。

　　そして、ポテトを入れます。

M：ああ、ここでじゃがいもを入れるのですね。

F：ええ。味付けには、砂糖を少しとしょうゆを少し入れます。

この料理に使わないものはどれですか。

6番

<ruby>女<rt>おんな</rt></ruby>の<ruby>人<rt>ひと</rt></ruby>が<ruby>男<rt>おとこ</rt></ruby>の<ruby>人<rt>ひと</rt></ruby>と<ruby>話<rt>はな</rt></ruby>しています。<ruby>女<rt>おんな</rt></ruby>の<ruby>人<rt>ひと</rt></ruby>は、なぜ<ruby>謝<rt>あやま</rt></ruby>っていますか。

F：<ruby>社長<rt>しゃちょう</rt></ruby>、<ruby>昨日<rt>きのう</rt></ruby>は、すみませんでした。

M：まあ、<ruby>田中君<rt>たなかくん</rt></ruby>がすぐに<ruby>必要<rt>ひつよう</rt></ruby>な<ruby>書類<rt>しょるい</rt></ruby>を<ruby>渡<rt>わた</rt></ruby>してくれたから<ruby>大丈夫<rt>だいじょうぶ</rt></ruby>だったけどね。<ruby>今度<rt>こんど</rt></ruby>から<ruby>気<rt>き</rt></ruby>をつけ

　　てくれればいいですよ。

F：<ruby>本当<rt>ほんとう</rt></ruby>に<ruby>申<rt>もう</rt></ruby>し<ruby>訳<rt>わけ</rt></ruby>ありません。<ruby>山下<rt>やました</rt></ruby>さんに<ruby>頼<rt>たの</rt></ruby>んでおいたのですが。

M：<ruby>山下<rt>やました</rt></ruby>さんって？

F：ああ、<ruby>先月入社<rt>せんげつにゅうしゃ</rt></ruby>したばかりの、<ruby>新入社員<rt>しんにゅうしゃいん</rt></ruby>です。<ruby>書類<rt>しょるい</rt></ruby>を<ruby>社長<rt>しゃちょう</rt></ruby>に<ruby>お渡<rt>わた</rt></ruby>しするように、と<ruby>伝<rt>つた</rt></ruby>えておい

　　たのですが、<ruby>慣<rt>な</rt></ruby>れていないので、わからなかったようです。

M：ああ、そうだったのか。<ruby>新入社員<rt>しんにゅうしゃいん</rt></ruby>なら<ruby>仕方<rt>しかた</rt></ruby>がないな。

F：はい、でも、これからもっと<ruby>気<rt>き</rt></ruby>をつけるように<ruby>山下<rt>やました</rt></ruby>さんにもよく<ruby>言<rt>い</rt></ruby>っておきます。

<ruby>女<rt>おんな</rt></ruby>の<ruby>人<rt>ひと</rt></ruby>は、なぜ<ruby>謝<rt>あやま</rt></ruby>っていますか。

問題3

例

<ruby>男<rt>おとこ</rt></ruby>の<ruby>人<rt>ひと</rt></ruby>と<ruby>女<rt>おんな</rt></ruby>の<ruby>人<rt>ひと</rt></ruby>が、<ruby>休<rt>やす</rt></ruby>み<ruby>時間<rt>じかん</rt></ruby>に<ruby>話<rt>はなし</rt></ruby>をしています。

M：あのう、キムさん、<ruby>来週<rt>らいしゅう</rt></ruby>の<ruby>金曜日<rt>きんようび</rt></ruby>、<ruby>時間<rt>じかん</rt></ruby>ある。

F：<ruby>金曜日<rt>きんようび</rt></ruby>？　<ruby>国<rt>くに</rt></ruby>から<ruby>友<rt>とも</rt></ruby>だちが<ruby>来<rt>く</rt></ruby>るから、<ruby>迎<rt>むか</rt></ruby>えに<ruby>行<rt>い</rt></ruby>くつもりだけど。

M：そうか。じゃ、<ruby>無理<rt>むり</rt></ruby>だよな。

F：でも、<ruby>午後<rt>ごご</rt></ruby>は<ruby>空<rt>あ</rt></ruby>いてるよ。その<ruby>友<rt>とも</rt></ruby>だちとランチを<ruby>食<rt>た</rt></ruby>べて<ruby>大学<rt>だいがく</rt></ruby>に<ruby>案内<rt>あんない</rt></ruby>するだけだから。どうして？

M：<ruby>実<rt>じつ</rt></ruby>は、<ruby>日本語学校<rt>にほんごがっこう</rt></ruby>の<ruby>先生<rt>せんせい</rt></ruby>から<ruby>通訳<rt>つうやく</rt></ruby>を<ruby>頼<rt>たの</rt></ruby>まれたんだけど、その<ruby>時間<rt>じかん</rt></ruby>、ちょうどバイトがあるんだ。

　　だから、<ruby>誰<rt>だれ</rt></ruby>かに<ruby>変<rt>か</rt></ruby>わってもらえないかと<ruby>思<rt>おも</rt></ruby>って。

F：<ruby>午後<rt>ごご</rt></ruby>2<ruby>時<rt>じ</rt></ruby>からでいいの。

M：ああ、もし、<ruby>頼<rt>たの</rt></ruby>めたら<ruby>助<rt>たす</rt></ruby>かるよ。

F：いいわよ。この<ruby>前代<rt>まえか</rt></ruby>わってもらったし。

<ruby>男<rt>おとこ</rt></ruby>の<ruby>人<rt>ひと</rt></ruby>は、<ruby>女<rt>おんな</rt></ruby>の<ruby>人<rt>ひと</rt></ruby>に<ruby>何<rt>なに</rt></ruby>を<ruby>頼<rt>たの</rt></ruby>みましたか。

1　友だちを飛行場に迎えに行くこと
2　友だちを大学に案内すること
3　日本語学校の先生の通訳をすること
4　アルバイトを代わってもらうこと

1番

男の人と女の人が携帯電話で話しています。

M：山口さん、今、家にいる？

F：うん、いるよ。もうすぐ出かけるけど。

M：何時に出かけるの。

F：あと30分ぐらいかな。図書館に本を借りに行くの。

M：じゃ、その前にそっちに行っていいかな？　この前借りたノートを返そうと思って。

F：ええ、いつでもいいよ。でも、今、ちょうど雪が降っているし、大丈夫？

M：いや、僕もバイトで、ちょうど君の家の近くを通るから。最近、和田先生の授業が休みだから、めったに会えないしね。

男の人がこれから女の人の家に行くのは、どうしてですか。

1　本を借りたいから
2　ノートを返したいから
3　雪が降っているから
4　和田先生の授業が休みだから

2番

男の人が、人々の前で話しています。

M：栄養のあるものを食べているし、じゅうぶん眠っている。病気や怪我もしていない。友だちや家族とけんかをしたり、困ったことがあるわけでもないのに、元気が出ない。そんな時はありませんか。その原因は、運動不足のことが多いです。最近スポーツをしたのは、いつでしょうか。すぐに答えられる人は問題ないですが、いつスポーツをしたか思い出せない人は、運動不足かもしれません。そのままにしておくと、頭痛や肩こりなど、体の調子が悪くなることもあります。多少のストレスは、一回友だちとテニスをしただけで解決することもあります。

この男の人は、何について話していますか。

1　風邪の原因

2　友だちや家族の大切さ

3　運動の大切さ

4　ストレスの原因

3番

男の人と女の人が店で話しています。

M：僕はもうすこし大きい方がいいと思うよ。窓の上にかけるんでしょ。

F：そう。だけど……。もっと部屋が広かったら大きくてもいいんだけど。

M：ずっと壁にかけとくなら、邪魔にならないんじゃないの。それより、見やすい方がいいよ。

F：確かに、すぐ時間がわからなくちゃ意味ないんだけど、部屋が狭いのに、大きいのって、変じゃ

　　ない？

M：そんなことないよ。これなんか数字も大きいし、いいんじゃない？　なんか、昔っぽくて好きだな。

F：ああ、おばあちゃんの家にあったなあ、こういうので、大きい音がするの。コチコチ、コチコチっ

　　て。…これは音がしないけど。思い出すなあ。

M：じゃ、これにしよう。

男の人と女の人は何を選んでいますか。

1　時計

2　カレンダー

3　テレビ

4　電話

問題 4

例

友_{とも}だちに借_かりた傘_{かさ}をなくしました。なんといいますか。

F：1 借_かりた傘_{かさ}、なかったの。ごめんなさい。

　　2 借_かりた傘_{かさ}、なくなったみたいなの。ごめんなさい。

　　3 借_かりた傘_{かさ}、なくしちゃったの。ごめんなさい。

1 番

同僚_{どうりょう}より先_{さき}に帰_{かえ}る時_{とき}、何_{なん}と言_いいますか。

F：1 お先_{さき}に

　　2 お待_またせ

　　3 お帰_{かえ}り

2 番

友_{とも}だちを映画_{えいが}に誘_{さそ}いたいです。何_{なん}と言_いいますか。

F：1 映画_{えいが}、行_いかない？

　　2 映画_{えいが}、行_いきたい？

　　3 映画_{えいが}、行_いっていい？

3 番

部屋_{へや}が寒_{さむ}いので、窓_{まど}を閉_しめたいです。何_{なん}と言_いいますか。

M：1 寒_{さむ}いですね、窓_{まど}を閉_しめるといいですか。

　　2 寒_{さむ}いですね、窓_{まど}を閉_しめたらいいですか。

　　3 寒_{さむ}いですね、窓_{まど}を閉_しめてもいいですか。

4番

田中さんに用があるので、会社に電話します。電話に出た人になんと言いますか。

F：1 田中さんをお願いしますか。

2 田中さんはいらっしゃいますか。

3 田中さんはいらっしゃいましたか。

問題5

例

M：日本語がお上手ですね

F：1 いいえ、けっこうです。

2 いいえ、そうはいきません。

3 いいえ、まだまだです。

1番

M：仕事が終わらないから、まだ帰れないよ。先に帰って。

F：1 そう。さっさと仕事しないからじゃない。

2 そう。よかったね。私はお先に。

3 そう。大変ね。お疲れ様。

2番

F：あれ？ 小野寺課長は？

M：1 どこかにいますよ。

2 さあ、どうでしょうか。

3 今、銀行に行かれました。

3番

M：忙しそうだね。手伝おうか。

F：1　うん、もっと一生懸命やってね。

　　2　うん、そうしてもらえると助かるわ。

　　3　うん、早く助けてあげて。

4番

F：これ、しまっておいてくれる？

M：1　難しい問題ですね。

　　2　でも、どこにしまうのか、わかりません。

　　3　はい。この引き出しでいいですか？

5番

F：ちょっとお尋ねしたいんですが、よろしいですか。

M：1　いえ、いいですよ。

　　2　はい、どんなことでしょうか。

　　3　ええ、どこでもどうぞ。

6番

F：もっと丁寧に仕事をしてください。これじゃ困ります。

M：1　これで、かまいませんよ。

　　2　申し訳ありません。これから気をつけます。

　　3　これからも、よろしくお願いいたします。

7番

M：国に帰ったら、まず、何がしたいですか。

F：1　母が待っています。

　　2　果物を食べます。

　　3　友だちに会いたいです。

8番

F：映画、どうでした？

M：1　とても悲しいからです。

　　2　おもしろいです。

　　3　すごくおもしろかったです。

日本語能力試験聴解 N3　第五回

問題 1

例

男の人と女の人が家で話をしています。明日、女の人は何時に家を出ますか。

F：明日、早く家を出ないと。

M：めずらしいね。

F：会議だから、遅刻できないの。

M：大阪で会議？

F：うん。10時には大阪駅に着いてなきゃ。

M：新幹線の切符は？

F：それは買ってあるの。ええと…ちょうど7時発だわ。

M：それなら6時半に家を出れば間に合うんじゃない？

F：無理よ。あなたなら大丈夫だけど、私は発車の1時間前には出るわ。

M：まあ、確かに、早めに出た方がいいね。

明日、女の人は何時に家を出ますか。

1 番

先生と学生が話しています。学生はこの後、何をしますか。

F：レポートを持ってきました。

M：ああ、ありがとう、横山さん。そこに置いてください。ちゃんと全員出していますか。

F：竹内さんが欠席しているので、出していません。あとは全員出しました。

M：そうですか。では、全員のレポートのコピーを取って山口先生に渡さないとね。

F：コピー、しましょうか。

M：いや、それはいいよ。こちらでやります。横山さんは、竹内さんに連絡して、いつまでに出せ
　るか聞いてください。

F：はい、すぐにメールをします。あ、でも、竹内さんのアドレスは…。

M：ああ、山口先生が知っています。聞いてみてください。

学生はこの後、何をしますか。

2 番

女の人が区役所の人と、電話で話しています。女の人は、まず何をしなければなりませんか。

F：引っ越してきたんですが、そちらに何を持って行けばいいですか。

M：前に住んでいた所の役所で、住所が変わるという証明書をもらいましたか。

F：それが、忙しくて、まだ…。

M：そうですか。まず、前に住んでいたところでそれをもらってきてください。

F：わかりました。

M：それと、本人だと確認できるパスポートかなんかを持ってきてくださいね。

F：はい。わかりました。写真はいりませんか？

M：いりません。パスポートがあればいいです。

女の人は、まず何をしなければなりませんか。

3番

男の人と女の人が話しています。女の人はこの後まず、何をしますか。

F：今日は、すごくおいしいケーキを買ってきたわ。

M：へえ、どこで？

F：おいしいと評判の有名なケーキ屋さん。30分も歩いて行ってきたの。

M：へえ。で、ケーキ買えたの？

F：みんな並んで買っていたけど、なんとか2個買えたわ。

M：よかったじゃない。食べようよ。

F：ちょっと待って。

M：ああ、コーヒーをいれるんだね。

F：いや、そうじゃない。

M：じゃあ、紅茶？

F：ううん。最近太ってしまったから、体重計って、昨日より減っていたら食べるわ。

女の人は、この後まず何をしますか。

4番

男の人が女の人に薬の飲み方を説明しています。女の人は薬を飲む時、どうするといいですか。

M：こちらの白い薬は朝と晩に2つずつ、こちらの粉薬は朝、昼、晩に一袋ずつ飲んで下さい。

F：はい。わかりました。

M：どちらも、食後ですが、何も食べたくない時は、無理して食べなくてもいいです。

F：これを飲むと眠くなりますか。

M：大丈夫です。車の運転も問題ないですよ。

F：この粉薬の方も大丈夫ですか。

M：はい。でも、白い薬を飲んだ後30分は、何も食べないでください。

F：はい、わかりました。

女の人は薬を飲む時、どうするといいですか。

5番

男の人と女の人が話しています。女の人は今日中に何をしなければなりませんか。

F：おみやげも買ったし、着るものも全部用意したけど、銀行にも行っておいた方がいいわね。

M：ああ、そうだね。明日は土曜日だから、たのむよ。で、歯医者は？

F：うん、もう昨日行ってきた。あ、でも、そうだ、車にガソリンを入れてこなくちゃ。

M：ああ、それは明日の朝、入れて行けばいいよ。

女の人は今日中に何をしなければなりませんか。

6番

女の人と男の人が、食事をする店について相談しています。女の人はどの店を予約しますか。

M：今晩、スミスさんをお連れする店を予約しておいて。

F：日本料理がいいでしょうか？

M：うん。日本の料理を楽しみにしていたから、いいと思うよ。だけど、スミスさんは、確か和食は初めてだから、お肉も食べられる店がいいな。

F：はい。わかりました。

M：ああ、それと、日本酒が大好きだと言っていたよ。

F：では、こちらの店はいかがですか。

M：ああ、いいね。すぐ予約しておいてくれる？

女の人はどの店を予約しますか。

問題2

例

男の学生と女の学生が話をしています。男の学生は、昨夜何をしていたから眠いのですか。

M：あ～（あくびの音）…ああ眠たい。

F：遅くまでレポート書いてたのね。

M：いや、レポートはけっこう早く終わったんだよ。

F：へえ。じゃ、あっ、ゲームでしょう。

M：ちがうよ。レポートが9時ごろ終わって、すぐ寝ようとしたんだよ。だけど、眠れなかったんだ。おなかすいちゃってさ。

F：まあ。

M：で、コンビニに行ったら、田中に会って。一緒に近くの店に行って2時まで飲んでたんだ。

F：なーんだ。

男の学生は、昨夜何をしていたから眠いのですか。

1番

男の人と女の人が車について話をしています。男の人は、どんな車がいいと言っていますか。

F：おとなりの田中さん、車買ったんだね。

M：うん。さっき届いたみたいだよ。

F：いいね。かわいいし、小さいからガソリンもそれほど消費しないんじゃない？

M：僕は小さいのは買いたくないな。

F：へえ。なんで。

M：車の中が狭いと荷物をたくさんのせられないし、太っている人はきつくないか？

F：あなたらしいね。そんな心配をするなんて。

M：まあ、ぼくも太っているから、わかるんだよ。車も、ゆったりしていた方がいいな。

F：私は、運転が下手だから運転しやすい車がいいな。

男の人は、どんな車がいいと言っていますか。

2番

女の人と男の人が話をしています。男の人は、猫を飼っていて、どんなことがありがたいと言っていますか。

F：鈴木君は、なんかペットを飼ってるの？

M：ああ、猫を飼っているよ。

F：へえ。一人暮らしなのに、世話が大変じゃない？

M：そうでもないよ。うちの猫は一日中部屋にいるよ。

F：でも、猫の餌の缶詰って高いんでしょ。

M：まあね。だけど、お金がなくても、猫には好きなものを食べさせたいって思うよ。僕が家に帰ると、玄関まで飛び出してくるんだ。かわいいよ。

F：へえ。まるで自分の子どもみたいね。

M：そうだね。何より、猫がいると健康でいられるんだ。

F：えっ、どうして？

M：一人だと、僕なんか家に帰らないで仕事ばかりしているかもしれないけど、猫がいると必ず家に帰るからね。

男の人は、猫を飼っていて、どんなことがありがたいと言っていますか。

3番

レストランで、店の人と男の人が話しています。店の中で何をしてはいけませんか。

M：すみません。ここでスマートフォンは使えますか。

F：はい。お使いになれます。ただ、メールはいいですが、ゲームはやめていただきたいのです。音がうるさくてほかのお客様の迷惑になりますので。

M：あ、そうですか。インターネットを見るのはいいのですね。

F：はい。でも、音の出るものはやめてください。

M：ああ、わかりました。

店の中で何をしてはいけませんか。

4番

女の人が食事について話しています。この女の人は、なぜ一人で食事をしに行くのですか。

F：最近、一人でも気軽に食事ができる店が増えてきたようで、うれしいです。実は私もよく一人で食事をします。会社の昼休みにも、なるべく一人で出かけます。誰かと一緒だと、時間を合わせたりしなければならないので、面倒なのです。それに、食べるお店も一人では決められないでしょう。自分の都合のいい時間に行って、その日自分が食べたい物を食べたいのです。でも、もちろん、旅行に行ったり、スポーツの後食事をしたりする時は、友だちと一緒の方が楽しいですね。

この女の人は、なぜ一人で食事をしに行くのですか。

5番

学生と先生が話しています。学生はどうして遅刻をしましたか。

F：今日はどうして授業に遅れたんですか。連絡もしないで。

M：すみません。いつもより早く起きたんですが。

F：何時頃？

M：7時には起きていました。でも、トイレに行ったら、窓の外で自分の携帯が鳴っているんです。で、変だなと思って見てみたら、携帯が庭に落ちていて…。

F：なんで、携帯が庭に？

M：ゆうべ、酔っぱらって帰った時に、庭に落としたみたいで、割れていました。で、修理を頼みに行ったら、遅くなりました。

F：まったく、困りますね！

学生はどうして遅刻をしましたか。

6番

女の人が話しています。女の人が、子どもを叱る時にしていることは何ですか。

F：最近子どもを叱らない親が増えたそうです。叱ってはいけない、ほめて育てるほうがいいとか、いろいろな考え方があるので、親もどうしたらいいか分からず、疲れてしまっているような気がします。しかし、本当に子どものことを考えるなら、しっかり叱った方がいい場合もあると思います。そんな時、私が気をつけているのは、3回、大きく呼吸をしてから叱ることです。そうすることで、冷静になれるのです。感情に任せて叱っては決してよい結果は得られません。子どもにもイヤな気持ちだけが残ってしまうので、反抗的になってしまうのです。

女の人が、子どもを叱る時にしていることは何ですか。

問題3

例

男の人と女の人が、休み時間に話をしています。

M：あのう、キムさん、来週の金曜日、時間ある。

F：金曜日？　国から友だちが来るから、迎えに行くつもりだけど。

M：そうか。じゃ、無理だよな。

F：でも、午後は空いてるよ。その友だちとランチを食べて大学に案内するだけだから。どうして？

M：実は、日本語学校の先生から通訳を頼まれたんだけど、その時間、ちょうどバイトがあるんだ。

　　だから、誰かに変わってもらえないかと思って。

F：午後2時からでいいの。

M：ああ、もし、頼めたら助かるよ。

F：いいわよ。この前代わってもらったし。

男の人は、女の人に何を頼みましたか。
1　友だちを飛行場に迎えに行くこと
2　友だちを大学に案内すること
3　日本語学校の先生の通訳をすること
4　アルバイトを代わってもらうこと

1番

日本に留学している男の学生と女の学生が話をしています。

F：日本の電車はきれいだけど、お酒臭い時があるよね。アルバイトの帰りの時間の方がすごいよ。

M：ああ、ひどいね。酔ってる人がいっぱいいる。僕なんか、この前、足を踏まれた。迷惑だよね、

　　まったく。

F：私は、何度も話しかけられた。「何人ですか？」って。

M：みんな迷惑そうにしてるよね。酒臭いし。

F：だけど、みんな慣れているみたいよ。

M：うん。あ、この前、何度も同じことを言っている会社員がいて、おもしろかったよ。

F：私も見たことある。おかしくて、ちょっと笑っちゃった。

二人は、電車の中にいる、どんな人が迷惑だと言っていますか。

1 お酒に酔っている人
2 ふらふらして人の足を踏む人
3 何度も同じことばかり言う会社員
4 女の人に話しかけたがる人

聽
解

2番

男の人が、大勢の人の前で話しています。

M：初めてコンビニエンスストアができたのは、1927年だそうです。アメリカで氷を売っていた小さ
な店の主人が、お客さまから「氷を売ってくれるのは確かに便利だけど、卵や牛乳、パンなども
扱ってくれると、もっと便利になる」といわれたことから誕生しました。時代やお客さまの細か
い希望を実現していくことで生まれたわけです。日本にできたのは1974年ですが、今では、物
を買うだけでなく、荷物を送ったり、公共料金を払うなど、いろいろなサービスが利用できて、
生活をしていくために、なくてはならない店になりました。

男の人は、何について話していますか。
1 氷を売る店をコンビニという理由
2 パン屋の歴史
3 コンビニの歴史と現在の状況
4 コンビニにはどんなサービスがあるか

3番

男の人と女の人が話しています。

M：なかなか、来ないね。
F：うん。遅れてる。雨で道が混んでるからね。
M：いつもこんなに遅れるの？
F：ええ、バスは電車と違って道路の事情で遅れることがあるのよ。あなたは引っ越してきたばかりだ
から知らないでしょうね。時々遅れるのよ。
M：もっと近いアパートを探していたんだけどなあ。
F：でもこの辺、静かだし、いつもは大学まで自転車で行けるんだからいいじゃない。加奈子なんて、
家から大学まで2時間もかかるそうよ。

M：それは大変だね。

F：地下鉄の駅まではお母さんに車で送ってもらうらしいけど。…ああ、もう10分も遅れてる。早く来ないかなあ。遅刻しちゃうよ。

二人は何を待っていますか。

1　タクシー
2　バス
3　電車
4　地下鉄

問題4

例

友だちに借りた傘をなくしました。なんといいますか。

F：1　借りた傘、なかったの。ごめんなさい。
　　2　借りた傘、なくなったみたいなの。ごめんなさい。
　　3　借りた傘、なくしちゃったの。ごめんなさい。

1番

友だちとの待ち合わせの時間に少し遅れました。何と言いますか。

F：1　遅れちゃった。困ったな。
　　2　お待たせして、ごめんなさい。
　　3　お先にごめんなさい。

2番

挨拶をして帰る女性に、あなたは何と言いますか。

M：1　お疲れさま。
　　2　もう帰りますか。
　　3　失礼しました。

3番

アルバイトの最初（さいしょ）の日（ひ）です。みんなに何（なん）と言（い）いますか。

M：1　田村（たむら）です。覚（おぼ）えておいてください。
　　2　田村（たむら）です。よろしくお願（ねが）いします。
　　3　田村（たむら）です。頑張（がんば）ってください。

4番

友（とも）だちが、あなたの読（よ）みたい本（ほん）を持（も）っています。何（なん）と言（い）いますか。

F：1　その本（ほん）、貸（か）してくれない？
　　2　この本（ほん）、借（か）りてくれない？
　　3　この本（ほん）、貸（か）してあげてもいい？

問題5

例

M：日本語（にほんご）がお上手（じょうず）ですね

F：1　いいえ、けっこうです。
　　2　いいえ、そうはいきません。
　　3　いいえ、まだまだです。

1番

M：では、今日（きょう）の仕事（しごと）はこれで終（お）わりです。

F：1　はい、どうも疲（つか）れました。
　　2　はい、お疲（つか）れさまでした。
　　3　はい、お疲（つか）れになりました。

2番

F：この書類のコピー、3時までに、よろしくお願いします

M：1　はい、承知しました。

　　2　はい、承知します。

　　3　こちらこそ、よろしくお願いします。

3番

M：この椅子、ちょっと借りていい？

F：1　うん、かまわないよ。

　　2　うん、おかまいなく。

　　3　うん、借りて。

4番

F：この荷物を預けたいんですが。

M：1　はい、かしこまりました。こちらが預けます

　　2　はい、かしこまりました。こちらに預けます

　　3　はい、かしこまりました。こちらでお預かりします。

5番

F：ちょっとおたずねしたいんですが。

M：1　それはありがとうございます。

　　2　どんなことでしょうか。

　　3　どちらにいらっしゃいますか。

6番

F：公園<ruby>こうえん</ruby>では禁煙<ruby>きんえん</ruby>ですよ。

M：1　はい、知<ruby>し</ruby>っていました。

　　2　いいえ、気<ruby>き</ruby>にしないでください。

　　3　すみません。以後注意<ruby>いごちゅうい</ruby>します。

7番

F：地下鉄<ruby>ちかてつ</ruby>よりタクシーのほうが、時間<ruby>じかん</ruby>がかかりますよ。

M：1　じゃ、急<ruby>いそ</ruby>ぐから地下鉄<ruby>ちかてつ</ruby>で行<ruby>い</ruby>きます。

　　2　じゃ、急<ruby>いそ</ruby>ぐからタクシーで行<ruby>い</ruby>きます。

　　3　じゃ、急<ruby>いそ</ruby>ぐからタクシーで帰<ruby>かえ</ruby>ります。

8番

F：この服<ruby>ふく</ruby>、私<ruby>わたし</ruby>には子<ruby>こ</ruby>どもっぽいかな。

M：1　そんなことないよ。よく似合<ruby>にあ</ruby>うよ。

　　2　そんなことないよ。あまり似合<ruby>にあ</ruby>わないよ。

　　3　そんなことないよ。子<ruby>こ</ruby>どもみたいだよ。

日本語能力試験聴解 N3　第六回

問題1

例

男<ruby>おとこ</ruby>の人<ruby>ひと</ruby>と女<ruby>おんな</ruby>の人<ruby>ひと</ruby>が家<ruby>いえ</ruby>で話<ruby>はなし</ruby>をしています。明日<ruby>あした</ruby>、女<ruby>おんな</ruby>の人<ruby>ひと</ruby>は何時<ruby>なんじ</ruby>に家<ruby>いえ</ruby>を出<ruby>で</ruby>ますか。

F：明日<ruby>あした</ruby>、早<ruby>はや</ruby>く家<ruby>いえ</ruby>を出<ruby>で</ruby>ないと。

M：めずらしいね。

F：会議だから、遅刻できないの。

M：大阪で会議？

F：うん。10時には大阪駅に着いてなきゃ。

M：新幹線の切符は？

F：それは買ってあるの。ええと…ちょうど7時発だわ。

M：それなら6時半に家を出れば間に合うんじゃない？

F：無理よ。あなたなら大丈夫だけど、私は発車の1時間前には出るわ。

M：まあ、確かに、早めに出た方がいいね。

明日、女の人は何時に家を出ますか。

1番

先生の研究室で、先生と学生が話しています。学生はこの後、まず何をしますか。

F：先生、おはようございます。

M：ああ、おはよう。安倍さん、君が今年のリーダーだったね。じゃ、今年の授業について説明しますよ。

F：はい、よろしくお願いします。

M：僕が教室に行く前に、教室の机を、コの字型に並べておいてください。今日は僕が並べておいたから、来週からみんなでやっておいて。

F：わかりました。

M：それと、授業で使う資料を毎回取りに来てください。今日のはこれです。これを教室に持って行っておいてください。

F：はい、宿題の方はコピーしましょうか？

M：いや、それは後で田口さんがやってくれるからいいよ。資料は、順番を決めて誰かが一人取りにくればいいです。あと、学生全員の連絡先リストを作ってもらえますか。メールアドレスと携帯の番号だけでいいから。

F：はい。では、授業の後で連絡先を聞いて、今晩、作ります。

M：うん。悪いけど、よろしく。

学生はこの後、まず何をしますか。

2番

男の人と女の人が話しています。女の人が今日買うものは何ですか。

F：明日からいよいよ台湾に行くのね～。楽しみ～。

M：そうだね。だけど、一週間も家にいないんだから、その準備が大変だよ。

F：だいじょうぶ。冷蔵庫には、もうビールしか入ってないし。だから、夕ご飯はコンビニのお弁当でいい？ 私、買ってくるから。

M：もちろんいいよ。で、新聞は？

F：ああ、1週間配達しないようにって新聞屋に電話すればいいのよね。やっておく。それから、私は明日、仕事の帰りに、おみやげを買ってくるわ。お菓子がいいかな。それとも…。

M：でも、それは明日、空港でもいいんじゃない。僕もいっしょに選ぶよ。

F：赤ちゃんのおみやげは、おもちゃがいいかな。

M：そうだね。

女の人が今日買うものは何ですか。

3番

歯医者で女の人と男の人が話しています。男の人はいつ予約をしますか。

F：次の予約はいつがいいですか。

M：ええと、水曜日がいいんですけど。

F：そうしますと、来週の18日ですね。空いているのは、午前9時から10時までと、夕方6時から6時半までになりますが…。

M：そうですか。…間に合うかな。じゃ、土曜日の3時はどうですか。

F：ああ、土曜日の午後は、お休みなんです。

M：そうですか。

F：その次の週はどうでしょうか。この日なら夜7時から9時まで空いていますが。

M：ああ、その日は出張なので…いいです。この日に来ます。早く治したいから。仕事が終わったら急いできます。

F：わかりました。では6時で大丈夫ですか。

M：はい。お願いします。

男の人はいつ予約をしますか。

4番

男の人と女の人がお客を迎える準備をしています。女の人は、何を買いに行かなければなりませんか。

F：さあ、これで準備はできたわ。

M：何か、僕が手伝うことある？

F：そうね。ビールもワインも買ってきたし、お料理もできたし。そうだ、玄関のお掃除をしておいてくれる？

M：ああ、わかった。

F：私は、玄関に花を飾るわ。

M：ああ、このバラの花だね。

F：そう。

M：ところで、今日は誰と誰が来ることになっているの？

F：谷川さんご夫妻がお子さんたちを連れて。あ、しまった。大人の飲み物だけしかないわ。買ってこなくちゃ。

女の人は、何を買いに行かなければなりませんか。

5番

男の学生と女の学生が話しています。男の学生は、今日まず、何をしますか。

M：ああ、大変だ〜

F：どうしたの？

M：金曜日までに、レポートを提出しなければならないだろう。もう、半分以上書いたんだけどさ。

F：じゃ、大丈夫じゃない。今日は水曜日だから十分間に合うでしょう。

M：でも、明日は歴史の試験があるし、明後日は漢字の試験なんだ。まったく勉強してないから、今日と明日は歴史と漢字の勉強をしなくちゃならないし、レポート書く時間がないよ。

F：レポートは、水曜日に連絡すれば、来週の月曜日までに提出すればいいって、先生おっしゃってなかった？

M：そ、そうだった。いいこと教えてくれてありがとう。

男の学生は、今日まず、何をしますか。

6番

男の人が、店員と話しています。男の人はどのネクタイを買いますか。

M：色は、なるべく明るい方がいいんですが。

F：こちらはいかがでしょう。明るくてちょっと変わった面白いデザインですよ。

M：うーん、ただ、あんまり変わった模様が入っているのもちょっとね…。

F：では、こちらはいかがですか。

M：うん…あ、水玉模様だね。ただ、同じ水玉なら、こっちがいいかな。そっちは暗い所だと模様
が見えないから。

F：そうですね。小さい水玉より、こちらの水玉の方がはっきりしていて明るくていいですね。

M：そうだね。落ち着いた感じだから、仕事で出かけるときにもいいな。これください。

男の人はどのネクタイを買いますか。

問題2

例

男の学生と女の学生が話をしています。男の学生は、昨夜何をしていたから眠いのですか。

M：あ〜（あくびの音）…ああ眠たい。

F：遅くまでレポート書いてたのね。

M：いや、レポートはけっこう早く終わったんだよ。

F：へえ。じゃ、あっ、ゲームでしょう。

M：ちがうよ。レポートが9時ごろ終わって、すぐ寝ようとしたんだよ。だけど、眠れなかったん
だんだ。おなかすいちゃってさ。

F：まあ。

M：で、コンビニに行ったら、田中に会って。一緒に近くの店に行って2時まで飲んでたんだ。

F：なーんだ。

男の学生は、昨夜何をしていたから眠いのですか。

1番

案内の人が、美術館の見学について話しています。この美術館の中で、してはいけないことはどれですか。

F：この美術館では、作品がガラスケースに入っていません。手で触ってもいいことになっているのです。お子さんにも、赤ちゃんにも、どんどん触らせてあげてください。また、靴を脱いで中に入れる作品もあります。中に入らないとその素晴らしさがわからないかもしれませんね。写真やスケッチも、もちろんかまいません。ただ、他のお客さまのじゃまにならないようにしてください。美術館の中は禁煙ですから、喫煙所もありません。食べる場所は、2階のレストランと、地下に、売店と食堂があります。そこでお願いします。

この美術館の中で、してはいけないことはどれですか。

2番

女の人と男の人が車について話をしています。男の人が車を買いたくない理由は何ですか。

F：子どもたちがいると、車があると便利だよね。

M：だけど、君は運転しないじゃない。まあ、僕も運転嫌いじゃないからいいけど。

F：この前みたいにプリンターなんか買っても、車だと、自分たちで持って帰れるよ。

M：お店に配達してもらわなくてもいいしね。ただ、車は環境によくないんじゃない。

F：じゃ、新しく出た、ガソリンがいらない自動車はどう？

M：うーん。それはいいけど、家の家賃の上に駐車場代もいるし…。

F：それもそうね。

M：そうだよ。この近所は高いんだろう。

F：2万円ぐらいだね。

M：ううん。やっぱりやめよう。荷物は僕が持つよ。

男の人が車を買いたくない理由は何ですか。

3番

先生と母親が話しています。先生は、今の子どもたちには何が足りないと言っていますか。

M：貴^{たかし}くんは、最近^{さいきん}学校^{がっこう}のことを何^{なに}か話^{はな}していますか。

F：はい、サッカーを始^{はじ}めてから友^{とも}だちがたくさんできて楽^{たの}しいと言^いっています。ただ、家^{いえ}ではゲームばかりやって。

M：そうですか。

F：宿題^{しゅくだい}も勉強^{べんきょう}も、自分^{じぶん}からはすすんでやろうとしないんですよ。

M：そうですか。人^{ひと}に言^いわれてではなく、自分^{じぶん}で、やろうという気持^{きも}ちになって欲^ほしいですね。そのためには、何^{なに}か、勉強^{べんきょう}の目標^{もくひょう}があるといいのです。

F：それはないですね。

M：最近^{さいきん}の子^こどもたちは、みんなそうですよ。

先生^{せんせい}は、今^{いま}の子^こどもたちには何^{なに}が足^たりないと言^いっていますか。

4番^{ばん}

男^{おとこ}の人^{ひと}がカバンについて話^{はな}しています。男^{おとこ}の人^{ひと}は、どんなカバンがいいと言^いっていますか。

M：学生^{がくせい}の頃^{ころ}は、とても大^{おお}きいカバンを持^もっていました。テキストやノートだけでなく、毎日^{まいにち}、ノートパソコンも持^もっていっていたので。しかし、会社^{かいしゃ}に勤^{つと}めてからは、それほど大^{おお}きいカバンはいらなくなりました。第一^{だいいち}、満員電車^{まんいんでんしゃ}では人^{ひと}の邪魔^{じゃま}になりますからね。一番^{いちばん}いいのは、たくさん入^{はい}るけれど、何^{なに}も入^いれない時^{とき}も形^{かたち}がくずれない、しっかりした丈夫^{じょうぶ}なカバンです。大学^{だいがく}の頃^{ころ}のように、毎日荷物^{まいにちにもつ}が多^{おお}いわけではないですが、たまには、本^{ほん}やパソコンを入^いれることもありますので。値段^{ねだん}は少^{すこ}しぐらい高^{たか}くても、そんなカバンがいいですね。

男^{おとこ}の人^{ひと}は、どんなカバンがいいと言^いっていますか。

5番^{ばん}

女^{おんな}の社員^{しゃいん}と、男^{おとこ}の新入社員^{しんにゅうしゃいん}が話^{はな}しています。新入社員^{しんにゅうしゃいん}はどんな失敗^{しっぱい}をしましたか。

F：先週^{せんしゅう}の金曜日^{きんようび}だけど、田中君^{たなかくん}、そのまま帰^{かえ}っちゃったよね。

M：はい、川上^{かわかみ}さんも、課長^{かちょう}ももういらっしゃらなかったので。

F：何時頃^{なんじごろ}？

M：たしか、7時頃^{じごろ}です。

F：それはまずいよ。土曜日^{どようび}は、システムサービスの人^{ひと}が来^くる日^ひなんだから。

M：はい、だから全部^{ぜんぶ}のパソコンを準備^{じゅんび}しておきましたけど。

F：それはいいけど、部屋の鍵は田中君がもっているんでしょう。

M：ああ、そうか、パソコンのある部屋の鍵を閉めて帰っちゃいけなかったんですね。

F：そうよ。下の管理人室にも、誰もいなかったから、私が来て鍵を開けたのよ。

M：そうか…すみませんでした。

新入社員はどんな失敗をしましたか。

6番

女の人が話をしています。「食育」とは何ですか。

F：日本でも"食育"が注目されています。食育とは、子どもたちが健康で安全な食生活を送れるように、食べものに関する知識や判断力を身につけさせる教育のことです。食育には、自分の食べるものは他人まかせにせず、自分で判断できる人になってほしいという願いがこめられています。テレビや雑誌、広告で「この食べ物は健康にいい」「この食べ物を食べたら病気が治った」などと紹介されているのを見たことがあると思いますが、このような食に関する情報の中には役に立つものもあるけれど、全部が正しいとは限りません。見たこと聞いたことをそのまま信じてしまうのは、実は危険なことだということを判断するのも食育のねらいです。

「食育」とは何ですか。

問題3

例

男の人と女の人が、休み時間に話をしています。

M：あのう、キムさん、来週の金曜日、時間ある。

F：金曜日？ 国から友だちが来るから、迎えに行くつもりだけど。

M：そうか。じゃ、無理だよな。

F：でも、午後は空いてるよ。その友だちとランチを食べて大学に案内するだけだから。どうして？

M：実は、日本語学校の先生から通訳を頼まれたんだけど、その時間、ちょうどバイトがあるんだ。だから、誰かに変わってもらえないかと思って。

F：午後2時からでいいの。

M：ああ、もし、頼めたら助かるよ。

F：いいわよ。この前代わってもらったし。

男の人は、女の人に何を頼みましたか。
1　友だちを飛行場に迎えに行くこと
2　友だちを大学に案内すること
3　日本語学校の先生の通訳をすること
4　アルバイトを代わってもらうこと

1番

男の学生と女の学生が授業について話をしています。

F：田中先生は、出席にはきびしいけど、テストはやさしいって。

M：へえ。テスト、簡単なのか。

F：中本先生も、テストはやさしいそうよ。出席もそんなに厳しくないって。

M：うーん。ぼくはやっぱり、話がおもしろい先生がいいな。

F：長谷川先生は、めったに一番いい成績をつけないけれど、授業がすごく面白いんだって。高橋
　　先輩、去年、成績は悪かったけど、あの授業が一番よかったって話してたよ。

M：じゃ、ぼくも、その授業をとろうかな。

F：でも、テストは難しいってことだよね。

M：長谷川先生は、出席もとらないらしいよ。

F：つまり、授業に出ているだけじゃだめだ、ってことだよね。どうしようかな。

男の学生は、どんな先生の授業を受けたいと言っていますか。
1　宿題を出さない先生の授業
2　出席をとらない先生の授業
3　授業が面白い先生の授業
4　テストが簡単な先生の授業

2番

新しい商品の説明会で男の人が話しています。

M：こちらの製品は、今までですと、なかなか取れなかった、少し濡れているごみまで乾かして吸ってしまうパワーがあります。たとえば、洗面所の髪の毛や、泥なども、乾かすスイッチをオンにすれば、このように、すぐ吸い込んでしまうわけです。もちろん、窓の埃も大丈夫です。テレビの後ろなども、吸い込み口をとりかえれば、ほら、この通り、きれいになります。ふとんにもお勧めです。ただ、水で濡れた床は、雑巾で拭いてから使ってください。また、水をそのまま吸い込むと、故障の原因になるので、気をつけて下さい。

男の人は、どんな商品について話していますか。

1　ヘアドライヤー
2　洗濯機
3　掃除機
4　テレビ

3番

女の人が、写真を注文しています。

M：こちらの写真は、あと2時間ほどで出来上がりますが、お待ちになりますか。

F：そうね、…もう少し早くできませんか。

M：空いていれば1時間ほどでできることもあるんですが、今日はあいにく混んでいますので2時間はかかると思います。

F：そうですか…。

M：特急料金だと500円高くなりますが、30分ぐらいでできます。

F：30分ね…近くでコーヒーを飲んで待っていてもいいけど、どうしようかなあ。

M：どちらでも…。

F：まあ、今日はそんなに急がないし、買い物もあるから、いいです。2時間たったらまた来ます。

M：はい。申し訳ございません。

女の人は、いつ写真を受け取りに来ますか。
1　2時間後
2　1時間後
3　30分後
4　明日

問題 4

聴
解

例

友だちに借りた傘をなくしました。何といいますか。

F：1　借りた傘、なかったの。ごめんなさい。
　　2　借りた傘、なくなったみたいなの。ごめんなさい。
　　3　借りた傘、なくしちゃったの。ごめんなさい。

1番

あなたの後ろでエレベーターに乗ろうとしているお年寄りがいます。何と言いますか。

F：1　お先にどうぞ
　　2　すみません
　　3　どうも失礼します

2番

デパートで、出口がわからなくなったので、店員に聞きます。何と言いますか。

F：1　出口がわからないです。
　　2　出口はどちらでしょうか？
　　3　出口に行きたいです。

3番

電話の相手の声が聞こえない時、何と言いますか。

M：1　もっと大きい声で話せませんか。
　　2　少しお電話が遠いようですが。
　　3　大きい声を出してください。

4番

服を買う前に1度着たいです。店員に何と言いますか。

F：1　この服が着たいです。

　　2　この服を着せてみていいですか。

　　3　この服、着てみていいですか。

問題5

例

M：日本語がお上手ですね

F：1　いいえ、けっこうです。

　　2　いいえ、そうはいきません。

　　3　いいえ、まだまだです。

1番

M：いつも何で来るんですか

F：1　いつもとは限りません。

　　2　何でもありません。

　　3　地下鉄とバスで来ます。

2番

F：日本語、どこで勉強したのですか。

M：1　私の国の日本語学校です。

　　2　あまり上手じゃありません。

　　3　いえ、そんなに勉強はしていません

3番

M：今日は野球の試合なのに、雨だね。

F：1　うん。がっかりだよ。

　　2　うん。そっくりだよ。

　　3　うん。失敗だよ。

4番

F：あなたは何時頃こちらにいらっしゃいますか。

M：1　10時にいらっしゃいます。

　　2　10時に参ります。

　　3　10時までです。

5番

F：酒井先生をご存知ですか。

M：1　はい、知りません。

　　2　いいえ、存じません。

　　3　はい、ご存知です。

6番

F：あのチーム、なかなか強いね。

M：1　うん。練習しなかったんじゃない？

　　2　うん。きっと負けるんじゃない？

　　3　うん。ずいぶん練習したんじゃない？

7番

M：山村さん、交通事故にあったらしいよ。

F：1　えっ、まさか！さっきまでそこで話していたんだよ。

　　2　えっ、わざわざ？さっきまでそこで話していたのに。

　　3　えっ、さっきまでそこで話していたからね。

8番

F：冷たいうちにどうぞ。

M：1　いただきます。…ああ、あたたかくておいしいです。

　　2　いただきます。…ああ、冷たくておいしいです。

　　3　いただきます。…ああ、体が温かくなりました。

問題 1
P8

1 解答：**2**

▲「成」音讀唸「セイ」，訓讀唸「な–る／做好、完成」。「功」音讀唸「コウ」。

▲「成功／成功」是指「うまくいくこと／事情順利進行」。

《其他選項》

▲ 選項 1 很多人會把「成功／成功」誤寫作「せこう」，漏寫了「い」。另外，誤念成「せえこう」的情形也很常見，請多加注意。

2 解答：**3**

▲「給」音讀唸「キュウ」。「料」音讀唸「リョウ」。

▲「給料／薪水」是指「仕事などでもらうお金／透過工作等事項獲得的金錢」。

《其他選項》

▲ 請注意小字的「ゅ」、「ょ」，和長音「う」。

▲ 選項 4 沒有寫到「きゅう」的「う」，以及「りょう」的「う」寫成了「お」，所以不正確。

3 解答：**4**

▲「現」音讀唸「ゲン」，訓讀唸「あらわ–れる／出現」。

▲「現れる／出現」是指人物等出現。也一起記住「現れる／出現」的音讀詞「出現／出現」吧！

4 解答：**3**

▲「事」音讀唸「ジ・ズ」，訓讀唸「こと／事情」。「件」音讀唸「ケン」。

▲「事」在這裡要念作「じ」。

▲「事件／案件、事端」是指「みんなが話題にするできごと／會引發眾人議論的事情」。

《其他選項》

▲ 選項 1 「しけん」寫成漢字是「試験／考試」。

▲ 選項 2 「せけん」寫成漢字是「世間／世間」。

▲ 選項 4 「じこ」寫成漢字是「事故／事故」。「事件／案件、事端」和「事故／事故」很容易搞混，請多加注意。

5 解答：**2**

▲「握」音讀唸「アク」，訓讀唸「にぎ–る／握住」。「手」音讀唸「シュ」，訓讀唸「て／手掌、手臂」。

▲「握手／握手」是指「あいさつとして、たがいの手をにぎり合うこと／作為寒暄，互相握對方的手」。

《其他選項》

▲ 選項 1「あいて」寫成漢字是「相手／對方」。

▲ 選項 4 因為寫成「しゅ」所以不正確。請注意正確應為小字的「ゅ」。

6 解答：**4**

▲「欠」音讀唸「ケツ」，訓讀唸「か–ける／缺口」。「席」音讀唸「セキ」。

▲ 請注意，當「欠」寫作「欠席」這樣兩個以上的漢字詞語時，「けつ」要寫成小字的「っ」，也就是「けっ」。

▲「欠席／缺席」是指「行くことになっている会合などに行かないで、休むこと／沒有出席該出席的集會、缺席不到場」的意思。

《其他選項》

▲ 選項 1 因為寫成了大字「つ」，所以不正確。

▲ 選項 3 漏寫了「っ」，所以不正確。

※ 對義詞：
「欠席／缺席」⇔「出席／出席」

7 解答：**2**

▲「自」音讀唸「ジ・シ」，訓讀唸「みずか–ら／

自己」。「慢」音讀唸「マン」。

▲「自」在這裡讀作「じ」。「自慢／自誇」是指「自分のいいところを、いいように人に言うこと／向他人誇耀自己的長處」。

《其他選項》

▲ 選項3 「まんが」寫成漢字是「漫画／漫畫」。

▲ 選項4 「じけん」寫成漢字是「事件／事件」。

8　　　　　　　　　　　　　　　　解答：**4**

▲「警」音讀唸「ケイ」。「察」音讀唸「サツ」。「官」音讀唸「カン」。

▲「警察官／警察」是「警察の仕事をする人。おまわりさん／做警察工作的人，也就是警員」。

《其他選項》

▲ 選項1 「けい」寫成「けえ」，所以不正確。雖然發音聽起來像是「けえ」，但寫的時候要寫作「けい」。

▲ 選項2 「けい」寫成了「けん」所以不正確。

▲ 選項3 「けいかん」寫成漢字是「警官」，是「警察官」的簡稱。

問題2　　　　　　　　　　　　　　P9

9　　　　　　　　　　　　　　　　解答：**4**

▲「味方／同伴」是指「自分のほうになって、助けてくれるような仲間／站在自己這一邊、提供幫助的夥伴」。請注意「み」對應的漢字。例句：

・母は妹に味方した／媽媽站在妹妹那一邊。

《其他選項》

▲ 選項1雖然「見方」也念作「みかた」，但意思有：①看的方法；②對某事的見解，因此不正確。例句：

・地図の見方を習う／**學習看地圖的方法**。

10　　　　　　　　　　　　　　　解答：**2**

▲「燃える／燃燒」是指「火がついて、ほのおが上がる／點火後火焰升起」。例句：

・紙が燃える／紙在燃燒。

《其他選項》

▲ 選項3 「焼」這個漢字的訓讀念法是「や－く」，是點火燃燒的意思。請注意「燃」和「焼」的讀音和用法。例句：

・紙を焼く／燒紙。

11　　　　　　　　　　　　　　　解答：**3**

▲「郵便局／郵局」是指「手紙、小包などの仕事をする所／處理信件、包裹的地方」。請注意「便」這個漢字。例句：

・郵便局で荷物を出す／在郵局寄出包裹。

12　　　　　　　　　　　　　　　解答：**3**

▲「予防／預防」是指「前もって防ぐこと／事先防範」。請注意「防」這個漢字的偏旁（漢字左半邊）的寫法。例句：

・うがいと手洗いで、風邪を予防する／靠漱口和洗手來預防感冒。

13　　　　　　　　　　　　　　　解答：**1**

▲「文句／牢騷」是「不満や苦情／不滿和抱怨」的意思。例句：

・アルバイト料が安いと文句を言う／抱怨打工的薪水太低。

14　　　　　　　　　　　　　　　解答：**2**

▲「意識／意識到；知覺」是指「自分のしていることや考えていることがはっきりわかる心のはたらき／明白自己所做的事和思考事情的心理活動」。例句：

・頭を打って、意識を失う／被打到頭而失去了意識。

問題3　　　　　　　　　　　　　P10

15　　　　　　　　　　　　　　　解答：**2**

▲ 請注意（　）前面的「予定を／做計畫」。首先尋找「予定をどうする／要如何做計畫」的動詞。

▲「変更／變更」是指更改決定了的事情。這是「予定を変えても大丈夫か／可以更改行程嗎？」的換句話説，因此選項2正確。例句：

・会議の場所を変更する／變更開會的地點。

《其他選項》

▲ 選項 1 「返信／回覆」。例句：

・友だちのメールに返信する／回覆朋友的郵件。

▲ 選項 3 「必要／必要」是指非這麼做不可的意思。因為題目的句義無法連接「必要する／必要」，因此不正確。例句：

・旅行に必要なものを準備する／準備旅遊的必備物品。

▲ 選項 4 「参道／參拜道路」是為了參拜神社和寺廟而建造的道路。例句：

・参道を歩いて、神社に参る／走過參道，到神社參拜。

16 　　　　　　　　　　解答：**4**

▲ 從題目的「なんとか間に合った／總算趕上了」可知時間並不寬裕。表示沒有時間慢慢來的擬態語是選項 4「ぎりぎり／極限」。例句：

・出発時間ぎりぎりに彼は来た／快到出發時他及時趕到。

《其他選項》

▲ 選項 1 「だらだら／磨磨蹭蹭」是指以不認真的狀態繼續下去的樣子。例句：

・休日をだらだら過ごす／無所事事的地度過假日。

▲ 選項 2 「うろうろ／轉來轉去」是指心情無法平靜、來回走動的樣子。例句：

・試験の結果が心配で、家の中をうろうろする／擔心考試的結果，在家裡來回踱步。

▲ 選項 3 「みしみし／吱吱嘎嘎」是形容板子之類的物體發出的聲音。例句：

・歩くと床がみしみしする／走動時地板發出吱吱嘎嘎的聲響。

17 　　　　　　　　　　解答：**1**

▲ 電車的第一節車廂坐著駕駛電車的人，也就是「運転士／駕駛員」。

《其他選項》

▲ 選項 2 「介護士／看護」是照顧病患或幫助年長者的人。

▲ 選項 3 「栄養士／營養師」是指導營養相關事項的人。

▲ 選項 4 「弁護士／律師」是擔任法律諮詢，接受原告或被告委任在判決中協助辯護的人。

18 　　　　　　　　　　解答：**1**

▲ 請注意（　　）之後的「とる」。這裡的「とる」是「する／做」、「知る／知道」的意思，是「確認する／確認」的另一種說法。

《其他選項》

▲ 選項 2「丁寧／鄭重」、選項 3「用意／準備」、選項 4「簡単／簡單」之後都不能接「とる」這個動詞，所以不正確。

19 　　　　　　　　　　解答：**3**

▲ 注意（　　）後面的「が」。因此可知應填入表示主詞（人）的詞語。

▲ 選項 3 「各自／各自」是指每個人。也就是希望每個人都能負起責任的意思。

《其他選項》

▲ 選項 1 「注意／注意、留神」、選項 2 「意見／意見、見解」、選項 4 「全部／全部、都」都不是主詞，所以不正確。

20 　　　　　　　　　　解答：**2**

▲ 這是關於片假名的問題。選項 2「アナウンス〔英語 announce〕／廣播」是指用麥克風等告知眾人、播放訊息的意思。例句：

・電車の発車時間のアナウンスを聞く／從廣播聆聽火車的發車時間。

《其他選項》

▲ 選項 1 「スピーチ〔英語 speech〕／演説」是指在集會或活動上舉行的小型演講。例句：

・友だちの結婚式でお祝いのスピーチをする／在朋友的婚禮上發表祝福的演說。

▲ 選項 3 「ディスカッション〔英語 discussion〕／討論」是指互相商量討論意見。例句：

・環境問題についてディスカッションする／針對環境問題進行討論。

▲ 選項 4 「バーゲン／特價」是「バーゲンセール〔英語 bargain sale〕／大特賣」的省略，意思就是在百貨公司和商店等地方進行的大特價。例句：

- バーゲンでセーターを買った／在大特賣會上買了毛衣。

21
解答：4

▲ 表示為對方著想的詞語是選項 4「思いやる／體貼」，指為對方設想、體諒對方的意思。例句：

- 体の弱い祖母を思いやる／體貼身體欠佳的祖母。

《其他選項》

▲ 選項 1 「思いつく／想到」是心裡浮現出好主意的意思。例句：

- いい考えを思いつく／想到了好主意。

▲ 選項 2 「おめでたい／可喜可賀」是「めでたい／可賀」的鄭重説法，是指值得祝賀的意思。例句：

- 今日はおめでたい日だ／今天是值得慶祝的一天。

▲ 選項 3 「思い出す／回憶起」是指過去發生、已經忘記的事情在腦中浮現。例句：

- 急に用事を思い出した／突然想起還有要事。

▲ 選項 1、3、4 是與「思う」連接的複合語，但是選項 1、3 沒有體貼對方的意思，所以不正確。

22
解答：2

▲ 這題考的是關於表示樣子的擬態語。請注意（　）之後接的「機嫌が悪い／心情很差」。「機嫌／情緒」是指心情。符合心情很差的是選項 2「いらいら／急躁」，指事情沒有按照心中所想的發展而有點生氣的樣子。例句：

- 友だちが約束の時間になってもこないので、いらいらした／友人到了約好的時間還不來，不禁感到煩躁。

《其他選項》

▲ 選項 1 「わくわく／歡欣雀躍」是指因為期待和喜悅使得內心無法平靜的樣子。例句：

- 明日から夏休みだと思うと、わくわくする／一想到從明天開始就是暑假，便雀躍不已。

▲ 選項 3 「はればれ／愉快」是指沒有什麼煩惱和痛苦，心情非常開朗的樣子。例句：

- 試験が終わってはればれする／考試考完後心情十分輕鬆愉快。

▲ 選項 4 「にこにこ／笑嘻嘻」是指喜笑顏開的表情。

- 母はいつもにこにこしている／母親總是面帶微笑。

23
解答：3

▲ 去國外的時候，把錢換成該國貨幣的動詞就叫做「かえる／換、兌換」。例句：

- 円をドルにかえる／把日圓兌換成美金。

問題 4　　　　　　　　　　　　　　　　P11

24
解答：2

▲「修理／修理」是指「壊れたものを直す／把壞掉的東西修好」。例句：

- 壊れたテレビを修理する／修理壞掉的電視。
- 壊れたテレビを直す／把壞掉的電視修好。

25
解答：1

▲「あきて／厭煩」的辭書形是「あきる／厭煩」，意思是「十分したのでいやになる／因為做太多次而覺得煩了」。因此選項 1「いやになって／膩煩」是正確答案。例句：

- 毎日ハンバーガーであきてしまった／每天都吃漢堡，已經吃膩了。
- 毎日ハンバーガーで、いやになってしまった／每天都吃漢堡，已經吃膩了。

26
解答：3

▲「以前／以前」是指「前／之前」、「昔／從前」、「もと／先前」。因此選項 3「昔／從前」是正確答案。例句：

- ここは、以前、海だった／這裡以前是一片海。
- ここは、昔、海だった／這裡從前是一片海。

《其他選項》

▲ 選項 2 「何度か／好幾次」是指好幾回。

27
解答：3

▲「さけて／避開」的辭書形是「さける／避開」，意思是「よくないものや人、場所などに近づかないようにする／盡量不靠近有害的人、物、地點」。

▲ 選項3 「遠ざけて／遠離」的辭書形是「遠ざける／遠離」意思是離得遠遠的。因為走在路上要「遠ざけて／遠離」危險物體比較好，所以選項3正確。

28　　　　　　　　　　　　　　解答：4

▲「助ける／幫助」是指「危険や苦しみからすくう／救離危険或痛苦」。因此，選項4「すくった／救起」是正確答案。例句：

・川に落ちた犬を助ける／救出掉到河裡的狗。
・川に落ちた犬をすくう／救起掉到河裡的狗。

問題5　　　　　　　　　　　　　　P12

29　　　　　　　　　　　　　　解答：4

▲「向ける／朝向」是指「そのほうに向くようにする／面向那一方」。故適合用在選項4「台風が北の方向に進んだ／颱風朝著北方前進」的句子。

《其他選項的用法》

▲ 選項1 「時計の針が正午を指した／時鐘的指針指向了正午」。

▲ 選項2 「電車がこむ時間をさけて帰宅した／避開電車的尖峰時間回家了」。

▲ 選項3 「どうしようかと頭を悩ます／煩惱著不知道該怎麼辦」。

→「悩ます／困擾」的意思是「苦しめる／使痛苦」、「困らせる／使為難」。

30　　　　　　　　　　　　　　解答：2

▲「確かめる／確認」是「はっきりしないことをはっきりさせる／把不確定的事情確認清楚」的意思。因此適合用在選項2「この会社に適した人かどうかを、会ってはっきりさせたい／見面確認這個人是否是這間公司需要的人」的句子。

《其他選項的用法》

▲ 選項1 「その池は危険なので、近づいてはいけない／那座水池很危險，所以不能靠近」。

▲ 選項3 「大学の卒業式の後、みんなで先生の家を訪れた／大學的畢業典禮後，大家一起拜訪了老師家」。

▲ 選項4 「困っている人を助けるために話をした／（我）為了幫助遇到困難的人向（他）搭了話」。

31　　　　　　　　　　　　　　解答：1

▲「役立てる／有助益」是「役立つようにする／有幫助」的意思。因此適合用在選項1「私の経験を人のために役立つようにしたい／希望我的經驗可以對別人有幫助」的句子。

《其他選項的用法》

▲ 選項2、3的整句話都不合邏輯。

▲ 選項4應為「彼は、その人に命を助けられた／他被那個人救了性命」。

32　　　　　　　　　　　　　　解答：1

▲ 本題的「招く／引起」是指「あることが原因でよくないことを起こす／因某個原因而引發了不好的事情」，並不是客人呼叫服務員的意思，請特別注意。因此適合用在選項1「少しの不注意で、大きな事故を起こしてしまう／由於不小心而引發了大事故」的句子。

《其他選項的用法》

▲ 選項2 「畑に豆の種をまいた／在田地裡種下了豆子」。

→「まく／播種」是把植物的種子撒在地上、埋在土地裡的意思。

▲ 選項3 「川の水が増えて木が流された／河水暴漲，樹木被沖走了」。

▲ 選項4 「強風のため、飛行機が遅れてしまった／強風導致飛機誤點了」。

33　　　　　　　　　　　　　　解答：3

▲「平和／和平」是指「戦いがなく、おだやかな状態であること／沒有戰亂，安穩的狀態」。因此適合用在選項3「戦いのない世界になるように願う／祈願這個世界上沒有戰爭」的句子。

《其他選項的用法》

▲ 選項1 整句話都不合邏輯。

▲ 選項2 「読みたい本があったので、すぐに買った／因為有想看的書，所以馬上買了」。

▲ 選項4 「安全な食べ物を食べるようにしたい／我想盡量吃安全無虞的食物」。

第1回 言語知識（文法）

1　　　　　　　　　　　　　解答：1

▲「ように／為了」表示目的、願望等，後面可以接辭書形以及「ない形」。例句：

・大学に合格できるように、毎日勉強している／為了考上大學，每天都用功讀書。

《其他選項》

▲ 選項2 「ために／為了」表示原因、理由，其句型是「名詞＋の～ために／為了…」，所以不正確。例句：

・大雪のために、電車が止まりました／因為大雪，電車停駛了。

▲ 選項3 「ことに（している）／總是」表示習慣。例句：

・外から帰ったら、手を洗うことにしている／從外面回到家後，總是先洗手。

▲ 選項4 「といっても／雖説」表示假定條件。例句：

・駅まで遠いといっても、自転車で行けばすぐだ／雖説到車站很遠，但騎腳踏車的話很快就到了。

▲ 如果填入選項3或選項4，句子的意思並不通順，所以不正確。

2　　　　　　　　　　　　　解答：3

▲「ことで／（關於）…之事」換個説法也就是「ことについて／關於…之事」。例句：

・明日の試験のことで、話があります／關於明天的考試，我有些話要說。

《其他選項》

▲ 選項1 「ほうを／的方面」的意思是幾個選項的其中一個方法。例句：

・同じ大きさなら、安いほうを買いたい／如果大小差不多的話，想要買便宜的。

▲ 選項2 「ためを／為了」是為了有益的、有幫助的事。例句：

・子どものためを思って、きびしく育てる／為了孩子著想而採取嚴格的教育方式。

▲ 選項4 「なんか／什麼的」是表達意外的感覺或否定的心情。「なんか」之後多接否定用詞。也可以用「なんて／什麼的」。例句：

・なみだなんか、出すものか／我才不會輕易流淚呢！

3　　　　　　　　　　　　　解答：2

▲「など／類似」是指從眾多選項中舉出一例，而不明確指出某個特定選項的委婉表達方式。題目中，店員用「これなどいかがでございますか／類似這種款式您喜歡嗎」的推薦句型。例句：

・デザートにケーキなどいかがですか／甜點吃蛋糕好嗎？

《其他選項》

▲ 選項1 「が」用在強調主語。例句：

・これが私の宝物だ／這是我的寶物。

▲ 選項3 「ばかり／光是」用在強調頻繁地做某一行為。例句：

・彼は野菜を食べず、肉ばかり食べている／他都不吃青菜，光吃肉。

▲ 選項4 「に／在」表示場所。例句：

・駅前にデパートがある／車站前有百貨公司。

4　　　　　　　　　　　　　解答：3

▲「みる／試試看」是以「～てみる／試試看…」的句型表達「ためしに～する／嘗試做…」的意思。（　）之後的「よ／嘛」是勸誘對方的用法。本題的「みる」要用「て形」，因此選項3「みて／試試看」才是正確答案。例句：

・このめがね、かけてみてよ／試戴看看這副眼鏡吧。

《其他選項》

▲ 選項1 「てみる／嘗試」是辭書形所以不正確。例句：

・新しくできたパン屋へ行ってみる／去新開的麵包店瞧瞧。

▲ 選項2 「ている／正在」。例句：

・赤ちゃんが寝ている／小嬰兒正在睡覺。

▲ 選項4「ばかり／剛…」。例句：

・さっき来たばかりだよ／才剛到而已哦。

---

5 解答：**1**

▲ 因為是學生向老師說話，為了要表現出對老師的尊敬，因此（　）的部分應填入「行く／去」、「訪問する／拜訪」的謙讓語。「行く」的謙讓語是「伺う／拜訪」或「参る／拜訪」，所以，選項1的「伺って／拜訪」是正確答案。例句：

・明日、私は部長のお宅に伺う予定です／明天我會去經理的府上拜訪。〈謙讓表現〉

《其他選項》

▲ 選項2「行かれて／前去」是「行く」的尊敬語因此不正確。

▲ 選項3「参られて」以及選項4「伺われて」並沒有這樣的說法，所以不正確。

---

6 解答：**4**

▲ 表示材料的助詞是「で／用」，可用「〜を使って／使用…」來替代，也就是「小麦粉と牛乳を使って／使用麵粉和牛奶」。例句：

・紙でふくろを作る／用紙做袋子。

《其他選項》

▲ 選項1的「が」用於表示前接的人事物後面做什麼動作。例句：

・犬が鳴いている／狗在吠。

▲ 選項2的「を」表示動作開始的場所。例句：

・電車を降りる／下電車。

▲ 選項3的「に／在」表示時間。例句：

・毎朝、7時に起きる／每天早上7點起床。

---

7 解答：**3**

▲「3時までには／3點之前」表示會議結束的時間不會晚於3點，為「3時までに／3點之前」的加強語氣用法。例句：

・昼までにはレポートをまとめて、提出します／在中午前把報告整理好並提交上來。

《其他選項》

▲ 選項4 「ごろから／大約從…開始」的「から／從…」是「始まる時間を表すことば／表示開始時間的用詞」，所以不正確。例句：

・7時ごろからラッシュが始まる／從7點左右開始塞車。

---

8 解答：**1**

▲ 妹妹雖然不確定姐姐的行程，但是猜測應該會吃完飯再回來。選項1「らしい／好像」可用於表達從看到、聽到的事而推測覺得大概是這樣的意思。例句：

・彼は会社をやめるらしいよ／他好像要辭職唷。

《其他選項》

▲ 選項2 「つもり／打算」是表達自己打算這樣做，所以不正確。請留意「つもり」的用法。例句：

・わたしは将来医者になるつもりよ／我打算將來成為醫師喔。

▲ 選項4 「ような／像…一樣」在這裡是錯誤的活用用法。

---

9 解答：**2**

▲「うちに／趁…時；在…之內」一詞表示在特定的時間內。「温かいうちに／趁熱」也就是在還是熱的狀態下。例句：

・今日のうちにそうじをすませよう／今天之內打掃完吧。

《其他選項》

▲ 選項1 「うえに」是「不但…，而且」的意思。例句：

・このレストランは安いうえにおいしい／這家餐廳不但便宜又好吃。

▲ 選項3 「ころ／在…的時候」表示粗略的時間。例句：

・子どものころの写真を見る／看小時候的照片。

▲ 選項4 「ように／像…一樣」意思是主觀感覺某人事物與另外一個相像。例句：

・彼は魚のようにすいすい泳いでいる／他像魚兒似的自在悠游。

---

10 解答：**3**

▲「ところ／…的結果」用於表示「彼に理由を聞いた／聽了他的理由」之後的結果，也就是「〜したけれど／做了…結果…」一做了某事，就變

成這樣的意思。例句：

・ 友だちに電話したところ、留守だった／打電話給朋友，結果他不在家。

《其他選項》

▲ 選項 1 「なら／如果…的話」，表達「もしそうであれば／如果這樣的話」的意思。例句：

・ 食べたくないなら、食べなくてもいいよ／不想吃的話，不吃也可以喔。

▲ 選項 2 「って／（就）是」也就是「～というのは。とは／就是…。是」的意思。例句：

・ これって、あなたが書いた本なの／這個就是你撰寫的書嗎？

▲ 選項 4 「たばかりで／才剛」，表示還沒過多少時間。例句：

・ 引っ越したばかりで、よくわからない／才剛搬家，所以不太清楚。

11 　　　　　　　　　　　　　解答：4

▲ 向客人推薦料理時，要用「食べる／吃」的尊敬語「召し上がる／享用」。因為後面接的是「ください／請」，所以應該用「て形」，變成「召し上がって／請享用」。因此，選項 4 為正確答案。例句：

・ 夕食は何を召し上がりますか／晚餐想吃什麼呢？

《其他選項》

▲ 選項 1 「いただいて／吃」是「食べる」的謙讓語，所以不正確。

12 　　　　　　　　　　　　　解答：2

▲ 題目以「日本人ばかり／到處都是日本人」表示有許多日本人。這時候「ばかり／全都是」也可以替換成「だけ／只有」。例句：

・ 言うばかりで、実行しない／光說不練。

《其他選項》

▲ 選項 1 「みたい／像是」是指「～のようだ／就像是…」。例句：

・ これ、ほんものみたいだ／這個好像真的一樣。

▲ 選項 3 「ほど／左右」表示大概的數目。例句：

・ 会議は 50 人ほど出席します／大約有五十人左右將要出席會議。

▲ 選項 4 「まで／到」表示到達的場所。例句：

・ 駅まで歩くと 15 分かかる／走到車站大約需要 15 分鐘。

13 　　　　　　　　　　　　　解答：4

▲ （　）的部分是「～ておく／（事先）做好…」的句型，應填入具有「前もって用意する／事先準備好」之語意的「おく」，但本題的情況是母親已經做完的事了，所以要用「過去式（た形）」，請特別留意。因此，正確案是選項 4「おいた」。例句：

・ 部屋を片づけておいた／房間已事先收拾好了。

《其他選項》

▲ 選項 1「おく／（事先）做好…」是辭書形所以不正確。例句：

・ 明日の予習をしておく／先來把明天的預習做好。
　→是指接下來要做的事，所以用辭書形即可。

▲ 選項 2 的「～てみる／試著做…」是表示「ためしに～する／嘗試做…」的意思。例句：

・ サイズが合うかどうか着てみる／試穿看看尺寸合不合。

▲ 選項 3 是「ていた／已經」的句型，它接在表示動作的詞語之後，表示該動作持續進行的狀態。例句：

・ 妹が寝ていた／妹妹已經睡著了。

問題 2　　　　　　　　　　　P15-16

例 　　　　　　　　　　　　　解答：1

※ 正確語順

> ケーキはすきですか。
> 你喜歡蛋糕嗎？

▲ B 回答「はい、だいすきです／是的，超喜歡的」，所以知道這是詢問喜不喜歡的問題。

▲ 表示喜歡的形容動詞「すき」後面應填入詞尾「です」，變成「すきですか」。句型常用「～はすきですか」，因此「は」應填入「すきですか」之前，「～」的部分，毫無疑問就要填入「ケーキ」了。所以正確的順序是「2→3→1→4」，而 ___★___ 的部分應填入選項 1「すき」。

14

解答：**2**

※ 正確語順

> 母親「明日試験　**なのに**　ちっとも　勉強し
> ないで　どうする　つもりなの？」
>
> 母親：「明天<u>明明</u>就要考試了還一點都不念書，你打算<u>怎麼辦</u>？」

▲ 「試験／考試」是名詞。名詞之後應該是接助動詞「だ（な）」＋助詞「のに／明明」。此外，「つもり／打算」之前應填入動詞的辭書形。另外還要注意「ちっとも～ない／一點都不…」的用法。「ちっとも／一點都」後面應該接否定形，由此可知應是「ちっとも勉強しないで／一點都不念書」。如此一來順序就是「3→1→2→4」，____★____ 應填入選項2的「勉強しないで」。

15

解答：**3**

※ 正確語順

> 自分で文章を書いてみて初めて、正しい　**文
> 章を**　書くのが　どれほど　難しいかが　わ
> かりました。
>
> 自己開始嘗試<u>寫文章</u>以後，才知道<u>要寫出正確的文章</u>有多麼困難。

▲ 空格的前面「正しい／正確的」是「い形容詞」。「い形容詞」的後面應接名詞，因此該填入「文章を／文章」。在「文章を」之後應該填入表達該怎麼做的動詞「書くのが／要寫出」。另外，「どれほど／有多麼」之後應填入的是「い形容詞」，所以是「どんなに難しいかが／有多麼困難」，意思是非常困難。題目最後有「わかりました」，由此可知應是「～がわかりました／才知道…」的句型。如此一來順序就是「4→3→1→2」，____★____ 的部分應填入選項3「書くのが」。

16

解答：**2**

※ 正確語順

> 私は映画が好きなので、これから　**世界の　映
> 画に　関して　研究しようと**　思っています。
>
> 因為我很喜歡電影，所以今後希望<u>著手研究</u>關於<u>全世界的電影</u>。

▲ 由於題目最後是「思っています／希望」，因此這之前應填入表示引用的助詞「と」，變成「研

究しようと思っています／希望著手研究」。另外，「関して／關於」之前應是「名詞＋に」的句型，所以是「映画に関して／關於電影」。「世界の／世界」的「の」是表示連體修飾的用法，後面應連接名詞，由於名詞的選項只有「映画／電影」，所以是「世界の映画に関して／關於全世界的電影」。如此一來順序就是「4→3→2→1」，____★____ 的部分應填入選項2「関して」。

17

解答：**4**

※ 正確語順

> B「すみません。この本は、私が　**読もうと
> 思って　いる　ところ**　ですので、しばらく
> 待っていただけますか。」
>
> B「不好意思，因為我<u>正想著要讀</u>這本書，你可以稍等一下嗎？」

▲ 本題應從後面開始解題。由於空格的後面是表示斷定的助動詞「です／是」，因此這之前應填入名詞的「ところ／正要」。「ところ」之前應填入辭書形的動詞，連起來是「いるところ／正要…著」。「いる／…著」屬於「～ている」句型的一部分，所以是「思っているところ／正想著」。另外「思う／想」多半隨著表示引用的「と」，因此連接起來是「読もうと思っているとこと」。如此一來順序就是「1→3→2→4」，____★____ 的部分應填入選項4「ところ」。

18

解答：**1**

※ 正確語順

> 今日は母が病気でしたので、母の　**かわりに
> 姉が**　おいしい　夕御飯を　作りました。
>
> 今天媽媽生病了，於是<u>姐姐代替媽媽</u>煮了好吃的晚餐。

▲ 「かわりに／代替」之前的接續是「名詞＋の」，因此是「母のかわりに／代替媽媽」。因為要表達「母ではなく～が／不是媽媽而是…」的意思，所以「～」處應填入和人物有關的「姉が」，也就是「母ではなく姉が／不是媽媽而是姐姐」之意。另外，い形容詞的「おいしい」之後應接名詞，而名詞的選項有「姉」及「夕御飯／晚餐」，但接在「おいしい」後面並且意思正確的是「おいしい夕御飯」才對。題目的最後是「作りました／煮了」，所以要找究竟煮了什麼東西（對象），

發現應該是「夕御飯を」。如此一來順序就是「3→1→2→4」，＿★＿的部分應填入選項1「姉が」。

問題 3　　　　　　　　　　　　P17-18

19　　　　　　　　　　　　解答：**2**

▲ 選項2「その／其（自從道別）」指的是前面曾經提及的事情。「その後／其後」是指「それからのち／自…之後」、「それ以来／自從…以來」的意思。也就是說，王先生想知道和山下先生最後一次見面之後，山下先生的相關消息。

《其他選項》

▲ 選項1　「あの／那個」指的是說話者和聽話者都知道的事情。

▲ 選項3　「あちらの／那邊的」指的是離說話者和聽話者較遠的地方或物品。

▲ 選項4　「そちらの／那邊的」是指聽話者周圍的事物，後面不會接「後／以後」，所以不正確。

20　　　　　　　　　　　　解答：**2**

▲ 由於空格後面接的是「なかったり／也不」與過去式「しました」，因此空格處也必須使用過去式。例句：

・大学に合格するため、毎日勉強している／為了考上大學，每天都用功讀書。

・毎日勉強したため、大学に合格した／由於每天用功讀書，總算順利考上大學了。

《其他選項》

▲ 選項1「変わる／改變」以及選項3「変わりそうな／好像會改變」都不是過去式，所以不正確。

▲「食欲がなくなったり／食欲不佳」、「ねむれなかったり／也睡不著覺」的原因都是由於「生活のリズム／生活作息步調」的變化所造成的，因此選項4「変わらなかった／沒有改變」不合邏輯。

21　　　　　　　　　　　　解答：**1**

▲ 能表達變得非常活力充沛的副詞是「すっかり／完全」。例句：

・論文はすっかり書き終わった／論文終於全部完成了。

1
2
3
4
5
6

《其他選項》

▲ 選項2　「ゆっくり／緩慢」是指不著急的樣子。例句：

・すべらないように、ゆっくり歩いた／那時為了避免滑倒而慢慢走。

▲ 選項3　「すっきり／爽快」是神清氣爽心情好的樣子。例句：

・よく寝たので、頭がすっきりしている／因為睡得很好，頭腦格外清晰。

▲ 選項4　「がっかり／失望」是事情不如預想而失落的樣子。例句：

・試合に負けて、がっかりした／比賽輸了，令人失落。

▲ 選項2、3、4都不符合文意，所以不正確。

22　　　　　　　　　　　　解答：**3**

▲「印象／印象」是指把所看見的、所聽見的事烙印在心裡。常用「印象を残す／留下印象」、「印象を与える／給的印象」等表現方式。符合這個用法的副詞是選項3「深く／深刻地」。另外，「強く／強烈地」也是常用的副詞。但不同的詞語能搭配的副詞是有限的，請特別留意。例句：

・その本を読んで、深く感動した／看了這本書之後，深深地撼動了我。

《其他選項》

▲ 選項1「大きく／大大地」。例句：

・手を大きくふる／大大地揮手。〈亦即，用力揮手〉

▲ 選項2「短く／短的」。例句：

・ひもを短く切る／把線剪短。

▲ 選項4「長く／長的」。例句：

・髪を長くのばす／把頭髮留長。

23　　　　　　　　　　　　解答：**1**

▲ 空格前面是「本を書いてみたい／想寫一本書」，並且後面又提到了「ご案内したい／介紹」。因此要找符合順接（前面敘述的事情和後面敘述的事情是自然無轉折，意思一致連接下來的）用法的接續詞。順接的接續詞是選項1「そして／並且」。例句：

・朝起きて散歩をした。そして、朝食を食べた／早上起床散了步，並且吃了早餐。〈順接〉

《其他選項》

▲ 選項2「でも／可是」是逆接（表示前後意思對立不一致）的接續詞，所以不正確。例句：

・友だちに手紙を書いた。でも、まだ返事がこない／給朋友寄了信，可是還沒有得到回覆。〈逆接〉

▲ 選項3「しかし／然而」也是逆接的接續詞，所以不正確。例句：

・一生懸命練習した。しかし、試合に負けてしまった／雖然拚命練習了，然而還是輸了比賽。〈逆接〉

▲ 選項4「やはり／果然」是用來歸納前面事項的結語，所以也不正確。例句：

・やはり、歩くことがいちばん健康にいい／果然散步對健康最有幫助。

| 第1回 | 読解 |

問題4 P19-22

24 解答：2

▲ 因為後面緊接著提到「集中力が上がるというデータは／提高專注力的證據」，由此可知這項調查就是選項2。

《其他選項》

▲ 選項1 在「うるさい環境／吵雜的環境」中工作只不過是工作時邊戴耳機聽音樂的其中一個理由而已。

▲ 選項3 「不要な情報／不需要的訊息」雖然是「自分に関係のない話／和自己無關的交談」，但不想聽到和自己無關的交談，同樣只是工作時邊戴耳機聽音樂的其中一個理由而已。

▲ 選項4 文章中並沒有提到聽「好きな音楽と嫌いな音楽／喜歡的音樂和不喜歡的音樂」的比較。

25 解答：3

▲ ＿＿＿ 的後面提到「ある温度より下がると、反対に軽くなる／當降至某個特定溫度之後，反而會變得比較輕」，而「ある温度／某個特定溫度」即是4℃。因此選項3正確。

《其他選項》

▲ 選項1 雖然「水面がこおること／水面會結冰」是事實，可是這裡並沒有提到「水が変わった物質である／水是一種奇特物質」這件事。

▲ 選項2 「冷たい水は下へ行くこと／冷水會下沉」，屬於「液体や水と同様／和其他液體與氣體一樣」的現象。因此無法判斷水是奇特的物質。

▲ 選項4 這是文章中沒有提及的內容。

26 解答：2

▲ 西田部長的紙條上沒有提到選項2的內容。

《其他選項》

▲ 選項1 西田部長的紙條上提到要「電話をして／撥電話」。

▲ 選項3 紙條中提到「コピーする前に内容を確認してください／影印前請先確認內容無誤」。這裡的「内容／內容」指的是「資料の内容／資料的內容」。

▲ 選項4 紙條中提到「会議で使う資料を、人数分コピーしておいてください／請將會議資料依照出席人數複印」。

27 解答：1

▲ 因郵件中提到「新製品『スラーインキ』についての説明書をお送りいただき、ありがとうございました／感謝您昨天送來新產品『順滑墨水』的說明書」。因此選項1正確。

《其他選項》

▲ 選項2 郵件中並沒有提到「新しい製品を使うことをやめた／往後不再使用新產品」。

▲ 選項3 郵件中提到「くわしいお話をうかがいたい／想要了解產品細節」、「現在の『グリードインキ』からの変更について相談したい／我希望和您商討由目前的『飽滿墨水』變更的相關事項」，由此可知目前還沒決定要「新しい製品を使うこと／使用新產品」。

▲ 選項4 郵件中提到「一度おいでいただけないでしょうか／可否請您來一趟」。請注意是前田化學的員工去拜會新日本設計。故不正確。

問題5　P23-26

28　解答：3

▲ ①＿＿＿ 的後面接著説明理由「大人の会社員が、夢中でマンガを読んでいるのだから／畢竟一個身為公司職員的成年人，居然在埋頭看漫畫」，因此選項3正確。請注意表示理由的詞語「だから／因為」。

《其他選項》

▲ 選項1　文中並沒有提到「日本の子どもたちはマンガしか読まない／日本的孩童們只看漫畫」。

▲ 選項2　文中並沒有提到「日本の大人たちはマンガしか読まない／日本的成年人們只看漫畫」。

→ 選項1、2請留意「マンガしか読まない／只看漫畫」這種過於武斷的敘述。

▲ 選項4　文章中並無説明作者是否「日本人はマンガが好きだと知らなかった／原本不曉得日本人喜歡看漫畫」。

29　解答：2

▲「専門家／專家」指的是歷史的專家。文中提到有專家仔細審核過漫畫的內容與史實是否相符。所以，歷史漫畫的內容是值得信賴的，可以將漫畫當作授課教材。

30　解答：4

▲ 文中提到「マンガでも、本でも同じ／漫畫和書籍一樣」、「役に立つもの／能發揮功效」，因此選項4正確。

《其他選項》

▲ 選項1　作者雖然對成人也讀漫畫感到訝異，但並沒有説是「子どもが読むもの／兒童讀物」

▲ 選項2　文章沒有提到「暇なときに読むのはよい／拿來打發時間還不錯」。

▲ 選項3　注意文章最後一段提到「マンガでも、本でも同じではないだろうか／漫畫能發揮的功效，不也就和書籍一樣了嗎」，但並沒有説「本より役に立つ／比書籍更能發揮功效」。

31　解答：4

▲ 選項4「簡単な手紙やはがきは相手に対して失礼／簡要的信箋和明信片對收信人不夠尊重」是文章裡沒有提及的內容。因此答案為選項4。

《其他選項》

▲ 選項1　因為文中提到「メールに比べて手紙やはがきは面倒／比起郵件和簡訊，信箋或明信片很麻煩」。

▲ 選項2　①＿＿＿ 的前面提到「手紙やはがきは形式をきちんと守って書かなければならないと思って／我認為信箋和明信片一定要謹守書寫格式才行」。

▲ 選項3　文中的第一段只提到「特別な用事のときしか書かない／只在特殊情況下才寫」，這是説明作者的情形，並非幾乎不寫明信片的原因。

32　解答：4

▲「こんなはがき／這種形式的明信片」是指昨天朋友寄來的明信片。讀了這封明信片後覺得很開心，自己也有了「おもしろいものに出会ったことや近況のお知らせ、小さな感動などを、思いつくままに軽い気持ちで書けばいい／大可放鬆心情，想到什麼就寫什麼，比方遇到了什麼有趣的事、近況如何，或是小小的感動等等」的想法。

▲ 針對「近況のお知らせ／告知近況」、「小さな感動／小小的感動」、「軽い気持ち／放鬆心情」描述的是選項4「ちょっとした感動や情報を伝える気軽なはがき／告訴對方小小的感動或訊息的小品明信片」。

33　解答：2

▲ 文章的最後提到「はがきをいろいろなことに利用してみよう／往後也要用明信片來做各種嘗試」，因此最符合的是選項2。

《其他選項》

▲ 選項1　作者並沒有打算「特別な人にだけはがきを書こう／只寫明信片給特別的人」。

▲ 選項3　作者並沒有打算「はがきとメールを区別したい／視情況分別使用明信片或是郵件和簡訊」。

▲ 選項4　作者並沒有打算「メールをやめてはがきだけにしたい／不再使用郵件和簡訊，只用明信片」。

34 解答：2

▲ 文中提到根據這個實驗的結果，「朝食を食べると頭がよくなるという効果は期待できそうにない／人們不能期望吃早餐有助於頭腦的運作」。因此選項2正確。

《其他選項》

▲ 選項1 從這個實驗的結果得知，即使吃了水煮蛋也「頭がよくなるかどうかはわからない／無法知道是否有助於頭腦運作」，然而並沒有提到「ゆでたまごだけでは／單吃水煮蛋」。

▲ 選項3 「発表の仕方が上手になる／有助於提升報告的方式」是文章中沒有寫到的內容。

▲ 選項4 「朝食を抜くと、エネルギー不足で倒れたりする／如果不吃早餐，就可能會因為能量不足而暈倒」是文章中沒有寫到的內容。

35 解答：2

▲ 請看第一段。第一個原因是「朝食をとると、頭がよくなり、仕事や勉強に集中できる／吃早餐有助於頭腦運作，能夠幫助專心工作和讀書」，下一個原因是「朝食を食べないと太りやすい／不吃早餐容易變胖」。因此，符合第二項原因的是選項2「朝食を抜くと太るから、朝食はとるべきだ／不吃早餐會變胖，所以一定要吃早餐」。

36 解答：3

▲ 選項3 請注意③＿＿＿的前面提到「朝食はとるべきだと思い込んで無理に食べることで／一心認定非吃早餐不可，因而強迫自己吃下肚」，這即是造成體重增加的原因。

《其他選項》

▲ 選項1 因為在「脂質とでんぷん質ばかりの外食／在外面吃的淨是油脂和澱粉類的食物」後面緊接著提到「その上朝食を食べると太ってしまう／再多吃早餐，自然也會變胖」。

▲ 選項2 「一日三食バランスよくとっているから／因為取得了一天三餐的平衡」是文章中沒有寫到的內容。

▲ 選項4 「お腹いっぱいでも無理に食べるから／因為就算已經很飽了還強迫自己吃下肚」是

文章中沒有寫到的內容。

37 解答：4

▲ 選項4 文章的最後提到「朝食は食べなければならないと思い込まず、自分の体に合うやり方を選ぶのがよい／不需要認定非吃早餐不可，或許可以依照自己的身體狀況，選擇最適合的方式就好了」。

《其他選項》

▲ 選項1 文章中沒有提到「朝食をとると、太りやすい／吃早餐容易變胖」。

▲ 選項2 文章中沒有提到「必ず食べなければならない／一定要吃早餐才行」。請留意「必ず／一定」之類過於武斷的敘述。

▲ 選項3 「肉体労働をする人／從事勞力工作的人」就是「体を使って労働をする人／消耗體力工作的人」。多指做粗重工作的情況。文章中沒有對「肉体労働をする人だけ／只有從事粗重工作的人」的特定描述。

38 解答：3

▲ 清點留學生科寧先生可以做的兼職工作吧！

　　收銀臺：星期一、三、五、六、日都可以工作。另外，星期二、四工作時間是四小時以上的話也可以。

　　服務台：只能在星期六、日工作。因此不行。

　　咖啡廳：工作時間在五小時以上，每天都可以。

　　肉類、魚類加工：只能在星期六、日工作。因此也不行。

　　清潔人員：每天都可以工作。

▲ 可以做的兼職工作有收銀臺、咖啡廳和清潔人員，因此選項3正確。

39 解答：3

▲ 從文中的【応募】處可知選項3正確。

《其他選項》

▲ 選項1、選項2 8月20日前應以電子郵件或電話應徵。履歷表於面試的時候攜帶。

▲ 選項4 不是「1週間以内／一星期內」，而是

8月20日前。

第1回 聴解

問題1
P31-34

例
解答：**2**

▲ 女士説了新幹線出發的時間是「ちょうど7時発／7點整出發」，後面又説「私は発車の1時間前には出るわ／我得在發車前一個小時出門喲」。這樣一經過減法計算，知道答案是2的「6時／6點」了。

《其他選項》

▲ 選項1　10點是必須抵達大阪車站的時間。

▲ 選項3　7點是新幹線出發的時間。

▲ 選項4　6點半是男士建議的時間。

※ 這道題數字多，對話中每個數字都在選項上進行干擾，再加上對話中沒有直接講到出門時間，因此，必須經過加減乘除的計算，跟充分調動手、腦，邊聽邊刪除干擾選項。

1
解答：**3**

▲ 缺少的5張椅子，男士答應會搬過來。因此正確答案為選項3。

《其他選項》

▲ 選項1　資料已由女士各印30份。

▲ 選項2　椅子的數量，女士已檢查過。

▲ 選項4　便當和咖啡，男士委請女士訂購。

2
解答：**2**

▲ 男同學説稍後要上英文課，接著還有德文和教育學。因此正確答案為選項2。

《其他選項》

▲ 選項1　經濟學已經下課了。

▲ 選項3　德文課在英文課之後。

▲ 選項4　英文課之後是德文課和教育學課程。

3
解答：**4**

▲ 寶特瓶和瓶罐類同樣在資源回收日丟棄，而資源回收日是星期六。因此正確答案為選項4。

《其他選項》

▲ 選項1　星期一是可燃垃圾。

▲ 選項2　星期四是可燃垃圾。

▲ 選項3　第2和第4個星期二是不可燃垃圾。

4
解答：**4**

▲ 雖然巴士班次不多，但女士還是決定搭巴士去。因此正確答案為選項4。

《其他選項》

▲ 選項1　女士一聽到要走很久就放棄了。

▲ 選項2　女士表示回程而不是去程會搭電車。

▲ 選項3　雖然店家説有附設停車場，但是只能停兩輛車，而且無法確定屆時是否有空位，女士得知後就放棄開車前往的念頭。

5
解答：**4**

▲ 女士説「帰れば冷蔵庫に何かあるし。魚でも焼く／只要回家翻翻冰箱的話總有東西，烤條魚來吃吧」。男士也以「よし、そうしよう／好，就這麼辦！」表示贊同。因此正確答案為選項4。

《其他選項》

▲ 選項1　男士説晚餐不想吃拉麵。

▲ 選項2　男士説想吃更清淡一點的東西。

▲ 選項3　男士説「ううん～／這個嘛…」，表示不太同意。

6
解答：**1**

▲「シーサイドホテル／濱海飯店」是一家以美食著稱並且位於海岸旁的旅館。女士起初聽到已訂不到海景客房時一度放棄這家旅館，但在重新考慮之後表示「海が見えなくても、朝、散歩ができたら楽しい／即使房間沒有海景，還是可以期待早晨去海邊散步」以及「食事がおいしいことが一番／美食才是最重要的」，於是仍然決定預訂這家旅館。因此選項1為正確答案。

▲ 選項2 「ファーストホテル／第一飯店」的訂房已經額滿。

▲ 選項3 「山下旅館／山下旅館」有好幾處大型溫泉浴池，但是女士説「別に温泉はなくてもいい／沒有溫泉也可以」，婉拒了旅行社人員的推薦。

▲ 選項4 旅行社人員接著推薦「山上ホテルはいかがですか／您要不要考慮山上飯店呢？」，女士先是表示「そうね、～でも／讓我想想，那麼還是…」，也就是説，她希望訂前面介紹過的「シーサイドホテル／濱海飯店」。

問題2 P35-38

例 解答：**4**

▲ 從男士説因為肚子餓，因此「コンビニに行ったら、田中に会って、一緒に近くの店に行って2時まで飲んでたんだ／一去超商卻遇見了田中，因此一起到附近的店家喝到兩點。」知道答案是選項4的「近くの店でお酒を飲んでいたから／因為在附近的店家喝酒」。

《其他選項》

▲ 選項1 女士問「遅くまでレポート書いてたのね／論文寫到很晚吧？」，男士否定説「いや／不是」，知道選項1「レポートを書くのに時間がかかったから／為了寫論文而花費許多時間」不正確。

▲ 選項2 女士又問「じゃ、あっ、ゲームでしょう／那，啊！打電動吧」，男士又回答「ちがうよ／才不是啦」，知道選項2「ゲームをしていたから／因為打電動」也不正確。

▲ 選項3 男士説去超商遇到田中，就一起去附近的店家喝酒，因此並沒有「ずっとコンビニにいたから／因為一直在超商」。

1 解答：**4**

▲ 兒子輸球後很生氣，和同學打架了。他説「それで、叱られたんだ／結果就挨罵了」。因此答案為選項4。

《其他選項》

▲ 選項1 兒子説「宿題を忘れたから叱られたん

じゃないよ／不是因為忘記寫作業而挨罵的」。

▲ 選項2 老師要他利用下課時間補寫作業，可是兒子把這件事忘得一乾二淨而跑去踢足球了。但這不是他挨罵的原因。

▲ 選項3 並不是因為足球輸了而挨罵。

2 解答：**4**

▲ 女士説「フランス語のほうがまだ～／但是法文版還沒有…」，這句話的意思是科長出差時要帶去的法文資料還沒完成，因而感到焦慮。所以答案是選項4。

《其他選項》

▲ 選項1 女士表示會議的準備「もういいの／已經完成」，也就是會前工作已經準備就緒。

▲ 選項2 題目中沒有提到科長不出席會議。

▲ 選項3 女士焦慮的理由不是科長的出差。

3 解答：**2**

▲ 女士的最後一句話是「書いたメールは出す前に必ず読み返して、強すぎる表現はないかなどを確認してから送るようにしなければなりません／寫好的信件於寄送前務必重讀一遍，仔細檢查有無不夠委婉的文句之後再寄出」。因此，選項2是正確答案。

《其他選項》

▲ 選項1、3、4的內容對話中都沒有提及。

4 解答：**3**

▲ 女士説「ウサギがいいな／但我比較想養兔子」，之後也列舉了養兔子的優點，並表示「いいなあ。飼ってみたい／不錯喔，愈説愈想養看看」。因此選項3是正確答案。

《其他選項》

▲ 選項1 女士説養狗「散歩が大変じゃない／還要帶去散步挺麻煩的」。

▲ 選項2 女士從前養過貓，現在沒養了，關於未來想飼養的寵物並沒有提到貓。

▲ 選項4 男士推薦養金魚時，女士表示「ああ、それもいいんだけど、ウサギがいいな／養金魚也不錯，但我比較想養兔子」。對於養金魚這件事，女士沒有明確允諾。

5　　　　　　　　解答：2

▲ 女士表示「安くても、流行を取り入れた服を揃えている店にお客は集まります／唯有具備流行元素且價格優惠的服飾店才能吸引顧客上門」，並且那種服飾店在景氣差時依然能夠達到「売り上げを伸ばしている／銷售成長」的亮眼實績。因此正確答案是選項2。

《其他選項》

▲ 選項1　女士表示「洋服は、値段を下げただけでは売れません／服飾只靠降價的單一策略是無法提高銷量的」。

▲ 選項3　女士沒有提到許多顧客上門的服飾店代表業績極佳。

▲ 選項4　女士沒有提到服飾的種類和數量皆多的店代表業績極佳。

6　　　　　　　　解答：2

▲ 女孩拜託爸爸「やっぱりアニメにして／還是改看動畫吧」。因此選項2正確。

《其他選項》

▲ 選項1　女孩起初和爸爸一起觀看棒球賽，但她表示「でも、お父さん、やっぱりアニメにして／可是爸爸，我們還是改看動畫吧」。

▲ 選項3　在上週之前女孩持續收看連續劇，但是那齣劇已於上週播完了。

▲ 選項4　兩人的對話沒有提到音樂節目。

問題3　　　　　　　　P39

例　　　　　　　　解答：3

▲ 從男士表示「実は、日本語学校の先生から通訳を頼まれたんだけど／是這樣的，我日語學校的老師委託我當口譯」，而由於時間上允許，因此女士回答「いいわよ／好啊」，知道答案是3的「日本語学校の先生の通訳をすること／當日語學校老師的口譯」。

《其他選項》

▲ 選項1　去機場接朋友是女士的事。

▲ 選項2　帶朋友參觀大學校園是女士的事。

▲ 選項4　兩人的對話沒有提到代為打工一事。

1　　　　　　　　解答：2

▲ 母親説「お母さん、これから仕事なんだけど～／媽媽等下要上班…」，因此，選項2「仕事に行く／上班」是正確答案。

《其他選項》

▲ 由於母親表示「仕事が終わったらいきますよ／下班後就過去」，因此選項4「息子のアパートに行く／去兒子的公寓」不正確。

2　　　　　　　　解答：3

▲ 男士表示「いろいろなアイデアが浮かびやすいのは、散歩している時だそうです／聽説散步的時候常會產生許多創意」，因此，選項3「アイデアを思いつきやすい場所／常會產生創意的地點」是正確答案。

《其他選項》

▲ 男士的敘述中沒有提到選項1「数学の問題がわかる場所／想通數學問題的地點」和選項2「気持ちが明るくなる場所／轉換心情的地點」，所以不正確。此外，男士也沒有提到選項4「散歩をするのにいい場所／適合散步的地點」。

3　　　　　　　　解答：3

▲ 首先，找出對話中提到的食材。蔬菜、肉、蝦子、魷魚。光憑食材或許還不足以判斷，但由「お肉も野菜も長いこと煮るとおいしい／肉和蔬菜都是燉得愈久愈好吃」、「あまり辛いのは苦手／我不太敢吃辣」，以及去印度旅行時「あまり辛くないのを注文した／點了不太辣的食物」這幾句話推測可知是適合久燉的印度名菜，因此，正確答案是選項3「カレー／咖哩」。

問題4　　　　　　　　P40-42

例　　　　　　　　解答：3

▲「なくす／丟失」是「今まで持っていたもの、あったものを失う／失去原來擁有的東西、原有的東西」的意思。而選項3「なくしちゃったの／丟失了」中的「ちゃった／…了」表示遺憾，是結果事與願違之意。把朋友的傘弄丟了，心裡表示遺憾，這是正確答案了。

《其他選項》

▲ 選項1 「ない/沒有」表示「物事が存在しない、持っていない/事物不存在,沒有擁有」,雨傘是丟失了,並不是一開始就不存在,不正確。

▲ 選項2 「みたい/好像」表示從自己的感覺或觀察來進行推測。雨傘是確實丟失了,不是好像丟了,意思不合邏輯。

1 解答:**3**

▲「お休みをいただきたい/懇請給予休假」是適切的敬語(謙讓語)。因此正確答案為選項3。

《其他選項》

▲ 選項1 「休もうと思います/想休假」只陳述自己的希望,沒有顯示休假將會造成困擾的感受。

▲ 選項2 這不是請託的表述方式,而且以「よ」做為句尾顯得對科長過於親暱。

2 解答:**2**

▲ 正確答案為選項2。「お持ちします/請交給我拿」是敬語(尊敬語)。

《其他選項》

▲ 選項1 對老師沒有使用尊敬語,而且,用可能形「持てます/拿」不正確。

▲ 選項3 詢問老師「どうしますか/打算怎麼處理」是沒有禮貌的說法,應該用敬語積極表現出由自己來拿就好。

3 解答:**1**

▲ 本題是向朋友借東西,所以不必用敬語。選項1為正確答案。

《其他選項》

▲ 選項2 注意「借りる/借入」與「貸す/借出」的不同。「借りる」是使用別人的東西,「貸す」是讓別人用自己的東西。本題是自己想用朋友的筆,所以「貸して/(可以)借你」不正確。

▲ 選項3 「貸そうか/借你吧?」是同意別人用自己的東西的講法。本題是自己想用朋友的筆,所以「貸そうか」是錯的。

4 解答:**1**

▲ 在意某件事情叫做「気を遣う/費心」,表示別

人對自己的關懷是「気を遣ってもらう/得到關照」,謙讓語為「気を遣っていただいて/承蒙關照」。因此選項1正確。

《其他選項》

▲ 選項2 「気をつける/當心」是自己主動提醒的說法。這件事的主詞是隔壁鄰居,不會使用「気をつけて下さって/承蒙您的當心」這樣的措辭。

▲ 選項3 「気がつかない/沒注意到」的意思是「気づかない/沒注意到」,這種措辭對隔壁鄰居是很失禮的。

問題5 P43

例 解答:**3**

▲ 被對方讚美說「日本語お上手ですね/您日語真好」,這時候日本人習慣謙虛地說「過獎了,還差遠呢」,日語就用選項3的「いいえ、まだまだです/過獎了,還差遠呢」。也可以說「いいえ、とんでもありません/不,您過獎了」、「恐縮です/您過獎了」等。

《其他選項》

▲ 選項1 「いいえ、けっこうです/不,不用了」表示否定,可以用在被詢問「コーヒー、もう一杯いかがですか/再來一杯咖啡如何?」等的回答。這樣的回答在這裡不合邏輯。

▲ 選項2 「そうはいきません/那怎麼可以」表示心情上雖然很想這樣做,但考慮到社會上的常識等,或某心理因素而不能去做。這樣的回答在這裡也不合邏輯。

1 解答:**1**

▲「混んでなさそう/好像不太擠」是指「混んでいないこと/不擠」。「混んでいない/不擠」是好事,所以回答「よかった/太好了」。選項1正確。

《其他選項》

▲ 選項2 以「いやだね/真討厭」回答「混んでいない/不擠」,不合邏輯。

▲ 選項3 先是以「そうね/是啊」同意對方的「混んでなさそうだよ/好像不太擠」,接著又說

316

「混んでるね／好擠喔」，語意前後矛盾。

2 解答：2

▲ 就算要拒絕，也應該先説「ありがとう／謝謝」以向對方感謝邀請，再説出理由予以婉拒，這才是適切的拒絕方式。因此正確答案為選項2。

《其他選項》

▲ 選項1 對於「いっしょにいきませんか／要不要一起去」的邀約，先是回答「はい／好」，接著又説「行きません／不去」，語意前後矛盾。應該答覆「はい、行きます／好，我要去」或是「いいえ、行きません／不，我不去」。

▲ 選項3 對方以「コンサートのチケットがあるんだけど／我有演唱會的門票」來邀約，卻回答「私はチケットがありません／我沒有門票」，不合邏輯。

3 解答：1

▲ 對方致歉「おじゃましてすみません／抱歉打擾了」時回答「どうぞゆっくりしていってください／請慢坐」，這句話的用意是消解對方的尷尬，表示「いいえ、ちっとも。お気遣いなく／別客氣，一點也沒打擾，無須在意」。因此正確答案為選項1。

《其他選項》

▲ 選項2 「じゃまではありません／算不上打擾」的説法過於直白，應該用更委婉、更親切的措辭。例句：

・いいえ、ちっともじゃまではありませんよ／您客氣了，一點也算不上打擾喔。

　→句尾加上「よ／喔」，語氣較為婉轉。

▲ 選項3 「おじゃましていい／可以打擾」不是正確的句子。

4 解答：2

▲ 當健康狀況好轉時，開頭的慣常用語是「おかげさまで／託您的福」。因此選項2正確。

《其他選項》

▲ 選項1 當對方問候自己的健康時不會這樣回答。

▲ 選項3 「お大事になさってください／請保重玉體」是問候對方健康（保重身體）的慣常用語，而不是做為別人向自己問候健康時的回答。

5 解答：2

▲「お世話になりました／承蒙關照了」是受到他人協助時的謝詞。每當聽到「お世話になりました」，就要立刻回答「いいえ。こちらこそ／哪裡，受照顧的是我」。

6 解答：2

▲ 這時候應該展現同理心，告訴對方「困ったね／很困擾吧」。因此選項2正確。

《其他選項》

▲ 選項1 把包包忘在電車上是件麻煩事，卻向對方道賀「よかったね／太好了」，不合邏輯。

▲ 選項3 雖然算不上好事，但是遺忘包包的小事不至於到「苦しい／痛苦」的程度。

7 解答：1

▲「まさか～思わなかった／萬萬沒想到…」用以表達對此結果感到遺憾，沒能成功令人惋惜。因此選項1最適當。

《其他選項》

▲ 對失敗的人説選項2「うれしいね／很高興吧」、選項3「よかったね／太好了」很失禮，並不恰當。

8 解答：3

▲ 請留意對於「本当にわからないの／真的不知道嗎」這個問題的回答方式。當回答「うん／嗯」的時候，表示「本当にわからない／真的不知道」。因此選項3正確。

《其他選項》

▲ 選項1 當回答「うん（はい）／嗯（對）」的時候，表示「本当にわからない／真的不知道」，而不是知道。

▲ 選項2 當回答「いや（いいえ）／不（不對）」的時候，不需要加上「本当に／真的」，只要説「いや、わかるよ／不，我知道啊」即可。

問題1 P44

1 解答：3

▲「美」音讀唸「ビ」，訓讀唸「うつく‐しい／美麗」。「人」音讀唸「ジン・ニン」，訓讀唸「ひと／人」。

▲「人」在這裡念做「じん」。

▲「美人／美人」是指「顔つきや姿が美しい女の人／臉蛋好看或身姿曼妙的女性」。

《其他選項》

▲ 請注意「び」、「じ」的念法是否正確。

▲ 選項1寫成「ぴ」所以不正確。

▲ 選項2寫成「しん」所以不正確。

▲ 選項4寫成「ぴ」、「しん」所以不正確。

2 解答：1

▲「共」音讀唸「キョウ」，訓讀唸「とも／一起」。「通」音讀唸「ツウ・ツ」，訓讀唸「とお‐る／通過」、「かよ‐う／往來」。

▲「共通／共通」是「どれ（だれ）にも当てはまること／適用於每件人事物」的意思。請注意「きょう」的小字「ょ」和長音「う」。

《其他選項》

▲ 選項3寫成「きょお」所以不正確。

3 解答：1

▲「尊」音讀唸「ソン」，訓讀唸「たっと‐ぶ／尊重」、「とうと‐ぶ／尊崇」。「敬」音讀唸「ケイ」，訓讀唸「うやま‐う／尊敬」。

▲「尊敬／尊敬」是「相手の人格、行い、能力などをりっぱだと思うこと／認為對方的人格、行為、能力等很出色」的意思。

《其他選項》

▲ 選項2弄錯了「敬」的讀音。

▲ 選項3「そんちょう」寫成漢字是「尊重／尊重」。

▲ 選項4「そんだい」寫成漢字是「尊大／驕傲」。

4 解答：3

▲「曲」音讀唸「キョク」，訓讀唸「ま‐げる／折彎」。

▲「曲げる／歪曲」是「まっすぐなものをまっすぐでなくする／使筆直物體變得不直」的意思。「首を曲げる運動／扭動脖子的運動」是指前後、左右彎曲脖子的運動。

《其他選項》

▲ 選項1 「さげる」寫成漢字是「下げる・提げる／降下、拿」。

▲ 選項2 「あげる」寫成漢字是「上げる・挙げる・揚げる／抬上、舉起、放」。沒有「首をさげる」、「首をあげる」這樣的說法。

▲ 選項4 「かしげる」寫成漢字是「傾げる／傾斜」。「首をかしげる／歪頭」用於感到懷疑的時候。

5 解答：2

▲「明」音讀唸「メイ・ミョウ」，訓讀唸「あか‐るい／明亮」、「あき‐らか／明亮、明顯」、「あ‐ける／亮起」。

▲「後」音讀唸「ゴ・コウ」，訓讀唸「のち／之後」、「うし‐ろ／後面」、「あと／後面」、「おく‐れる／落後」。

▲「日」音讀唸「ニチ・ジツ」，訓讀唸「ひ／太陽」、「か／天數、日期」。

▲「明」在這裡念做「みょう」，「後」念做「ご」，「日」念做「にち」。「明」、「後」、「日」的漢字有很多種讀音，請特別注意。

▲「明後日／後天」是「あしたの次の日。あさって／明天的明天、後天」的意思。

6 解答：3

▲「夢」音讀唸「ム」，訓讀唸「ゆめ／夢」。「中」音讀唸「チュウ」，訓讀唸「なか／內部」。

▲「夢中／沉迷」是指「あることに熱中して、ほかのことを忘れてしまう様子／熱衷於某件事而忘記了其他事情的樣子」。

《其他選項》

▲ 選項1、2、4「夢」的讀音都不正確。

7 解答：2

▲「出」音讀唸「シュツ・スイ」，訓讀唸「で-る／出去、出來」、「だ-す／取出」。

▲「来」音讀唸「ライ」，訓讀唸「く-る／到來」、「きた-る／來臨」。

▲「事」音讀唸「ジ・ズ」，訓讀唸「こと／事情」。

▲「出」在這裡不接送假名，念做「で」。「来」這裡也不接送假名，並且注意要將「く」變成「き」。「事」請注意這裡讀音要變成「ごと」。

▲「出来事」是「世の中で起こるいろいろなことがら／世界上發生的大小事」的意思。

《其他選項》

▲ 選項1弄錯了「出」的讀音、選項3弄錯了「来」的讀音、選項4弄錯了「事」的讀音。

8 解答：4

▲「内」音讀唸「ナイ・ダイ」，訓讀唸「うち／裡面」。「容」音讀唸「ヨウ」。

▲「内容／內容」是「あるものに入っているもの。ことがら／在某物中的某物、某事」的意思。

《其他選項》

▲ 選項2寫成漢字是「内側／內側」。

▲ 選項3寫成漢字是「中味、中身／內裝物、容納的東西」。

問題2 P45

9 解答：3

▲「委員／委員」是指「多くの人の中から選ばれて、ある仕事を任された人／在眾人之中被推選出來，被委任某事的人」。例句：

・委員会で意見を言う／在委員會上發表意見。

《其他選項》

▲ 選項2 「医院／醫院」是治病或療傷的地方。例句：

・風邪を引いたので、近くの医院に行った／因為感冒了，所以去了附近的醫院。

10 解答：3

▲「永遠／永遠」是「いつまでも続くこと／一直持續下去的意思」。請注意「永」字的寫法。

11 解答：4

▲「贈られた」的辭書形是「贈る」，意思是含著感謝和祝賀的心情，送給別人東西。請注意該字的偏旁（漢字左半邊）。例句：

・母の誕生日にプレゼントを贈る／在媽媽生日時送媽媽禮物。

※補充：同樣讀音的字有「送る／送」是把物品等送到目的地的意思。例句：

・手紙を速達で送る／用限時專送的方式寄信。

12 解答：2

▲「温暖／溫暖」的意思是「気候があたたかくおだやかな様子／氣候平穩溫暖的樣子」。「温」和「暖」的訓讀都是「あたた-かい」。

▲「地球温暖化／地球暖化」的意思是「地球の平均気温が上がること／地球整體的平均溫度上升」。是很重要的詞語，請好好記下來吧！

13 解答：1

▲「絵画／繪畫」是指「絵／畫」。「絵」有「え」和「かい」兩種音讀方式。例句：

・部屋に絵画を飾る／在房間裡放上畫做裝飾。

・私の趣味は絵を描くことだ／我的興趣是畫畫。

14 解答：4

▲「開始／開始」是「ものごとをはじめること。ものごとがはじまる／開始做事了，事情就要開始了」的意思。「始」的訓讀是「はじ-める・はじ-まる」。例句：

・9時に作業を開始する／在九點開始作業。

・9時に作業を始める／在九點開始作業。

問題3 P46

15 解答：3

▲ 選項3「満足／滿足」是沒有任何不滿的意思。例句：

・今の生活に満足している／滿足於現在的生活。

《其他選項》

▲ 選項1 「冷淡／冷淡」的意思是不關懷他人、態度冷淡的樣子。例句：

・彼は、友だちが困っているのに助けない、冷淡な人だ／他在朋友有難時也不會出手相救，是個冷淡的人。

▲ 選項2 「希望／希望」是期望事物的狀態按照自己的預期的意思。例句：

・大学に進学することを希望する／希望能上大學。

▲ 選項4 「検討／檢討」是充分調查後，仔細想想這樣好不好的意思。例句：

・内容をもう一度検討する／再檢討一次內容。

▲（ ）前面的「現状／現狀」是指現在的狀態。題目沒有提到「冷淡する／冷淡」所以選項1不正確。「現状に／現狀」無法接在選項2和4前面，所以選項2和4不正確。

16 解答：**3**

▲ 這題考的是表示樣子或狀態的擬態語。選項3「ばらばら／四分五裂、四散各地」的意思是分散而無法團聚的樣子。因此，正確答案是含有「家族が離れ離れになる／家人離散」意思的選項3。例句：

・ばらばらな意見が出て困った／提出各種分歧的意見真令人困擾。

《其他選項》

▲ 選項1 「きちきち／（裝得）滿滿的」的意思是塞滿的樣子。例句：

・このズボンはきちきちだ／這條褲子很緊繃。

▲ 選項2 「すべすべ／滑溜滑溜」的意思是光滑的樣子。例句：

・彼女の肌はすべすべだ／她的肌膚很光滑。

▲ 選項4 「ふらふら／蹣跚」的意思是腳步不穩的樣子。例句：

・熱があってふらふらする／因為發燒了，走起路來搖搖晃晃的。

17 解答：**1**

▲ 租借房屋時付的錢是選項1「家賃／房租」。例句：

・月末に家賃を払う／月底要付房租。

《其他選項》

▲ 選項2 「運賃／運費」是指寄送行李或乘坐交通工具時支付的錢。例句：

・バスの運賃が値上げされた／巴士的車資漲價了。

▲ 沒有選項3這個詞。

▲ 選項4 「労賃／勞賃」是指工作後獲得的報酬。例句：

・安い労賃で働く／為賺取微薄的薪水而工作。

18 解答：**4**

▲ 要選可以放入（ ）的主詞，因此要確認是否可以連接述語的「紫色です／紫色」。

▲「流行／流行」的意思是廣為流傳的事物、風靡的事物。題目的意思是被廣泛使用的顏色是紫色。因此，選項4「流行の色」是正確答案。例句：

・今年流行の帽子を買う／要買今年流行的帽子。

《其他選項》

▲ 選項1「社会の色」、選項2「文化の色」不適合當做表示顏色的詞語，所以不正確。也沒有選項3「増加の色」這種說法，所以不正確。

19 解答：**1**

▲ 表示在哪裡製造的詞是選項1「製／製」。例句：

・この車は日本製だ／這輛車是日本製造的。

《其他選項》

▲ 選項2「用／用途」表示使用、起作用的意思。例句：

・この辞書は子ども用だ／這本字典是兒童專用。

▲ 選項3「作」、選項4「産」雖然也都表示製作者，但一般而言「作」表示藝術作品，「産」則用於表示農產品或水產。例句：

・ピカソ作の絵画を見た／看了畢卡索的作畫。

・この貝は、カナダ産だ／這種貝類來自加拿大。

20 解答：**2**

▲ 這題考的是用片假名寫的外來語。因為（ ）後面接有「活動／活動」，所以要找和「動くこと、行動すること／移動、行動」有關係的詞語。和「活動」有關係的是選項2「ボランティア／志工」。「ボランティア〔英語 volunteer〕」是指參加社會福利等活動但不收報酬的人。例句：

・ ボランティアで老人の世話をする／擔任志工協助照顧老人。

《其他選項》

▲ 選項 1 「ボーナス〔英語 bonus〕／獎金」是指除了原定的薪水之外，在夏天或年末等等的時機特別支付的錢。例句：

・ ボーナスを使って旅行する／用獎金去旅行。

▲ 選項 3 「ホラー〔英語 horror〕／恐怖」是使人感到恐怖的手段和氣氛的意思。例句：

・ ホラー映画を見た／看了恐怖電影。

▲ 選項 4 「ホームページ〔英語 home page〕／網頁」是指架設在網絡上提供資訊的據點。例句：

・ 新製品についてホームページで確認する／新商品請於官網確認。

21　　　　　　解答：**1**

▲ 請注意（　）前後的「彼のことを／他」、「しよう／做…吧」。請確認選項的詞語後是否可以接「する」。而選項 1「理解／了解」是指清楚明白，也可以接「する」。

《其他選項》

▲ 選項 3，沒有「睡眠する」的說法，所以不正確。

▲ 選項 2「安心しよう／安心」和選項 4「食事しよう／吃飯」都無法連接目的語「彼のことを／他」，所以不正確。

22　　　　　　解答：**4**

▲ 這題問的是表示樣子或狀態的副詞。（　）後面接「手を置いた／手放上去」。表示用什麼方式將手放上去的詞語是選項 4「そっと／輕輕的」，意思是注意不要發出聲音的樣子。例句：

・ ろうかをそっと歩く／輕輕走過走廊。

《其他選項》

▲ 選項 1 「どっと／一下子」的意思是一次出現很多的樣子。例句：

・ 走ったら汗がどっと出た／一跑步就大量流汗。

▲ 選項 2 「やっと／終於」的意思是總算完成了困難之事的狀態。例句：

・ 論文をやっと書き上げた／論文終於完成了。

▲ 選項 3 「ぬっと／突然」的意思是忽然出現的樣子。例句：

・ 目の前に大きな犬がぬっと現れた／一隻巨犬突然出現在眼前。

23　　　　　　解答：**3**

▲ 要尋找可以描述「家を／家」怎麼了的詞語。而選項 3「家をあける／不在家」是指不在家。例句：

・ 旅行で 1 週間家をあける／由於出遊將有一星期不在家。

《其他選項》

▲ 請把每個選項變為辭書形連接看看，於是就變成了選項 1「家をなく」、選項 2「家をどく」、選項 4「家をせめる」，但由於沒有選項 1、2、4 的說法，所以這三個選項都不正確。

問題 4　　　　　　P47

24　　　　　　解答：**4**

▲ 「整理する／整理」是「乱れているものをきちんと片づける／把雜亂的東西收拾整齊」的意思。例句：

・ 本だなを整理する／整理書架。
・ 本だなを片づける／收拾書架。

《其他選項》

▲ 選項 1 「かざった／裝飾了」的辭書形是「かざる／裝飾」，是使之看起來變美麗的意思。

25　　　　　　解答：**3**

▲ 「激しい／激烈的」的意思是「いきおいが大変強い様子／勢頭強勁的樣子」。因此，選項 3「ひじょうに強い／非常強」是正確答案。例句：

・ 激しい風が吹いた／猛烈的強風吹來了。
・ ひじょうに強い風が吹いた／非常強勁的風吹來了。

26　　　　　　解答：**1**

▲ 「中止／取消」是指「予定したことや行われていたことをやめること／取消預定計畫或正在進行的事情」。因此選項 1「やめること／停止」是正確答案。例句：

・ 雨が強くなったので、試合は中止になった／因為雨變大，所以比賽取消了。

・雨が強くなったので、試合はやめることにしよう／因為雨變大，所以比賽不辦了。

《其他選項》

▲ 和選項2「先に延ばすこと／延期」相似的詞語是「延期／延期」。

---

27 解答：**1**

▲「ゆずる／讓給」的意思是「自分のものを人にあげたり売ったりする／把自己的東西送出或賣給他人」。因此選項1「あげた／送了」正確。例句：

・読んだ本を友だちにゆずる／把看完的書轉讓給朋友。

・読んだ本を友だちにあげる／把看完的書送給朋友。

《其他選項》

▲ 選項4「届ける／送達了」的意思是寄送或交付東西。

---

28 解答：**2**

▲「間に合った／趕上了」的「間に合う／趕上」是指「決まっている時間に遅れない／沒有晚於規定的時間」。題目中的「宿題がなんとか間に合った／作業總算趕上了繳交期限」是作業沒有遲交的意思。因此選項2「提出が遅れないですんだ／總算沒有遲交作業」是正確答案。例句：

・電車の発車時間になんとか間に合った／總算趕上了電車的發車時間。

・電車の発車時間に遅れないで着いた／沒有比電車的發車時間晚到。

問題5 P48

29 解答：**3**

▲「ふやす／增加」是「数や量が多くなるようにする。ふえるようにする／使數量變多、使之增加」的意思。選項3是「貯金を毎年少しずつ多くしたい／我想每年增加一些存款」的意思。

《其他選項的用法》

▲ 選項1「夏は海に行けることを願う／希望夏天可以去海邊」。

▲ 選項2「安全に車を運転するように心がける／小心行車安全」。

→「心がける／注意」是時刻放在心上的意思。

▲ 選項4「仕事がふえたのでとても疲れた／因為工作增加了，所以非常疲累」。

---

30 解答：**1**

▲「中止／取消」是指「予定していたことや行われていたことをやめること／停止預定計畫或正在進行的事情」。選項1是「大雨のため祭りは行われなくなった／因為下大雨，所以不舉行祭典了」的意思。

《其他選項的用法》

▲ 選項2「危険なため、その窓は閉じられた／因為很危險，所以把窗戶關上了」。

→「閉じる／關閉」是把開啟的東西關起來的意思。

▲ 選項3「パーティーへの参加を希望したがかなわなかった／雖然很想去參加派對，但是沒能如願」。

▲ 選項4 整句話都不合邏輯。

---

31 解答：**4**

▲「申し込む／要求、提議」的意思是「こちらの希望などを相手に伝える／把自己的希望等傳達給對方」。選項4的意思是「彼女に結婚したいという気持ちを伝える／讓她知道自己想和她結婚的心意」。

《其他選項的用法》

▲ 選項1「迷子になった子どもを、やっと見つけた／終於找到迷路的小孩子了」。

▲ 選項2「ガソリンスタンドで、車にガソリンを入れた／在加油站替車子加了油」。

▲ 選項3「その報告に大変驚いた／聽了那個消息後非常震驚」。

→ 也可以接「感動しました／感動」等詞語。

---

32 解答：**2**

▲「移る／移動」是「ある場所から別の場所に変わる／從某地方轉移到另一地方」的意思。選項2的意思是「郊外の広い家に変わった／遷移到郊區的大房子」。「郊外／郊外」是指在都市周邊的農田或原野地區。

《其他選項的用法》

▲ 選項1「分（わ）かるまで何度（なんど）も聞（き）くことが大切（たいせつ）だ／在弄清楚之前，多問幾次是很重要的」。

▲ 選項3和選項4整句話都不合邏輯。

33 　　　　　　　　　　　　解答：2

▲「不足（ふそく）／不足」的意思是「足（た）りないこと。十分（じゅうぶん）でない様子／不足夠、不充分的樣子」。選項2是「この金額（きんがく）では足（た）りない／這些錢不夠」的意思。

《其他選項的用法》

▲ 選項1提到「おいしかった／很好吃」，所以「不足（ふそく）な味（あじ）／不夠的味道」不合邏輯。

▲ 選項3「彼（かれ）の無礼（ぶれい）な態度（たいど）を見（み）て腹（はら）が立（た）った／看到他無禮的態度後非常生氣」。
因提到「腹（はら）が立（た）った／生氣」，所以要選描述他不愉快的詞語。
→「無礼（ぶれい）／無禮」的意思是沒禮貌的樣子。

▲ 選項4「母（はは）のやさしい表情（ひょうじょう）に心（こころ）が和（なご）んだ／母親溫柔的表情讓我的心平靜下來了」。
因提到了「やさしい表情（ひょうじょう）／溫柔的表情」，所以選「不足（ふそく）する感（かん）じ／不滿足的感覺」並不適當。
→「和（なご）む／平靜」是指心情平靜下來、恢復溫和的樣子。

|第2回| 言語知識（文法）

問題1 　　　　　　　　　　P49-50

1 　　　　　　　　　　　　解答：2

▲（　）中要填入帶有「呼（よ）ぶことができる／可以邀請」意思的可能動詞。「呼（よ）ぶ／邀請」的可能動詞是「呼（よ）べる／可以邀請」，但是要注意（　）後面有「そう／看來是」。這時候，必須以ます形放在具有「そのように思（おも）われる／被這樣想」意思的「そう（だ）／看來是」前面，而「呼（よ）べる／邀請」的ます形是選項2「呼（よ）べ／邀請」。例句：
・日本（にほん）の小説（しょうせつ）は読（よ）めそうもない／日本的小說恐怕讀不懂。
　→ 句中的「読（よ）める／可以讀」是可能動詞的ます形。

《其他選項》

▲ 選項3「呼（よ）べる」是辭書形，所以不正確。

2 　　　　　　　　　　　　解答：3

▲「あなたのお兄（にい）さんは／你的哥哥是」的口語形是「あなたのお兄（にい）さんって／你哥哥他是」。因此正確答案是選項3。例句：
・A：あなたのお父（とう）さんって、何（なに）をしている人（ひと）／你爸爸他是做什麼的？
　B：父（ちち）はエンジニアだよ／我爸是工程師哦。

3 　　　　　　　　　　　　解答：1

▲（　）中要表達「はっきり言（い）えないが近（ちか）いうちのある時（とき）／沒辦法明確説明，但那是最近的某不定時間」，因此填入選項1「いつか／總有一天」。例句：
・いつか着物（きもの）をきてみたい／總有一天想穿上和服。

《其他選項》

▲ 選項2「いつ／何時」用於詢問不確定的時間。例句：
・いつ日本（にほん）へ来（き）ましたか／你何時來到日本的呢？

▲ 選項3「間（ま）もなく／不久」表示從某個時刻起算沒過多少時間的樣子。

▲ 選項4「いつ／何時」是後接表示時間「に」的形式。例句：
・いつになったら暖（あたた）かくなるのか／要到什麼時候才開始變暖呢？

▲ 選項2、4都要用在疑問句，所以不正確。

4 　　　　　　　　　　　　解答：4

▲ 請記住「Ｖ（動詞）＋たらどう／要不要…呢？」的用法。首先「行（い）く／去」接上有「ためしに～する／嘗試…」意思的「みる／試看看」，變成「行（い）ってみる／去看看」。然後，接在「たら／的話」後面變成「行（い）ってみたら／去看看的話」。另外在句子的最後接上「どう／如何」。「どう」是「どうですか／如何呢」的簡略説法，含有建議對方的意思。選項4「行（い）ってみたらどう／去看看的話如何呢」也就是建議對方前往的語氣。例句：
・京都（きょうと）のお寺（てら）に行（い）ってみたらどう（ですか）／去看看京都的寺院如何？

5 　　　　　　　　　　　　　解答：2

▲ 只要接上「なら／如果」就變成條件句。接上「なら」可表達「もしそうであれば／假如是那樣的話」的意思。選項2「高いようなら／如果很高」的「ようなら／如果…的話」是表示樣態的「ようだ／如果」的假定形。表示假設。例句：

・遠いようなら電車で行きましょう／如果很遠就搭電車去吧。

《其他選項》

▲ 選項1「高いと／很高時」是「高い時は／很高的時候」的意思，但若使用「と」，請注意和「行ったほうがいいですよ／去比較好喔」一樣，不能用在表達說話者的意志、請託、命令、願望、禁止等意思的句子中。

6 　　　　　　　　　　　　　解答：1

▲ 由於父親「いらいら／焦躁」，由此可知要選「言わないほうがよい（いい）／不要提比較好」。在這裡請記住「形容詞＋そう（だ）／看起來」的用法。「そうだ／看起來」是指說話人看到的樣子（樣態）。「いい／好」後面連接「そうだ」的時候要改為「よさそうだ／看起來比較好」。因此選項1是正確答案。例句：

・近くにお店がないから、お弁当を持っていったほうがよさそうだね／如果附近沒有店家，還是帶便當過去比較好吧。

《其他選項》

▲ 選項2是錯在「いいそうだね／看起來比較好的樣子吧」。

▲ 選項4錯誤的部分則是「言ったほうが／說了比較…」，應該是不要提比較好。

7 　　　　　　　　　　　　　解答：1

▲ 請注意句首的「たとえ／即使」。本題考的是「たとえ～ても／即使…還是」這一用法。「～ても／…也」是用於逆接的句型，意思就是「たとえ～であろうと／即使…是這樣」。整句話的意思是「たとえ、雨が降ろうとも、遠足は行われる／即使下雨，還是要去遠足」，因此正確答案是選項1。

《其他選項》

▲ 選項2「降ったら／如果下了」和選項3「降るので／因為會下」，後面都沒辦法接「遠足は行われます／要去遠足」。

▲ 選項4「降ったが／雖下了」則因為本題敘述的是明天的事情，不用過去式，所以都不正確。

※ 請比較「ても／…也」和「たら／如果」的用法。例句：

・雨が降っても、試合は行われる／即使下雨，比賽還是照常進行。

・雨が降ったら、試合は中止だ／如果下雨，比賽就會中止。

8 　　　　　　　　　　　　　解答：3

▲ 題目要表達的是「想像する、それだけで悲しくなる／光是想像就覺得很悲傷」的意思。「だけ／光是」是表示範圍的用法。因此選項3「だけで／光是」才是正確答案。例句：

・見るだけで、買わない／只是看看，不買。

9 　　　　　　　　　　　　　解答：4

▲ 請注意（　）後面的「あれば／有」。本題以「～さえ～ば／只要…就」的句型表示只要這一樣，不求其他的之意。由於可以用「～だけ／只要…」替換。因此選項4「さえ／只要」是正確答案。例句：

・パソコンさえあれば、一人でもたいくつしない／只要有電腦，即使單獨一人也不覺得無聊。

《其他選項》

▲ 選項1「ばかり／全是」、選項2「は」、選項3「から／因為」後面都無法接「～ば」的形式。

10 　　　　　　　　　　　　　解答：2

▲ 當已經預先決定好事情的時候，可用「～ことになっている／決定要…」的句型。「ことになっている」的前面要用辭書形或「ない形」。「行くことになっている／決定要去」也就是「行くことに決まっている／決定要去」的意思。例句：

・明日、振り込みをすることになっているんだ／明天將會轉帳。〈確定會轉帳〉

《其他選項》

▲ 選項1「らしい／似乎」表示間接信息的推測。例句：

- 太郎は来週北海道へ行くらしいよ／太郎似乎下週要去北海道喔〈沒辦法確定要去，但大概會去吧〉

▲ 選項 3「ようだ／好像」表示直接看到信息的推測。例句：

- 食事のしたくができたようだよ／餐點好像已經準備就緒了喔〈雖然沒有把握，應該準備好了〉

▲ 選項 4 的「ことはないよ」意思是「不必唷」。例句：

- あなたが出席することはないよ／你用不著出席唷。

11　　　　　　　　　　　　解答：**3**

▲ 帶有輕微命令語氣的詞語是選項 3「ように／要」。「ように」的前面要用辭書形或是「ない形」。因此意思是「お酒をやめなさい／請戒酒」。例句：

- 母に、早く寝るようにと言われた／媽媽要我早點睡。

《其他選項》

▲ 選項 1「から／因為」表示原因。例句：

- 友だちに、太ったのは、運動をしないからだと言われた／朋友說我變胖都是因為不運動。

▲ 選項 2「ようだ／似乎，好像」表示推測。例句：

- 姉は、風邪をひいたようだと言った／姐姐說她好像感冒了。

▲ 如果是選項 4「ことはない／不必」，意思會變成「お酒をやめなくてもいい／不必戒酒也沒關係」。例句：

- 友だちは、あなたがあやまることはないと、言った／朋友說了，你沒什麼好道歉的。

12　　　　　　　　　　　　解答：**4**

▲ 題目的意思是「犬が弟をかんだ／狗咬了弟弟」。當主語是弟弟的時候，「かむ／咬」必須使用被動形。「かむ」的被動形是「かまれる／被咬」。因此正確答案是選項 4「かまれた／被咬了」。

《其他選項》

▲ 選項 1，用「かんだ／咬了」的話主語必須是狗，所以不正確。

▲ 選項 2「かまられた」以及選項 3「かみられた」都是被動形的錯誤變化。

13　　　　　　　　　　　　解答：**1**

▲ 因為是在敘述關於老師的事，所以要用尊敬語。「する／做」的尊敬語是「される／做」。因此正確答案是選項 1「されて」。例句：

- 先生はどんな本を書かれているのですか／請問老師正在撰寫什麼樣的書呢？
  → 「書かれて」是「書く／寫」的尊敬形式。

《其他選項》

▲ 選項 2「せられて」、選項 3「しられて」、選項 4「しれて」都是敬語的錯誤變化，所以不正確。

問題 2　　　　　　　　　　　　P51

例　　　　　　　　　　　　解答：**1**

※ 正確語順

> ケーキはすきですか。
>
> 你喜歡蛋糕嗎？

▲ B 回答「はい、だいすきです／是的，超喜歡的」，所以知道這是詢問喜不喜歡的問題。

▲ 表示喜歡的形容動詞「すき」後面應填入詞尾「です」，變成「すきですか」。句型常用「～はすきですか」，因此「は」應填入「すきですか」之前，「～」的部分，毫無疑問就要填入「ケーキ」了。所以正確的順序是「2→3→1→4」，而 ★ 的部分應填入選項 1「すき」。

14　　　　　　　　　　　　解答：**4**

※ 正確語順

> 日本の　桜は　3月末から　4月初めに　かけて　見事な花を咲かせます。
>
> 日本的櫻花從三月底到四月初之間會綻放出美麗的花。

▲ 由於題目的句首是「日本の／日本的」，所以後面應該接名詞。名詞的選項有「3月末／三月底」、「桜／櫻花」、「4月初め／四月初」，但是符合文意的只有「桜」。「かけて／之間」的意思是「～から～に／從…到…」的形式，所以是「3月末から4月初めにかけて／從三月底到四月初之間」。此外，本題的述語是「咲かせます／使綻放」，主語是「桜は／櫻花」。如此一來順序就是「3→1→4→2」，　★ 的部分應填入選

項4「4月初めに」。

接在題目的「高くなった／升高」後面。另外，也請記住「体の調子がよい（よくない・悪い）／身體的狀況好（不好・壞）」的習慣用法。如此一來順序就是「3→2→1→4」，　★　的部分應填入選項2「か」。

15　　　　　　　　　　　　　解答：1

※ 正確語順

母が、私の　ことを　どんなに　心配して　いるか　よくわかりました。

我已經明白媽媽有多麼擔心我的事了。

▲ 由於空格的前面是「私の／我的」，後面應該接名詞的「ことを／事情」。而「よくわかりました／已經很明白」的前面應填入「～か」，所以是「いるかよくわかりました／已經明白…著呢」。另外看到「～ている」，可知應是「心配しているか／擔心著呢」的形式。至於表示程度的「どんなに／多麼」應該接動詞，所以變成「どんなに心配しているか／有多麼擔心著呢」的形式。如此一來順序就是「2→1→3→4」，　★　的部分應填入選項1「どんなに」。

16　　　　　　　　　　　　　解答：3

※ 正確語順

先生に　教えられた　とおりに　やって　みたが　難しくてできなかった。

我試著按照老師所教導的那樣去做，但是太難了無法成功。

▲「とおりに／按照」可接在動詞普通形、過去形（た形）、名詞＋「の」之後。因此是「教えられたとおりに／按照所教導的那樣」。因為句首是「先生に／老師」，由此可知是「先生に（よって）教えられたとおりに／按照老師所教導的那樣」。接著請留意「やってみる／試著做」，可以得知是「やってみたが／試著去做了但…」。如此一來順序就是「3→1→4→2」，　★　的部分應填入選項3「教えられた」。

17　　　　　　　　　　　　　解答：2

※ 正確語順

気温が急に高くなった　せい　か　体の　調子が　どうもよくない。

不知道是不是氣溫忽然升高的緣故呢，身體的狀況似乎不太好。

▲「せいか／緣故呢」是「ために／因為」的意思。因為「せいか」應接在普通形之後，由此可知是

18　　　　　　　　　　　　　解答：3

※ 正確語順

妹は　見れ　ば　見る　ほど　母にそっくりだ。

妹妹越看越像媽媽。

▲ 請注意「～ば～ほど／越…越…」的用法。這樣種用法的動詞句型是「假定形＋ば＋辭書形＋ほど／越…越…」，所以是「見れば見るほど／越看越…」，意思是「よく見るともっと／仔細一看就更…」。如此一來順序就是「4→1→3→2」，　★　的部分應填入選項3「見る」。

問題3　　　　　　　　　　P52-53

19　　　　　　　　　　　　　解答：3

▲ 因為是在講述自己去「野菜工場／蔬菜工廠」的事情，所以選項3的「この／這個」較為適切。也可以使用「その／那個」。例句：

・試験が終わった。この結果は1週間後に発表される／考試結束了。本次考試成績將在一週後公佈。

《其他選項》

▲ 選項1「あの／那個」和選項2「あれらの／那些的」都是指說話者以及聽話者都知道的事情，所以不正確。另外，選項2是指複數事項的指示語，所以不正確。例句：

・先週見たあの映画おもしろかったね／上週看的那部電影很有趣呢。

・会議で使ったあれらの資料、片づけておいて／把開會時參考過的那些資料整理一下。

▲ 選項4「これらの／這些的」也是指複數事項的指示語，同樣不正確。例句：

・パーティーで使った、これらの食器、いっしょに洗おう／宴會時用過的這些餐具，一起洗了吧！

20　　　　　　　　　　　　　解答：1

▲ 由於是「日本の農業が抱えている深刻な問題／日本農業所面臨的嚴重問題」即將消失，順著文

意，應以選項1「解決される／可以得到解決」最為適切。例句：

・環境問題が解決される／環境問題獲得解決。

《其他選項》

▲ 選項2 「増える／增加」與內容意思相反，所以不正確。例句：

・都市の人口が増える／都市人口增加。

▲ 選項3 「変わる／改變」與文意不符。例句：

・学校の規則が変わる／修訂校規。

▲ 選項4 「なくす／失去」是他動詞所以不正確，必須改成自動詞的「なくなる／消失」才正確。例句：

・すっかり自信をなくす／完全失去信心。

21　　　　　　　　　　　　　解答：**4**

▲ 能夠放在「思い浮かべました／想起了」前面的副詞是選項4「ふと／忽然」，也就是「なんとなく／不自覺地」的意思。例句：

・ふと国の友だちのことを思い出した／忽然想起了故鄉的朋友們。

《其他選項》

▲ 選項1 「さっと／迅速地」是表示「すばやく行われる様子／非常迅速進行的樣子」的副詞。例句：

・さわやかな風がさっとふいた／忽地吹過了一陣清爽的涼風。

▲ 選項2 「きっと／一定」是表示「必ず／一定」的副詞。例句：

・明日はきっと行くよ／明天一定會去喔。

▲ 選項3 「かっと／突然發怒」是表示「興奮したりする様子／很激動的樣子」的副詞，所以都不正確。例句：

・かっとなって怒ってしまった。／陡然震怒了。

22　　　　　　　　　　　　　解答：**4**

▲ 空格前面是在講述自己的父母種植蔬菜的事，而空格的後面接著講述與此有關的另一件事，也就是「野菜工場／蔬菜工廠」。能夠連接這兩件事的接續詞是表示對比的選項4「いっぽう／另一方面」。例句：

・私は英語が好きだ。いっぽう、数学は苦手だ／

我很喜歡英文，但另一方面，我很不擅長數學。

《其他選項》

▲ 選項1 「それから／後來」表示連接有順序的事情，是連接前一件事和接下來發生的另一件事的接續詞，所以不正確。例句：

・電話をして、それから出かけた／打了電話，然後出門了。

▲ 選項2 「また／另外」是用於表示並列或追加內容的接續詞，所以不正確。例句：

・このアパートは駅から近い。また、家賃も安い／這間公寓離車站很近，而且房租又很便宜。

▲ 選項3 「それに／而且」表示並列，是對前面敘述的事附加說明的接續詞，所以不正確。例句：

・彼女はほがらかだ。それに親切だ／她的個性非常開朗，而且親切。

23　　　　　　　　　　　　　解答：**2**

▲ 這篇文章的主題是「野菜工場／蔬菜工廠」，而「蔬菜工廠」是指在室內種植蔬菜，因此以選項2的「工場で作るもの／在工廠裡栽培的農產品」較為適切。

《其他選項》

▲ 由於空格之後就是「～という時代が来るのかもしれません／也許…的時代將會來臨」，所以應該填入今後種植蔬菜的方法。選項1「畑で作るもの／田裡耕種的農產品」和選項3「人が作るもの／人為栽培的農產品」是從過去到目前的種植方法，所以不正確。選項4「自然が作るもの／自然栽種的農產品」與內容不符，所以不正確。

第**2**回 | 読解

問題4　　　　　　　　　　　　　P54-57

24　　　　　　　　　　　　　解答：**2**

▲ 選項2「飲み干すのに時間がかからない／在較短的時間內就能喝完」為正確選項。

《其他選項》

▲ 選項1 因為文中提到「Bのグラスのほうが、

Aのグラスより、飲むスピードが2倍も速かった／使用B酒杯的人喝啤酒的速度，比使用A酒杯的人快了兩倍」，所以不正確。

▲ 選項3　使用B酒杯的人較快將酒喝完。

▲ 選項4　因為文中提到「Bのグラスでは、自分がどれだけ飲んだのかが分かりにくい／使用B酒杯的人比較不容易估計自己已經喝下多少酒了」，所以不正確。

25	解答：4

▲ 這封郵件，是山下小姐寄給中村先生的郵件。郵件最後提到「内容を確認の上、何か問題があればご連絡ください／詳閱資料内容之後，如有任何問題皆歡迎聯繫」。因此選項4正確。

《其他選項》

▲ 選項1、選項3　因為山下小姐是將「インドネシア工場について／印尼工廠相關」資料寄給中村先生，而不是要他「インドネシア工場に／向印尼工廠（確認是否有收到資料）」，所以不正確。

▲ 選項2　因為寄送資料的是山下小姐，所以不正確。

26	解答：4

▲ 請注意題目中的「学習室の使い方／自習室的使用規定」。可使用的時間從9:00開始，所以選項4「朝の9時前は、使うことができない／上午9時前不得使用」正確。

《其他選項》

▲ 選項1　「月曜日から土曜日　9時から20時45分まで／星期一～星期六　9:00-20:45」是指「利用が可能な曜日と時間／可使用的日期與時間」，並非「申し込む／申請」的日期與時間。

▲ 選項2　平日可以自由使用的時間是16:45～20:45。

▲ 選項3　星期六可以使用的時間是9:00～20:45。

27	解答：2

▲ 文章裡沒有提到「ぐっすりねむることができる／能夠熟睡」。故選項2正確。

《其他選項》

▲ 選項1，因為文中提到「鼻で息をすれば、口で息をするより空気中のごみやウイルスが体の中に入らない／相較於用嘴巴呼吸，用鼻子呼吸比較不會將空氣中的雜質與病毒吸入體內」，所以不正確。

▲ 選項3、選項4因為文中寫道「体に酸素が十分回るので、体が活発に働き、ストレスも早くなくなる／可以讓體內充滿氧氣，促進身體活化，有助於快速釋放壓力」，所以也不正確。

問題5　P58-61

28	解答：2

▲ 本文的作者在聽到「人と同じことをするな／不要和別人做同樣的事」這句話後感覺「とても不思議／非常不可思議」。由此可知① ____ 需填入和「人と同じことをするな／不要和別人做同樣的事」不同的觀點。另外，請注意① ____ 的後面提到「みんなと仲良く遊ぶには、一人だけ違うことをしないほうがいいという大人たちの考えだった／那些大人的想法應該是，為了能讓小孩和大家一起玩得開開心心的，最好不要自己一個人做和別人不一樣的事」。換句話說，這個想法即是選項2「人と同じようにしなさい／要和別人一樣」。

《其他選項》

▲ 選項1　「人と同じではいけない／不可以和別人一樣」和「人と同じことをするな／不要和別人做同樣的事」是相同的意思，所以錯誤。

▲ 選項3　「人のまねをしてはいけない／不可以模仿別人」、選項4「人と違うことをしなさい／要和別人做不一樣的事」也都是「人と同じことをするな／不要和別人做同樣的事」的意思，所以錯誤。

29	解答：2

▲「仕事の鬼／工作狂」是指「非常に熱心で、ものごとに打ち込む人／非常熱心，一味埋頭工作的人」。由此得知爸爸的工作態度。還有，② ____ 的後面提到「高い熱があっても決して仕事を休みませんでした／即使發高燒也絕不向公司請假」。由上述可以知道，選項2指的是

「仕事第一／工作第一」。

《其他選項》

▲ 選項 1、3、4 都和工作無關。

---

30 解答：**3**

▲ 文中提到「ただ周りの人についていったり、真似をしたりしていたのでは勝ち残ることができません／（在這樣的時代裡），若只是一味跟隨、模仿他人的話是無法勝出的」。所以選項 3 正確。

《其他選項》

▲ 選項 1 文中沒有提到「周りの人についていけば安全だから／只要跟著別人就很安全」。

▲ 選項 2 文中並沒有寫到模仿是「よくないことだ／不好的行為」。請小心這種過於武斷的敘述。

▲ 選項 4 文中沒有提到「自信が大切だから／自信非常重要」。

---

31 解答：**3**

▲ ① ＿＿＿ 的前面提到「彼はそれ以来、人と話すのが苦手になってしまった／自從那次（出糗）以後，他變得害怕和別人交談」。因此選項 3 為正確答案。

《其他選項》

▲ 選項 1 筆者並沒有對學生「恥ずかしい思い／覺得很難為情」這件事感到遺憾。

▲ 選項 2 並不是因為「自己紹介の準備をしていなかったから／因為沒有事先準備自我介紹」而感到遺憾。

▲ 選項 4 這句話說明普遍可能發生的情形，而非單指留學生的事件。

---

32 解答：**4**

▲「引き寄せる／具有魅力的」是指「引っ張って自分のほうに近づける／吸引人親近自己」。正因為「心を引き寄せる／具有魅力」，所以能讓人對自己產生正向的情感。於文章中搜尋有關這種情感的字句，發現文章最後提到「親しまれ愛される／獲得親暱的關愛」。所以選項 4「愛される／得到關愛」最為適當。

---

33 解答：**4**

▲ 文中所謂「失敗もまたいいもの／出糗反而是件好事」，也就是「失敗することは悪いことではない／出糗並不是一件壞事」。因此選項 4 正確。

《其他選項》

▲ 選項 1 因為緊張而失敗只不過是留學生的經驗，文章並沒有明確寫到「緊張すると、失敗しやすくなる／緊張的時候容易出糗」，所以不正確。

▲ 選項 2 文章沒有提到「人に信頼されなくなる／別人就不再信任自己」。

▲ 選項 3 文章的最後提到「失敗もまたいいものです／出糗反而是件好事」。

問題 6 P62-63

34 解答：**4**

▲ 請注意① ＿＿＿ 的「この／這」。這指的是前面寫的「2015 年当時、18・19 歳の青年／2015（當）年的 18、19 歲青年」。

---

35 解答：**2**

▲ 倒數第二段提到「投票しなければ自分たちの意見は政治に生かされない／假如不投票，就無法使自己的意見為政治所採納」，因此選項 2 正確。

《其他選項》

▲ 選項 1 文中沒有說這是「仕方がない／沒辦法的事」。

▲ 選項 3 「もっと選挙に行きやすくすれば／如果讓選舉方式變得更簡便」是文章中沒有提到的內容。

▲ 選項 4 文中沒有提到「心配いらない／不必擔心」。

---

36 解答：**3**

▲ 因為 60 至 69 歲年齡層的投票率是 68%，所以 20 至 29 歲年齡層的投票率「60 代の約半分／約為 60 至 69 歲年齡層的一半」，因此選項 3 正確。

《其他選項》

▲ 選項 1 因為 30 至 39 歲年齡層的投票率是 42%，所以 30 至 39 歲年齡層的投票率較高。

▲ 選項2 因為40至49歲年齡層的投票率是50%，所以20至29歲年齡層的投票率並沒有「40代と同じくらい／和40至49歲年齡層差不多」。

▲ 選項4 並非「四人に一人／每四人只有一人投票」，而是「三人に一人／每三人只有一人投票」。

37 解答：3

▲ 作者最想表達的看法寫在最後一段「学校や家庭で、政治や選挙についてしっかり教育することが最も大切／最重要是學校與家庭教育應當充分教導青少年關於政治與選舉的議題」。所以，答案是選項3「学校や家庭での教育／（強化）學校與家庭教育」。

《其他選項》

▲ 選項1、2、4都是文章中沒有提到的內容。

問題7 P64-65

38 解答：2

▲ 文中提到「参加希望の方は、下の申込書にご記入の上、7月20日までに、山村（内線番号××）に提出してください／擬參加者，請填寫下述報名表，並於7月20日前提交山村（分機××）彙整」。所以選項2正確。

《其他選項》

▲ 選項1 7月20日是「申込書／報名表」的提交期限，而非「旅行代金／旅費」的支付期限。

▲ 選項3 「旅行代金／旅費」的支付期限不是7月20日。

▲ 選項4 如有問題，才需要洽詢山村小姐。

39 解答：1

▲ 回程時會經過月川休息站，而且「道路が混雑していた場合、遅れます／若遇塞車的情況則可能延遲」，因此可以得知回程時搭的是巴士，所以選項1不正確。

《其他選項》

▲ 選項2 公告裡提到「ピカソ村昼食代は別／畢卡索村的午餐費另計」，而且「別／另計」是「含まない／不含」的意思。也就是說「二日目の昼食代がかかる／尚須支付第二天的午餐費」

是正確的。

▲ 選項3 公告裡提到「道路が混雑していた場合、遅れます／若遇塞車的情況則可能延遲」，所以「午後5時より遅くなることがある／（回到公司的時間）可能晚於下午5時」是正確的。

▲ 選項4 因為公告裡最後提到「ご不明な点は、総務部山村（内線番号××）まで、お問い合わせください／（關於這次旅遊）如有問題，請洽詢總務部的山村（分機××）」。「ご不明な点／如有問題」是指「わからないこと／不清楚的事」。

第2回 聴解

問題1 P66-69

例 解答：2

▲ 女士說了新幹線出發的時間是「ちょうど7時発／7點整出發」，後面又說「私は発車の1時間前には出るわ／我得在發車前一個小時出門喲」。這樣一經過減法計算，知道答案是2的「6時／6點」了。

《其他選項》

▲ 選項1 10點是必須抵達大阪車站的時間。

▲ 選項3 7點是新幹線出發的時間。

▲ 選項4 6點半是男士建議的時間。

※ 這道題數字多，對話中每個數字都在選項上進行干擾，再加上對話中沒有直接講到出門時間，因此，必須經過加減乘除的計算，跟充分調動手、腦，邊聽邊刪除干擾選項。

1 解答：4

▲ 男學生說「はい。前に頂いた名刺で、確認します／知道，之前收到的名片上有」，意思是可從名片上找到零件製造廠的電話號碼。因此答案為選項4。

《其他選項》

▲ 選項1 對話中沒有提到「場所を調べる／查詢地點」。

▲ 選項2 下個星期前往查訪的時候才做訪談。

▲ 選項 3　女教授阻止男學生當下打電話，提醒他「あちらは忙しい時間じゃない／工廠這個時段正忙著吧」。

2
解答：4

▲ 醫師説不可以服用處方之外的止痛藥。因此答案為選項 4。

《其他選項》

▲ 選項 1　飯後服藥是正確的。

▲ 選項 2　醫師更正患者應該是「朝、夕です／早晨和晚間」各服一次。

▲ 選項 3　醫師表示「痛くて我慢できない時は、間を 5 時間空けて 1 日に 3 回まではいい／疼痛難耐時可以間隔 5 小時後再服用一次，1 天最多 3 次」。

3
解答：3

▲ 女士説「空のペットボトルは、会議室の隅のペットボトル入れに入れます／空寶特瓶請放到會議室角落的寶特瓶專用垃圾桶」。可知答案為選項 3。

《其他選項》

▲ 選項 1　棄置寶特瓶的垃圾桶擺在會議室的角落。

▲ 選項 2　廚房的可燃物品垃圾桶專供丟棄餐盒裡沒吃完的剩菜以及麵包的包裝袋等垃圾。

▲ 選項 4　可以放進擺在走廊角落的那只回收桶裡的是影印紙和報紙等紙類。

4
解答：2

▲ 女士説「翌日の金曜日にしましょう／訂在隔天的星期五吧」，這裡的隔天是指 3 月 31 日星期四的翌日。因此答案為選項 2。

《其他選項》

▲ 選項 1　如果等到 4 月 7 日那天才去，櫻花可能已經謝了，因此決定將賞櫻日期提前。

▲ 選項 3　3 月 31 日男士不便請假。

▲ 選項 4　對話中沒有提議訂在 4 月 2 日賞櫻。

5
解答：4

▲ 最後一只包包不僅大小適中，而且價錢也在可接

受的範圍內，所以客人告訴店員「これをお願いします／請給我這個」。因此答案為選項 4。

《其他選項》

▲ 選項 1　客人表示「色が暗いから、重そうに見える／顏色太深，看起來很重」。

▲ 選項 2　客人説「ちょっと小さすぎるし、縞の柄はないほうがいい／容量太小了，而且我比較喜歡沒有條紋的」。「縞の柄／條紋圖案」的意思是「縦や横にすじが並んでいる模様／由直線或橫線排列而成的圖案」。

▲ 選項 3　客人很中意那只附有背帶可以肩背的包包，但是一聽價格就嫌「ちょっと高いよ／有點貴耶」。

6
解答：1

▲ 今晚派對的預定出席者包括女士的朋友 4 人以及男士的朋友 2 人。請留意男士的朋友起初有 3 人預定出席，其中 1 人突有急事而無法前來，於是只有 2 人與會。如此一來，外部出席者共 6 人，加上主辦者的男士和女士，總共需要 8 人份的玻璃杯。

問題 2
P70-73

例
解答：4

▲ 從男士説因為肚子餓，因此「コンビニに行ったら、田中に会って、一緒に近くの店に行って 2 時まで飲んでたんだ／一去超商卻遇見了田中，因此一起到附近的店家喝到兩點。」知道答案是選項 4 的「近くの店でお酒を飲んでいたから／因為在附近的店家喝酒」。

《其他選項》

▲ 選項 1　女士問「遅くまでレポート書いてたのね／論文寫到很晚吧？」，男士否定説「いや／不是」，知道選項 1「レポートを書くのに時間がかかったから／為了寫論文而花費許多時間」不正確。

▲ 選項 2　女士又問「じゃ、あっ、ゲームでしょう／那，啊！打電動吧」，男士又回答「ちがうよ／才不是啦」，知道選項 2「ゲームをしていたから／因為打電動」也不正確。

▲ 選項3　男士説去超商遇到田中，就一起去附近的店家喝酒，因此並沒有「ずっとコンビニにいたから／因為一直在超商」。

1
解答：**3**

▲ 男士解釋「急に部長と一緒に、エース商事に行くことになっちゃって／臨時決定和經理一起去了王牌商事」。因此選項3為正確答案。

《其他選項》

▲ 選項1　女士詢問「出張だったんですか／您出差了嗎」，男士給予「いや／不」的否定答案。

▲ 選項2　原因並不是「請求書を書いていた／當時(忙著)寫請款單」。

▲ 選項4　男士不是遭到經理的責罵，而是受到王牌商事人員的數落。

2
解答：**4**

▲ 老師糾正的是「漢字の間違いがありましたよ／有幾個漢字寫錯了喔」。因此答案是選項4。

《其他選項》

▲ 選項1　上一份報告並沒有遲交。

▲ 選項2　老師稱讚「よくできていましたよ。よく調べましたね／寫得很好，查得很仔細喔」。

▲ 選項3　學生雖然花費很多時間查單字的語意，但老師並非針對這點提醒他改進。

3
解答：**1**

▲ 他們考慮過各種交通方式，最後女士提議「車が一台、空きました／有一輛車沒人開」，這裡的「車／車子」是指公司車。因此答案為選項1。

《其他選項》

▲ 選項2　若是步行前往地鐵車站會渾身濕透，也擔心攜帶的重要物品會被雨淋濕。

▲ 選項3　正準備叫計程車時，恰好有一輛公司車可供使用了。

▲ 選項4　電車因颱風而誤點，所以放棄搭乘。

4
解答：**4**

▲ 女生表示，小聰連句道歉也沒有，還對她説「元気だなあ。いつもたくさん食べるから丈夫なん

だね／妳還真強壯啊！一定是因為妳平常就是個大胃王，所以才能這麼耐寒吧」。女生是被小聰的明捧暗諷所激怒了。因此正確答案為選項4。

《其他選項》

▲ 選項1　小聰雖然遲到30分鐘，但並非未赴約。

▲ 選項2　女生生氣的理由不是小聰的手機沒電了。

▲ 選項3　小聰睡遲了而晚到，但由女生這句「それはいいのよ／那倒無所謂」可以知道她並不是因為小聰的貪睡而生氣。

5
解答：**2**

▲ 男士表示「それを自分で持っていることを確かめたい／我想確認自己具備那一點」，這句話中的「それ／那一點」指的是前一句的「どんな場合でも決してあきらめない強い心／面臨任何情況都絕不放棄的堅強意志」。因此答案為選項2。

《其他選項》

▲ 選項1　「父も一人で登山していたこと／家父從前也是一個人登山」是否為男士獨自登山的理由，無法由他的敘述內容判斷。

▲ 選項3　男士説「別に、好きな時に登りたいとか、自分の好きな速さで登りたいからというわけではない／並不是因為這樣就可以隨時想登山就登山，或是能以自己喜歡的速度登山」。

▲ 選項4　男士説「仲間と登るのも楽しい／和同好結伴登山也是一件樂事」。

6
解答：**3**

▲ 女士説的是「まず、キューキューオフィスに電話する／先打電話給九九辦公室」，請留意「まず／首先」這個單字。因此答案為選項3。

《其他選項》

▲ 選項1　男士説「新しいのに買い替えた方がいいんじゃない／還是買一台新的比較好吧」，女士回答「そりゃ無理よ／不行啦」。

▲ 選項2　女士説「まず、キューキューオフィスに電話する。それで間に合わなさそうなら、コンビニね／先打電話給九九辦公室，要是來不及過來維修，只好去超商印了」。

▲ 選項4　佐藤小姐剛才外出了。

例　　　　　　　　　　　解答：3

▲ 從男士表示「実は、日本語学校の先生から通訳を頼まれたんだけど／是這樣的，我日語學校的老師委託我當口譯」，而由於時間上允許，因此女士回答「いいわよ／好啊」，知道答案是 3 的「日本語学校の先生の通訳をすること／當日語學校老師的口譯」。

《其他選項》

▲ 選項 1　去機場接朋友是女士的事。

▲ 選項 2　帶朋友參觀大學校園是女士的事。

▲ 選項 4　兩人的對話沒有提到代為打工一事。

1　　　　　　　　　　　解答：4

▲ 平常是 8 點，但女士拜託男士明天提早 30 分鐘到，因此，選項 4「7 時 30 分／7 點 30 分」是正確答案。

2　　　　　　　　　　　解答：3

▲ 請仔細聆聽題目內容。本題問的是「人が自分の持っている能力を失わないようにするためにはどんなことが大切ですか／人們為避免喪失自身具備的能力，最要緊的是必須付出什麼樣的努力？」在女士的敘述中出現相似的關鍵句，「自分の能力をなくさないようにするためには、何かに頼りすぎないようにすることです／若是不願失去自己的能力，就不該有過度依賴的心態」，因此，選項 3「自分の力でできていたことを、何かに頼りすぎないこと／凡是能憑自己的力量完成的事情，不應該過於仰靠其他的助力」是正確答案。

3　　　　　　　　　　　解答：2

▲ 爸爸説「じゃあ、お父さんが、もっと早く帰って、夕飯作るよ／那麼，爸爸早點回去做晚飯」。所以正確答案為選項 2。

《其他選項》

▲ 選項 1　媽媽今天會晚歸。

▲ 選項 3　女兒聽到爸爸要做晚飯，決定放學後去圖書館用功一段時間再回家。

▲ 選項 4　弟弟小孝要練棒球，7 點以後才會到家。

例　　　　　　　　　　　解答：3

▲「なくす／丟失」是「今まで持っていたもの、あったものを失う／失去原來擁有的東西，原有的東西」的意思。而選項 3「なくしちゃったの／丟失了」中的「ちゃった／…了」表示遺憾，是結果事與願違之意。把朋友的傘弄丟了，心裡表示遺憾，這是正確答案了。

《其他選項》

▲ 選項 1　「ない／沒有」表示「物事が存在しない、持っていない／事物不存在，沒有擁有」，雨傘是丟失了，並不是一開始就不存在，不正確。

▲ 選項 2　「みたい／好像」表示從自己的感覺或觀察來進行推測。雨傘是確實丟失了，不是好像丟了，意思不合邏輯。

1　　　　　　　　　　　解答：1

▲「どうぞ、～ください／請…」是禮貌邀請或請託別人的句型，因此選項 1「どうぞ、おかけください／請坐」是正確答案。例句：

・どうぞ、ここにお座りください／請這邊坐。

2　　　　　　　　　　　解答：2

▲ 選項 2 是比前輩提早下班時的正確寒暄語，應該使用「失礼いたします／告退了」的謙讓語，因此為正確答案。

《其他選項》

▲ 選項 1　不能用過去式「失礼いたしました／已經告退」。

▲ 選項 3　不可用使役形「失礼させます／容我告退」。

3　　　　　　　　　　　解答：3

▲「～ていただけますか／可以麻煩幫忙…嗎」才是請別人協助時的禮貌用語。因此選項 3 正確。

《其他選項》

▲ 選項 1　「欲しいんですが／想要」，這種説法只提出自己的要求，沒有考量到對方是否方便。

▲ 選項 2　「こっちに置いといてください／請放到這邊」，聽起來帶有命令語氣。

聴解

1
2
3
4
5
6

4

解答：1

▲ 當對方道歉時，表示自己覺得「いいのですよ。大丈夫／沒關係，不礙事」的句子是選項1「気にしないで／別放在心上」。

問題5　　　　　　　　　　　　　　　P78

例

解答：3

▲ 被對方讚美説「日本語お上手ですね／您日語真好」，這時候日本人習慣謙虛地説「過獎了，還差遠呢」，日語就用選項3的「いいえ、まだまだです／過獎了，還差遠呢」。也可以説「いいえ、とんでもありません／不，您過獎了」、「恐縮です／您過獎了」等。

《其他選項》

▲ 選項1　「いいえ、けっこうです／不，不用了」表示否定，可以用在被詢問「コーヒー、もう一杯いかがですか／再來一杯咖啡如何？」等的回答。這樣的回答在這裡不合邏輯。

▲ 選項2　「そうはいきません／那怎麼可以」表示心情上雖然很想這樣做，但考慮到社會上的常識等，或某心理因素而不能去做。這樣的回答在這裡也不合邏輯。

1

解答：3

▲ 當對方詢問「開けませんか／不開（窗）嗎」時，應該以「～ましょう／（我們）…吧」的句型回答「ええ、開けましょう／嗯，開（窗）吧」。因此正確答案是選項3。

《其他選項》

▲ 選項1　當對方詢問「開けませんか／不開（窗）嗎」時，若是回答「いいえ／不」，意思是「いいえ、開けません／不，不開（不想開窗）」。

▲ 選項2　當對方詢問「開けませんか／不開（窗）嗎」時，若是回答「ええ（はい）／嗯（好）」，意思是「ええ、開けます／嗯，要開（窗）」；但因對方的問法是「～ませんか／不…嗎」，為了明確表達自己的想法，要將「開けます／要開（窗）」改為「開けましょう／（我們）開（窗）吧」。

2

解答：2

▲ 當對方説「いつもお世話になっております／長久以來承蒙關照」，慣常的回答是「こちらこそ／我才該感謝您」，或是「こちらこそ、お世話になっております／我才該感謝您的關照」是固定的句子。「こちらこそ」表現出「私もです／我也一樣」的感受，換句話説，「私もお世話になっております／我同樣承蒙關照」。

3

解答：1

▲ 對方問候自己的身體狀況時，如果有所好轉，必須先説「おかげさまで／託您的福」，再接著説「だいぶよくなくなりました／已經好多了」等句子。

《其他選項》

▲ 「おかげさまで」的後面必定連接正向的敘述，選項2「とてもつらいです／非常難受」和選項3「ぜんぜんだめです／糟糕透頂」都是負面的敘述，所以不正確。

4

解答：1

▲ 「お口に合う／合胃口」用於覺得食物很美味、很喜歡的時候。因此選項1正確。

《其他選項》

▲ 選項2　「口に合う」不會用於形容大小。

▲ 選項3　「口に合う」只用於食物，不會用在談話內容上。

5

解答：3

▲ 若是回答「ええ／嗯」，後面會接「いいですよ／可以呀」、「OKです／OK」等句子。因此選項3正確。

《其他選項》

▲ 選項1　當對方詢問「撮っていただけませんか／方便請您幫忙拍照嗎」，若是回答「ええ／好」，後面會接表示OK的句子。

▲ 選項2　「あげます／給…」雖是表示答應幫對方的意思，但是使用「あげます」帶有強迫對方接受我方善意的意味，必須謹慎使用。

6

解答：2

▲ 這段對話的內容是，與田中相關的人士由於田中的力有未逮而感到困擾，聽到這番抱怨的人用選項2的「まだ若いんだから／畢竟他還年輕」表

達勸慰。因此，選項2「しかたがないよ。まだ若いんだから／這也是沒辦法的事，畢竟他還年輕嘛」是正確答案。

《其他選項》

▲ 這裡的「頭が痛い／頭痛」是形容非常棘手的狀況，田中並不是因為生病而頭部疼痛。因此，選項1「薬を飲ませた方がいいね／最好吃點藥」和選項3「少し、頭を治そうか／去把頭治一治吧」都不正確。

7 　　　　　　　　　　　　　　　解答：3

▲ 選項3的「かしこまりました／謹遵指示」是「承知しました／明白了」、「わかりました／知道了」的禮貌用語，通常是答應公司主管的請託時，接在「はい／好」之後的句子。因此為正確答案。

《其他選項》

▲ 選項1　對方有事請託，自己若是回答「はい／好」，後面卻又接著說「ありがとうございます／謝謝」，顯然前後矛盾。在「好」的後面應該接選項3「かしこまりました／謹遵指示」。

▲ 選項2　回答若是「いいえ／不好」，後面不會接「失礼します／失禮」，而是以「申し訳ございませんが、～／非常抱歉，…」向對方致歉並且解釋無法協助的理由。

8 　　　　　　　　　　　　　　　解答：2

▲「どうぞ遠慮なく召し上がってください／別客氣，請慢用」，是請客人用餐的慣用句。「召し上がる／吃」是「食べる／吃」的尊敬語，而飲食者本人應該答覆「食べる」的謙讓語「いただきます／享用」。因此，選項2「はい、いただきます／謝謝，我不客氣（享用）了」是正確答案。

《其他選項》

▲ 選項1　若先回答「はい／好」卻接著說「遠慮させていただきます／請恕婉拒」，顯得前後矛盾，應該修正為「遠慮なくいただきます／我就不客氣了」。

▲ 選項3　「いいえ／不要」的答法十分失禮。

問題1　　　　　　　　　　　　　　　P80

1 　　　　　　　　　　　　　　　解答：4

▲「値」音讀唸「チ」，訓讀唸「ね／價值」、「あたい／價格」。「上」音讀唸「ジョウ・ショウ」，訓讀唸「うえ／上面」、「うわ／上部」、「かみ／高處」、「あ‐がる／登上」、「のぼ‐る／攀登」。

▲「値上がり／漲價」是指「物のねだんが高くなること／東西價格變貴」。

《其他選項》

▲ 選項1　「ねさがり」寫成漢字是「値下がり」，是「値上がり」的反義詞。

▲ 選項2　把「値」的音讀誤寫成「ち」，所以不正確。

▲ 選項3　「上」的讀音不正確。

2 　　　　　　　　　　　　　　　解答：3

▲「図」音讀唸「ズ・ト」，訓讀唸「はか‐る／圖謀」。「書」音讀唸「ショ」，訓讀唸「か‐く／寫、畫」。

▲「図書／圖書」是指「本／書」。也把「図書館／圖書館」這個詞記下來吧！

《其他選項》

▲ 選項2「ずが」寫成漢字是「図画／圖畫」，是「絵／繪畫」的意思。

▲ 選項4把「図」的讀音寫錯了。

3 　　　　　　　　　　　　　　　解答：3

▲「扇」音讀唸「セン」，訓讀唸「おうぎ／扇子」。「風」音讀唸「フウ」，訓讀唸「かぜ／風」。「機」音讀唸「キ」。

▲「扇風機／電風扇」是「モーターで風を起こして、すずむ機械／用馬達製造風以帶來涼意的機器」。雖然「風」的音讀是「ふう」，但請注意在這裡要念作「ぷう」。

《其他選項》

▲ 選項1和選項2寫錯了「風」的讀法。

▲ 選項4「せんたくき」寫成漢字是「洗濯機／洗衣機」，意思是洗衣服的機器。

4
解答：4

▲「真っ青」訓讀唸「まっさお／蔚藍」，是指「非常に青い様子／非常藍的様子」。

▲「真っ青／蔚藍」是有特殊唸法的漢字。「青」不唸「あお」，而是唸「さお」。請記下來吧！同樣是特殊唸法的還有「真っ赤／通紅」指非常紅的様子。只要加上「真」則多了「非常に、とても／非常、很」的意思。

5
解答：1

▲「汁」音讀唸「ジュウ」，訓讀唸「しる／汁液」。

▲「みそ汁／味噌湯」是指「みそで味付けしたしる。日本食の代表的なもの／用味噌調味的湯品，具代表性的日本料理」。

《其他選項》

▲ 選項2 「汁」的音讀誤寫成「じゅう」，所以不正確。寫作「みそ汁／味噌湯」時「汁」要唸訓讀。

6
解答：2

▲「免」音讀唸「メン」。「許」音讀唸「キョ」，訓讀唸「ゆる-す／允許」。

▲「免許／許可」是指「政府や役所が許可を与えること／政府和政府機關給予許可」。

《其他選項》

▲ 選項1 「許」的「きょ」誤寫成大字的「きよ」，所以不正確。

▲ 選項3和選項4「許」的讀音寫錯了。

7
解答：1

▲「注」音讀唸「チュウ」，訓讀唸「そそ-ぐ／注入」。「目」音讀唸「モク・ボク」，訓讀唸「め／眼睛」、「ま／眼周的部位」。

▲「目」在這裡唸作「もく」。「注目／注目」是「気をつけてよく見ること／注意看的意思」。

《其他選項》

▲ 選項2 「ちゅうい」寫成漢字是「注意／注意」。

▲ 選項4 「注」誤寫成「ちゅ」所以不正確。

8
解答：3

▲「黒」音讀唸「コク」，訓讀唸「くろ／黑色」、「くろ-い／黑色」。「板」音讀唸「バン・ハン」，訓讀唸「いた／木板」。

▲「板」在這裡唸做「ばん」。

▲「黒板／黑板」是指「チョークなどで、文字や絵をかくためのいた／可以用粉筆等來寫字或畫圖的板子」。

《其他選項》

▲ 選項1「黒」誤寫成訓讀的「くろ」，選項4「板」誤寫成「はん」，所以不正確。

問題2　P81

9
解答：4

▲「快適／舒適」是指「すばらしく気持ちがよい様子／感覺暢快舒適的様子」。請注意「適」的字形，尤其容易和「敵」搞混。「敵」是指戰爭、競爭或比賽的對手。

10
解答：2

▲「記憶／記憶」是指不忘記事物、記得事物。

▲ 請注意「憶」的偏旁（漢字左半邊的部分）。

11
解答：2

▲「最中／正在…時」是指「ものごとがさかんに行われている時／事情正在進行的時候」。例句：

・今、サッカーの試合の最中だ／現在正在進行足球比賽。

・会議の最中に携帯電話が鳴った／開會時手機響了起來。

12
解答：3

▲「事情／情況、緣故」是指「ものごとのいろいろな様子やわけ／各種各様的情況或緣故」。例句：

・先生はアメリカの事情にくわしい／老師對美國的狀況非常了解。

《其他選項》

▲ 請注意每個詞的讀音和字義的不同。

▲ 選項1「真情／真情」意思是真實的感情。例句：

- 友だちから真情のこもった手紙をもらった／我收到了朋友真情流露的信。

  → 「こもる／包含」是指蘊含充分的感情。

▲ 選項2 「実情／實際情況」意思是事情實際的情況。例句：

- 台風の被害の実情を調べる／針對颱風的受災實際情況進行調查。

▲ 選項4 「強情／頑固」是指堅持自己想法的樣子。例句：

- 兄はとても強情だ／哥哥非常頑固。

13 解答：**4**

▲「多量／大量」是指「ものの量が多いこと／東西的量非常龐大」。例句：

- 台風で多量の雨が降った／颱風帶來了龐大的雨量。

《其他選項》

▲ 選項3 「大量／大量」是東西的數量非常多。雖然「多量」和「大量」意思相近，但請注意兩者讀音不同。例句：

- 食料を大量に輸入する／大量進口食品。

14 解答：**4**

▲「弱かった／弱」是指「じょうぶではない様子／不結實的樣子」。例句：

- 妹は体が弱い／妹妹的身體很差。

《其他選項》

▲ 選項1 「強かった／強」是指結實的樣子。例句：

- スポーツで強い体を作る／藉由運動練就強健的體魄。

※ 對義詞：

「弱い／弱」⇔「強い／強」

問題3 P82

15 解答：**4**

▲ 這是關於天氣的題目。表示「30℃」的是選項4「温度／溫度」。例句：

- 朝の温度は4℃で、寒かった／早上的溫度是4℃，冷死了。

《其他選項》

▲ 選項1 「湿気／濕氣」是指濕氣。表示含水分多，濕氣的比例稱作「湿度／濕度」。例句：

- この部屋は湿気が多い／這間房間的濕氣很重。

▲ 選項2 「風力／風力」是指風的強度。例句：

- 山の頂上の風力をはかる／測量山頂上的風力。

▲ 選項3 「気圧／氣壓」是指空氣的壓力。例句：

- 高気圧が日本列島をおおう／高氣壓覆蓋了日本列島。

16 解答：**2**

▲ 這題問的是表示樣子和狀態的副詞。表示睡得很舒服的狀態的詞語是選項2「ぐっすり／酣睡」。例句：

- アルバイトから帰って、ぐっすり眠った／打工結束回家後就睡死了。

《其他選項》

▲ 選項1 「とっぷり／天黑」是指太陽西沉，天色完全暗下來的樣子。例句：

- いつの間にか、日がとっぷり暮れていた／不知不覺間，天就完全暗了。

▲ 選項3 「くっきり／鮮明」是指清楚看見物品的形體的樣子。例句：

- 富士山がくっきり見える／富士山清晰可見。

▲ 選項4 「すっかり／完全」指的是所有的一切。例句：

- 私はもうすっかり元気になった／我已經完全康復了。

17 解答：**2**

▲ 從「煙草を吸える場所は限られている／可以吸菸的地方有所限制」這句話可知很多道路都禁菸。禁止吸菸的詞語是選項2「禁煙／禁菸」。例句：

- 映画館の中は禁煙である／電影院內禁止吸菸。

《其他選項》

▲ 選項1 「喫煙／吸菸」是指吸食菸草。例句：

- 喫煙は喫煙場所ですること／在吸菸場所才能吸菸。

▲ 選項3 「通行止め／禁止通行」是指行人或車輛無法通行。例句：

- 工事のため、通行止めとなる／因為施工，道路禁止通行。

337

▲ 選項 4　沒有「水煙<ruby>すいえん</ruby>」這個詞語。

18　　　　　　　　　　　　　解答：**1**

▲「厳<ruby>きび</ruby>しい労働<ruby>ろうどう</ruby>／辛苦的工作」的意思是不簡單的工作。這是指經常有用體力勞動來工作的情況。因此，為了要做辛苦的工作，選項 1「健康<ruby>けんこう</ruby>／健康」是必須的。

《其他選項》

▲ 選項 2「危険<ruby>きけん</ruby>／危險」、選項 3「正確<ruby>せいかく</ruby>／正確」、選項 4「困難<ruby>こんなん</ruby>／困難」放入句中意思皆不通順。

19　　　　　　　　　　　　　解答：**1**

▲ 請注意各種物品的量詞。房屋和店面的數量用選項 1「軒<ruby>けん</ruby>／間」。例句：
・駅前<ruby>えきまえ</ruby>には 2 軒<ruby>けん</ruby>のパン屋がある／**車站前有兩間麵包店**。

《其他選項》

▲ 選項 2　「本<ruby>ほん</ruby>／支」用在像原子筆一樣的細長物品。例句：
・ボールペンを 2 本<ruby>ほん</ruby>買<ruby>か</ruby>う／**買兩支原子筆**。

▲ 選項 3　「個<ruby>こ</ruby>／個」用在數雞蛋或蘋果等時。例句：
・卵<ruby>たまご</ruby>を 2 個<ruby>こ</ruby>焼<ruby>や</ruby>く／**煎兩顆雞蛋**。

▲ 選項 4　「家<ruby>け</ruby>／家」接在名字等後面，用於表示某個家族。例句：
・田中家<ruby>たなかけ</ruby>を訪<ruby>たず</ruby>ねる／**拜訪田中家**。

20　　　　　　　　　　　　　解答：**3**

▲ 這題問的是用片假名書寫的外來語。題目的意思是「太陽<ruby>たいよう</ruby>の力<ruby>ちから</ruby>／太陽的能源」，選項 3「エネルギー〔ドイツ語 energie〕／能源」是指能做到某工作的力量，因此是正確答案。例句：
・太陽<ruby>たいよう</ruby>エネルギーを利用<ruby>りよう</ruby>して電力<ruby>でんりょく</ruby>を作<ruby>つく</ruby>る／**利用太陽能發電**。

《其他選項》

▲ 選項 1「スクリーン〔英語 screen〕／銀幕」是指播映電影的螢幕、也指電影。例句：
・50 年前<ruby>ねんまえ</ruby>のスクリーンを見<ruby>み</ruby>る／**觀賞五十年前的電影**。

▲ 選項 2「クリック〔英語 click〕／點擊」是指用電腦時，按滑鼠鍵的操作動作。例句：
・マウスを右<ruby>みぎ</ruby>クリックする／**點擊滑鼠右鍵**。

▲ 選項 4　「ダンサー〔英語 dancer〕／舞者」是指跳舞的人。例句：
・彼<ruby>かれ</ruby>は有名<ruby>ゆうめい</ruby>なダンサーだ／**他是一位很有名的舞者**。

21　　　　　　　　　　　　　解答：**2**

▲ 表示為什麼自己會「水泳<ruby>すいえい</ruby>に通<ruby>かよ</ruby>うようになった／開始去游泳」的詞語是選項 2「影響<ruby>えいきょう</ruby>／影響」，指帶給其他東西變化。例句：
・大雪<ruby>おおゆき</ruby>の影響<ruby>えいきょう</ruby>で電車<ruby>でんしゃ</ruby>が止<ruby>と</ruby>まった／**受到大雪的影響，電車停駛了**。
・姉<ruby>あね</ruby>の影響<ruby>えいきょう</ruby>で読書<ruby>どくしょ</ruby>が好<ruby>す</ruby>きになった／**在姐姐的影響下，我愛上了閱讀**。

《其他選項》

▲ 若填入選項 1「試合<ruby>しあい</ruby>／比賽」則不符合文意。

▲ 選項 3「興味<ruby>きょうみ</ruby>／興趣」和 4「長所<ruby>ちょうしょ</ruby>／優點」，朋友的「興味<ruby>きょうみ</ruby>／興趣」或「長所<ruby>ちょうしょ</ruby>／優點」無法成為開始去游泳的理由，所以不正確。

22　　　　　　　　　　　　　解答：**4**

▲ 這題考的是表示樣子和狀態的擬態語，表示身高長高的樣子的詞語是選項 4「ますます／更加」，是程度更甚的樣子。例句：
・風<ruby>かぜ</ruby>がますます強<ruby>つよ</ruby>くなった／**風漸漸增強了**。

《其他選項》

▲ 選項 1「するする／順利的」是指輕鬆進行的樣子。例句：
・サルが木<ruby>き</ruby>にするすると登<ruby>のぼ</ruby>る／**猴子一溜煙爬上樹木**。

▲ 選項 2「わいわい／大聲吵鬧」是指嘈雜的樣子。例句：
・お祭<ruby>まつ</ruby>りで、みんながわいわいさわいでいる／**大家在祭典上大聲說笑**。

▲ 選項 3「にこにこ／笑咪咪」是指看起來很開心、浮現出笑容的樣子。例句：
・母<ruby>はは</ruby>はいつもにこにこしている／**媽媽總是笑咪咪的**。

23　　　　　　　　　　　　　解答：**4**

▲「好<ruby>この</ruby>み／愛好」是指覺得喜歡。注意題目提到「好<ruby>この</ruby>みに／愛好」。符合家裡每個人喜歡的口味之意的選項 4「合<ruby>あ</ruby>わせて／配合」是正確答案。

《其他選項》

▲ 選項1「選んで／選擇」和選項3「受けて／接受」都無法接助詞「に」。

▲ 若填入選項2「迷って／猶豫」則不符合文意。

問題4　　　　　　　　　　　P83

24　　　　　　　解答：**1**

▲「適する／適合」是指「あるものごとをする条件にぴったり合う。よく合う／確實符合某件事物的條件、非常符合」。因此，選項1「ぴったり合う／正好符合」是正確答案。例句：

・ジョギングに適する靴を買う／購買適合慢跑的鞋子。

・ジョギングに合う靴を買う／購買適宜慢跑的鞋子。

《其他選項》

▲ 選項4「満足する／滿足」是指毫無怨言。

25　　　　　　　解答：**3**

▲「一掃する／清除」是指「残らず取り除く。すっかりなくす／徹底去除、完全消滅」。因此選項3「なくそう／消除吧」是正確答案。例句：

・悪者をこの町から一掃しよう／把壞人從這座城鎮統統趕出去吧！

・悪者をこの町からなくそう／讓壞人全都從這座城鎮消失吧！

《其他選項》

▲ 選項2「ながめる／眺望」是指凝視。

26　　　　　　　解答：**4**

▲「美人／美人」是指「顔や姿が美しい女の人／臉蛋好看或身姿曼妙的女性」。因此選項4「きれいな人／漂亮的人」是正確答案。例句：

・友だちのお母さんは美人です／朋友的媽媽是個美人。

・友だちのお母さんはきれいな人です／朋友的媽媽是個很漂亮的人。

《其他選項》

▲ 選項1「優しい人／溫柔的人」是指會體貼別人的人。

27　　　　　　　解答：**3**

▲「偶然／偶然」是指「思いがけず／沒有想到」、「ふと／突然」、「たまたま／偶然」。因此選項3「たまたま／碰巧」是正確答案。例句：

・図書館で偶然、隣のおばさんに会った／在圖書館偶然遇見了住在隔壁的阿姨。

・図書館でたまたま、隣のおばさんに会った／在圖書館碰巧遇見了住在隔壁的阿姨。

《其他選項》

▲ 選項1「久しぶりに／好久」的意思是自從某件事之後，過了很長一段時間的樣子。

▲ 選項4「しばしば／多次」是指好幾次、再三。

28　　　　　　　解答：**2**

▲「あつかう／經營」是指「商品を売買する／買賣商品」，也指「仕事などを受け持つ／負責工作等事項」。「その商品をあつかう／經營那項商品」的意思是有販賣該商品。因此，選項2「売っている／販賣」是正確答案。例句：

・あの店は本だけでなく、文房具もあつかっている／那間店不只賣書，也販賣文具。

・あの店は本だけでなく、文房具も売っている／那間店不只賣書，也販賣文具。

《其他選項》

▲ 選項1「参加する／參加」是指參加團體等活動。

問題5　　　　　　　　　　　P84

29　　　　　　　解答：**4**

▲「えがく／畫」是指「絵や図をかく／畫圖」。若用在書寫文字上則用「書く／寫」。選項4的意思是「鳥たちが、水面に円をかくように泳いでいる／群鳥在水面畫出圓弧悠游其間」。

《其他選項的用法》

▲ 選項1「きれいな字を書く人だと先生にほめられた／老師誇獎了我寫的字很漂亮」。

▲ 選項2「デザインされた服を、針と糸でぬって作り上げた／把設計完成的服飾用針線縫出來了」。

▲ 選項3「レシピ通りに玉子と牛乳を加えて料理が完成した／按照食譜加上雞蛋和牛奶就完成這道料理了」。

30

▲ 「感心／敬佩」是指「心に強く感じること。すばらしい、ほめてあげたいなどと感じること／心裡有強烈的感受；覺得驚嘆、想要稱讚對方等的感覺」。選項2是指「現代を代表する女優のすばらしい演技に心を動かされた／當代傑出女演員的精彩表演打動了我的心」。

《其他選項的用法》

▲ 選項1 「くつの修理を頼んだが、なかなかできないのでいらいらした／我拜託師傅幫我修鞋，但怎麼也修不好，急死我了」。

▲ 選項3 「自分の欠点がわからず、とても不安である／我不知道自己還有哪裡不足，非常不安」。

▲ 選項4 「夕べはよく眠れなくて遅くまで起きていた／昨天晚上沒有睡好，直到深夜都還醒著」。

31

▲ 「人種／人種」是指「肌の色、髪の毛の色、体格など、体の特徴で分けた人間の種類／以皮膚顏色、頭髮顏色、體格等身體特徵區分人類的種類」。正確的表達出這個意思的句子是選項2。

《其他選項的用法》

▲ 選項1 「わたしの家の家族は全部で6人です／我的家庭共有六位成員」。

▲ 選項3和選項4的整句話都不合邏輯。

32

▲ 「燃える／燃燒」是指「火がついて、ほのおが上がる／點火後火焰升起」。選項1的意思是「古いビルの中の店が火事だ／舊大樓裡的商店發生了火災」。

《其他選項的用法》

▲ 選項2 「春の初めにあさがおの種を植えた／初春時播下了牽牛花的種子」。

▲ 選項3 「食べ物の好みは、人によって違っている／對食物的喜好因人而異」。

▲ 選項4 「湖の中で、何かがもぞもぞ動いているのが見える／可以看到有某種東西正在湖裡蠕動」。

→「もぞもぞ／蠕動」用於表示小蟲等生物蠕動的樣子。

33

▲ 「不満／不滿」是指「十分でなく、満足できない様子／不足夠、不滿足的樣子」。選項3的意思是「決定に満足できない人が集会を開いた／對那個決定感到不服的人們召開了會議」。

《其他選項的用法》

▲ 選項1 「機械の調子が悪くて、ついに動かなくなった／機器的狀況不佳，最後終於無法運轉了」。

▲ 選項2 「自慢ばかりしている彼に嫌気がさした／他只顧炫耀，讓我感到很厭煩」。

▲ 選項4 整句話都不合邏輯。

第3回 言語知識（文法）

問題1
P85-86

1

▲ 請注意「だけしか～ない／僅僅只有…」的用法。「だけ／僅僅」後面接「しか／只有」用於強調「だけ／僅僅」。「写真だけしか入っていない／僅僅放了照片」是指「写真だけ入っている／只放了照片」。請注意，「だけしか／僅僅只有」後面的動詞必須是否定形。例句：

・そのことは母だけが知っている／那件事只有媽媽知道。

・そのことは母だけしか知らない／那件事僅僅只有媽媽知道。

《其他選項》

▲ 選項1 「ばかり／全是」前面不會接「だけ／只有」。

2

▲ 表達自己的希望時用「たい／想」，而「たい」前面的動詞需接「ます形」。例句：

・寒いね。温かいココアが飲みたいなあ／好冷哦。好想喝熱可可啊！

《其他選項》

▲ 選項1「飲めたい」、選項4「飲むたい」的「たい」前面不是「ます形」，所以不正確。

▲ 選項3「飲もう／喝吧」是勸誘的説法。例句：
・寒いね。喫茶店で温かいココアを飲もうよ／好冷哦。去咖啡廳喝熱可可吧！

3　　　　　　　　　　　　解答：4

▲ 這題要考的是表示假定的「～ば／如果…的話」的用法。「する／做」的假定形是選項4的「すれば／只要做…的話」。請注意假定形的活用變化。例句：
・薬さえ飲めば、熱は下がるでしょう／只要吃藥，就會退燒了吧！
　　→「飲めば」是「飲む／喝」的假定形。

《其他選項》

▲ 選項2「しないと／不做的話」前面不會接「さえ／只要…就行」。

4　　　　　　　　　　　　解答：2

▲ 這題是「～ことは～が／是…但…」的句型應用，表示消極肯定。題目表示雖然沒有否認會説英語，但是沒有自信。也就是在沒有否定前項的前提之下，連接後文的句子。例句：
・ギターは、弾けることは弾けるが、上手じゃない／吉他嘛，彈是會彈，但彈得不好。
　　→ 此例句沒有否定會彈吉他的事實。

5　　　　　　　　　　　　解答：1

▲「をもとに／以…為基礎」是指「ものごとの土台となるもの／成為事物的基礎的東西」。題目的意思是「調査の結果をもとにして／以調查的結果為基礎」。因此正確答案為選項1「もとに」。例句：
・実験結果をもとに、論文を書く／以實驗結果為基礎撰寫論文。

6　　　　　　　　　　　　解答：3

▲ 題目中説明喜歡這件衣服的理由是「かわいい／可愛」、「着やすい／好穿」。如同本題，除了一項之外，還想再説另一項時，可以用「～だけでなく／不僅…還…」的句型。例句：
・彼はやさしいだけでなく、頭がいい／他不僅溫柔，還很聰明。

《其他選項》

▲ 選項1「だけで／只是」，例句：
・安いだけで、おいしいとは言えない／只是便宜，算不上好吃。
　　→ 此例句表示僅限於「安い／便宜」。

▲ 選項2「ので／因為」用於陳述理由。例句：
・天気がいいので、公園へ行こう／因為天氣晴朗，我們去公園吧！

▲ 選項4「までで／到」，例句：
・店は 10 人までで、満席です／這家店最多只能容納到 10 個人就客滿了。
　　→ 此例句表示 10 人以內的意思。

7　　　　　　　　　　　　解答：4

▲ 用來表示「クラスの代表の立場で／基於班級代表立場」的詞語是選項4「として／身為」。「として」可以替換為「～の立場で／在…的立場上」。例句：
・留学生として、ふさわしい行動をしようと思う／身為留學生，我認為行為應該謹守分際。
　　→ 此例句意思為「留学生の立場で／在留學生的立場上」。

8　　　　　　　　　　　　解答：2

▲ 能表示「練習するにつれて／隨著練習」之意的是選項2「したがって／隨著」。由動詞「したがう／隨著」，變化為句型「～にしたがって／隨著」時，意思就是「～につれて／隨著」。例句：
・日本語を勉強するにしたがって、漢字が好きになった／隨著學習日語，我越來越喜歡漢字了。

9　　　　　　　　　　　　解答：3

▲ 與「帰ってすぐ／剛離開」意思相同的是選項3「帰ったばかり／才剛離開」。「ばかり／剛…」是表示「それからまだ時間がたっていない／在那之後過沒多久」的詞語。「ばかり」的前面要接過去式（た形）。例句：
・父は、今出かけたばかりです／爸爸剛剛外出了。〈外出後沒過多久〉

《其他選項》

▲ 選項1「帰ったとたん／一離開就」。例句：
・帰ったとたん、電話が鳴った／一到家，電話就響了。

▲ 選項 2 「帰るばかり／只等離開」，這裡的「ばかり／只…」表示準備完畢，只差某個動作而已，前面接的是辭書形，這樣一來意思就不同了，請多加注意。例句：

・仕事がすべて終わったので、帰るばかりです／因為工作全部做完了，只等回家了。

▲ 選項 4 「帰るはず／應該離開」。例句：

・母は 7 時に帰るはずです／媽媽七點應該會到家。

10　　　　　　　　　　　　　　解答：**1**

▲「際／之時」是指「時／時候」、「場合／情況」。表示時間的助詞用「に」。因為 A 館和 B 館兩邊都需要，所以使用並列的助詞「も／也」，變成「にも／在…也」。因此，選項 1「際にも／在的時候也」為最貼切的答案。

11　　　　　　　　　　　　　　解答：**2**

▲ 因為敘述的是自己的動作，所以使用謙讓語。「会う／見面」的謙讓語是「お目にかかる／拜會」。「佐久間教授に会いたい／想見佐久間教授」使用謙讓語就成為「佐久間教授にお目にかかりたい／想拜會佐久間教授」。例句：

・おばあさまにぜひお目にかかりたい／請務必容我拜見令祖母。

《其他選項》

▲ 選項 1 的「拝見する／拜見」是「見る／看」的謙讓語。例句：

・切符を拝見させていただきます／請讓我檢視您的車票。

▲ 選項 3「いらっしゃる／在、來、去」是「いる／在」、「来る／來」、「行く／去」的尊敬語。例句：

・社長は社長室にいらっしゃる／社長目前在社長辦公室。

12　　　　　　　　　　　　　　解答：**3**

▲ 這題的題意是擔心明天或許會下雨。表示擔心發生不好之事的句型是選項 3「おそれがある／恐怕會…」。例句：

・この薬は眠くなるおそれがあるので、車の運転はしないでください／因為這個藥恐怕會導致嗜睡，所以請不要開車。

《其他選項》

▲ 選項 1 的「予定／預定」和選項 2「ことになっている／已預定」是指「これからすることを前もってすること／事先規劃接下來要做的事」。例句：

・午後は 3 時から会議の予定だ／預定下午 3 點開始開會。

・明日、開会式が行われることになっている／已預定明天舉行開幕典禮。

▲ 選項 4 的「つもり／打算」是「そうしようと、前もって思っていること／事先就想要這麼做」的意思，但天氣並非人為可以決定，因此不正確。例句：

・夏休みはアルバイトをがんばるつもりだ／暑假打算努力打工。

13　　　　　　　　　　　　　　解答：**3**

▲ 因為敘述的是老師的事情，所以使用尊敬語。「する／做」的尊敬語是「される／做」。由於後面接的是「いる」，所以答案是選項 3「されて」。例句：

・先生はどんな本を読まれているのですか／請問老師正在讀什麼樣的書呢？

《其他選項》

▲ 選項 4 的「させられて／被叫去做」是「する」的使役被動形。例句：

・母に部屋の掃除をさせられた／我被媽媽叫去打掃房間。

 問題 2　　　　　　　　　　P87-88

例　　　　　　　　　　　　　　解答：**1**

※ 正確語順

ケーキはすきですか。
你喜歡蛋糕嗎？

▲ B 回答「はい、だいすきです／是的，超喜歡的」，所以知道這是詢問喜不喜歡的問題。

▲ 表示喜歡的形容動詞「すき」後面應填入詞尾「です」，變成「すきですか」。句型常用「～はすきですか」，因此「は」應填入「すきですか」之前，「～」的部分，毫無疑問就要填入「ケーキ」

了。所以正確的順序是「2→3→1→4」，而 ＿＿★＿＿ 的部分應填入選項1「すき」。

14
解答：**4**

※ 正確語順

このスカートは少し小さいですので、**もっと 大きい の に** 替えていただけますか。

因為這件裙子有點小，可以換**更大的**嗎？

▲ 請留意題目的前半段「このスカートは少し小さいですので／因為這件裙子有點小」。由此可知應是想要更大一點的（スカート／裙子）。選項4的「の／的」是可以用來替換「もの／物品」的「の」。由於這個「の／的（物品）」接於普通形之後，所以是「もっと大きいの／更大一點的」。另外，題目後半段的「替えて／更換」前面必須用助詞「に」，變成「～に替えて／更換成…」的句型。如此一來順序就是「2→1→4→3」，＿＿★＿＿ 的部分應填入選項4「の」。

15
解答：**1**

※ 正確語順

あの店は、曜日 **に よって** 閉まる時間が 違うから 電話で聞いてみたほうがいいですよ。

這家店根據星期幾而有不同的打烊時間，最好先打電話問一聲哦。

▲ 請留意表示情況的「～によって／根據」的用法。因為「～によって」前面必須接名詞，所以是「（曜日）によって／根據（星期幾）」，也就是「曜日が違えば／星期幾的不同」的意思。另外，「違う／不同」前面的助詞要用「が」。因此就變成了「閉まる時間が違うから／不同的打烊時間」。如此一來順序就是「3→1→2→4」，＿＿★＿＿ 的部分應填入選項1「よって」。

16
解答：**3**

※ 正確語順

この鏡は、**いくら 磨いて も ちっとも** きれいにならない。

這面鏡子**不管怎麼擦也一點都**不會變乾淨。

▲ 請留意「いくら～ても（でも）／不管怎麼…也」的用法。因為「ても（でも）／也」必須接於動詞、

形容詞、名詞之後，所以是「いくら磨いても／不管怎麼擦也」。另外，「ちっとも／一點都」後面必須接否定詞「ない／不」，變成「ちっとも～ない／一點也不…」的句型，這是強調否定的用法。由於題目句尾是「きれいにならない／不會變乾淨」，所以可知順序是「ちっともきれいにならない／一點都不會變乾淨」。如此一來順序就是「4→1→3→2」，＿＿★＿＿ 的部分應填入選項3「も」。

17
解答：**2**

※ 正確語順

彼 **ほど 立派な 人は いない** と思います。

我認為找不到像他那麼出色的人了。

▲ 本題的句型是「AほどBはいない／沒有像A那麼…的B了」。A處填入名詞，B處填入人。因為句首是「彼／他」，所以是「彼ほど／像他那麼」。又因為「立派な／出色」用於形容「人／人類」，所以是「立派な人は／出色的人」。而且之後應該接「いない／沒有」。全句是「彼がいちばん立派だ／他是最出色的」的意思。如此一來順序就是「2→1→4→3」，＿＿★＿＿ 的部分應填入選項2「ほど」。

18
解答：**3**

※ 正確語順

明日は、いつもより少し **早く 帰らせて い ただき たい** のですが。

明天想請您允許我提早一點回去。

▲「～ていただきたい／想請您允許我…」是使用敬語拜託對方的句型。請留意「～て」的動詞必須是使役形。因為題目前面有表示比較與程度的「いつもより少し／比平時（提早）一點」，所以緊接在後面的是「早く／提早」。如此一來順序就是「2→4→3→1」，＿＿★＿＿ 的部分應填入選項3「いただき」。

問題3　　　　　　　P89-90

19
解答：**3**

▲ 因為選項3「温かく／熱情」是能讓人感受到情誼或好感的詞語，所以最合適。例句：

・お客様を温かくむかえる／熱情地迎接客人。

《其他選項》

▲ 選項1 「つめたく／冷漠」和選項4「きびしく／嚴格」，因為第一次到日本來的作者對日本人有好感，所以都不正確。例句：

・友だちにつめたくされてしまった／遭到了朋友的冷漠對待。

・子どもをきびしく注意する／嚴厲地警告孩子。

▲ 選項2 「さっぱり／徹底」與文意不符，因此也不正確。例句：

・さっぱりあきらめた／徹底放棄了。

---

20 解答：**3**

▲ 第二次到日本來的作者感覺到「他の人々を寄せ付けない冷たいもの／難以接近其他人的冷漠」。因為和最初的印象相反，所以選項3「しかし／不過」最為適當。例句：

・台風が来た。しかし、被害はなかった／颱風來過，不過沒有災情。

《其他選項》

▲ 選項1 「また／另外」是列舉多項事物時的接續詞，所以不正確。例句：

・私は読書が好きだ。また、スポーツも好きだ／我喜歡讀書。另外，也喜歡運動。

▲ 選項2 「そして／然後」是表示兩件事的時間連接的接續詞，所以不正確。例句：

・家に帰った。そして、アルバイトに行った／回了家，然後又去打工了。

▲ 選項4 「それから／還有」是表示除前面事項外，還發生了後面事項的接續詞，所以不正確。例句：

・スーパーで買い物をした。それから、料理を作った／在超市買了東西，還做了料理。

---

21 解答：**2**

▲ 本題要從前文推敲是怎麼樣的「日本人たち／日本人們」。這裡指的是在擁擠的電車中盯著手機螢幕的年輕人。用來指稱前面內容的指示語是選項2「そんな／那樣的」。例句：

・そんなひどいこと言われたの／被說了那麼過分的話啦？

《其他選項》

▲ 選項1 「こういう／這種」的用法不通順。

▲ 選項3 「あんな／那種的」是用於指稱作者和讀者都知道之事的指示語，所以不正確。例句：

・あんなことを言ってはいけません／不准說那種話！

▲ 選項4 「どんな／什麼樣的」是詢問不清楚之事時的指示語，所以不正確。例句：

・今、どんな本を読んでいるの／現在在看什麼樣的書呢？

---

22 解答：**1**

▲ 空格前面是「日本社会が変わったからだろうか／這是因為日本社會改變了嗎」，空格後面是「私の見方が変わったのだろうか／是我的想法改變了呢」，意思是從這兩項選出一個。這時要使用的接續詞是選項1「それとも／還是」。例句：

・山に行きますか。それとも海に行きますか／要去山上嗎？還是要去海邊呢？

《其他選項》

▲ 選項2 「だから／所以」是承接前面事項，以便談論後面事項時的接續詞。例句：

・明日試験がある。だから、今夜は勉強しなければならない／明天要考試，所以今晚非得念書不可。

▲ 選項3 「なぜ／為什麼」是詢問理由的疑問副詞。例句：

・なぜ、あなたは遅刻したのですか／你為什麼遲到了？

▲ 選項4 「つまり／也就是說」是用於簡化前面敘述的事情，或是換句話說時使用的詞語。例句：

・甘いもの、つまり、ケーキやチョコレートなどが大好きだ／甜食，也就是蛋糕和巧克力之類的我最喜歡了！

---

23 解答：**3**

▲ 空格前幾句提到「日本人は現在のところ、他の国に比べれば礼儀正しく、また、社会の秩序もしっかり守られている／目前的日本人和其他國家相比，仍是彬彬有禮並且遵守社會秩序」。

《其他選項》

▲ 選項1雖是陳述「いいこと／優點」，但由於是疑問句，所以不正確。

▲ 選項2和4是否定的説法，但這裡是在陳述「いいこと／優點」，所以不正確。

| 第3回 | 読解

問題4　　　　　　　　　　　　　　　　P91-94

24　　　　　　　　　　　　　　　　解答：**4**

▲ 請注意文章的最後一句「人間の食べ物としてその生命をくれた動物や野菜などに対する感謝の気持ち／對獻出生命成為我們人類食物的動物和蔬菜表達謝意」。因此選項4正確。

《其他選項》

▲ 選項1　文中並沒有説這是「日本人としての礼儀／身為日本人的禮儀」。

▲ 選項2　文中沒有説這是作者「家族の習慣／家裡的習慣」。

▲ 選項3　請注意文中指出「料理を作ってくれた人に対する感謝の気持ちを表す言葉でもあるが、それよりも～／不但是對為我們烹調食物的人表達謝意的話語，更是…」，在「それよりも／比…更是」的後面提到「人間の食べ物としてその生命をくれた動物や野菜などに対する感謝の気持ち／對獻出生命成為我們人類的食物的動物和蔬菜表達謝意」，這是作者最想表達的事。所以不正確。

25　　　　　　　　　　　　　　　　解答：**4**

▲ 文中提到日本人的汗液「塩分濃度が高く、かわきにくい／含鹽濃度較高，不容易乾」。因此選項4正確。

《其他選項》

▲ 選項1、選項2都是文章中沒有説明的內容。

▲ 選項3，日本人並沒有「必要以上に汗をかく／流太多汗」。

26　　　　　　　　　　　　　　　　解答：**1**

▲ 今天之內必須告知「ホテルの希望／希望預訂哪家旅館」，因此選項1正確。

《其他選項》

▲ 選項2　「田中さん／田中先生」是留下字條的人。告知的對象應是留下電話的川本先生。

▲ 選項3　「出張の予定表を送る／寄出出差計畫表」必須在星期五前寄出，至於今天之內必須要做的事是告知「ホテルの希望／希望預訂哪家旅館」。

▲ 選項4　並不是「田中さんに／給田中先生」，必須優先處理的事也不是「出張の予定表を送る／寄送出差計畫表」。

27　　　　　　　　　　　　　　　　解答：**2**

▲「診察室、検査室、処置室、ICU等／診察室、檢查室、治療室、ICU等處」必須「電源off エリア／關閉電源區域」。所以在「検査室／檢查室」就連設定為震動模式也是不行的。因此答案為選項2。

《其他選項》

▲ 選項1　海報中提到可以使用手機的區域是「携帯電話コーナー、休憩室、病棟個室等／手機使用區、休息室、病房等處」。

▲ 選項3　可以在「携帯電話コーナー／手機使用區」使用手機。

▲ 選項4　海報中提到「歩きながらのご使用はご遠慮ください／請不要邊走邊撥打或接聽」。

問題5　　　　　　　　　　　　　　　　P95-98

28　　　　　　　　　　　　　　　　解答：**2**

▲ 第四段的開頭提到「服の色によって人に与える印象が変わる／不同顏色的服裝會給別人不同的印象」，所以選項2正確。

《其他選項》

▲ 選項1　作者要表達的並非「自分の気分／自己的心情」，而是必須注重自己給別人留下的印象。

▲ 選項3　「服のデザイン／服裝的設計」是文中沒有提到的內容。

▲ 選項4　「着る人の性格を表す／展現出穿著者的個性」是文中沒有提到的內容。

▲ 請注意第三段關於「リクルートスーツ／求職套裝」的説明。「青は、まじめで落ち着いた印象を与えるので、面接等に適しているのだろう／藍色給人認真而穩重的印象，因此很適合在面試時穿著吧」。因此選項1正確。

《其他選項》

▲ 選項2、3、4是文章中沒有提到的內容。

30 解答：**4**

▲ 舉例中説明「赤い服を着ると元気になり、行動的になるような気がする／只要穿上紅衣服就會覺得精力充沛，變得很積極」。因此正確答案為選項4。

《其他選項》

▲ 選項1 舉例中沒有提到「白い服／白色的服裝」。

▲ 選項2 舉例中沒有提到「黒い服／黑色的服裝」。

▲ 選項3 舉例中沒有提到「青い服／藍色的服裝」。

31 解答：**3**

▲「わくわく、どきどき／歡欣雀躍、七上八下」是「期待や喜び、緊張などで心が落ち着かない様子を表す／描述因期待、歡欣或緊張等而展現出心情無法平靜的樣子」的詞語。因此只要搜尋符合「わくわく、どきどき／歡欣雀躍、七上八下」的心情的詞語即是答案。和這種心情吻合的是「期待感や緊張感／期待與緊張」，因此選項3正確。

《其他選項》

▲ 選項1 「恐怖心や不安感／恐懼與害怕」不恰當。

▲ 選項2 「かわいそうに思う気持ち／覺得(昆蟲)很可憐」不恰當。

▲ 選項4 「残念な気持ち／遺憾的心情」也不恰當。

32 解答：**4**

▲「入口／入口」除了具有「人や物が入っていく所／人或物進入的地方」的意思，另外也有「ものごとの初め／事物的第一步」的意思。在本文中是指後者。也就是説，② ____ 指的是「自然を知る初め／認識大自然的第一步」。因此，符合此處「入口」意涵的是選項4「自然を知る最初の

経験／了解大自然的第一次體驗」。

33 解答：**2**

▲ 第三段提到因為太過強烈排斥、甚至禁止捉蟲的行為，結果導致「子どもたちは生きものに直接触れる貴重な機会をなくしてしまっている／孩童們失去了直接觸摸生物的寶貴機會」。因此選項2正確。

《其他選項》

▲ 選項1 雖然最後一段説「いたずらに生きものを捕まえたり殺したりすることは許されない／絕不允許濫捉濫殺生物的行為」，然而其後又提到「自然の大切さを強調するあまり、子どもたちの自然への関心や感動を奪ってしまわないように／不要過度強調自然環境的寶貴，而抹煞了孩童們對大自然的關心與感動」。因此選項1不恰當。

▲ 選項3 文中沒有提到「子どもたちを叱らず、自由にさせなければならない／不要斥責孩童們，而必須讓他們隨心所欲」。

▲ 選項4 這是文章中沒有提到的內容。

問題6 P99-100

34 解答：**1**

▲ 往前找尋指示語所敘述的內容即可。「これ／這」是指第二段的「荷物が二人の真ん中にあるとき、二人にかかる重さは全く同じ／當物體位於兩個人的正中央時，兩人所承受的重量完全相同」。把「これ／這」套換成這個部分，再確認文義是否通順，便可知選項1最符合。

35 解答：**2**

▲ 緊接在② ____ 後面的是「下の人／下面的人」而接續於「下の人／下面的人」之後表示「下の人の方が重く感じる／下面的人就會感覺比較重」。因此選項2正確。

36 解答：**4**

▲ 緊接在③ ____ 後面的是「棒の真ん中に荷物があれば、二人の重さは同じである／當物體位於棍子的正中央時，兩人承受重量相同」，而説明這點的是選項4。

37　　　　　　　　　　　解答：**3**

▲ 請注意④____前方的句子「重い荷物を二人以上で運ぶ場合、荷物の重心から、一番離れた場所が一番軽くなる／當超過兩個人合力搬運重物時，距離物體重心最遠的位置會感覺最輕」，而說明這點的是選項 3。

問題 7　　　　　　　　　　P101-102

38　　　　　　　　　　　解答：**3**

▲ 申請借閱證必須填寫「貸し出し申込書／借閱證申請書」。申請時，必須攜帶能夠檢核姓名與住址的證件（例如：駕照、健保卡、外僑居留證、戶口名簿、學生證等）。因為馬尼拉姆先生是住在中松市的留學生，所以必須向櫃臺出示學生證或外僑居留證。所以選項 3 正確。

39　　　　　　　　　　　解答：**4**

▲ 規定中提到「カードをもう一度新しく作ってお渡しするには、紛失届けを提出された日から 1 週間かかります／借閱證將於申辦日起一星期後補發」，因此選項 4 正確。

《其他選項》

▲ 選項 1　規定中提到借閱證「中央図書館、市内公民館図書室共通で利用できます／可通用於中央圖書館及市內公民館圖書室」。

▲ 選項 2　規定中提到「3 年ごとに住所確認のうえ、続けて利用できます／每三年一次完成住址檢核後即可延長使用期限」。

▲ 選項 3　規定中提到「住所や電話番号等、登録内容に変更があった場合はカウンターにて変更手続きを行ってください／當住址、聯絡電話、登載資料異動時，請至櫃臺辦理異動手續」。這項異動手續不可使用電話通知，而必須親自到櫃台辦理。

| 第 3 回 | 聴解

問題 1　　　　　　　　　　P103-106

例　　　　　　　　　　　解答：**2**

▲ 女士説了新幹線出發的時間是「ちょうど 7 時発／7 點整出發」，後面又説「私は発車の 1 時間前には出るわ／我得在發車前一個小時出門喲」。這樣一經過減法計算，知道答案是 2 的「6 時／6 點」了。

《其他選項》

▲ 選項 1　10 點是必須抵達大阪車站的時間。

▲ 選項 3　7 點是新幹線出發的時間。

▲ 選項 4　6 點半是男士建議的時間。

※ 這道題數字多，對話中每個數字都在選項上進行干擾，再加上對話中沒有直接講到出門時間，因此，必須經過加減乘除的計算，跟充分調動手、腦，邊聽邊刪除干擾選項。

1　　　　　　　　　　　解答：**3**

▲ 選項 3 去銀行為正確答案。

《其他選項》

▲ 選項 1　便當已經做好了。

▲ 選項 2　去醫院前要去銀行。

▲ 選項 4　洗好的衣服男士已經晾了。

2　　　　　　　　　　　解答：**4**

▲ 男同學說「うちの犬を予防注射に連れていく／要帶我家的狗去打預防針」。因此選項 4 正確。

《其他選項》

▲ 選項 1　雖然計畫和在台灣的朋友見面，但要等到去台灣的時候。

▲ 選項 2　去打工之前要「一度家に帰ってから／先回家一趟」。

▲ 選項 3　不是遛狗，而是帶狗去打預防針。

3　　　　　　　　　　　解答：3

▲ 每次可使用 30 分鐘，如果沒有別人等候使用則可延長，每次延長 30 分鐘。

4　　　　　　　　　　　解答：2

▲ 照片拍攝於炎熱 8 月打網球的時候。選項 1 的照片上穿的是高爾夫球裝、選項 4 的照片上有落葉，皆不正確。此外，彩香當時 3 歲，所以沒有拍到小孩的選項 3 也不正確。因此，選項 2 為正確答案。

5　　　　　　　　　　　解答：4

▲ 科長通常傍晚 5 點左右回到公司，但是今天必須在 3 點之前以電子郵件寄送請款單給山川服務的田中先生，所以中午要回公司一趟。因此，選項 4 是正確答案。

6　　　　　　　　　　　解答：3

▲ 這家旅館在湖泊附近，也有溫泉，館內甚至有名畫展示。因此答案為選項 3。

《其他選項》

▲ 選項 1　女士説「海より、山がいい／比起去海邊玩，我更喜歡到山上」。

▲ 選項 2　對話中沒有提到滑雪場。

▲ 選項 4　對話中沒有提及可以望見網球場。

問題 2　　　　　　　　　P107-110

例　　　　　　　　　　　解答：4

▲ 從男士説因為肚子餓，因此「コンビニに行ったら、田中に会って、一緒に近くの店に行って 2 時まで飲んでたんだ／一去超商卻遇見了田中，因此一起到附近的店家喝到兩點。」知道答案是選項 4 的「近くの店でお酒を飲んでいたから／因為在附近的店家喝酒」。

《其他選項》

▲ 選項 1　女士問「遅くまでレポート書いてたのね／論文寫到很晚吧？」，男士否定説「いや／不是」，知道選項 1「レポートを書くのに時間がかかったから／為了寫論文而花費許多時間」不正確。

▲ 選項 2　女士又問「じゃ、あっ、ゲームでしょう／那、啊！打電動吧」，男士又回答「ちがうよ／才不是啦」，知道選項 2「ゲームをしていたから／因為打電動」也不正確。

▲ 選項 3　男士説去超商遇到田中，就一起去附近的店家喝酒，因此並沒有「ずっとコンビニにいたから／因為一直在超商」。

1　　　　　　　　　　　解答：1

▲ 醫師囑咐男士「タバコは絶対ダメです／嚴禁抽菸」。因此正確答案是選項 1。

《其他選項》

▲ 選項 2　醫師表示「スポーツはすこしずつ、始めは散歩ぐらいにしておいて、一週間ほどして、どうもなかったら、どんどんやっていいですよ／運動不可操之過急，先從散步開始，如果一星期過後一切正常，就可以盡情運動了。」

▲ 選項 3　醫師只説「甘いものは少なめに／少吃甜食」，沒説必須戒掉。

▲ 選項 4　對話中沒有提到「仕事／工作」。

2　　　　　　　　　　　解答：3

▲ 男士解釋「どちらが新しい言い方なのかお聞きしたい／我想請教哪個表達方式比較新」，因為同一個單字出現不同的翻譯，他想知道哪一個才是新的表達方式。因此正確答案為選項 3。

《其他選項》

▲ 選項 1　對話中沒有提到「日本語の意味／日文的語意」。

▲ 選項 2　男士雖然詢問「今回の翻訳はいつもの方ですか／這次的譯者是往常的那一位嗎」，但他並不是想知道譯者的名字。

▲ 選項 4　對話中沒有提到「中国語の単語の意味／中文單字的語意」。

3　　　　　　　　　　　解答：4

▲ 女士提醒「傘はまっすぐ、下に向けて持ってほしいものです／希望能以垂直、尖端朝下的方式握傘」。因此正確答案為選項 4。

《其他選項》

▲ 選項1、選項2，女士沒有提到這些內容。

▲ 選項3女士説「傘の先を後ろに向けている人がいます。本当に危険です／有些人握著傘時會把傘尖朝後，這種舉動真的很危險」。因此「傘の先を後ろに向けて持つ／傘尖朝後的握法」並不妥當。

4　　　　　　　　　　　　　　解答：**3**

▲ 女士説「事実が書かれた本が、私は好きだな／我喜歡紀實類的書」。因此答案是選項3。

《其他選項》

▲ 選項1　女士正在閱讀的是「科学の本／科普書」，而理由是「携帯とか、パソコンについて、科学的なことが知りたくて／希望了解關於手機和電腦方面的科學知識」，沒有表示自己「好きだ／喜歡」這類書籍。

▲ 選項2　「歴史小説／歷史小説」是男士正在閱讀的書。

▲ 選項4　由女士提到「前は小説が好きだったんだけどね／雖然以前喜歡看小説」這句話可以知道她不像從前那麼喜歡了。

5　　　　　　　　　　　　　　解答：**2**

▲ 老師表示「学力が低いグループの生徒の成績が上がった／學習能力較低的那組學生成績進步了」。因此正確答案是選項2。

《其他選項》

▲ 選項1　不是全體學生的成績都進步了，學習能力較高的那組學生沒有太大的差異。

▲ 選項3　老師提到「学力が高いグループの生徒の成績には大きな差がなかった／學習能力較高的那組學生，成績沒有太大的差異」。

▲ 選項4　學習能力較低的那一組，成績持續進步。

6　　　　　　　　　　　　　　解答：**3**

▲ 女士説的是「仕事の後、会社の近くの店でお酒を飲みながら旅行の相談をしてたんだ／下班之後，和他們在公司附近的餐館邊喝酒邊規劃旅行」。所以選項3正確。

《其他選項》

▲ 選項1　由於田中和山口發生口角，導致後續衍生出種種狀況，但這不是女士晚歸的直接原因。

▲ 選項2　女士只説下班之後和他們在公司附近的餐館邊喝酒邊規劃旅行，但未提到「ご飯を食べに行った／去吃了飯」。

▲ 選項4　女士強調「カラオケには行かなかったよ／我可沒去唱卡拉OK喔！」

問題3　　　　　　　　　　　　　　P111

例　　　　　　　　　　　　　　解答：**3**

▲ 從男士表示「実は、日本語学校の先生から通訳を頼まれたんだけど／是這樣的，我日語學校的老師委託我當口譯」，而由於時間上允許，因此女士回答「いいわよ／好啊」，知道答案是3的「日本語学校の先生の通訳をすること／當日語學校老師的口譯」。

《其他選項》

▲ 選項1　去機場接朋友是女士的事。

▲ 選項2　帶朋友參觀大學校園是女士的事。

▲ 選項4　兩人的對話沒有提到代為打工一事。

1　　　　　　　　　　　　　　解答：**2**

▲ 男士要求「明日は午前中に来てもらえませんか／可以明天早上來嗎」，女士的回答是「朝、9時過ぎにはうかがいます／早上9點過後拜訪」。因此正確答案為選項2。

《其他選項》

▲ 選項1，瓦斯公司的女士表是「今日は、どうしても人がいなくて～／今天實在沒辦法調派人手…」，也就是今天無法前去修繕。

▲ 修繕工作是明天早上進行，不是選項3的「明日の午後／明天下午」，也不是選項4的「明日の午後3時頃／明天下午3點左右」。

2　　　　　　　　　　　　　　解答：**1**

▲ 請留意演講一開始的「誰かと親しくなりたいと思ったら、まず、共通点を見つけるといいんです／如果想要拉近與某人的距離，首先要找出彼此的共通點」，也就是選項1的「人と親しくな

る方法／與人拉近距離的方法」。

《其他選項》

▲ 男士雖然表示「アジア人ととても仲が良くなりました／我和亞洲人變得交情熱絡」，但他並未提到選項2「アジア人の考え方／亞洲人的思考模式」，也沒有提及選項3「文化の違う人との付き合い方／與不同文化背景者的相處方式」和選項4「アメリカ人の友だちを見つける方法／結交美國朋友的方法」。

3 　　　　解答：4

▲ 女士提到「静かな所がいい／希望是安靜的地方」，她不喜歡住家環境嘈雜喧鬧，而男士同樣提到「うるさいのはいやだな／無法忍受噪音」。因此正確答案為選項4。

《其他選項》

▲ 選項1　女士表示「ちょっと広い家に住みたいと思ったら、やっぱり少しぐらい遠いのはしかたない／我想住在更大的房子，不得已只好搬到遠一點的地方」。

▲ 選項2　男士表示「家賃が高いのは仕方ない／房租貴也只好接受」。

▲ 選項3　男士表示「狭いのはがまんできる／房子小還算可以忍受」。

問題4　　　　P112-114

例 　　　　解答：3

▲「なくす／丟失」是「今まで持っていたもの、あったものを失う／失去原來擁有的東西、原有的東西」的意思。而選項3「なくしちゃったの／丟失了」中的「ちゃった／…了」表示遺憾，是結果事與願違之意。把朋友的傘弄丟了，心裡表示遺憾，這是正確答案了。

《其他選項》

▲ 選項1　「ない／沒有」表示「物事が存在しない、持っていない／事物不存在，沒有擁有」，雨傘是丟失了，並不是一開始就不存在，不正確。

▲ 選項2　「みたい／好像」表示從自己的感覺或觀察來進行推測。雨傘是確實丟失了，不是好像丟了，意思不合邏輯。

1 　　　　解答：1

▲ 請留意圖片中的女士在搖頭，由此可知她想表達的是「いえ（いいえ）／不（不要）」，所以後面應該接著說「いえ／不用了」，意思跟「もう結構です／已經不用了」一樣。因此，選項1是正確答案。

2 　　　　解答：3

▲ 應該明確表示「千円札に替えてください／請換成千圓鈔」。正確答案為選項3。

《其他選項》

▲ 選項1　「たくさんください／請給我很多」這樣的表述方式比較奇怪。換鈔時應該說「替えてください／請換（鈔）」。

▲ 選項2　如果只說「一万円札を替えてください／請把一萬圓鈔換開」，銀行人員無從得知該如何兌換，是要換成5000圓鈔？1000圓鈔？還是500圓硬幣？

3 　　　　解答：2

▲ 面對生病或身體不舒服的人應該說選項2「お大事に／請保重」。

《其他選項》

▲ 沒有選項1「お丈夫に」這種講法。

▲ 選項3「お疲れ様／辛苦了」，是在工作結束時對同事說的問候語。

4 　　　　解答：1

▲ 先說了「すみません／不好意思」再接著說「私の席です／這是我的位子」，也就是以委婉的方式請鄰座者拿走個人物品。這種表述方法可以顧及鄰座者的顏面。所以正確答案是選項1。

《其他選項》

▲ 選項2　對初次見面的人說「邪魔です／很礙事」是非常失禮的。

▲ 選項3　最好不要直接說「この荷物私のじゃないわ／這些東西不是我的」，而應該說「すみませんが、この荷物、退けていただけないでしょうか／不好意思，可以麻煩您把這些東西移過去一點嗎？」開頭使用「すみませんが／不好意思」能讓語氣變得溫和。

問題5 P115

例 解答：3

▲ 被對方讚美説「日本語お上手ですね／您日語真好」，這時候日本人習慣謙虛地説「過獎了，還差遠呢」，日語就用選項3的「いいえ、まだまだです／過獎了，還差遠呢」。也可以説「いいえ、とんでもありません／不，您過獎了」、「恐縮です／您過獎了」等。

《其他選項》

▲ 選項1 「いいえ、けっこうです／不，不用了」表示否定，可以用在被詢問「コーヒー、もう一杯いかがですか／再來一杯咖啡如何？」等的回答。這樣的回答在這裡不合邏輯。

▲ 選項2 「そうはいきません／那怎麼可以」表示心情上雖然很想這樣做，但考慮到社會上的常識等，或某心理因素而不能去做。這樣的回答在這裡也不合邏輯。

1 解答：3

▲「久しぶり／好久不見」用於問候久違之人。選項3「最後にお会いしたのは、一年も前ですね／最後一次見到您已經是一年前了」。暌違一年的相逢稱得上是「久しぶりですね／好久不見」，因此是正確的回應。

《其他選項》

▲ 選項1「以前からですね／從以前就是這樣」以及選項2「一年だけでしたね／只有一年而已」都屬於語意前後矛盾的回應方式。

2 解答：1

▲ 當對方詢問「もう一杯、いかがですか／再來一碗（杯）好嗎」，自己想婉拒時應該先説「もう結構です／不用了」，接著解釋理由。因此正確答案是選項1。例句：

・もう結構です。おなかいっぱいです／不用了，吃得很飽了。

《其他選項》

▲ 選項2 沒有「まだ結構です」這樣的表述方式。並且，後面接的是「もう一杯だけ／再一碗（杯）就好」，這樣的回答讓人不解究竟還要不要繼續吃。

▲ 選項3 當還想再吃一碗時，不可以説「そうしてください／請那麼做吧」，這是失禮的回應，應該表示「もう一杯、お願いします／麻煩再給我一碗（杯）」或是「もう一杯、いただけますか／可以再給我一碗（杯）嗎？」

3 解答：2

▲ 選項2「どうぞお持ちください／歡迎索取」的敬語使用正確。

《其他選項》

▲ 選項1 回答時不應該使用謙讓語「いただいて／領受」，而要用尊敬語。

▲ 選項3 「くださいます／請給（我）」的表述並不恰當。

4 解答：1

▲「失礼します／告辭」用於道別的時候，或是從拜訪對象的住家或公司離開時的寒暄語。當客人説「失礼します」的時候，應該回答選項1「また、ぜひいらっしゃってください／請務必再度光臨」這句話，這樣的應對可讓雙方感到愉快。

《其他選項》

▲ 選項2「こちらこそ、失礼します／我才該告辭」以及選項3「とんでもない／言重了」都不適合用於回應「失礼します」這句話。

5 解答：2

▲ 請留意「伺う」有兩種語意，分別是「聞く／詢問」的謙讓語和「訪問する／拜訪」的謙讓語。「ちょっと伺いたいことがあるんですが／有點事想請教一下」的「伺う」是「聞く」的謙讓語，意思是「ちょっとお聞きしたいことがあるのですが／有點事想請教一下」。選項2的「はい、どんなことでしょうか／好，是什麼事呢」是適切的回應。

《其他選項》

▲ 選項1 「はい、いつでもいらっしゃってください／好，歡迎隨時光臨」是將「伺う」解讀成「訪問する／拜訪」的意思，所以不正確。

▲ 選項3 「いいえ、質問はありません／不，我沒有問題要問」無法做為「ちょっと伺いたいことがあるんですが」的回應。

6 解答：1

▲「よろしいですか／方便嗎」是「いいですか／可以嗎」的客氣問法。對方聽到詢問後同意時會回答「かまいません／沒關係」。因此正確答案是選項1。

《其他選項》

▲ 選項2　這種情況下不會説「よろしくどうぞ／請自便」。

▲ 選項3　對方若是回答「いいえ／不好」，後面就不會接著説「よろしいです／可以」；不僅如此，即使對方表示同意，也不會回答「よろしいです」，請留意。

7 解答：3

▲「お宅に伺ってもいいですか／可以到府上拜訪嗎？」的「伺う」是「訪問する／拜訪」的謙讓語。選項3「はい。お待ちしています／好的，恭候大駕」的敬語用法適切。

《其他選項》

▲ 選項1　「伺ってください」的敬語用法有誤，所以不正確。應該改成「いらっしゃってください／歡迎蒞臨」。

▲ 選項2　「何か聞きたいことがありますか／有什麼事要問的嗎？」，是將「伺う」解讀成「お聞きする／詢問」的意思，因此不正確。

8 解答：2

▲ 選項2當使用「～降ったら／…下雨的話」的情況下，後面應該接「中止です／停賽」，所以是正確答案。

《其他選項》

▲ 選項1　「ても／也」是「～にもかかわらず／就算…也…」的意思，所以應該修改為「雨が降っても試合はあります／就算下雨也會照常比賽」。

▲ 選項3　若是回答「いいえ／不」，後面應該改成「中止ではありません／不會停賽」。

第4回 言語知識（文字・語彙）

問題1　P116

1 解答：2

▲「一」音讀唸「イチ・イツ」，訓讀唸「ひと／一回」、「ひと - つ／一個」。

▲「方」音讀唸「ホウ」，訓讀唸「かた／各位」。

▲「通」音讀唸「ツウ・ツ」，訓讀唸「かよ - う／往來」、「とお - る／通過」。

▲「行」音讀唸「コウ・ギョウ・アン」，訓讀唸「い - く／去、走」、「ゆ - く／出嫁」、「おこな - う／做、辦」。

▲「一」雖然在這裡應該唸為「いち」，但用於此處發音會產生音變，所以應唸為「いっ」。

「方」發音也會產生音變，所以應唸作「ぽう」。

「通」這裡應唸為「つう」。

「行」的念法在這裡應唸為「こう」。

▲「一方通行／單向通行」是指「道路で、車や人がある方向でしか行けないこと／在道路上，人車只能朝某個方向前進」。

▲ 請特別注意「いっぽう」的念法。且注意不要把促音的「っ」和長音的「う」弄錯了。

※ 其他例子：一本不唸作「いちほん」，應唸作「いっぽん」。

2 解答：1

▲「祭」音讀唸「サイ」，訓讀唸「まつ - り／祭祀」。

▲「祭り／祭典」是「にぎやかなもよおし／熱鬧的活動」。

《其他選項》

▲ 選項4　「かざり／裝飾」寫成漢字是「飾り／裝飾」。

3 解答：4

▲「派」音讀唸「ハ」。「手」音讀唸「シュ」，訓讀唸「て／手掌、手臂」。

▲「手」的訓讀請注意發音要變成「で」。

▲「派手／華麗」是指「色、もよう、動作などがはなやかで目立つ様子／顏色、圖案、動作等很吸睛的樣子」。

《其他選項》

▲ 選項1把「手」唸成音讀的「しゅ」，所以不正確。

▲ 選項2的「手」讀音沒有變成「で」，所以也不正確。

| 4 | 解答：3 |

▲「美」音讀唸「ビ」，訓讀唸「うつく‐しい／美麗」。「容」音讀唸「ヨウ」。「師」音讀唸「シ」。

▲「美容師／造型師」是指「かみの毛の形や顏を、美しくする人／替別人做頭髮造型，或彩妝、美容的人」。

《其他選項》

▲ 選項1把「美」唸成了「ぴ」所以不正確。

▲ 選項2「容」的長音唸成了「よお」所以不正確。

▲ 選項4「よう」的「よ」寫成了小字的「ょ」，所以不正確。

| 5 | 解答：2 |

▲「努」音讀唸「ド」，訓讀唸「つと‐める／盡力」。「力」音讀唸「リョク・リキ」，訓讀唸「ちから／力量」。

▲「力」在這裡唸作「りょく」。

▲「努力／努力」是「一生懸命やること／拼命去做的意思」。

《其他選項》

▲ 選項1「力」沒有寫到小字「ょ」，所以不正確。

▲ 選項3寫成了大字的「よ」所以不正確。請特別注意小字的「ょ」。

| 6 | 解答：3 |

▲「方」音讀唸「ホウ」，訓讀唸「かた／各位」。「法」音讀唸「ホウ」。

▲「方法／方法」是「ものごとを行うときのやり方／處理事物的方式」。

《其他選項》

▲ 選項1「法」的長音寫成了「ほお」所以不正確。請注意長音的寫法。

| 7 | 解答：1 |

▲「本」音讀唸「ホン」，訓讀唸「もと／根源」。「日」音讀唸「ニチ・ジツ」，訓讀唸「ひ／太陽」、「か／天數、日期」。

▲「日」在這裡唸作「じつ」。

▲「本日／本日」是「今日／今天」的鄭重表現方式。

《其他選項》

▲ 選項2「きょう」寫成漢字是「今日」。

▲ 選項3把「日」的讀音寫錯成「にち」了。

▲ 選項4把「日」的念法寫成訓讀「び」，所以不正確。請特別注意「日」的念法。

| 8 | 解答：3 |

▲「無」音讀唸「ム・ブ」，訓讀唸「な‐い／沒有」。「駄」音讀唸「ダ」。

▲「無」在這裡唸作「む」。

▲「無駄／徒勞」是指「役に立たないこと／沒有助益」。

《其他選項》

▲ 選項1「ぶじ」寫成漢字是「無事」。

▲ 選項2和4把「無」的念法寫錯了。

問題2   P117

| 9 | 解答：1 |

▲「致し」的辭書形是「致す」，這是「する」、「～する」的謙讓語，是降低自己以提高對方地位的說法。例句：

・その仕事は私が致します／那份工作由我來做。

| 10 | 解答：4 |

▲「入場／入場」是指「会場などに入ること／進入會場」。

《其他選項》

▲ 選項2「入浴／入浴」唸作「にゅうよく」，意思是洗澡。

▲ 選項3把「入_{にゅう}」寫成「人_{ひと}」所以不正確。請注意不要把「入_{にゅう}」誤認成「人_{ひと}」字。

11　解答：**2**

▲「発車_{はっしゃ}」是「電車_{でんしゃ}やバスなどが走_{はし}り出_だすこと／電車或巴士等出發」的意思。例句：

· 電車_{でんしゃ}は5分後_{ふんご}に発車_{はっしゃ}する／電車將於五分鐘後發車。

《其他選項》

▲ 選項1　「発行_{はっこう}／發行」是指書報雜誌等刊物的上市。例句：

· 新聞_{しんぶん}を発行_{はっこう}する／報紙發行。

▲ 選項3　「発射_{はっしゃ}／發射」也唸作「はっしゃ」，意思是發射火箭等物體。例句：

· ロケットが発射_{はっしゃ}された／火箭發射了。

12　解答：**3**

▲「罪_{つみ}／罪」是指「してはいけない悪_{わる}いこと／不被容許的壞事」。例句：

· 交通規則_{こうつうきそく}を守_{まも}らなかったため、罪_{つみ}に問_とわれた／因為不遵守交通規則，結果被處以罰則了。

《其他選項》

▲ 選項1　「罰_{ばつ}／懲罰」是對做壞事者的懲戒。請注意「罪」和「罰」的不同含意。沒有「罰_{ばつ}に問_とわれる」這種說法。例句：

· 宿題_{しゅくだい}をしなかった罰_{ばつ}として、掃除_{そうじ}をさせられた／因為沒寫作業，所以被罰打掃了。

13　解答：**2**

▲「判断_{はんだん}／判斷」是「よいか悪_{わる}いか、本当_{ほんとう}かうそかなどを、考_{かんが}えて決_きめること／斷定某事是好是壞、是真是假等等」。和題目句意思相符的正確詞語只有選項2。

14　解答：**1**

▲「書類_{しょるい}／文件」是指「必要_{ひつよう}なことを書_かいてある文書_{ぶんしょう}／書寫必要的資訊的文書」。請注意「類」的字形和「数」、「頭」相近。

15　解答：**1**

▲「芝居_{しばい}／戲劇」是戲劇的意思。看了精彩的戲劇，而表示感動的動作是選項1「拍手_{はくしゅ}／拍手」，這是拍打雙手發出「パチパチ／劈啪」聲音的動作。例句：

· きれいなコーラスに、みんなは拍手_{はくしゅ}をした／聽了美妙的合唱後大家都拍手鼓掌。

《其他選項》

▲ 選項2的「大声_{おおごえ}／大聲」，沒有「大声_{おおごえ}が止_やまない」這種說法，所以不正確。

▲ 選項3「足音_{あしおと}／腳步聲」、選項4「頭痛_{ずつう}／頭痛」與句子文意不符。

16　解答：**1**

▲ 這題問的是表示模擬動物或事物聲音的擬聲語，或者模擬事物狀態的擬態語。「涙_{なみだ}がこぼれる／流淚」是指眼淚很多滿溢流下的擬聲語。符合這個狀態的詞語是選項1「ぽろぽろ／撲簌簌」。例句：

· 悲_{かな}しい映画_{えいが}を見_みて、涙_{なみだ}がぽろぽろ流_{なが}れた／我觀賞悲傷的電影，眼淚撲簌簌地流了下來。

《其他選項》

▲ 選項2　「するする／順利的」是指簡單進行的樣子。例句：

· せまい道_{みち}を自転車_{じてんしゃ}でするする走_{はし}る／在狹窄的道路上飛快地騎著自行車。

▲ 選項3　「からから／哈哈」是指高聲大笑的笑聲。例句：

· おかしいテレビ番組_{ばんぐみ}を見_みて、からからと笑_{わら}う／我看了滑稽的電視節目，不禁大笑起來。

▲ 選項4　「きりきり／劇痛」是強烈疼痛的樣子。例句：

· 胃_いがきりきり痛_{いた}む／我的胃激烈劇痛。

17　解答：**3**

▲「お巡_{まわ}りさん／巡警」是警察的意思。警察的工作地點是選項3「派出所_{はしゅつじょ}／派出所」。派出所也稱作「交番_{こうばん}／派出所」。

《其他選項》

▲ 選項1 「消防署／消防局」是負責撲滅火災、救助傷患和急診病患等工作的單位。

▲ 選項2 「郵便局／郵局」、選項4「市役所／市政府」都不是警察工作的地點。

18 解答：4

▲ 請注意（　）後的「～な仕事／…的工作」。另外，因為題目中提到「引き受けてしまった／接受了（很糟糕）」，因此可知是接受了這份工作後感到後悔。選項4「面倒／麻煩」是指很難做、麻煩。題目的意思是接受了「面倒な仕事／麻煩的工作」後果很糟糕。因此應填入選項4「面倒／麻煩」。例句：

・雨が降っているので、買い物に行くのが面倒だ／因為下著雨，而懶得出門買東西。

《其他選項》

▲ 選項1 「批判／批評」，沒有「批判な」的說法，所以不正確。

▲ 選項2 「懸命／拼命」，沒有「懸命な仕事」的說法，所以不正確。

▲ 選項3 「必要／必要」，接受「必要な仕事／必要的工作」時不會感到後悔，所以不正確。

19 解答：2

▲ 這題問的是接在詞語後的字。可以接在「理解／理解」後的字是選項2「力／力」。「力／力」是指能力及力量。「理解力／理解力」是指理解的能力。例句：

・友だちは読解力がある／我朋友擁有（優秀的）解讀能力。

《其他選項》

▲ 選項1 「面／面」是指方面、面向。例句：

・彼は勉強だけでなく、スポーツの面でも、すぐれている／不單是學習方面，他連體育也很優秀。

▲ 選項3 「点／點」是指特別舉出的地方。例句：

・私の悪い点は、忘れ物をすることだ／我的缺點是健忘。

▲ 選項4 「観／觀」是指見解、想法。例句：

・この本を読んで、人生観が変わった／讀了這本書後，我的人生觀改變了。

20 解答：1

▲ 這題問的是用片假名書寫的外來語。請注意（　）前的「ペットボトル／寶特瓶」。能表示如何處理寶特瓶的是選項1「リサイクル〔英語 recycle〕／回收」是指將原本要丟棄的垃圾回收再利用，在此指將寶特瓶再次利用。例句：

・新聞紙をリサイクルする／回收報紙。

《其他選項》

▲ 選項2 「ラップ〔英語 wrap〕／保鮮膜」是包裹食品等物件的東西。例句：

・肉をラップで包む／用保鮮膜把肉包起來。

▲ 選項3 「インスタント〔英語 instant〕／速成」是指簡便完成的事物。例句：

・インスタントラーメンを食べる／吃泡麵。

▲ 選項4 「オペラ〔イタリア語 opera〕／歌劇」是指歌手以歌唱方式詮釋的戲劇。例句：

・「ロミオとジュリエット」のオペラを見て、感激する／看了戲劇《羅密歐與茱麗葉》後非常感動。

21 解答：4

▲「オーケストラ〔英語 orchestra〕／管絃樂」是指許多人分別用各種樂器一同演奏。因此，選項4「演奏／演奏」正確。例句：

・ピアノで名曲を演奏する／用鋼琴演奏名曲。

《其他選項》

▲ 選項1 「出演／登台」是指在電影或電視劇中出場說台詞、演戲、唱歌等等。例句：

・映画に出演する／出演電影。

▲ 選項2 「予習／預習」是指將之後要學習的地方預先學習一遍。例句：

・明日の授業の予習をする／先預習明天的上課內容。

▲ 選項3 「合唱／合唱」是指大家齊聲歌唱，但因為不會用到樂器，所以不正確。例句：

・合唱コンクールに出る／參賽合唱比賽。

22 解答：3

▲ 這題問的是表示樣子或狀態的擬態語。「身の回り／隨身物品」是指平時帶在身上或放在身邊用的物品。表達如何整理隨身物品的詞語是選項3「きちんと／好好的」，意思是整理整齊的樣子。

例句：
・ 机の上をきちんと整理する／好好的整理桌面。

《其他選項》

▲ 選項1 「にこりと／莞爾」是指微笑的樣子。
例句：

・ 妹はお小遣いをもらってにこりとした／妹妹拿到零用錢後露出了微笑。

▲ 選項2 「ずらっと／一長排」是指許多人或物品排列的樣子。例句：

・ 駅前は商店がずらっと並んでいる／車站前有著一整排商店。

▲ 選項4 「がらりと／驟變」是指狀態忽然完全改變的樣子。例句：

・ 2年でこの町のふんいきはがらっと変わった／這座城市的氣氛在這兩年內突然變了。

→ 「ふんいき／氣氛」是指在某個地方所感受到的氛圍。

23 　　　　　　　　　　　　　　　解答：**1**

▲ 請找出可以接在（　）後面的「病気に／生病」的動詞。選項1「かかる／罹患」是「病気などになる／生了病」的意思。因此選項1正確。例句：

・ インフルエンザにかかる／感染流行性感冒。

《其他選項》

▲ 選項2「せめる／攻擊」、選項3「たかる／乞討」、選項4「すすむ／前進」都不能接「病気に／疾病」。

問題4 　　　　　　　　　　　　　　　P119

24 　　　　　　　　　　　　　　　解答：**1**

▲ 「訪問する／拜訪」是指「よその家などをたずねる／拜訪別人家」。因此，選項1「たずねた／拜訪了」正確。另外，「たずねる／拜訪、詢問」含有拜訪別人家，和詢問別人關於自己不知道的事兩種意思。前者寫成漢字是「訪ねる」，後者則是「尋ねる」。請注意漢字不同，意思也不同。例句：

・ おばの家を訪問する／去阿姨家拜訪。

・ おばの家を訪ねる／去阿姨家拜訪。

25 　　　　　　　　　　　　　　　解答：**1**

▲ 「愉快／愉快」是指「楽しくて気分がよい様子／開心、心情愉快的樣子」。因此，選項1「たのしい／開心」正確。例句：

・ 今日の集会は愉快だった／今天的聚會很愉快。

・ 今日の集会はたのしかった／今天的聚會很開心。

《其他選項》

▲ 選項2 「くらい／陰沉」表示性情不開朗或心情不太開心的樣子。

▲ 選項3 「まじめ／認真」是真心誠意的樣子。

26 　　　　　　　　　　　　　　　解答：**3**

▲「やる気／幹勁」是指「何かをやろうという気持ち／興致勃勃地準備做某事的心情」，是表示自己主動想做某事的「積極的な気持ち／積極的態度」，因此選項3正確。

《其他選項》

▲ 選項1 「気分／心情」並不是「やる気／幹勁」的「気／幹」的意思，因此不正確。

▲ 選項4 「消極的／消極」是與「積極的／積極」意思相反的反義詞。

27 　　　　　　　　　　　　　　　解答：**4**

▲「ぶつける／撞上」是指「物を強く投げて当てる／用力扔物品」。因此選項4「強く当てた／用力砸」正確。例句：

・ かべに石をぶつけた／朝牆壁扔了石頭。

《其他選項》

▲ 選項2 「投げた／投」只有投（球）的意思，所以不正確。

28 　　　　　　　　　　　　　　　解答：**2**

▲「相談する／討論」是指「どうすればよいかを話し合ったり、ほかの人の意見を聞いたりする／和別人商量怎樣做才好，聽取別人的意見」。因此選項2「話し合った／商議」正確。例句：

・ 学園祭のことをみんなで相談する／大家討論校慶要舉辦的活動。

・ 学園祭のことをみんなで話し合う／大家一起商量校慶要舉辦的活動。

《其他選項》

▲ 選項4 「命令する／命令」是吩咐的意思。

問題5　　　　　　　　　　　　　　P120

29　　　　　　　　　　　　　解答：2

▲「まかせる／委託」是指「信用して、その人のするようにさせる／信任某人、託付某人辦某事」。選項2的意思是「あなたに難しい仕事をさせる／讓你做困難的工作」。

《其他選項的用法》

▲ 選項1 「願いがかなうように、神社に行ってお祈りをした／去了神社祈求，希望願望得以實現」。

→ 「かなう／實現」是「望みどおりになる／願望成真」的意思。

▲ 選項3 「つらい思い出を忘れることはなかなかできないだろう／不太可能忘記痛苦的回憶吧」。

▲ 選項4 「その料理はレシピを見れば、かんたんにできると思う／（我）覺得那道料理只要看著食譜就能簡單完成」。

30　　　　　　　　　　　　　解答：3

▲「経営／經營」是指「会社や店などの事業を行うこと／經辦公司和商店等事業」。選項3的意思是「父はラーメン店を開いている／父親正在經營拉麵店」。

《其他選項的用法》

▲ 選項1 「テレビを見ると知識が増える／看了電視後增長知識了」。

▲ 選項2 「勉強をはやく終えたいと思っている／我想早點把書唸完」。

▲ 選項4 「お湯が早くわくように火を強くしなさい／為了讓水快點沸騰，請把火開大一點」。

31　　　　　　　　　　　　　解答：1

▲「命令／命令」是指「言いつける／吩咐」。通常是立場或地位較高的上位者對下位者用的説法。選項1「止まれ／停下」是「止まる／停止」的命令形。是比「止まりなさい／請停下」更強勢的説法。請注意，命令他人時要用命令形。

《其他選項的用法》

▲ 選項2 「好きなようにしていいよ／想做什麼就做什麼」是表示許可的説法。

▲ 選項3 「何時に起きたの／你幾點起床」是詢問時間的疑問句。

▲ 選項4 「ごめんなさい／對不起」是道歉的説法。

32　　　　　　　　　　　　　解答：1

▲「煮える／煮至熟透」是指「煮ているものが、よく熱が通って、食べられるようになる／把要煮的食材充分加熱，使食材變成可以吃的食物」。選項1的意思是正在煮青菜。

《其他選項的用法》

▲ 選項2，應改為「魚を焼く／烤魚」。

▲ 選項3、4是和「煮える／煮」、「煮る／煮」不相關的內容，因此句子不合邏輯。

※ 補充：把「煮る／燉煮」、「焼く／烤、煎」、「揚げる／炸」、「蒸す／蒸」、「いためる／炒」、「ゆでる／汆燙」等料理方式的説法記下來吧！

33　　　　　　　　　　　　　解答：4

▲「苦手／不擅長」是指「得意でなく上手でないこと／不拿手、不擅長的事」。選項4是「漢字を書くのが得意ではない／不擅長寫漢字」的意思。

《其他選項的用法》

▲ 選項1 「これからよい方法を説明します／接下來我要説明更佳的方式」。

▲ 選項2 「さっそく、全力でとりかかります／馬上開始全力以赴」。

▲ 選項3 「彼女はピアノの先生になるほど、ピアノが上手だ／她很擅長彈鋼琴，幾乎可以當鋼琴老師了」。

問題 1　　　　　　　　　　　　　　　P121-122

1　　　　　　　　　　　　　　　解答：**4**

▲ 題目的意思是「暑くなるにつれて、元気になる／隨著天氣變熱，也變得有精神了」。相當於「～につれて／隨著」的詞語是選項4「したがって／隨著」，亦即「～にしたがって／隨著」的句型。例句：

・森の中に入るにしたがって、辺りがだんだん暗くなってきた／隨著深入森林中，周圍也逐漸暗了下來。

2　　　　　　　　　　　　　　　解答：**2**

▲ 因為是敘述自己的行為，所以用謙讓語。「行きます／去」的謙讓語是「伺います／去」和「参ります／去」。但是題目說的是明天的事情，因此，正確案是選項2「伺います／前去拜訪」。例句：

・明日、お宅へ伺います／明天將前往拜訪貴府。〈「行く／去」的謙讓語〉

《其他選項》

▲ 選項3 「参りました／前去了」是過去式（た形），所以不正確。例句：

・母は、すぐに参りますので、こちらでお待ちください／家母很快就到，請在這裡稍待。〈「来る／來」的謙讓語〉

▲ 選項4 「いらっしゃる／到訪」是「行く／去」、「来る／來」、「いる／在」的尊敬語。例句：

・東京には何日間いらっしゃいますか／請問您將在東京暫留幾天呢？〈「いる／在」的尊敬語〉

3　　　　　　　　　　　　　　　解答：**3**

▲ 題目的意思是「体が大きいからといって、必ず力が強いとは言えない。強くないこともある／即使體格好，也不見得一定力氣大。也有可能沒什麼力氣」。遇到這種狀況可以用「～とは限らない／未必」的句型。因此，選項3「とは限らない／未必」最合適。也可以在前面加上「必ずしも／未必」，變成「必ずしも～とは限らない／未必」的句型。例句：

・みんなが賛成するとは限らない／大家未必都會贊成。〈無法肯定大家一定會贊成。也會有反對的人〉

《其他選項》

▲ 選項1 「はずがない／不可能」是指「絶対に～でないと思う／我認為絕對不會…」，表示強烈否定。例句：

・Aチームが負けるはずがない／A隊不可能輸。〈絕對不可能輸〉

▲ 選項2 「～はずだ／應該」的意思是「きっと～と思う／我認為一定…」。例句：

・彼はもうすぐ来るはずだ／他應該馬上就來了。〈一定會來〉

▲ 選項4 「～に決まっている／肯定是」的意思是「まちがいなく～する／絕錯不了…一定是…」。例句：

・いたずらをしたら、しかられるに決まっている／惡作劇的話，肯定會挨罵。〈肯定要挨罵〉

4　　　　　　　　　　　　　　　解答：**1**

▲ 題目的意思是「忙しい主婦の場合は、とてもうれしいことだ／對於忙碌的家庭主婦而言，是非常開心的事」。與「～の場合は／…的情況」語意相同的句型是「～にとって／對於…而言」。因此選項1是正確答案。例句：

・学生にとって、勉強は大切です／對學生而言，讀書很重要。〈＝「学生の場合は／就學生來說」〉

《其他選項》

▲ 選項2 「～について／針對…」是「～に関して／關於…」的意思。例句：

・環境問題について話し合います／針對環境問題討論。〈＝「環境問題に関して／關於環境問題」〉

▲ 選項3 「～にしては／算是」的意思是「とは思えないくらい／簡直令人不敢相信」，表示感到意外。例句：

・あの子は、子どもにしては、よく気がつきます／那個孩子，以小孩來說算是非常細心。〈＝「子どもとは思えないくらい／令人不敢相信他只是個小孩」〉

▲ 選項4 「～において／在…上」可以替換成「～で／在…」。例句：

・わたしの責任において、計画を変更します／變更計畫，由我全權負責。〈＝「私の責任で／我來負責」〉

5

解答：2

▲ 題目的意思是「（試験で忙しくても、）ご飯の片付けならできる／（即使準備考試很忙，）區區收拾餐具還是做得到的」。像這樣舉出某個例子，並且是描述某種極端的情況，可以用選項 2「ぐらい／區區」。也可以説「くらい」。例句：

・掃除ぐらいしなさい／至少要打掃吧！〈最低限度是打掃〉

《其他選項》

▲ 選項 1「まで／甚至連…都」。例句：

・あなたまで、私を信じないの／連你都不相信我嗎？〈就連你也…〉

▲ 選項 3「でも／就算…」。例句：

・この問題は、小学生の妹でもわかる／這個問題，即使是還在念小學的妹妹也知道。〈就算是讀小學的妹妹也…〉

▲ 選項 4「しか／只有…」。例句：

・さいふには 10 円しかない／錢包裡只有 10 圓。

6

解答：4

▲ 表達持續 10 天的詞語是「わたる／持續」。前面要加上助詞「に」，變成像「〜にわたって／持續…」的句型。因此，正確答案是選項 4。例句：

・半年にわたって、南アメリカを旅行します／我要到南美洲旅行長達半年。

《其他選項》

▲ 選項 2「までに／直到」是表示「〜から〜まで／從…到…」的範圍，但是「まで／到」的前面不會用「に」，所以不正確。

7

解答：2

▲ 題目的意思是考試的出題範圍包括第一學期和第二學期這兩部分。不限於一項的句型是「〜だけでなく〜／不僅…還…」。因此，正確答案是選項 2。例句：

・このかばんは軽いだけでなく、丈夫だ／這只提包不僅輕巧，還很耐用。

《其他選項》

▲ 選項 1「だけで／只限」是只限於其中一項的詞語。例句：

・引っ越しを自分だけでする／我將自己一個人搬家。

▲ 選項 3「くらい／大約」用於表示大約的數量或程度。例句：

・料理を半分くらい残した／菜餚剩了大約一半。

▲ 選項 4「ほどでない／沒有那麼…」用於表達「〜のようでない／不像…那麼」的感覺。例句：

・今年の暑さは、去年ほどでない／今年沒有去年那麼熱。〈不比去年熱〉

8

解答：3

▲ 題目的意思是我來決定、希望由我決定。像這樣表示請託時要用使役形。因此，正確答案是「決める／決定」的使役形，也就是選項 3「決めさせて／讓…決定」。請記住請託句型的最後面要接「ください／請」。例如：

・次はわたしに歌わせてください／接下來請讓我為大家獻唱一曲。〈使役形〉

《其他選項》

▲ 選項 4「決められて／被決定」是被動式，所以不正確。例句：

・たばこを吸っていい場所は決められています／可吸菸的地方都是規定好的。〈被動形〉

9

解答：1

▲ 題目的意思是「日本に来たばかりだと（ふつうは、）日本語は上手ではないが、彼女は上手だ／如果剛來日本不久（一般而言，）日語可能不太好，但她卻説得很好」。像這樣要在後文敘述與預想相左的事項，可用選項 1「のに／雖是」。例句：

・春になったのに、まだ寒い／明明已經春天了，卻還很冷。〈和預想不同〉

《其他選項》

▲ 選項 2「ので／因為」表示原因或理由。例句：

・雪なので、外出はやめよう／因為下雪，不要外出了吧。〈下雪的緣故〉

▲ 選項 3「なんて／之類的」用於舉例時。例句：

・おみやげにケーキなんてどうかな／買蛋糕之類的伴手禮不知道好不好呢？〈例如蛋糕〉

1
2
3
4
5
6

▲ 選項4 「など／等等」用於舉出數個事例，暗示還有其他項目之時候。例句：

· 鉛筆や消しゴムなどは、文房具だ／鉛筆或橡皮擦等等屬於文具。〈除了鉛筆、橡皮擦，其他還有筆記本、原子筆…等〉

10　　　　　　　　　　　　　　解答：4

▲ 題目的意思是「ゴルフをするためには、早起きも平気だ／為了打高爾夫球，早起也沒關係」。選項4「ためなら／如果是為了」的「ため／為了」表示目的，「なら／如果」則表達出「もしそうであれば／如果是這樣」的想法。例句：

· 彼女のためなら、何でもやるよ／只要是為了她，我什麼都願意做。〈如果是為了她…〉

《其他選項》

▲ 選項1 「ために／為了…」。例句：

· 研究のために、外国へ行く／為了研究而出國。〈目的為研究〉

▲ 選項3 的「せい／因為」指出造成某種結果的原因。例句：

· 弟のいたずらのせいで、携帯が壊れた／都怪弟弟惡作劇，手機弄壞了。〈手機壞了的原因〉

11　　　　　　　　　　　　　　解答：1

▲「ところにより／根據不同地區」是氣象預報的常用語，請記下來吧！「ところ／地區」是指「地域、地方／地區、地方」。題目的意思是因地區的不同某些地區會下雨。例句：

· 明日は、ところにより、雪になるでしょう／明天部分地區可能會下雪。

12　　　　　　　　　　　　　　解答：2

▲「てしまった／…了」是在搞砸某事時說的話，表現出做錯事遺憾的心情。例句：

· 友達の本を破いてしまった／弄破了朋友的書。

《其他選項》

▲ 選項3 「～てみた／嘗試」的意思是「ためしに～した／試著做…」。例句：

· さしみを食べてみた／嘗試吃了生魚片。

▲ 選項4 「～ておいた／（事先）做好…」的意思是「準備のために、前もって～した／為了準備，事先做了…」。例句：

· 宿題をすませておいた／已經先把作業寫完了。

13　　　　　　　　　　　　　　解答：3

▲ 題目的意思是想聽取針對這個計畫所提出的意見。與「～について／對於…」意思相同的詞語是選項3「に対して／對於」。例句：

· 彼の意見に対して、どう思いますか／對於他的意見，你怎麼看？〈針對他的意見〉

▲ 選項1 「によって／因為」。例句：

· 事故によって、道路は渋滞している／因為交通事故導致路上塞車了。〈塞車的原因〉

▲ 選項2 「にしては／以…來說」。例句：

· 子どもにしては、しっかりしています／以小孩子來說，他真精明。〈令人不敢相信他是小孩子〉

▲ 選項4 「にしても／縱使…也」。例句：

· それにしても、なぜ彼はうそを言ったのでしょう／就算是這樣，那他為什麼要說謊呢？〈用於表達前面說的事暫且不管，接下來說的事才重要。有「だけど／不過」、「それでも／即便如此」之意〉

問題2　　　　　　　　　　　　　P123

例　　　　　　　　　　　　　　解答：1

※ 正確語順

ケーキはすきですか。

你喜歡蛋糕嗎？

▲ B回答「はい、だいすきです／是的，超喜歡的」，所以知道這是詢問喜不喜歡的問題。

▲ 表示喜歡的形容動詞「すき」後面應填入詞尾「です」，變成「すきですか」。句型常用「～はすきですか」，因此「は」應填入「すきですか」之前，「～」的部分，毫無疑問就要填入「ケーキ」了。所以正確的順序是「2→3→1→4」，而_____★_____的部分應填入選項1「すき」。

14　　　　　　　　　解答：3

※ 正確語順

明日から試験なので、今夜は　勉強　しない　わけには　いかない。

明天就要開始考試了，所以今晚總不能不念書。

▲ 請留意「〜わけにはいかない／不能…」的用法。這裡「〜わけ／情形」用法是接在動詞的普通形、「ない形」、「ている形」、使役形之後。題目中將「勉強する／念書」，接在「ない形」的「勉強しない／不念書」後面，意思是「勉強しないことはできない／總不能不念書」。如此一來順序就是「4→1→3→2」，　★　應填入選項3「わけには」。

15　　　　　　　　　解答：1

※ 正確語順

なんと言われても、気に　しない　ことに　して　いる。

不管別人說什麼，我都不在意。

▲ 因為題目最後有「いる」，由此可知前一格要填入「て形」的「して／在」。另外，因為「〜ことにする／決定」要接在動詞的辭書形、「ない形」的後面，這裡要將「気にする／在意」改成「ない形」，填入「気にしない／不在意」。如此一來順序就是「4→1→2→3」，　★　應填入選項1「しない／不」。

16　　　　　　　　　解答：3

※ 正確語順

姉が作るお菓子　ぐらい　おいしい　もの　は　ない。

再沒有像姊姊做的點心那樣好吃的了。

▲ 請留意「AぐらいBはない／沒有像A那樣…的B了」的句型。A處和B處應填入名詞，意思就是「AがいちばんBだ／A是最B的」。選項之中，符合A的是「（姉が作る）お菓子／（姊姊做的）點心」，而符合B的是「もの／的」。由此可知「お菓子／點心」之後應該是「ぐらい／那樣」。由於「おいしい／好吃」是形容詞，也就是用來形容「もの／的」。題目的意思是「姉が

作るお菓子がいちばんおいしい／姐姐做的點心是最好吃的」。如此一來順序就是「2→4→3→1」，　★　應填入選項3「もの」。

17　　　　　　　　　解答：4

※ 正確語順

今ちょうど母から　電話　が　かかってきた　ところ　です。

現在恰好母親正打了電話來。

▲ 本題學習的是「ところ／正好」的用法。「ところ」的前面必須是過去式（た形）。因此將「電話がかかてくる／打電話過來」改為過去式的「電話がかかってきた／打了電話過來」，放在「ところ」的前面。如此一來順序就是「2→3→1→4」，　★　應填入選項4「ところ」。

18　　　　　　　　　解答：4

※ 正確語順

毎日　練習する　ように　する　と　ピアノも上手に弾けるようになります。

如果努力做到每天練習，就能把鋼琴彈得很好。

▲ 請留意「〜ようにする／努力做到…」的句型，接在動詞辭書形之後，用於表達習慣或努力。連接之後變成「練習するようにする／努力做到練習」。另外，表示條件的「と／如果」前面是動詞普通形，也就是「すると／如果做到」。如此一來順序就是「3→1→4→2」，　★　應填入選項4「する」。

問題3　　　　　　　　P124-125

19　　　　　　　　　解答：4

▲ 這題是將「おなかが痛い／肚子痛」改為「おなかが痛くなる／肚子痛了起來」的句型。並且，為了接續空格後面的「困って／不知所措」，必須寫成「て形」。至於「〜なる／變成…」的意思是變成和以往不同的狀態。例如：

・台風が近づいて、風が強くなってきた／颱風逼近，風勢轉強。

20 解答：**1**

▲ 表示喝的東西都是「冷たい飲み物／冷飲」之意的詞語是「ばかり／淨是；老是」。例句：

・ 弟は漫画ばかり読んでいる／弟弟一天到晚老是看漫畫。

《其他選項》

▲ 選項 2 「だけ／只有」雖然也是相同的意思，但因為「だけ／只有」表示 100% 的限定，所以在本題不正確。例句：

・ 朝食はパンだけだった／早餐只吃了麵包而已。

▲ 選項 3 「しか／只有」也表示限定，但後面要接「～ない／沒有…」等否定詞，所以不正確。例句：

・ さいふには 100 円しかなかった／錢包裡只有 100 圓而已。

▲ 選項 4 「ぐらい／大約」是表示大約程度的詞語，所以也不正確。例句：

・ 駅まで 10 分ぐらいかかる／到車站大約要 10 分鐘左右。

21 解答：**2**

▲ 表示「～すると、その結果～になった／做了…就變成…的結果」之意的詞語是「たら／之後」。前面的「休む／休息」連接「たら」之後則變成「休んだら／休息後」。例句：

・ 薬を飲んだら熱が下がった／吃藥後燒退了。

《其他選項》

▲ 選項 1 「休めば／只要休息」是假設句型，後面應該接「治るだろう／會痊癒吧」之類的句子，所以不正確。例句：

・ 薬を飲めば治るだろう／只要吃藥的話就會痊癒了吧。

▲ 選項 3 「休むなら／如果休息」後面不會接「すっかり治って／痊癒了」，所以不正確。例句：

・ 薬を飲むなら、食後がいいよ／如果要吃藥，飯後吃比較好哦。

▲ 選項 4 「休みなら／如果休息」不合語法邏輯。

22 解答：**2**

▲ 請留意空格前的「が」，由此可知空格應填入自動詞。因此，選項 2 「始まります／開辦」最合

適。例句：

・ 風でドアが閉まる／門被風吹得闔上。〈自動詞〉

《其他選項》

▲ 選項 1 「始めます／開辦」是他動詞，所以不正確。例句：

・ ドアを閉める／把門關上。〈他動詞〉

▲ 選項 3 「始まっています／正被開辦」不正確，因為寫這封信的當下，校慶還沒開始。

・ 入り口のドアが閉まっている／入口的大門是關著的。〈自動詞〉

▲ 選項 4 「始めています／正開辦」也是他動詞，所以不正確。例句：

・ 係りの人がドアを閉めている／負責人把門關上。〈他動詞〉

23 解答：**2**

▲ 鈴木先生要去的地方是寫下這封信的薩里納那邊。也就是距離寫信者較近的地方。要指出離寫信者（自己）較近的方向或場所的指示語是選項 2「こちら／這邊」。例句：

・ くつの売り場はこちらです／鞋子的櫃位在這邊。

《其他選項》

▲ 選項 1 「あちら／那邊」是用於表示離自己和對方都很遠的方向或場所時的指示語，所以不正確。例句：

・ あちらにベンチがあるよ／那邊有長椅耶！

▲ 選項 3 「そちら／那邊」是指對方所在的方向或場所、或離對方比較近的物品等等時的指示語，所以不正確。例句：

・ そちらの天気はどうですか／你那邊的天氣如何呢？

▲ 選項 4 「どちら／哪邊」是表達沒有明確指出的方向或場所時的指示語，所以不正確。例句：

・ あなたの国はどちらですか／請問你的國家在哪裡呢？

第4回 読解

| 問題4 | P126-129 |

24　　　　　　　　　　　解答：4

▲ 可以往前尋找「そうなっていた／變成了這種用法」的「そう／這種」所指的內容。前面的文章提到「いつごろ『もしもし』に変わったかについては、よくわかっていません／不知道什麼時候，接通後改成了『喂喂』。意思是不知道什麼時候開始，接起電話時就變成回答「もしもし」了。所以，選項4是最適切的答案。

25　　　　　　　　　　　解答：4

▲ 文中提到保特瓶「ポリエチレン・テレフタラート（Polyethylene terephthalate）を材料として作られている／是用一種名為聚對苯二甲酸乙二酯（Polyethylene terephthalate）的塑膠原料製作而成的」，並且說明「『ペット (pet)』は、この語の頭文字をとったもの／『保特（PET）』就是這個字的簡稱」，所以正確答案是選項4。

《其他選項》

▲ 選項1　文中提到「動物のペットとはまったく関係がない／和動物的 pet（寵物）沒有任何關係」，所以不正確。

▲ 選項2　把保特瓶稱作「plastic bottle」的是日本以外的其他國家，所以不正確。

▲ 選項3　1892年發生的事是通過得以用保特瓶來盛裝飲料，所以不正確。

26　　　　　　　　　　　解答：2

▲ 告示上表明修繕工程是「2020年8月1日から10日まで／2020年8月1日至10日」。也就是10天。因此正確答案是選項2。

《其他選項》

▲ 選項1　施工期間餐廳仍然照常營業，不正確。

▲ 選項3　告示上寫的是將「コーヒーをサービス／致贈咖啡」給點餐的客人，而不是「コーヒーしか飲めない／只供應咖啡」。

▲ 選項4　告示上提到「お食事をご注文のお客様に／點餐的顧客」，由此得知仍然可以在餐廳內用餐。

27　　　　　　　　　　　解答：1

▲ 寄送郵件的日期是8月10日，而郵件中提到「山口知之さんと三浦千恵さんが結婚されることになりました／山口友之先生與三浦千惠小姐將要結婚了」，因此可知此時兩人還沒有結婚，所以選項1是不正確的。

《其他選項》

▲ 選項2　郵件確實提到結婚祝賀酒會將於「日時　2020年10月17日（水）18:00～／日期　2020年10月17日（三）18：00…」舉行。

▲ 選項3　郵件上提到「出席か欠席かのお返事は、8月28日（火）までに、水谷 koichi.mizutani@xxx.ne.jp に、ご連絡ください／敬請於8月28日（二）前，通知水谷 koichi.mizutani@xxx.ne.jp 您是否出席」，由此可知「水谷さん／水谷先生」是寄送郵件的人。

▲ 選項4　郵件上確實提到「会費　5000円／出席費5000圓」。

| 問題5 | P130-133 |

28　　　　　　　　　　　解答：2

▲「もちろんのこと／理所當然的事」是指得知前項內容的事實後，必然會發生後面的結果。「毎日、数千万人もの人が電車や駅を利用している／每天都有數千萬人行經車站或搭乘電車」，因此會發生什麼事呢？這句話後面提到「毎日のように多くの忘れ物が出て／每天都會出現許多遺失物」。所以選項2是正確的。

29　　　　　　　　　　　解答：3

▲「効果は期待できない／效果無法期望」是指沒有效果。具體而言，即使再三播放車廂廣播，被遺忘的傘也沒有減少，所以選項3是正確的。

30　　　　　　　　　　　解答：3

▲ 首先要找出「現代では考えられないような忘れ物／現代人所難以想像的遺失物」這句話指的是什麼。這句話是指後面的「それは靴（履き物）です／那是鞋子（鞋類）」。接下來要找出為什麼

鞋子是「現代では考えられない／現代人所難以想像的」。後文接著說明因為在距今 100 年前，人們會在車站脫鞋後再搭乘電車，直到下車時才發現沒有鞋子可以穿。相較之下，現在已經不會有人脫鞋搭車了，所以也不會有忘記把鞋子帶走的情形。因此選項 3 是正確答案。

31　　　　　　　　　　　　　解答：4

▲ ① ____ 的後面提到「鼻と鼻を触れ合わせる／互相摩蹭彼此的鼻子」因此選項 4 是正確答案。

《其他選項》

▲ 選項 1 「お辞儀{じぎ}／低頭行禮」是日本很具代表性的問候方式。

▲ 選項 2 「握手{あくしゅ}／握手」是西方社會使用的問候方式。

▲ 選項 3 「両手{りょうて}を合{あ}わせる／雙手合掌」是泰國使用的問候方式。

32　　　　　　　　　　　　　解答：1

▲ 最後一段提到「お互{たが}いの人間関係{にんげんかんけい}をよくする働{はたら}きがある／有助於增進雙方的人際關係」因此選項 1 是正確答案。

《其他選項》

▲ 選項 2　文中沒有寫到「相手{あいて}を良{よ}い気持{きも}ちにさせる／使雙方的心情愉快」。

▲ 選項 3　文中沒有寫到「相手{あいて}を尊重{そんちょう}する／尊重對方」。

▲ 選項 4　「日本{にほん}の慣習{かんしゅう}をあとの時代{じだい}に残{のこ}す／使日本的習俗流傳後世」是作者對未來寄予的期盼。

33　　　　　　　　　　　　　解答：3

▲ 文中沒有寫到「目上{めうえ}の人{ひと}には、挨拶{あいさつ}しなければならない／對於身分地位比較高的人，一定要向他請安」。因此答案是選項 3。

《其他選項》

▲ 選項 1　因為文中第一段提到「社会{しゃかい}や文化{ぶんか}の違{ちが}い、挨拶{あいさつ}する場面{ばめん}によって異{こと}なる／隨著社會與文化的差異，以及場合的不同，問候的方式也不一樣」。

▲ 選項 2　文中有説明「おはよう／早」、「こんにちは／您好」、「こんばんは／晚上好」這些問候語都是「長{なが}い言葉{ことば}が略{りゃく}されたもの／從長句簡化而成的」。

▲ 選項 4　本文最後提到「お辞儀{じぎ}や挨拶{あいさつ}は、最{もっと}も基本的{きほんてき}な日本{にほん}の慣習{かんしゅう}として、ぜひ残{のこ}していきたい／鞠躬和寒暄仍然是日本人最重要的習俗，殷切盼望能夠流傳後世」。

問題6　　　　　　　　　　　　P134-135

34　　　　　　　　　　　　　解答：4

▲ 可以從前文找出「その原因{げんいん}／這個理由」的「その／這個」所指的內容。① ____ 的前面提到「特{とく}にパソコンや携帯電話{けいたいでんわ}などの情報機器{じょうほうきき}がそうである／尤其是電腦和行動電話這類資訊裝置更是如此」。這個「そう／如此」是指前面提到的「必要{ひつよう}を感{かん}じる前{まえ}に次{つぎ}から次{つぎ}に新{あたら}しい製品{せいひん}が生{う}まれる／在覺得需要之前，新產品已經接連上市了」。也就是説，「その原因{げんいん}／這個理由」是「次{つぎ}から次{つぎ}に新{あたら}しい製品{せいひん}が生{う}まれる原因{げんいん}／新產品接連上市的原因」，因此選項 4 是正確答案。

35　　　　　　　　　　　　　解答：3

▲ ② ____ 的後面提到「人々{ひとびと}の必要{ひつよう}を満{み}たすことより、売{う}れることを目指{めざ}して／比起滿足人們的需求，更重視銷售的目標」，也就是説選項 3「多{おお}くの製品{せいひん}を売{う}るため／為了大量銷售產品」才是目的。

36　　　　　　　　　　　　　解答：2

▲ ③ ____ 的前面提到「不必要{ふひつよう}な機能{きのう}まで加{くわ}えた製品{せいひん}を作{つく}る／製造出搭載不需要的功能的產品」、「機能{きのう}が多{おお}すぎてかえって困{こま}る／功能太多反而造成人們的困擾」。也就是説，因為不必要的功能太多而感到困擾。符合這段敘述的是選項 2。

37　　　　　　　　　　　　　解答：2

▲ 文章中沒有提到「使{つか}い方{かた}をすぐにおぼえるべきだ／應該立刻學會操作方式」，因此答案是選項 2。

《其他選項》

▲ 選項 1　請見第三段提到「明確{めいかく}な目的{もくてき}を持{も}たないまま機械{きかい}を利用{りよう}している人々{ひとびと}が多{おお}い／許多人

在不具明確目的之情況下就使用這類裝置」。

▲ 選項3 請見第四段提到「企業が新製品を作る競争をしている／企業不斷競相製造出新產品」。

▲ 選項4 請見第五段提到「ひどい資源のむだづかいだ／嚴重的資源浪費」。

問題7 P136-137

38 解答：4

▲ 題目說的是潔敏娜小姐想先一個人去北海道。因為D方案是在函館機場集合，然後在同一地點解散。因此最佳的答案是選項4。

《其他選項》

▲ 選項1 因為A方案是在東京車站集合，關西機場解散。

▲ 選項2 因為B方案是在東京車站集合，羽田機場解散。

▲ 選項3 因為C方案是在福岡機場集合，福岡機場解散。

39 解答：2

▲ 截止日期是6月23日（六），但是備註部分已說明「締め切りの前に定員に達する場合もありますので、早めにお申し込みください／可能會在截止日期前額滿，敬請提早報名」，因此正確答案為選項2。

《其他選項》

▲ 選項1 公告中提到8月20日是這個夏令營開始的日期。

▲ 選項3 公告沒有標注要在「夏休み前に／放暑假前」報名。

▲ 選項4 是「6月23日（土）まで／到6月23日（六）」，而非「後／之後」。

第4回 聴解

問題1 P138-141

例 解答：2

▲ 女士說了新幹線出發的時間是「ちょうど7時発／7點整出發」，後面又說「私は発車の1時間前には出るわ／我得在發車前一個小時出門喲」。這樣一經過減法計算，知道答案是2的「6時／6點」了。

《其他選項》

▲ 選項1 10點是必須抵達大阪車站的時間。

▲ 選項3 7點是新幹線出發的時間。

▲ 選項4 6點半是男士建議的時間。

※ 這道題數字多，對話中每個數字都在選項上進行干擾，再加上對話中沒有直接講到出門時間，因此，必須經過加減乘除的計算，跟充分調動手、腦，邊聽邊刪除干擾選項。

1 解答：4

▲ 對話提到「6個入りの箱を2箱買っておこう／事先買兩箱六個裝的箱子」。也就是十二個，因此選項4正確。

《其他選項》

▲ 選項1 女士提到「4つじゃ足りない／才四個還不夠」。

▲ 選項2 男士提到只買五個的話「ちがう飲み物を飲むたびに洗うのもめんどう／每次換喝另一種飲料時還要清洗很麻煩」。

▲ 選項3 買十個也可以，但有可能會摔破，女士說「多めに買っておこう／多買幾個吧」。因此要買多於十個。

2 解答：4

▲ 要找的是六人座的桌子，因此選項2和3不正確。女士提到「黒は部屋に合わない／黑色和房間不搭」，因此選項1不正確。由此可知正確答案是選項4。

3
解答：3

▲ 女士說打掃房間之後再做早餐，因此選項3正確。

《其他選項》

▲ 選項1　要去借車的是男士。

▲ 選項2　女士說在做早飯之前要把房間打掃乾淨。

▲ 選項4　去機場接機是在打掃房間、做早飯之後的事。

4
解答：4

▲ 從「常に動いていた／總是在動」可以推測出是「動」字，因此選項4正確。

《其他選項》

▲ 選項1　從「いろいろ変化があった／有了各種變化」、「（女の人の）仕事も変わった／（女士的）工作也換了」等等可知，「変」字雖然合適，但這個字是出自女士口中敘述的漢字。

▲ 選項2　男士説「これ〜じゃないな。楽しいことも多かったけど／這個…也不對啊。雖然也有很多開心的事」，否定了「楽」字。

▲ 選項3　男士提到「とにかく、止まっていることがなかった／總之，沒有靜止不動」。也就是否定了「止」字。

5
解答：3

▲ 因為沒有23分的巴士，所以只能搭乘下一班10時49分的巴士，因此選項3正確。

《其他選項》

▲ 選項1　10點11分的巴士已經開走了。

▲ 選項2　因為今天是星期六，沒有10點23分的巴士。

▲ 選項4　11點是集合時間。

6
解答：4

▲ 對話中提到「ちょっと右に寄っているけど、背が高い人に前に座られる心配がない／雖然有點靠右，但就算坐在前面的人長得很高也不用擔心」，因此選項4正確。

《其他選項》

▲ 選項1　對話中提到「一番前の席は、疲れる／

坐最前面的座位，很累耶」。

▲ 選項2　對話中提到「端は見にくい／最旁邊的座位看不清楚」。

▲ 選項3　對話中提到「もう少し前がいい／再往前一點比較好」。

問題2　　　　　　　　　P142-145

例
解答：4

▲ 從男士説因為肚子餓，因此「コンビニに行ったら、田中に会って、一緒に近くの店に行って2時まで飲んでたんだ／一去超商卻遇見了田中，因此一起到附近的店家喝到兩點。」知道答案是選項4的「近くの店でお酒を飲んでいたから／因為在附近的店家喝酒」。

《其他選項》

▲ 選項1　女士問「遅くまでレポート書いてたのね／論文寫到很晚吧？」，男士否定説「いや／不是」，知道選項1「レポートを書くのに時間がかかったから／為了寫論文而花費許多時間」不正確。

▲ 選項2　女士又問「じゃ、あっ、ゲームでしょう／那，啊！打電動吧」，男士又回答「ちがうよ／才不是啦」，知道選項2「ゲームをしていたから／因為打電動」也不正確。

▲ 選項3　男士說去超商遇到田中，就一起去附近的店家喝酒，因此並沒有「ずっとコンビニにいたから／因為一直在超商」。

1
解答：4

▲ 要讓頭髮、鬍子、指甲都保持整潔，女士提到「お客様にいい印象を持たれるようにしてほしい／希望能讓客人留下好印象」，因此選項4正確。

《其他選項》

▲ 選項1　對話中提到「声も元気があって気持ちがいい／聲音也有精神，感覺很好」。

▲ 選項2　女士傳達了店長説的「まだ入ったばかりなのに、よく努力している／才剛進來就很努力」。

▲ 選項3　女士傳達了店長説的「仕事を覚えるのが早い／工作內容學得很快」。

2　　　解答：1

▲ 女士提到「毎日、暗い気持ちで過ごすと病気になりやすい体を作ってしまいます／每天都心情灰暗的過日子就會養成容易生病的體質」，因此選項1正確。

《其他選項》

▲ 選項2　女士提到「あまり笑わないというのはよくありません／不太笑的話（對身體）不好」、「大笑いしたほうがいい／大笑比較好」。

▲ 選項3　女士提到「毎日1時間は歩くことです／每天走路一個小時」，女士建議大家走路。

▲ 選項4　女士提到「自分に厳しくしてばかりいるのもよくありません／對自己太嚴格也不好」。

3　　　解答：2

▲ 女士拜託男士「悪いけど、私の会社の受付に持って行っておいてくれない／不好意思，你可以幫我拿去公司的接待處嗎」女士雖然能去學校，但不知道該怎麼處理下午公司要用到的電腦和文件，於是由男士幫女士把東西拿過去。因此選項2正確。

《其他選項》

▲ 選項1　女士説「私が行かないと／我必須去（學校）」。

▲ 選項3　兩人並沒有説要「英語を教える／教英語」。

▲ 選項4　男士説要開車送東西去女士的公司，並沒説要把女士送到公司。

4　　　解答：3

▲ 用郵件預約後，沒有必要再「電話で確認する／以電話確認」，因此選項3正確。

《其他選項》

▲ 選項1　必須用電話預約或網路預約。

▲ 選項2　男士説明「申し込み代表者は一人決めて、後で変えたりしないでください／請推派一人為報名的代表人，確定之後請不要更換」。

▲ 選項4　男士説明「申し込みをした後でキャンセルする場合は、必ず連絡をしてください／申請後若要取消，請務必與我們聯繫」。

5　　　解答：2

▲ 女士説「このスープには牛肉は使いません／這種湯不會用到牛肉」。因此答案為選項2。

《其他選項》

▲ 選項1　男士説「ここでじゃがいもを入れるのですね／這時加入馬鈴薯對吧」。

▲ 選項3　女士説「味付けには、砂糖を少ししょうゆを少し入れます／加入少許砂糖和醬油來調味」。

▲ 選項4　女士説「鳥肉は大きめに切って、塩とコショウをふっておきます／把雞肉切成大塊，然後撒上鹽和胡椒」。

6　　　解答：2

▲ 女士拜託新進員工山下小姐把文件交給社長。但是山下小姐對工作還不熟悉，所以沒有將文件送達。因為是女士將工作託付給山下小姐，所以女士認為責任在自己身上。她為此向社長道歉。因此選項2正確。

《其他選項》

▲ 選項1　對話中並沒有提到「社長のノートをなくした／把社長的筆記本弄丟了」。

▲ 選項3　「仕事に慣れていない／對工作不熟悉」的是上個月剛進公司的新進員工。

▲ 選項4　對話中沒有提到「社員にきびしすぎる／對員工太過嚴格」。

問題3　　　P146

例　　　解答：3

▲ 從男士表示「実は、日本語学校の先生から通訳を頼まれたんだけど／是這樣的，我日語學校的老師委託我當口譯」，而由於時間上允許，因此女士回答「いいわよ／好啊」，知道答案是3的「日本語学校の先生の通訳をすること／當日語學校老師的口譯」。

《其他選項》

▲ 選項1　去機場接朋友是女士的事。

▲ 選項2　帶朋友參觀大學校園是女士的事。

▲ 選項4　兩人的對話沒有提到代為打工一事。

1
解答：2

▲ 對話中提到「この前借りたノートを返そうと思って／我想把之前借的筆記還給妳」，因此正確答案為選項 2。

《其他選項》

▲ 選項 1　去圖書館借書的是女士。

▲ 選項 3　「雪が降っている／下著雪」並不是原因。

▲ 選項 4　因為「和田先生の授業が休み／和田老師停課」，所以不太有機會碰面，但這並不是男士去女士家的直接原因。

2
解答：3

▲ 吃了富含營養的食物、有充分的睡眠，也沒有生病或受傷，為什麼會沒有精神呢？男士說明「その原因は、運動不足のことが多い／其中原因大多是運動不足」。因此，選項 3「運動の大切さ／運動的重要」是正確答案。

《其他選項》

▲ 選項 1「風邪の原因／感冒的原因」、選項 2「友だちや家族の大切さ／朋友或家人的重要性」、選項 4「ストレスの原因／壓力的來源」皆不正確。

3
解答：1

▲ 從「すぐ時間がわからなくちゃ意味ない／如果不能看一眼就能知道時間的話，就不實用」和「数字も大きい／數字也很大」、「コチコチ、コチコチ／滴答滴答」的聲音可知是「時計／時鐘」。因此選項 1 正確。

《其他選項》

▲ 選項 2「カレンダー／行事曆」不會發出聲音。

▲ 選項 3、4 從「窓の上にかける／掛在窗戶上面」、「コチコチ、コチコチ／滴答滴答」的聲音可知並不是選項 3「テレビ／電視」和選項 4「電話／電話」。

問題 4　　　　　　　P147-149

例
解答：3

▲「なくす／丟失」是「今まで持っていたもの、あったものを失う／失去原來擁有的東西、原有

的東西」的意思。而選項 3「なくしちゃったの／丟失了」中的「ちゃった／…了」表示遺憾，是結果事與願違之意。把朋友的傘弄丟了，心裡表示遺憾，這是正確答案了。

《其他選項》

▲ 選項 1　「ない／沒有」表示「物事が存在しない、持っていない／事物不存在，沒有擁有」，雨傘是丟失了，並不是一開始就不存在，不正確。

▲ 選項 2　「みたい／好像」表示從自己的感覺或觀察來進行推測。雨傘是確實丟失了，不是好像丟了，意思不合邏輯。

1
解答：1

▲ 比同事早下班時會先說「お先に／先走一步」、「お先に失礼します／先告辭了」後才離開。因此正確答案為選項 1。

《其他選項》

▲ 選項 2　「お待たせ／久等了」是讓對方等待時說的寒暄語。

▲ 選項 3　「お帰り／歡迎回來」是回到家的時候，家人說的寒暄語。

2
解答：1

▲ 正確答案為選項 1，句子最後的「行かない／不去嗎」有邀請對方的意思。

《其他選項》

▲ 選項 2　如果想問的是「行きたい／想去」，則應該以「あなたは行きたいですか／你想去嗎」來詢問對方的意願。

▲ 選項 3　「行っていい／可以去嗎」是徵詢對方許可的說法。

3
解答：3

▲ 選項 3「窓を閉めてもいいですか／可以關窗嗎」是徵詢對方許可的說法。因此為正確答案。

《其他選項》

▲ 選項 1　「閉めるといいですか／要是關上該多好嗎」不是徵詢許可的說法。

▲ 選項 2　「窓を閉めたらいいですか／窗戶關上就好了嗎」不是徵詢許可的說法。

4

解答：2

▲ 詢問時應該使用敬語「いらっしゃいますか／在嗎」。因此選項2正確。

《其他選項》

▲ 選項1　首先要問的是田中先生在不在。

▲ 選項3　應該使用現在式詢問而不是過去式。

問題5　　　　　　　　　　　　P150

例

解答：3

▲ 被對方讚美説「日本語お上手ですね／您日語真好」，這時候日本人習慣謙虛地説「過獎了，還差遠呢」，日語就用選項3的「いいえ、まだまだです／過獎了，還差遠呢」。也可以説「いいえ、とんでもありません／不，您過獎了」、「恐縮です／您過獎了」等。

《其他選項》

▲ 選項1　「いいえ、けっこうです／不，不用了」表示否定，可以用在被詢問「コーヒー、もう一杯いかがですか／再來一杯咖啡如何？」等的回答。這樣的回答在這裡不合邏輯。

▲ 選項2　「そうはいきません／那怎麼可以」表示心情上雖然很想這樣做，但考慮到社會上的常識等，或某心理因素而不能去做。這樣的回答在這裡也不合邏輯。

1

解答：3

▲ 最適合的答案為選項3，先用「そう。大変ね／是喔，真辛苦」表達同情，再接著表示慰問「お疲れ様／辛苦您了」比較好。

《其他選項》

▲ 選項1　「さっさと仕事しないからじゃない／不是因為你動作不夠俐落嗎」是沒有顧及對方感受的説法。

▲ 選項2　「よかったね／太好了」不是對還有工作沒完成、不能回家的人應該説的話。

2

解答：3

▲ 要表達「たった今、〜したばかりだ／剛剛才…做了」時，應該使用過去式，因此最適合的答案為選項3。例句：

・今、スイッチを入れました／才剛打開了開關。

《其他選項》

▲ 選項1　即使不知道他人在哪裡，也不可以表示事不關己。應該説「ここにはいらっしゃいません／他不在這裡。」

▲ 選項2　對方問小野寺科長在不在，如果回答「さあ、どうでしょうか／這個嘛，誰知道啊」顯得很冷淡。應該説「さあ、存じません／這個嘛，我不清楚」、「さあ、知りません／這個嘛，我不知道」。

3

解答：2

▲ 選項2表示如果對方幫忙的話就用「助かる／幫大忙了」，如此可表達感謝的心情。因此為正確答案。

《其他選項》

▲ 選項1　「もっと一生懸命やってね／再盡力做吧」是略帶命令的説法，並沒有明確表達需要對方幫助的心情。

▲ 選項3　需要幫忙的明明是自己，卻説「早く助けてあげて／我快點幫你吧」不合邏輯。

4

解答：3

▲ 最適合的答案是選項3。回答「この引き出しでいいですか／放在這個抽屜裡可以嗎」以確認該收到哪裡。

《其他選項》

▲ 選項1　被對方拜託而無法做到時，馬上回答「難しい問題ですね／這是很難的問題呢」會給人冷淡的感覺。辦不到的時候，首先應該以「すみません／不好意思」來道歉。

▲ 選項2　不知道該收到哪裡時，也不要馬上回答「でも／但是」，應該先説「はい／好」來表達想幫忙的心情，後面再接「でも〜／不過…」。

5

解答：2

▲ 可以先回答「はい／好」，再詢問對方有什麼事，因此選項2正確。

《其他選項》

▲ 選項1　如果對方問「よろしいですか／可以嗎」，同意時應回答「はい／好」。

▲ 選項3 「お尋ねする／請教一下」在這裡表示「お聞きする／打聽」的意思。並不是表示「要去哪裡」的「お訪ねする／拜訪」的意思。請注意「尋ねる／打聽」、「訪ねる／拜訪」意思上的差別。

6　　　　　　　　　　　　解答：**2**

▲ 被對方提醒時，首先應該以「申し訳ございません／非常抱歉」來道歉，然後再說「これから気をつけます／我以後會注意」，因此選項2正確。

《其他選項》

▲ 選項1 「これでかまいません／這樣沒關係」不是反省的說法。

▲ 選項3 「よろしくお願いいたします／麻煩您了」並不是被提醒時用來道歉的說法。

7　　　　　　　　　　　　解答：**3**

▲ 選項3回答了自己想做的事，所以正確。

《其他選項》

▲ 選項1　對方問的是「何がしたいですか／想做什麼」，所以應該回答自己的想法。

▲ 選項2　表達自己的意願時應該接「〜たい／想要…」，因此應該回答「果物を食べたいです／想吃水果」。

8　　　　　　　　　　　　解答：**3**

▲ 選項3「おもしろかったです／（享受了一段）很有趣的時光」是過去式的說法，因此是正確答案。

《其他選項》

▲ 選項1 「から／因為」是表示理由的回答方式。因為對方問的是對電影的感想，假如用「から／因為」回答不合邏輯。如果回答「とても悲しかったです／非常悲傷」就是正確的說法。

▲ 選項2　因為對方問的是「どうでしたか／怎麼樣」，所以應該以「おもしろいです／很有趣」的過去式「おもしろかったです／（享受了一段）很有趣的時光」來回答。

問題1　　　　　　　　　　　　P152

1　　　　　　　　　　　　解答：**4**

▲ 「毛」音讀唸「モウ」，訓讀唸「け／頭髮」。「布」音讀唸「フ」，訓讀唸「ぬの／布匹」。

▲ 「毛布／毛毯」是指「動物の毛などでおった厚い布。寝る時などに使う／動物的毛皮等製作的厚布，在睡覺時使用」。

《其他選項》

▲ 選項1把「毛／毛」的長音寫成「もお」所以不正確。

▲ 選項2 「ふとん」寫成漢字是「布団／棉被」。

2　　　　　　　　　　　　解答：**2**

▲ 「筋」音讀唸「キン」，訓讀唸「すじ／筋肉」。「肉」音讀唸「ニク」。

▲ 「筋肉／肌肉」是「動物の体を動かす、はたらきをする、のびちぢみをする器官。うでや足の骨のまわりについているものと、内臓のかべを作っているものとがある／透過收縮與舒展，協助動物進行肢體運動的組織。有的附著在手骨或腳骨上，有的則作為內臟的壁層」。

《其他選項》

▲ 選項1 「からだ」寫成漢字就是「体／身體」。

3　　　　　　　　　　　　解答：**2**

▲ 「譲」音讀唸「ジョウ」，訓讀唸「ゆず‐る／轉讓」。

▲ 「譲る／禮讓」在這裡表示「自分のことはおいて、ほかの人を先にする／暫不考慮自己，先禮讓給其他人」。

《其他選項》

▲ 選項3 「まける」寫成漢字是「負ける／輸」。

▲ 選項4 「けずる」寫成漢字是「削る／削減」。

4　　　　　　　　　　　　解答：**1**

▲ 「喜」音讀唸「キ」，訓讀唸「よろこ‐ぶ／高興」。

▲「喜び／欣喜」是由動詞「喜ぶ／高興」變化詞性之後的名詞。指高興、感到開心。

《其他選項》

▲ 選項4「せつび」寫成漢字是「設備／設備」。

5　　　　　　　　　　　　　　　　解答：**3**

▲「留」音讀唸「リュウ・ル」，訓讀唸「と‐める／固定」。「学」音讀唸「ガク」，訓讀唸「まな‐ぶ／模仿」。

▲「留」在這裡唸作「りゅう」。

▲「留学／留學」是指「外国へ行って勉強する／到國外學習」的意思。

《其他選項》

▲ 選項1寫錯了「留」的念法。

▲ 選項2寫成了大字的「ゆ」，變成了「りゆう」，所以不正確。

▲ 選項4只寫了「りゅ」沒有寫到長音的「う」所以不正確。請特別留意小字或長音！

6　　　　　　　　　　　　　　　　解答：**2**

▲「礼」音讀唸「レイ・ライ」。「儀」音讀唸「ギ」。

▲「礼」在這裡唸作「れい」。

▲「礼儀／禮儀」是「社会で生活をしていく上で、必要な作法／在社會上生存必要的行為舉止」。

《其他選項》

▲ 選項1寫錯了「儀」的念法。

▲ 選項3和4寫錯了「礼」的念法。雖然「礼」的發音聽起來像是「れえ」，但書寫時要寫「れい」，請特別注意。

7　　　　　　　　　　　　　　　　解答：**4**

▲「列」音讀唸「レツ」。「車」音讀唸「シャ」，訓讀唸「くるま／汽車」。

▲「列」的讀音是「れつ」，但在這裡唸作「れっ」，請特別注意。

▲「列車／火車」是指「客車や貨車をつないだひとつづきの車両／一個車廂接著一個車廂的客車或貨車」。

《其他選項》

▲ 選項1沒有把「列」和「車」的讀音寫成小字的「っ」和「ゃ」所以不正確。

▲ 選項3沒有把「列」的讀音寫成小字的「っ」所以不正確。

8　　　　　　　　　　　　　　　　解答：**3**

▲「作」音讀唸「サク・サ」，訓讀唸「つく‐る／製作」。「法」音讀唸「ホウ」。

▲「作」在這裡唸作「さ」。

▲「作法／禮節」是指「日常の動作についてのきまり／日常行為舉止的規則」。

《其他選項》

▲ 選項1「法」的長音寫成「お」所以不正確。

▲ 選項2寫錯了「作」的讀音。「作」的讀音是「さ」，請特別注意。

問題2　　　　　　　　　　　　　　　P153

9　　　　　　　　　　　　　　　　解答：**3**

▲「起こる／發生」是「ものごとが始まる。生じる／指開始某件事情。生成」。例句：
・争いが起こる／發生爭執。

《其他選項》

▲ 選項1　「走る／跑」唸作「はしる」。例句：
・駅まで走る／跑到車站。

▲ 選項4　「怒る／生氣」唸作「いかる・おこる」。例句：
・弟のいたずらを怒る／為弟弟的惡作劇發怒。

10　　　　　　　　　　　　　　　解答：**1**

▲「目標／目標」是指「ものごとをするときのめあて／做某件事情時的目的」。例句：
・優勝を目標に毎日練習する／以獲勝為目標每天練習。

※ 相近詞：
「目標／目標」＝「目的／目的」

11　解答：**4**

▲「無料／免費」是指「料金がいらないこと／不用錢」。例句：

・入場料は、小学生以下は無料だ／小學以下兒童免入場費。

※ 對義詞：

「無料／免費」⇔「有料／收費」

12　解答：**2**

▲「評価／評價」是指「物や人の値打ちを決めること／判斷事物或人的價值」。例句：

・新製品はとてもデザインがいいと評価された／新產品的設計評價很好。

《其他選項》

▲ 選項4「評判／評價」唸作「ひょうばん」，是指「世間から注目されていて、うれさや話題になること／受到社會關注，成為傳聞和話題」。例句：

・これが今評判の携帯電話だ／這是現在廣受矚目的手機。

13　解答：**3**

▲「保証／保證」是「まちがいない、確かだと引き受けること／確實、肯定會承擔責任」。例句：

・この時計には保証書がついている／這支手錶附有保證書。

14　解答：**1**

▲「費用／費用」是指「何かをしたり、ものを買ったりするために必要なお金／為做某事或買東西時必要的花費」。例句：

・旅行の費用を払う／支付旅遊的費用。

《其他選項》

▲ 選項4「必要」唸作「ひつよう」，意思是不可或缺的樣子。例句：

・願書には、写真を貼る必要がある／申請書上必需貼照片。

問題3　P154

15　解答：**4**

▲ 請注意（　）後面的「〜のため／基於…」。選項4「目的のため／基於目的」是指為了達成目的。題目中的「手段を選ばない／不擇手段」是指無論用什麼方法都要去做，用於表達對某事貫徹到底的決心，也就是為了達成目的而不擇手段的意思。

《其他選項》

▲ 選項1「関心／關心」、選項2「大事／重要」、選項3「参考／參考」後面都不能接「〜のため」，因此不正確。

16　解答：**2**

▲ 這題是關於表示樣子或狀態的副詞。選項2「じっと／一動不動」是忍耐著默不作聲的樣子。因此，表示等待雨停的樣子的詞語是選項2。例句：

・足の痛みをじっとがまんする／不吭一聲地忍受著腳痛。

《其他選項》

▲ 選項1　「さっと／迅速的」是迅速進行的樣子。例句：

・部屋をさっと片づける／我迅速收拾房間。

▲ 選項3　「きっと／一定」是必定的意思。例句：

・家賃は、明日、きっと払うよ／明天一定會付房租的。

▲ 選項4　「おっと／哎呀；且慢」不是副詞，是感歎詞。

17　解答：**1**

▲ 看完題目後思考應該找什麼樣的前輩「相談にのってもらう／能夠和我商量」。選項1「信頼／信賴」是指相信對方值得依靠，也就是和可靠的前輩商量的意思。例句：

・信頼できる友人に自分の悩みを話す／和值得信賴的朋友談論了自己的煩惱。

《其他選項》

▲ 選項2「主張／主張」、選項3「生産／生產」、選項4「証明／證明」都不是進一步形容前輩的詞語，因此不正確。

18　解答：3

▲ 請注意（　）前面的「ますます雨が／雨下得愈來愈」。這句話的意思是雨勢比之前來得大。風雨變強的説法是「激しくなる／變大、轉強」。例句：

・風が激しく吹いている／風颳得很厲害。

19　解答：1

▲（　）中要填入表示鄭重的詞語。

▲「満員御礼／銘謝客滿」是在劇院或會場中，當觀眾爆滿時，用以表示感謝的詞語，經常用在相撲之類的會場。例句：

・すもうは人気があって、今日も満員御礼だ／相撲大受歡迎，今天又是高朋滿座。

《其他選項》

▲ 選項2「尊」雖然是表示尊敬的詞語，但沒有「尊礼」這個説法，所以不正確。

▲ 選項3「明」和選項4「多」也都不能接「礼」，所以不正確。

20　解答：4

▲ 這題是關於用片假名書寫的外來語。選項4「ユーモア〔英語 humor〕／幽默」是指詼諧的趣事。想一想他為什麼會成為最受歡迎的人。因為他「ユーモアがある／有幽默感」，所以受大家歡迎。因此選項4正確。例句：

・先生の話はユーモアがある／老師説話很幽默。

《其他選項》

▲ 選項1「チェック〔英語 check〕」是指檢查時在錯誤處做上標記。例句：

・漢字の間違いをチェックする／檢查漢字有無誤繕。

▲ 選項2「イコール〔英語 equal〕／等於」是指兩件事情相同。例句：

・金持ちイコール幸せとは限らない／有錢不一定幸福。

▲ 選項3「ブログ〔英語 blog〕／部落格」是指能以簡便的方式架設的公開網站，可作為紀錄私人日記等等用途。例句：

・ブログを作成して公開する／架設部落格並可供大眾點閱。

21　解答：4

▲ 看完題目後思考「困っていたこと／困擾的事」怎麼樣才能讓人「ほっとする（＝安心する）／放心」，也就是困擾的事情消失、解決後才會放心。表示困擾的事情或問題消失的詞語是「解決／解決」。例句：

・犯人が捕まって、事件は解決した／犯人遭到逮捕，解決了這起案件。

22　解答：2

▲ 這題是關於表示樣子或狀態的副詞。因為（　）前面有「あれから／從那之後」，所以要找表示「待っていた／等待」了多久的詞語。選項2「ずっと／一直」是指長時間維持某個狀態。題目的意思是「あれから、長い間待っていた／從那之後，等了很久」。例句：

・テレビを3時間ずっと見ていた／一直盯著電視看了三個小時。

《其他選項》

▲ 選項1「きっと／一定」是指確實、必定。例句：

・彼は時間通りどおりにきっとくるだろう／他一定會準時來的吧。

▲ 選項3「はっと／突然發現」是忽然注意到的樣子。例句：

・友だちと約束していたことをはっと思い出した／我突然想起自己和朋友已經約好了。

▲ 選項4「さっと／迅速的」是迅速進行的樣子。例句：

・宿題をさっとすませた／迅速地寫完了作業。

23　解答：3

▲ 請注意（　）的前面有「昨日の会議で決まったことを／昨天會議中決定的事」。

▲ 選項3「報告／報告」是指通知。本題表示告知對方在會議中決定的事情。例句：

・調査の結果を報告する／報告調查結果。

《其他選項》

▲ 選項1「教育／教育」、選項2「講義／講義」、選項4「研究／研究」都不能接會議中決定的事，所以不正確。

24 解答：2

▲「反対する／反對」是指「人の意見や案などに逆らう／反對他人的意見或提案」。因此，選項2「違う意見を言った／提出不同意見」是正確答案。

《其他選項》

▲ 選項4「賛成した／贊成」是「反対した／反對」的反義詞。

25 解答：3

▲「親しい／親密」是「気持ちが通じ合っていて仲がいい／指心意相通，感情融洽」。因此選項3「仲がいい／感情融洽」是正確答案。例句：

・わたしは山田さんと、子どもの時から、親しくしている／我和山田先生從小就交情深厚。

・わたしは山田さんと、子どもの時から仲がいい／我和山田先生從小就交情很好。

《其他選項》

▲ 選項2「つめたい／冷淡」用於形容對他人不體貼、不溫柔。

26 解答：4

▲「欠点／缺點」是指「悪いところ／不好的地方」、「足りないところ／不足之處」、「短所／短處」。因此，選項4「よくないところ／不好的地方」是正確答案。例句：

・彼の欠点は、すぐ怒ることだ／他的缺點是易怒。

・彼のよくないところは、すぐ怒ることだ／他的短處是易怒。

《其他選項》

▲ 和選項1「優れたところ／優秀之處」、選項2「よいところ／好的地方」意思相近的詞語是「長所／長處」。

27 解答：1

▲「ゆれる／搖晃」是指「上下・左右・前後に動く／上下、左右、前後晃動」。選項1「ぐらぐら動いた／左搖右晃的」的「ぐらぐら／搖擺」表示大力搖動的樣子，因此選項1是正確答案。例句：

・強い風で木の枝がゆれた／強風把樹枝吹得擺晃。

・強い風で木の枝がぐらぐら動いた／樹枝被強風吹得左搖右擺的。

《其他選項》

▲ 選項2「たおれる／倒下」是指原本直立的物體倒下來。「ゆれる／搖晃」和「たおれる／倒下」的意思不同，請特別注意。

28 解答：1

▲「見かける／目擊」是「偶然目にとまる／偶然看見」的意思。正確答案是選項1「たまたま見た／偶然看見」。例句：

・私の傘と同じものを見かけた／偶然看見了和我一樣的傘。

29 解答：3

▲「履く／穿」是指「靴などのはきものを足につける／把鞋類物品穿在腳上」。另外，穿褲子時也用「履く／穿」這個詞。

《其他選項》

▲ 選項1　如果是穿「服／衣服」則用「着る／穿」。

▲ 選項2　如果是戴「帽子／帽子」則用「かぶる／戴」。

▲ 選項4　如果是戴「マスク／口罩」則用「する・つける／戴」。

30 解答：4

▲「注文／訂購」是指「品物を作ったり売ったりしてくれるように、頼むこと／委託對方製作物品、或請對方賣東西給自己」。選項4是指「そば屋で、そばを頼んだ／在蕎麥麵餐廳點了蕎麥麵」。

《其他選項》

▲ 選項1，想成為老師是自己的願望，無法委託，所以不正確。

▲ 選項2和3都是和「注文／訂購」沒有關係的句子。

31 解答：4

▲「似合う／適合」是指「ふさわしくつり合う／

十分合襯」，多用於服裝和髮型等情形。選項 4 的意思是「ピンクの服がふさわしくつり<ruby>合<rt>あ</rt></ruby>う／（妳）很適合粉紅色的衣服」。

《其他選項的用法》

▲ 選項 1 「『あなたの<ruby>成績<rt>せいせき</rt></ruby>は<ruby>非常<rt>ひじょう</rt></ruby>によい。』と、<ruby>先生<rt>せんせい</rt></ruby>に<ruby>言<rt>い</rt></ruby>われた／老師告訴了我：『妳的成績非常好』」。

▲ 選項 2 「『その<ruby>兄弟<rt>きょうだい</rt></ruby>は、<ruby>顔<rt>かお</rt></ruby>がとても<ruby>似<rt>に</rt></ruby>ている。』と、みんなが言う／大家都說『那對兄弟長得非常相像』」。

→ 形容長相相像不能用「<ruby>似<rt>に</rt></ruby>合う／適合」，而應該用「<ruby>似<rt>に</rt></ruby>る／相似」，請特別注意。

▲ 選項 3 「『この<ruby>薬<rt>くすり</rt></ruby>はあなたの<ruby>傷<rt>きず</rt></ruby>に<ruby>効<rt>き</rt></ruby>きます。』と、<ruby>医者<rt>いしゃ</rt></ruby>が言った／醫生說了，『這種藥對你的傷很有效』」。

32 　　　　　　解答：1

▲「<ruby>済<rt>す</rt></ruby>ませる／做完」是指「<ruby>予定<rt>よてい</rt></ruby>していることなどを、<ruby>終<rt>お</rt></ruby>える／完成了預定要做的事情」，也寫作「<ruby>済<rt>す</rt></ruby>ます／做完」。選項 1 的意思是「<ruby>用事<rt>ようじ</rt></ruby>が<ruby>終<rt>お</rt></ruby>わった／事情完成了」。

《其他選項的用法》

▲ 選項 2 「<ruby>耳<rt>みみ</rt></ruby>を<ruby>澄<rt>す</rt></ruby>ませると、かすかな<ruby>波<rt>なみ</rt></ruby>の<ruby>音<rt>おと</rt></ruby>が<ruby>聞<rt>き</rt></ruby>こえてくる／仔細傾聽，就能隱約聽見海浪聲」。

→ 注意漢字。不是「<ruby>済<rt>す</rt></ruby>ませる／做完」，而是「<ruby>澄<rt>す</rt></ruby>ませる／集中注意力」，是指對某事集中精神。

▲ 選項 3 「<ruby>夕<rt>ゆう</rt></ruby>ご<ruby>飯<rt>はん</rt></ruby>を<ruby>済<rt>す</rt></ruby>ませたので、そろそろお<ruby>風呂<rt>ふろ</rt></ruby>に<ruby>入<rt>はい</rt></ruby>ろう／晚餐吃飽了，該不多該洗澡了吧」。

→「<ruby>済<rt>す</rt></ruby>ませる／做完」是他動詞，所以助詞應該用「を」。

▲ 選項 4 「<ruby>棚<rt>たな</rt></ruby>のお<ruby>菓子<rt>かし</rt></ruby>を<ruby>一人<rt>ひとり</rt></ruby>で<ruby>食<rt>た</rt></ruby>べた<ruby>弟<rt>おとうと</rt></ruby>は、すました<ruby>顔<rt>かお</rt></ruby>をしている／弟弟一個人吃掉架上的點心，還一副若無其事的表情」。

→「すます／若無其事」是指裝作什麼事情都沒發生、滿不在乎的樣子。一般以平假名書寫。

33 　　　　　　解答：3

▲「<ruby>新鮮<rt>しんせん</rt></ruby>／新鮮」是「<ruby>新<rt>あたら</rt></ruby>しくて<ruby>生<rt>い</rt></ruby>き<ruby>生<rt>い</rt></ruby>きしている<ruby>様子<rt>ようす</rt></ruby>／新的、生氣勃勃的樣子」。選項 3 是指

「<ruby>新<rt>あたら</rt></ruby>しくて<ruby>生<rt>い</rt></ruby>き<ruby>生<rt>い</rt></ruby>きしている<ruby>野菜<rt>やさい</rt></ruby>と<ruby>果物<rt>くだもの</rt></ruby>を<ruby>買<rt>か</rt></ruby>ってきた／買了新鮮的蔬菜和水果」。

《其他選項》

▲ 選項 1 「<ruby>洋服<rt>ようふく</rt></ruby>／西服」的顏色和設計等不會用「<ruby>新鮮<rt>しんせん</rt></ruby>／新鮮」來形容。

▲ 選項 2 「<ruby>森<rt>もり</rt></ruby>／森林」、「<ruby>湖<rt>みずうみ</rt></ruby>／湖泊」等景色也不會用「<ruby>新鮮<rt>しんせん</rt></ruby>／新鮮」形容。

▲ 選項 4 　不會寫「<ruby>新鮮<rt>しんせん</rt></ruby>な」，而應該用表示「<ruby>新<rt>あたら</rt></ruby>しい／新的」意思是新品的。

|第5回| 言語知識（文法）

問題1　　　　　　　　　P157-158

1 　　　　　　解答：2

▲ 題目的意思是「<ruby>一般<rt>いっぱん</rt></ruby>に<ruby>病気<rt>びょうき</rt></ruby>と<ruby>言<rt>い</rt></ruby>われるような<ruby>病気<rt>びょうき</rt></ruby>はしたことがない／沒有得過被普遍認為是重病的疾病」。如本題，表示擁有普遍被認可的特徵的詞語是選項 2「らしい／像」。例句：

・<ruby>最近<rt>さいきん</rt></ruby>、<ruby>雨<rt>あめ</rt></ruby>らしい<ruby>雨<rt>あめ</rt></ruby>は<ruby>降<rt>ふ</rt></ruby>っていない／最近沒下什麼大雨。

《其他選項》

▲ 選項 1 「らしく／像是」的詞尾變化不正確。

▲ 選項 3 「みたいな／宛如」。例句：

・<ruby>父<rt>ちち</rt></ruby>は、グローブみたいな<ruby>手<rt>て</rt></ruby>をしている／爸爸的手宛如棒球手套。

▲ 選項 4 「ような／好像」。例句：

・お<ruby>城<rt>しろ</rt></ruby>のようなホテルに<ruby>泊<rt>と</rt></ruby>まった／當時住在像城堡一樣的飯店。〈和城堡相似〉

▲ 和選項 3、4 皆用於表達相似的樣子

2 　　　　　　解答：3

▲ 題目的意思是「<ruby>友<rt>とも</rt></ruby>だちが<ruby>私<rt>わたし</rt></ruby>の<ruby>新<rt>あたら</rt></ruby>しいアパートを<ruby>探<rt>さが</rt></ruby>している／朋友正在幫我找新住處」。能夠表達「<ruby>人<rt>ひと</rt></ruby>の<ruby>親切<rt>しんせつ</rt></ruby>によって、<ruby>自分<rt>じぶん</rt></ruby>が<ruby>得<rt>とく</rt></ruby>をする／因為他人的好意而使自己受惠」意思的詞語是選項 3「もらう／為我」。以「〜てもらう／讓（為我）…」的句型表示。例句：

・道を教えてもらって助かった／妳為我指路，真是幫了大忙！

《其他選項》

▲ 選項 1 「あげる／給」。例句：

・老人の荷物を持ってあげて、一緒に横断歩道を渡った／幫老人提行李，陪他一起過了馬路。

▲ 選項 2 「差し上げる／獻上」。例句：

・お土産を差し上げて、喜ばれました／獻上了紀念品給他，讓他很開心。

▲ 選項 1、2 都是「やる／做」的謙遜用法。請留意「あげる」、「差し上げる」、「もらう」的使用方法！

---

3 解答：**4**

▲ 題目的意思是「先生がかかれた絵を見せてもらいたい／想看老師畫的大作」。這是對師長表示敬意、使用敬語拜託對方的用法。「見る／看」的謙讓語是「拝見する／拜見」。因此，（ ）應填入「拝見する／拜見」的使役形「拝見させる／使拜見」。另外，因為句尾是「いただけますか／可以嗎」，「拝見させる／讓拜見」應轉成「て形」，填入「拝見させて／讓拜見」。例句：

・先生が撮られた写真を、拝見させていただけますか／可以容我拜見老師拍攝的照片嗎？

---

4 解答：**2**

▲ 請留意（ ）是接在「～で（て）いる／正在…」之後。可以接在「～で（て）いる」之後的是選項 2「最中に／正…之時」。題目的意思是「友だちと遊んでいるちょうどその時／正在和朋友玩的時候」。例句：

・試合をしている最中に、雨が降ってきた／比賽進行得正精彩，卻下起雨來了。〈前面變成「ている」〉

・公園で遊んでいる最中に、雨が降りだした／在公園玩得正高興，卻下雨了。〈前面變成「でいる」〉

《其他選項》

▲ 選項 1「ふと／偶然」、選項 3「さっさと／迅速地」、選項 4「急に／突然」都不會接在「～で（て）いる」的後面，所以不正確。

---

5 解答：**1**

▲「～ようになる／變得…」的意思是「～の状態

になる／變成…的狀態」。「ようになる／變得」前面的動詞必須是辭書形。因此，正確答案是選項 1「歩ける／可以走」。「歩ける」是可能動詞，意思是「可以走路」。例句：

・ようやく、漢字を書けるようになった！／終於會寫漢字了！〈變成了會寫的狀態〉

・日本の歌を歌えるようになった／學會唱日本歌了！〈變成了會唱的狀態〉

---

6 解答：**4**

▲ 請留意（ ）的後面有「お客様／顧客」，由此可知（ ）應該填入尊敬語。使用尊敬語的是選項 4「いらっしゃる／光臨」。「いらっしゃる」是「来る／來」、「行く／去」、「いる／在」的尊敬語。例句：

・もうすぐ社長がこちらにいらっしゃるでしょう／社長即將蒞臨吧？〈「来る／來」的尊敬語〉

《其他選項》

▲ 選項 2 「伺う／去、拜訪」是「行く／去」、「訪問する／拜訪」的謙讓語。例句：

・父は午後に伺う予定です／家父將於下午前往拜訪。〈「行く／去」的謙讓語〉

---

7 解答：**3**

▲ 題目的意思是「十分練習したけど、1 回戦で負けた／雖然已拚命練習，卻在第一回合就輸了」。因此，（ ）應填入逆接（表示依照前面事項推測，應得到某種結果，然而卻發生了不同於預測的狀況）的接續詞。逆接的接續詞是選項 3「はずなのに／明明應該是…」中的「のに／明明」。「はず／理應」意思是「きっとそうなる／一定會如此」。題目呈現的心情是「十分練習したのだから、勝つだろうと思っていたのに／因為拚命練習了，所以我以為一定會贏但…」。例句：

・集合時間を何度も言っておいたはずなのに、彼は来なかった／明明再三提醒過集合時間了，結果他卻沒來。〈逆接〉

《其他選項》

▲ 選項 1 「はずだから／應該是這樣所以」的「から／所以」是順接（表示前述事項可以自然連接到後述事項）的接續詞。例句：

- 荷物を何度も確認しておいたはずだから、忘れ物はないでしょう／因為行李已經檢查過好幾遍了，應該沒有漏掉的物品吧。〈順接〉

8 　　　　　　　　　　　　　　　解答：2

▲「お～になる／請您做」、「ご～になる／請您做」用於尊敬地描述對方的動作。「ください／請」是「希望你這樣做」的禮貌說法。「ください」前面必須是「て形」，因此，以選項2「になって」最恰當。例句：

- お好きなものをお食べになってください／若有合您胃口的食物請盡情享用。〈「食べてください／請吃」的尊敬用法〉

- お好みの色をお選びになってください／敬請選擇您喜歡的顏色。〈「選んでください／請選擇」的尊敬用法〉

9 　　　　　　　　　　　　　　　解答：3

▲ 題目的意思是「朝早く起きたためか、眠かった／不知道是不是早起的緣故，很睏」。而和「ため／因為」意思相同的詞語是選項3的「せい／因為」。「せいか／可能是因為」的「か」帶有「はっきりしないけどたぶんそうだろうという気持ちを表すことば／雖然不肯定，但大概是這樣吧的語感」。題目意思是「朝早く起きたためだろう／大概是因為早起吧」。例句：

- 歩きすぎたせいか、足が痛い／不知道是不是因為走太久了，腳很痛。〈應該是因為走太久了〉

《其他選項》

▲ 選項2「とおりに／按照」。例句：

- 母が教えてくれたとおりに、料理を作った／按照媽媽教的做了菜。〈和媽媽教過的一樣〉

▲ 選項4「だから／因為」的後面不會接「起きた／起床」，所以不正確。並且（　）前面的「起きた／起床」是動詞，因此「だから／因為」的「だ」是不需要的。例句：

- 雨だから、部屋で本を読もう／因為下雨，待在房間裡看書吧。〈因為正在下雨〉

10 　　　　　　　　　　　　　　解答：4

▲ 題目的意思是「今年の夏こそ、絶対にやせる／今年夏天絕對要瘦下來」。所以（　）應填入表達強烈決心的選項4「みせる／讓…看」。「みせる」此處是「～てみせる／做給…看」的句型。例句：

- 今年こそ合格してみせる／今年絕對要合格給你看！

11 　　　　　　　　　　　　　　解答：2

▲（　）前面的「なんて／竟然…」表示意外的、否定前面事項的心情，後面要接否定的詞語。否定的詞語是選項2「考えられない／無法想像」。例句：

- まじめな彼女が遅刻するなんて、信じられない／認真嚴謹的她居然會遲到，真令人不敢相信。

12 　　　　　　　　　　　　　　解答：1

▲（　）前面是「認めて／同意」，請留意這是「て形」。可以接在「て形」後面的是選項1「もらわないわけにはいかない／不得不得到」。「～わけにはいかない／不能…」用於表示「～することはできない／不可以做…」的意思。題目的意思是「親に認めてもらわないと結婚できない／如果父母不同意的話就不能結婚」。例句：

- 進学するには、学費を親に出してもらわないわけにはいかない／要升學，就不得不麻煩父母出學費。〈父母不出學費的話，就無法升學〉

《其他選項》

▲ 選項3「～わけにはいかない／不能…」。例句：

- 今日は試験があるから、欠席するわけにはいかない／因為今天有考試，所以不能缺席。〈不可以缺席〉

13 　　　　　　　　　　　　　　解答：4

▲（　）應填入「怒る／生氣」的使役形。另外，因為後面接的是「しまった」，所以應該寫成「て形」。因此，選項4「怒らせて／惹…生氣」最恰當。例句：

- うそを言って、母を怒らせてしまった／說謊惹媽媽生氣了。〈使役形〉

《其他選項》

▲ 選項1 「怒らさせて」這種使役形的活用變化是錯誤的，多了「さ」。

▲ 選項3 「怒られて／被訓斥」是被動形。例句：

- 遅刻して先生に怒られてしまった／遲到挨了老師罵。〈被動形〉

問題2

P159-160

例

解答：**1**

※ 正確語順

> ケーキは<u>すき</u>ですか。
>
> 你喜歡蛋糕嗎？

▲ B回答「はい、だいすきです／是的，超喜歡的」，所以知道這是詢問喜不喜歡的問題。

▲ 表示喜歡的形容動詞「すき」後面應填入詞尾「です」，變成「すきですか」。句型常用「〜はすきですか」，因此「は」應填入「すきですか」之前，「〜」的部分，毫無疑問就要填入「ケーキ」了。所以正確的順序是「2→3→1→4」，而____★____的部分應填入選項1「すき」。

14

解答：**4**

※ 正確語順

> 高校生の息子がニュージーランドにホームステイをしたいと言っている。私は、子どもが<u>したいと</u> <u>思うことは</u> <u>させて</u> <u>やりたい</u>と思うが、やはり少し心配だ。
>
> 就讀高中的兒子說他想去紐西蘭住在寄宿家庭。我雖想讓孩子去做他想做的事，難免有點擔心。

▲ 首先，請留意選項1的「思う／想」前面應該是表示內容或引用的「と」。由此可知連接後變成「したいと思うことは／想做的事」。接著再掌握使役形「させてやりたい／讓他做」的用法，表示允許對方的行為。如此一來順序就是「3→1→4→2」，____★____應填入選項4「させて／讓」。

15

解答：**1**

※ 正確語順

> B「ああ、お店の <u>人に</u> <u>勧められた</u> <u>とおり</u>に <u>注文したら</u> とてもおいしかったよ。」
>
> B「哦。只要按照店員推薦的點菜就很好吃哦！」

▲「とおりに」的前面應接過去式（「た形」）。因此會變成「勧められたとおりに／就如被推薦的那樣」。另外，因為「勧められた／被推薦」是被動形，如果要表示知道是被誰推薦的，就寫成「人に勧められた／人に勧め」。再者，也請注意題目句前面

的「お店の」。「お店の」後接的應是名詞，由此可知要接的是「人に」。如此一來順序就是「3→1→4→2」，____★____應填入選項1「勧められた」。

16

解答：**4**

※ 正確語順

> 彼女は親友の <u>私にも</u> <u>相談できずに</u> <u>一人</u>で <u>悩んで</u> いたに違いない。
>
> 她一定連身為知心好友的我都無法商量，獨自一人煩惱不已。

▲ 請觀察空格的前後部分，尋找正確答案吧！因為前面是「親友の／知心好友的」，所以下一格應該接名詞。名詞的選項有「私にも／連我都」和「一人で／獨自一人」，符合文意的是「私にも／連我都」，因此可知是「親友の私にも／連知心好友的我都」。接著，尋找可以表示「親友の私にも」的動作的動詞，發現了「相談できずに／無法商量」。又因為最後一個空格之後接的是「いた」，所以前一格應為「て形」的詞語。由此可知是「悩んでいたに違いない／一定煩惱不已」。最後剩下的「一人で」就放在「悩んでいた／煩惱不已」的前面。如此一來順序就是「3→1→4→2」，____★____應填入選項4「一人で」。

17

解答：**2**

※ 正確語順

> さっき歯医者に行った <u>のに</u> <u>予約</u> <u>の</u> <u>時間を</u> 間違えていました。
>
> 剛才專程去了牙科，沒想到記錯預約的時間了。

▲ 請留意表示逆接意思的「のに／專程…沒想到」。「のに」的前面必須是普通形，由此可知「のに」的前面接的是「さっき歯医者に行った／剛才去了牙科」。又因為「の／的」的作用是連接兩個名詞，因此合起來就變成「予約の時間を／預約的時間」。題目最後「間違えていました／記錯了」的對象只可能是「時間を／時間」，所以連接後變成「予約の時間を間違えていました／記錯預約的時間了」。如此一來順序就是「2→4→3→1」，____★____應填入選項2「のに」。

378

18

解答：**3**

※ 正確語順

> あなたのことを　**僕　ほど　愛している　人**
> はいないと思います。
> 我認為不會有人像我這麼愛你。

▲ 請留意「AほどBはいない／不會有像A這麼…的B」的用法，A和B都是名詞。因為題目的句尾是「～はいないと思います／我認為不會有…」，所以聯想到前面應該是「AほどB／像A這麼…的B」。A填入「僕／我」，變成「僕ほど／像我這麼」。B的名詞是「人／人」，但「人」的前面要再加上連體修飾語「愛している／愛你」，變成「愛している人／愛你的人」。如此一來順序就是「4→3→1→2」，＿＿★＿＿ 應填入選項3「ほど」。

問題3　P161-162

19

解答：**1**

▲ 因為陳同學得到高木家的各位的照顧，所以應該選「迎えた／款待了」的被動式，正確答案也就是選項1「迎えられたので／由於（受到）款待」。例句：

・妹にケーキを食べられた／蛋糕被妹妹吃掉了。〈被動〉

《其他選項》

▲ 選項2　「迎えさせたので／因為使款待」是使役形，所以不正確。例句：

・弟に魚を食べさせた／餵弟弟吃了魚。〈使役〉

▲ 選項3　「迎えたので／因為款待了」不是被動式，所以不正確。例句：

・私はカレーを食べた／我吃了咖哩。〈過去形〉

▲ 選項4　「迎えさせられて／被迫款待」是使役被動式，所以也不正確。例句：

・母に野菜を食べさせられた／被媽媽逼著吃了蔬菜。〈使役被動〉

20

解答：**3**

▲ 請留意空格前的「まるで／簡直」。這是比喻的用法，一般寫成「まるで～ような／簡直像…一般」、「まるで～みたいな／簡直像…似的」。例句：

・まるで母と話しているような気持ちになった／心情變得簡直在和媽媽說話似的。

《其他選項》

▲ 選項1　「みたい／像是」因為沒有加上「な」，所以後面不能接名詞的「気持ち／心情」，所以不正確。例句：

・これ、まるで本物みたい／這個簡直就像真品！

▲ 選項2　「そうな／看起來」表示看起來就是這種情況（並非比喻），所以不正確。例句：

・おいしそうなメロンだね／看起來很好吃的香瓜！

▲ 選項4　「らしい／像…樣的」表示自己認為大概是這樣，或是表達符合該人或物應有的樣子或特點，所以不正確。例句：

・学生らしい態度をとりなさい／請拿出學生應有的態度！

21

解答：**1**

▲ 應該對寄宿家庭的高木小姐使用敬語。「させてもらう／讓我」的謙讓語是「させていただいた／請讓我」，因此正確答案是選項1「させていただいた／請讓我」。例句：

・私に説明させていただきたい／我想為您說明一下。

《其他選項》

▲ 選項2　「していただいた／請做」的「して／做」是錯誤的。幫忙的人不是高木家的人，而是陳同學，所以應該寫成「させて／使做」。

▲ 選項3　「させてあげた／給讓你」錯在「あげた／給」。「あげる」不能對上位者使用。

▲ 選項4　「してもらった／讓…做」的語法全部錯誤。

22

解答：**2**

▲ 由於空格後面接的是「泊まらなかった／沒有投宿旅館」，請留意這是否定句。後面能接否定句的是選項2「しか／只有」，也就是「しか～ない／只有…」的句型。例句：

・この教室には留学生しかいない／這間教室裡只有留學生。

《其他選項》

▲ 選項1「だけ／只有」。例句：

文法

1
2
3
4
5
6

- 100円だけ残しておく／只留下100圓。

▲ 選項3「ばかり／淨是」。例句：
- 休日はテレビばかり見ている／假日一整天都在看電視。

▲ 選項1、3的意思和「しか」相同，但後面都不能接否定形，所以不正確。

▲ 選項4「ただ／光是」後面雖然可以接否定形，但這裡如果用了「ただ」，意思會變成「ただホテルに泊まったら／光是不投宿旅館的話」，所以也不正確。例句：
- 妹はただ泣くだけだった／妹妹那時光是哭個不停。

23　　　　　　　　　　　　　　　　　解答：3

▲ 要享用料理的是高木家的人，因此要選「食べる／吃」的尊敬語，正確答案是選項3「召し上がって／品嘗」。例句：
- 私が焼いたケーキを召し上がってください／請享用我烤的蛋糕。

《其他選項》

▲ 選項1　「いただいて／吃」是「食べる／吃」的謙讓語，所以不正確。例句：
- 先生のお宅でお茶をいただいた／在老師家用了茶。

▲ 選項2　「召し上がらせて」是不正確的敬語用法。

▲ 選項4　「作られて／做」是「作る／做」的尊敬語，但要做料理的並非高木家的人，所以也不正確。例句：
- 先生は日本料理を作られた／老師烹調了日本料理。

|第5回| 読解

問題4　　　　　　　　　　　　　　　P163-166

24　　　　　　　　　　　　　　　　　解答：4

▲ ＿＿底線部分的前面提到「新しい世界が待っています／嶄新的世界等在眼前」、「実はこんな物があったのだという新しい感動に出会えて／原來有這些新奇的事物，自從體悟到這種全新的感動」。符合這些敘述的是選項4「新しい発見や感動に出会える／有新的發現與感動」。

25　　　　　　　　　　　　　　　　　解答：4

▲ ＿＿底線部分的前面「このようなもてなしの心／像這樣的款待之心」説的是前一段的「温かいもてなしの心／體貼款待之心」。正確答案是4。

《其他選項》

▲ 選項1　文中提到如果能珍惜「もてなしの心／款待之心」，就能「お互いの信頼関係へとつながる／延伸為雙方的相互信賴」。也就是説，這裡説的是「つながる／延伸」，而不是「大切にしたい／倍感珍惜」的事。

▲ 選項2　雖然保特瓶很方便，但是對保特瓶「大切にしたい／倍感珍惜」是文章中沒有提到的內容。

▲ 選項3　用心沏的日本茶的甘醇與香氣的魅力，只不過是「温かいおもてなしの心／體貼的款待之心」的舉例而已。

26　　　　　　　　　　　　　　　　　解答：3

▲ 告示上提到「天候によって、営業時間に変更がございます／開放時間將視天候狀況有所異動」。因此選項3正確。

《其他選項》

▲ 選項1　「11日に台風が来たら／假如11日颱風來襲」是不正確的，告示中寫的並不是假設，而是已經確定泳池將暫停開放。

▲ 選項2　雖然12日的開放時間可能異動，但泳池仍會開放。

▲ 選項4　並不是「いつも通り／和平常一樣」，而是視天候狀況，開放時間可能有所異動。

27　　　　　　　　　　　　　　　　　解答：3

▲ 川島先生是加藤先生同公司（日新汽車）的同事，接手加藤先生的工作。因此正確答案是選項3。

《其他選項》

▲ 選項1　郵件中提到「8月31日をもって退職いたすことになりました／將於8月31日離職」。因為是「8月31日で／將於8月31日」，所以可以知道寄信的日期於8月31日之前。

▲ 選項2　郵件中沒有提到辭職的理由是「結婚のため／因為結婚」。

▲ 選項4　加藤先生並沒有請一瀬小姐「新しい担当

者を紹介してほしい／介紹接手後續工作的人」。

問題5   P167-170

28   解答：**4**

▲ 所謂的差異指的是① ____ 的前面提到的「作り方やおいしさ／製作的方法與美味程度」。

29   解答：**2**

▲ 請注意② ____ 的後面「なぜなら／理由是」。接續語「なぜなら／理由是」用於說明前面已敘述之事的理由。「食べやすくすると同時にこの寄生虫を殺す目的もあるからだ／這樣不但方便嚼食，也同時達到殺死那些寄生蟲的功效」說明了墨魚的表面有細細的割痕的理由。與此相符的是選項2。

30   解答：**4**

▲ 請見最後一段提到「よい寿司屋かどうかは、『イカ』を見るとわかる／想分辨一家壽司店的高級與否，只要看『墨魚』就知道了」。因此正確答案是選項4。

《其他選項》

▲ 選項1　銀座的迴轉壽司是否全都非常昂貴，或是也可能有平價的迴轉壽司，在本篇文章中並沒有明確說明。

▲ 選項2　在墨魚表面劃上細細的割痕，是用在「生のイカ／生墨魚」上。

▲ 選項3　並非「寿司の値段はどれも同じ／壽司的價格都一樣」。文中提到銀座等地方的壽司較昂貴，而且即使一樣是迴轉壽司也是「値段が高いものと安いものがあり／價錢有的高有的低」。

31   解答：**4**

▲ ① ____ 的前面提到「Goodbye ＝神があなたとともにいますように／Goodbye ＝神與你同在」、「See you again ＝またお会いしましょう／See you again ＝下次再會」、「Farewell ＝お元気で／Farewell ＝請保重」，陳述了世界上道別的話語和其個別的意義，而「さようなら／再見」的含意則不屬於其中任何一種。所以選項4是最適切的答案。

32   解答：**4**

▲「仕方がない／沒辦法」是「どうしようもない。どうにもならない／沒有辦法，沒有任何辦法」的意思。② ____ 的後面寫的「別れに対するあきらめ／只好接受了道別」是和「仕方がない／沒辦法」意思相近的詞語。「あきらめ／斷念」是「あきらめる（＝だめだと思う）／斷念（＝認為已經無法挽回了）」的名詞形態。因此選項4是最適切的答案。

33   解答：**2**

▲ 請見第二段寫的「別れの美しさを求める心を表している／尋求離別美感的心緒流露」。因此選項2是最適切的答案。

《其他選項》

▲ 選項1　世界上的道別語通常都是「ポジティブ／正面」的語言。

▲ 選項3　請見第一段，祈願對方無恙的話語是「Goodbye」、「See you again」、「Farewell」等等。

▲ 選項4　「永遠に別れる場合にしか使わない／只能用在永遠離別的情況下」這是文章中沒有提到的內容。

問題6   P171-172

34   解答：**2**

▲ 請見① ____ 的後面提到「『仮名』には『平仮名』と『片仮名』があるが、これらは漢字をもとに日本で作られた／『假名』包括『平假名』和『片假名』，這種文字是在日本以漢字為基礎衍生出來的」。因此正確答案是選項2。

《其他選項》

▲ 選項1　「3000年前／距今3000年前」是漢字在中國誕生的時代。而不是傳入日本的時代。

▲ 選項3　由漢字的筆畫簡化而來的是「平仮名／平假名」而非「片仮名／片假名」。

▲ 選項4　第三段提到閱讀日文的文章時，會覺得「漢字だけの文章に比べて、やさしく柔らかい感じがする／比起通篇漢字的文章感覺較為柔和」。這是因為文章裡混入了平假名和片假名的緣故。所以「漢字だけの文章は優しい感じがする／通篇漢字的文章感覺較為柔和」是錯誤的。

35 　　　　　　　　　　解答：4

▲ 請見②＿＿＿的後面提到「漢字を混ぜて書くことで、言葉の意味や区切りがはっきりする／書寫時透過加入漢字，有助於釐清語句的意思，並使句讀更加明確」。換言之，通篇使用平假名的文章，其語意和句讀並不明確。

36 　　　　　　　　　　解答：2

▲ 選項2「アタマ／頭」會用漢字書寫成「頭」。

《其他選項》

▲ 選項1　表示物體聲響的語詞會用片假名書寫。

▲ 選項3　植物的名稱會用片假名書寫。

▲ 選項4　從外國傳入的語詞會用片假名書寫。

37 　　　　　　　　　　解答：4

▲ 日文文章也會用到羅馬拼音。因此答案為選項4。

《其他選項》

▲ 選項1　日文的文章會使用漢字、平假名、片假名、羅馬拼音混合書寫而成。

▲ 選項2　文中提到「漢字だけの文章に比べて、やさしく柔らかい感じがする／和通篇漢字的文章相較，感覺較為柔和」。

▲ 選項3　文章的最後提到「日本語は、漢字と平仮名、片仮名などを区別して使うことによって、文章をわかりやすく書き表すことができる／分別使用漢字、平假名和片假名，能夠讓日文的文章寫得更加清楚易懂」。

問題 7 　　　　　　　　P173-174

38 　　　　　　　　　　解答：3

▲ 因為韓小姐是上班族，所以是成人，因此推測她的朋友也是成人。廣告上寫道和服體驗的費用是「〈大人用〉6,000 円〜9,000 円／一人／〈成人服裝〉6,000 圓〜9,000 圓／一人」。也就是說，一個人需要「6,000 円〜9,000 円／6,000 圓〜9,000 圓」。

39 　　　　　　　　　　解答：2

▲ 因為廣告中註明了兒童的費用，因此得知兒童也可以參加和服體驗。所以正確答案是選項2。

《其他選項》

▲ 選項1　並不是「小道具や背景セットを作る／製作小道具和布景」。而是可以拍攝「小道具や背景セットを使った写真／配合小道具及布景的照片」。

▲ 選項3　廣告中提到「予約制ですので、前もってお申し込みください／本課程採取預約制，敬請事先報名」。

▲ 選項4　廣告中提到「着物を着てお出かけしたり、人力車観光をしたりすることもできます／可穿著和服外出，或搭人力車觀光」。

第5回 | 聴解

問題 1 　　　　　　　　P175-178

例 　　　　　　　　　　解答：2

▲ 女士說了新幹線出發的時間是「ちょうど7時発／7點整出發」，後面又說「私は発車の1時間前には出るわ／我得在發車前一個小時出門喲」。這樣一經過減法計算，知道答案是2的「6時／6點」了。

《其他選項》

▲ 選項1　10點是必須抵達大阪車站的時間。

▲ 選項3　7點是新幹線出發的時間。

▲ 選項4　6點半是男士建議的時間。

※ 這道題數字多，對話中每個數字都在選項上進行干擾，再加上對話中沒有直接講到出門時間，因此，必須經過加減乘除的計算，跟充分調動手、腦，邊聽邊刪除干擾選項。

1 　　　　　　　　　　解答：4

▲ 因為要先向山口老師詢問竹內同學的電子郵件，然後才能聯絡竹內同學。因此正確答案為選項4。

《其他選項》

▲ 選項1　影印是老師要做的事。

▲ 選項2　要把全班同學的報告影本交給山口老師。但全班的報告還沒收齊。

▲ 選項3　學生不知道竹內同學的電子郵件。

聴解

2　　　　　　　　　　　　解答：2

▲ 因為女士必須前往以前居住地區的區公所，取得「住所が変わるという証明書／變更住址證明」。因此正確答案為選項2。

《其他選項》

▲ 選項1　女士已經搬家了。

▲ 選項3　取得「住所が変わるという証明書／變更住址證明」之後，再帶這張證明和護照等等文件去區公所。為了確認是本人，必須帶護照。女士並不是要去領護照。

▲ 選項4　區公所人員説，只要有護照就不需要照片。

3　　　　　　　　　　　　解答：1

▲ 男士説在吃蛋糕之前要先泡咖啡或紅茶，但女士回答「体重計って、昨日より減っていたら食べる／如果量體重後比昨天輕我才要吃」。因此選項1「体重を計る／量體重」是正確答案。

4　　　　　　　　　　　　解答：3

▲ 醫生説「白い薬を飲んだ後30分は、何も食べないでください／服用白色的藥後三十分鐘以內，請不要進食」。因此選項3正確。

《其他選項》

▲ 選項1　醫生説「何も食べたくない時は、無理して食べなくてもいい／沒有食慾時，可以不必勉強自己吃」。

▲ 選項2　醫生説「車の運転も問題ない／開車也沒問題」。也就是説吃藥後仍然可以開車。

▲ 選項4　醫生説「こちらの白い薬は朝と晩に二つずつ、こちらの粉薬は朝、昼、晩に一袋ずつ飲んで下さい／這種白色的藥請早晚各吃兩顆，這種藥粉請於早中晚各吃一包」。

5　　　　　　　　　　　　解答：2

▲ 因為明天是星期六，所以女士説今天「銀行にも行っておいた方がいい／先去一趟銀行比較好」。可知正確答案是選項2。

《其他選項》

▲ 選項1　女士説「おみやげも買ったし／伴手禮

也買好了」。可見兩人已經買好了伴手禮。

▲ 選項3　昨天已經去看過牙醫了。

▲ 選項4　男士説關於車子的加油，「明日の朝、入れて行けばいい／明天早上再去加油就可以了」。

6　　　　　　　　　　　　解答：1

▲ 因為打算去日式料理餐廳，所以選項2的蛋糕店和選項4的西餐廳都不正確。日式餐廳有選項1的日式串燒店和選項3的壽司店。男士提到「お肉も食べられる店がいい／最好是有提供肉食的餐廳」，因此選項1的餐廳是正確答案。

問題2　　　　　　　　　　P179-182

例　　　　　　　　　　　　解答：4

▲ 從男士説因為肚子餓，因此「コンビニに行ったら、田中に会って、一緒に近くの店に行って2時まで飲んでたんだ／一去超商卻遇見了田中，因此一起到附近的店家喝到兩點。」知道答案是選項4的「近くの店でお酒を飲んでいたから／因為在附近的店家喝酒」。

《其他選項》

▲ 選項1　女士問「遅くまでレポート書いてたのね／論文寫到很晚吧？」，男士否定説「いや／不是」，知道選項1「レポートを書くのに時間がかかったから／為了寫論文而花費許多時間」不正確。

▲ 選項2　女士又問「じゃ、あっ、ゲームでしょう／那，啊！打電動吧」，男士又回答「ちがうよ／才不是啦」，知道選項2「ゲームをしていたから／因為打電動」也不正確。

▲ 選項3　男士説去超商遇到田中，就一起去附近的店家喝酒，因此並沒有「ずっとコンビニにいたから／因為一直在超商」。

1　　　　　　　　　　　　解答：2

▲ 因為男士説「車も、ゆったりしていた方がいいな／車子還是寬敞一點比較好啊」，所以選項2正確。

《其他選項》

▲ 選項1　男士説「僕は小さいのは買いたくないな／我不想買小車啊」。

▲ 選項 3 「ガソリンの消費が少ない車／較不耗油的車」是小車。男士説他不想買小車。

▲ 選項 4 　説想買「運転しやすい車／好開的車」的是女士。

2 解答：**4**

▲ 因為男士説「何より、猫がいると健康でいられるんだ／最重要的是，有貓的陪伴，可以幫助我維持健康」。所以選項 4 正確。

《其他選項》

▲ 選項 1 　女士問「世話が大変じゃない／照顧起來很辛苦吧」，男士回答「そうでもない／也沒那麼辛苦」。也就是説，男士認為並沒有很辛苦，但也沒有直接説「世話が簡単／照顧起來很輕鬆」。

▲ 選項 2 　女士問「猫の餌の缶詰って高いんでしょ／貓食的罐頭很貴吧」，男士回答「まあね／也是啦」，意思是罐頭的確很貴。

▲ 選項 3 　男士説他一回到家，「玄関まで飛び出してくる／（貓）會從玄關飛撲出來迎接我」，可見他並不是一整天都沒有出門。

3 解答：**3**

▲ 雖然可以使用智慧型手機，但是如果會發出聲音，「音がうるさくてほかのお客様の迷惑になるので、やめていただきたい／因為聲音太吵會影響到其他顧客，請避免這種情況」。因此正確答案是選項 3。

《其他選項》

▲ 選項 1 　店員説「お使いになれます／可以使用（手機）」。

▲ 選項 2 　店員説「メールはいいです／可以傳電子郵件」。

▲ 選項 4 　對話中沒有提到一邊用餐一邊使用智慧型手機的情況。

4 解答：**2**

▲ 女士説「自分の都合のいい時間に行って、その日自分が食べたい物を食べたい／想在自己方便的時間去用餐，吃自己當天想吃的食物」。因此選項 2 正確。

《其他選項》

▲ 選項 1，對話中沒有提到要和同行的人「同じものを注文しなければならない／必須得點相同的餐點」。

▲ 選項 3、4 女士並沒有提到這些內容。

5 解答：**4**

▲ 因為學生説他「修理を頼みに行ったら、遅くなりました／去送修（手機），結果遲到了」。因此正確答案為選項 4。

《其他選項》

▲ 選項 1 　學生的手機掉在院子裡了，並沒有弄丟手機。

▲ 選項 2 　學生説「7 時には起きていました／七點就起床了」。

▲ 選項 3 　學生説他昨天晚上喝得醉醺醺回家，但並沒有説今天早上「頭痛がした／頭痛了」。

6 解答：**3**

▲ 女士説「3 回、大きく呼吸をしてから叱ることです／深呼吸三次後再訓斥」。因此正確答案為選項 3。

《其他選項》

▲ 選項 1 　女士並沒有提到「叱る前に褒める／在訓斥之前先給予鼓勵」。

▲ 選項 2 　要「冷静になるのを待つ／先等自己冷靜下來」的不是孩子，而是要訓斥人的父母。

▲ 選項 4 　女士並沒有説要「優しい顔で叱る／面帶溫柔的表情訓斥」。

問題 3 P183

例 解答：**3**

▲ 從男士表示「実は、日本語学校の先生から通訳を頼まれたんだけど／是這樣的，我日語學校的老師委託我當口譯」，而由於時間上允許，因此女士回答「いいわよ／好啊」，知道答案是 3 的「日本語学校の先生の通訳をすること／當日語學校老師的口譯」。

《其他選項》

▲ 選項 1　去機場接朋友是女士的事。

▲ 選項 2　帶朋友參觀大學校園是女士的事。

▲ 選項 4　兩人的對話沒有提到代為打工一事。

1　解答：1

▲ 對話中提到被喝得醉醺醺的人踩到腳、被問好幾次「何人<ruby>何人<rt>なにじん</rt></ruby>ですか／你是哪國人」，覺得很困擾。因此正確答案為選項 1。

《其他選項》

▲ 選項 2　令男學生感到困擾的是被喝醉的人踩到腳。

▲ 選項 3　對於重複說好幾次相同的話的公司職員，男學生說「おもしろかった／很好笑」。

▲ 選項 4　對話中並沒有提到「<ruby>女<rt>おんな</rt></ruby>の<ruby>人<rt>ひと</rt></ruby>に<ruby>話<rt>はな</rt></ruby>しかけたがる<ruby>人<rt>ひと</rt></ruby>／想和女性搭話的人」。

2　解答：3

▲ 聽完整段對話，男士說的是「コンビニがいつでもきて、今どんなに<ruby>便利<rt>べんり</rt></ruby>になっているか／便利商店誕生的年代，現在變得多麼方便」。也就是說，男士說的是「コンビニの<ruby>歴史<rt>れきし</rt></ruby>と<ruby>現在<rt>げんざい</rt></ruby>の<ruby>状況<rt>じょうきょう</rt></ruby>／便利商店的歷史和現狀」。因此正確答案為選項 3。

《其他選項》

▲ 選項 1　男士沒有提到「<ruby>氷<rt>こおり</rt></ruby>を<ruby>売<rt>う</rt></ruby>る<ruby>店<rt>みせ</rt></ruby>をコンビニという／賣冰的店稱為便利商店」。（賣冰的店不叫做便利商店。）

▲ 選項 2　男士沒有談到「パン<ruby>屋<rt>や</rt></ruby>の<ruby>歴史<rt>れきし</rt></ruby>／麵包店的歷史」。

▲ 選項 4　男士最後提到便利商店有很多服務項目，但這並不是談論的重點。

3　解答：2

▲ 女士說「バスは<ruby>電車<rt>でんしゃ</rt></ruby>と<ruby>違<rt>ちが</rt></ruby>って<ruby>道路<rt>どうろ</rt></ruby>の<ruby>事情<rt>じじょう</rt></ruby>で<ruby>遅<rt>おく</rt></ruby>れることがある／搭公車和電車不同，有可能會因為交通狀況而遲到」。因此正確答案為選項 2。

《其他選項》

▲ 選項 1　兩人並沒有提到計程車。

▲ 選項 3　搭電車不會因為交通情況而遲到。

▲ 選項 4　要搭乘地下鐵的是加奈子。

問題 4　P184-186

例　解答：3

▲「なくす／丟失」是「<ruby>今<rt>いま</rt></ruby>まで<ruby>持<rt>も</rt></ruby>っていたもの、あったものを<ruby>失<rt>うしな</rt></ruby>う／失去原來擁有的東西、原有的東西」的意思。而選項 3「なくしちゃったの／丟失了」中的「ちゃった／…了」表示遺憾，是結果事與願違之意。把朋友的傘弄丟了，心裡表示遺憾，這是正確答案了。

《其他選項》

▲ 選項 1　「ない／沒有」表示「<ruby>物事<rt>ものごと</rt></ruby>が<ruby>存在<rt>そんざい</rt></ruby>しない、<ruby>持<rt>も</rt></ruby>っていない／事物不存在，沒有擁有」，雨傘是丟失了，並不是一開始就不存在，不正確。

▲ 選項 2　「みたい／好像」表示從自己的感覺或觀察來進行推測。雨傘是確實丟失了，不是好像丟了，意思不合邏輯。

1　解答：2

▲ 遲到時要說「お<ruby>待<rt>ま</rt></ruby>たせ／久等了」、「お<ruby>待<rt>ま</rt></ruby>たせしました／讓你久等了」。然後用「ごめんなさい／抱歉」、「すみません／對不起」來道歉。因此正確答案為選項 2。

《其他選項》

▲ 選項 1　「<ruby>困<rt>こま</rt></ruby>ったな／真傷腦筋」用在自己身上不合邏輯，應該向等待自己的朋友道歉。

▲ 選項 3　遲到的人說「お<ruby>先<rt>さき</rt></ruby>に／我先走了」不合邏輯。

2　解答：1

▲ 對已經完成工作、先下班的同事，要說選項 1「お<ruby>疲<rt>つか</rt></ruby>れさま／辛苦了」。

3　解答：2

▲ 自我介紹時的寒暄語是「よろしくお<ruby>願<rt>ねが</rt></ruby>いします／請多指教」。因此正確答案為選項 2。

《其他選項》

▲ 選項 1　「<ruby>覚<rt>おぼ</rt></ruby>えておいてください／請記下來」帶有一點命令的語氣，這種說法很沒禮貌。

▲ 選項 3　「<ruby>頑張<rt>がんば</rt></ruby>ってください／請加油」是用於鼓勵對方的句子，用在這裡不合邏輯。

4　　　　　　　　　　　　　　　　解答：**1**

▲「～てくれる／為我…」用在表達對方為了自己做某事。因此選項1正確。

《其他選項》

▲ 選項2　不會説「借りてくれない」。請注意「貸す／借出」和「借りる／借入」不同。

▲ 選項3　「～てあげる／為你…」的句型是表示自己為對方做某事的意思。題目的意思不是借給對方，所以不能用這種説法。如果要用「～てもらう／（我）請（某人為我做）…」的句型，則應該説「貸してもらってもいい／可以借給我嗎」。

問題5　　　　　　　　　　　　　　　　P187

例　　　　　　　　　　　　　　　　解答：**3**

▲ 被對方讚美説「日本語お上手ですね／您日語真好」，這時候日本人習慣謙虛地説「過獎了，還差遠呢」，日語就用選項3的「いいえ、まだまだです／過獎了，還差遠呢」。也可以説「いいえ、とんでもありません／不，您過獎了」「恐縮です／您過獎了」等。

《其他選項》

▲ 選項1　「いいえ、けっこうです／不，不用了」表示否定，可以用在被詢問「コーヒー、もう一杯いかがですか／再來一杯咖啡如何？」等的回答。這樣的回答在這裡不合邏輯。

▲ 選項2　「そうはいきません／那怎麼可以」表示心情上雖然很想這樣做，但考慮到社會上的常識等，或某心理因素而不能去做。這樣的回答在這裡也不合邏輯。

1　　　　　　　　　　　　　　　　解答：**2**

▲ 工作結束時，雙方互相打招呼要用選項2「お疲れ様でした／辛苦了」。

2　　　　　　　　　　　　　　　　解答：**1**

▲ 聽完對方要委託的事，或者表示同意的時候可以説「承知しました／我知道了」。更鄭重的説法是「かしこまりました／我明白了」。因此正確答案為選項1。

《其他選項》

▲ 選項2　「承知します／我知道」是錯誤用法，應該用過去式「承知しました／我知道了」。

▲ 選項3　「よろしくお願いします／萬事拜託」是拜託對方的説法。

3　　　　　　　　　　　　　　　　解答：**1**

▲ 選項1的「かまわない／沒關係」是「気にしない。問題にしない／不介意，沒問題」的意思。意思是可以借對方椅子沒關係，為正確答案。

《其他選項》

▲ 選項2　「おかまいなく／別那麼麻煩了」是「気を遣わないで／不用關照我」的意思。

▲ 選項3　「借りて／借入」是錯誤回答。因為自己是要借出的一方，所以應該回「うん、貸すよ／好，借給你」。

4　　　　　　　　　　　　　　　　解答：**3**

▲ 正確答案為選項3。應該用表示場所的助詞「で」連接，變成「こちらで」。另外，「預かる／（代人）保管」的尊敬語是「お預かりする／（代人）保管」。

《其他選項》

▲ 選項1、2因為是對方拜託自己幫忙保管行李，所以不用「預ける／寄放」，而應該用「預かる／（代人）保管」來回答。另外，接在「こちら」後的副詞應為表示地點的助詞「で」。所以不正確。

5　　　　　　　　　　　　　　　　解答：**2**

▲「おたずねする／詢問」是「お聞きする／打聽」的意思。想知道對方要問什麼時，應該説選項2的「どんなことでしょうか／是什麼事呢」。

《其他選項》

▲ 選項1「ありがとうございます／謝謝」、選項3「どちらにいらっしゃいますか／您在哪裡」都不是回應題目句的答案。

6　　　　　　　　　　　　　　　　解答：**3**

▲ 首先先以「すみません／不好意思」道歉，然後再説「以後（＝これからは）注意します／我以後會注意」來加強抱歉的意思。這樣可以表現出已在反省了。所以正確答案為選項3。

《其他選項》

▲ 選項1 「はい、知っていました／對，我知道那件事」沒有表達出反省的心情。

▲ 選項2 「いいえ、気にしないでください／不，請不要在意」完全沒有道歉的意思，這是很不妥當的説法。

7 解答：1

▲「かかる／需要」是「必要とする。いる／必要，需要」的意思。也就是説，地鐵和計程車相比，計程車需要花更多時間。因為趕時間，搭乘「地下鉄／地鐵」去的話會比較快。所以選項1正確。

《其他選項》

▲ 選項2、3搭計程車比較慢，因此皆不正確。

8 解答：1

▲ 對方擔心「子どもっぽいかな／會不會孩子氣」，回答是「そんなことないよ／沒這回事」。因此後面應該是稱讚對方的好話。「よく似合うよ／很適合妳哦」是稱讚衣服很適合對方的話。因此選項1正確。

《其他選項》

▲ 選項2 「あまり似合わないよ／不太適合妳喔」，對方聽了並不會感到開心，接在「そんなことないよ／沒這回事」後面不合邏輯。

▲ 選項3 前面明明説「そんなことないよ／沒這回事」，後面又接「子どもみたい／很像小孩子」不合邏輯。「子どもっぽい／孩子氣」和「子どもみたい／很像小孩子」意思相同。

|第**6**回| 言語知識（文字・語彙）

問題1 P188

1 解答：1

▲「一」音讀唸「イチ・イツ」，訓讀唸「ひと／一回」、「ひと - つ／一個」。「般」音讀唸「ハン」。

▲「一」在這裡唸作「いっ」。「般」在這裡唸作「ぱん」。和其他漢字組合時發音會改變，請特別注意。

▲「一般／一般」是指「ふつうであること／普通的事物」。

《其他選項》

▲ 選項3的「般」漏寫了「ん」，所以不正確。

▲ 選項4「一」沒有寫成小字「っ」所以不正確。

2 解答：2

▲「東」音讀唸「トウ」，訓讀唸「ひがし／東方」。「京」音讀唸「キョウ」。「湾」音讀唸「ワン」。

▲「東京湾／東京灣」是地名，為位於東京的海灣。「湾／海灣」是指「海が陸地に深く入り込んだ所／大海深入陸地的地方」。

《其他選項》

▲ 選項1「とうきょうこう」的「こう」寫成漢字是「港」。

▲ 選項3把「京」的讀音寫錯了，應寫為小字的「ょ」。選項4「京」沒有寫到長音「う」、錯寫成大字的「よ」，所以不正確。請注意選項3和4都把「きょう」的讀音寫錯了。

3 解答：1

▲「留」音讀唸「リュウ・ル」，訓讀唸「と - まる／停止」。「守」音讀唸「シュ・ス」，訓讀唸「まも - る／保護」、「も - り／看守的人」。

▲「留」在這裡唸作「る」。「守」在這裡唸作「す」。

▲「留守／外出」是指「家の人が出かけて、いないこと／家裡的人出門了，不在家」。

《其他選項》

▲ 選項2「がいしゅつ」寫成漢字是「外出」。

▲ 選項3把「留」、「守」的讀音寫錯了。

▲ 選項4把「守」的讀音寫錯了。

※ 如果「留」或「守」和其他漢字接在一起讀音會改變，請特別注意！例如：

・留学／留學
・留守／看家、不在家
・守備／防備

4　解答：**3**

▲「決」音讀唸「ケツ」，訓讀唸「き‐める／決定」。「決める／決定」是指「ものごとを定める／決定事情」。

《其他選項》

▲ 選項2「とめた」寫成漢字是「止めた・留めた／阻止、留下」。

▲ 選項4「すすめた」有「進めた・薦めた・勧めた・奨めた／推進、推薦、勧告、勧誘」等漢字。

5　解答：**4**

▲「横」音讀唸「オウ」，訓讀唸「よこ／横向」。

▲「断」音讀唸「ダン」，訓讀唸「た‐つ／切斷」、「ことわ‐る／事先説好」。

▲「歩」音讀唸「ホ・ブ・フ」，訓讀唸「ある‐く／步行」、「あゆ‐む／行、走」。

▲「道」音讀唸「ドウ・トウ」，訓讀唸「みち／道路」。

▲「歩」在這裡唸作「ほ」。「道」在這裡唸作「どう」。

▲「横断歩道／斑馬線」是指「車が通る道を、人が安全にわたれるように、白線などを引いて、表示している所／為了維護行人安全，在車子行經的道路畫上白線，以供行人穿越的地方」。

《其他選項》

▲ 選項1弄錯了「歩道」的讀音。

▲ 選項2「横」和選項3「道」都沒有加上長音「う」所以不正確。

6　解答：**2**

▲「孫」音讀唸「ソン」，訓讀唸「まご／孫子、孫女」。

▲「孫／孫子」是訓讀。指「ある人の子どもの子ども／某人的兒子的兒子」。

《其他選項》

▲ 選項1「むすこ」寫成漢字是「息子／兒子」。

▲ 選項4「まいご」寫成漢字是「迷子／迷路的孩子」。

7　解答：**3**

▲「迷」音讀唸「メイ」，訓讀唸「まよ‐う／迷失」。

▲「惑」音讀唸「ワク」，訓讀唸「まど‐う／困惑」。

▲「迷惑／麻煩」是指「いやな思いをすること／做了煩人的事」。

《其他選項》

▲ 選項1雖然在發音時唸作「めえ」，但書寫時應寫作「めい」，請特別注意。

8　解答：**4**

▲「申」音讀唸「シン」，訓讀唸「もう‐す／説、講」。

▲「訳」音讀唸「ヤク」，訓讀唸「わけ／告訴」。

▲「申」和「訳」都是訓讀。

▲「申し訳ない／對不起」是指「相手に対してすまない／對對方感到抱歉」。

《其他選項》

▲ 選項1「申」沒有寫到長音「う」所以不正確。

▲ 選項2把「訳」的讀音寫成「やく」所不正確。

▲ 選項3寫錯了「訳」的讀音。

問題2　　　　　　　　　**P189**

9　解答：**4**

▲「有効／有效」是指「ききめがあること。役に立つこと／有效的事物、有用的事物」。例句：

・アルバイトをして、夏休みを有効に使う／我要去打工，充分利用暑假時間。

《其他選項》

▲ 選項1「友好」雖然也唸作「ゆうこう」，但意思是「友だちとしての仲のよい付き合い／與朋友關係和睦」。例句：

・となりの国と友好を深める／與鄰國強化友好關係。

10　解答：**3**

▲「論争／爭論、辯論」是指「たがいに意見を述べ合って争うこと／彼此陳述意見並且進行辯論」。例句：

- 教育のあり方について、論争する／針對教育方式進行辯論。

▲ 選項 4「論戦／論戰」，唸作「ろんせん」，意思是使不同的意見熱烈地交鋒，意思與「論争」相似請特別注意。例句：

- 係の決め方について論戦する／關於承辦工作的決定方式進行論戰。

11 　　　　　　　　　　　　　　　解答：3

▲「偉大／偉大」是指「ものごとや人の値打ち、大きさ、力などが特にすぐれてりっぱな様子／人或物的價值、大小、力量等特別優秀或出色的樣子」。請注意不要把「偉」寫成「緯」。例句：

- 彼は偉大な音楽家だ／他是個偉大的音樂家。

12 　　　　　　　　　　　　　　　解答：1

▲「容易／容易」是指「簡単な様子／簡單的樣子」。例句：

- この論文を仕上げるのは容易ではない／完成這份論文並不容易。

▲ 選項 3「用意／準備」也唸作「ようい」，但意思是預備、準備。例句：

- ハイキングの用意をする／準備去郊遊。

※ 對義詞：
「容易／容易」⇔「困難／困難」。

13 　　　　　　　　　　　　　　　解答：4

▲「お湯／熱水」是指「水をわかして熱くしたもの／煮沸後的水」。請注意不要把「湯」寫成「場」。例句：

- やかんでお湯をわかす／用水壺燒開水。

《其他選項》

▲ 選項 3「お水／水」唸作「おみず」。像「お湯／熱水」、「お水／水」這樣加上「お」是鄭重的說法。例句：

- 朝はいつも冷たいお水を飲む／我每天早上都會喝冰水。

14 　　　　　　　　　　　　　　　解答：2

▲「物語／故事」是指「筋のある話／有情節的敘事」。請注意不要把「語」寫成「話」。例句：

- お母さんが子どもに、物語を聞かせる／媽媽說故事給孩子聽。

問題3 　　　　　　　　　　　　　P190

15 　　　　　　　　　　　　　　　解答：4

▲ 請注意「私たちの町／我們的城鎮」，題目是指我們居住的城鎮的區域。像這樣劃定固定範圍的區域是選項 4「地区／區域」。例句：

- 関東地区の野球大会で優勝した／在關東地區的棒球大賽上獲得了冠軍。

16 　　　　　　　　　　　　　　　解答：4

▲ 這題問的是表示樣子或狀態的副詞。要形容得知朋友平安無事時安心的樣子，要選選項 4「ほっと／放心」，指安心的樣子。例句：

- 迷子の妹が見つかって、ほっとした／找到了走丟的妹妹，我鬆了一口氣。

《其他選項》

▲ 選項 1「もっと／更加」是指程度比之前更甚的樣子。

- もっと野菜を食べなさい／要多吃點蔬菜。

▲ 選項 2「かっと／突然發怒」是指突然生氣的樣子。

- 弟のいたずらにかっとなる／對弟弟的惡作劇勃然大怒。

▲ 選項 3「ぬっと／突然出現」是指突然顯現的樣子。

- 大きな犬がぬっと出てきてびっくりした／一隻大狗突然衝出來，嚇了我一跳。

17 　　　　　　　　　　　　　　　解答：2

▲ 快遞明天中午前會送到。能表達預先決定之後要做的事情的是選項 2「予定／預定」。漢字「予」是事先的意思。

《其他選項》

▲ 選項 1「計画／計畫」是指自己思考方法或計畫。

▲ 選項 3「時／時候」、選項 4「場所／地點」都是已經確定的，若填入（　　）中會使句子不合邏輯，所以不正確。

389

文字・語彙

1
2
3
4
5
6

▲ 要思考「先に点<ruby>先<rt>さき</rt></ruby><ruby>点<rt>てん</rt></ruby>をとったチーム／先得分的隊伍」會怎麼樣。從「先に点<ruby>先<rt>さき</rt></ruby><ruby>点<rt>てん</rt></ruby>をとる／先得分」這點來看，（　　）中應填入表示正面狀態的詞。符合這一點的是選項1「有利<ruby>有利<rt>ゆうり</rt></ruby>／有利」，指狀況順利。例句：

・自分<ruby>自分<rt>じぶん</rt></ruby>が有利<ruby>有利<rt>ゆうり</rt></ruby>になるように話<ruby>話<rt>はな</rt></ruby>す／只講對自己有利的部分。

《其他選項》

▲ 選項2 「残念<ruby>残念<rt>ざんねん</rt></ruby>／遺憾」是指悔恨的樣子。「残念<ruby>残<rt>ざん</rt></ruby><ruby>念<rt>ねん</rt></ruby>」並不是好的狀態，所以不正確。例句：

・一点差<ruby>一<rt>いち</rt></ruby><ruby>点<rt>てん</rt></ruby><ruby>差<rt>さ</rt></ruby>で負<ruby>負<rt>ま</rt></ruby>けて残念<ruby>残念<rt>ざんねん</rt></ruby>だ／只輸了一分，真是遺憾。

▲ 選項3 「正確<ruby>正確<rt>せいかく</rt></ruby>／正確」是指確實無誤。例句：

・金額<ruby>金額<rt>きんがく</rt></ruby>を正確<ruby>正確<rt>せいかく</rt></ruby>に計算<ruby>計算<rt>けいさん</rt></ruby>する／正確的計算金額。

▲ 選項4 「条件<ruby>条件<rt>じょうけん</rt></ruby>／條件」是指事物成立的必要事情。若填選項3、4則文意不通。例句：

・計画<ruby>計画<rt>けいかく</rt></ruby>を実現<ruby>実現<rt>じつげん</rt></ruby>する条件<ruby>条件<rt>じょうけん</rt></ruby>が整<ruby>整<rt>ととの</rt></ruby>った／實現計畫的條件已經齊備。

▲ 有廣為宣傳語意的是選項2「発表<ruby>発表<rt>はっぴょう</rt></ruby>／發表」。請注意有「発<ruby>発<rt>はっ</rt></ruby>」字的詞語。例句：

・試験<ruby>試験<rt>しけん</rt></ruby>の結果<ruby>結果<rt>けっか</rt></ruby>を発表<ruby>発表<rt>はっぴょう</rt></ruby>する／公布考試的結果。

《其他選項》

▲ 選項1「表現<ruby>表現<rt>ひょうげん</rt></ruby>／表現」是將看到、聽到或感覺到的事物以文字或聲音等方式表達出來。例句：

・喜<ruby>喜<rt>よろこ</rt></ruby>びの気持<ruby>気持<rt>きも</rt></ruby>ちを音楽<ruby>音楽<rt>おんがく</rt></ruby>で表現<ruby>表現<rt>ひょうげん</rt></ruby>する／用音樂來表現喜悅的心情。

▲ 選項3「発達<ruby>発達<rt>はったつ</rt></ruby>／發達」是指「育<ruby>育<rt>そだ</rt></ruby>って十分<ruby>十分<rt>じゅうぶん</rt></ruby>な状態<ruby>状態<rt>じょうたい</rt></ruby>になること／變得充分發展的狀態」。例句：

・科学技術<ruby>科学技術<rt>かがくぎじゅつ</rt></ruby>が発達<ruby>発達<rt>はったつ</rt></ruby>する／科學技術發達。

▲ 選項4「発車<ruby>発車<rt>はっしゃ</rt></ruby>／發車」是指「動<ruby>動<rt>うご</rt></ruby>き出<ruby>出<rt>だ</rt></ruby>すこと／開始移動」。例句：

・新幹線<ruby>新幹線<rt>しんかんせん</rt></ruby>が発車<ruby>発車<rt>はっしゃ</rt></ruby>する／新幹線要發車了。

▲ 這題是關於以片假名書寫的外來語。選項4「キャプテン〔英語 captain〕／隊長；首領」是指中心人物。例句：

・野球部<ruby>野球部<rt>やきゅうぶ</rt></ruby>のキャプテンになる／我將擔任棒球隊的隊長。

《其他選項》

▲ 選項1「ラッシュ〔英語 rush〕／熱潮、人潮」是指事物一時之間火紅起來，或指人潮一下子蜂擁而至。例句：

・ラッシュで車<ruby>車<rt>くるま</rt></ruby>が動<ruby>動<rt>うご</rt></ruby>かない／車子卡在車潮中動彈不得。

▲ 選項2「リサイクル〔英語 recycle〕／回收」是指再次利用丟棄的物品。例句：

・ペットボトルをリサイクルする／回收寶特瓶。

▲ 選項3「ポップス〔英語 pops〕／流行樂」是流行音樂的簡稱，大眾音樂。例句：

・ポップスのコンサートに行<ruby>行<rt>い</rt></ruby>く／去聽流行音樂會。

▲ 請注意述語的「続<ruby>続<rt>つづ</rt></ruby>いた／持續了」。這句話的意思是這二十天一直都很熱。含有「同<ruby>同<rt>おな</rt></ruby>じことが次<ruby>次<rt>つぎ</rt></ruby>から次<ruby>次<rt>つぎ</rt></ruby>へと続<ruby>続<rt>つづ</rt></ruby>く／同樣的事接二連三地持續下去」意思的是選項1「連続<ruby>連続<rt>れんぞく</rt></ruby>／連續」。例句：

・2年連続優勝<ruby>年<rt>ねん</rt></ruby><ruby>連続<rt>れんぞく</rt></ruby><ruby>優勝<rt>ゆうしょう</rt></ruby>する／連續兩年獲得優勝。

《其他選項》

▲ 選項2「断定<ruby>断定<rt>だんてい</rt></ruby>／斷定」是指有十足把握的肯定。例句：

・犯人<ruby>犯人<rt>はんにん</rt></ruby>は彼<ruby>彼<rt>かれ</rt></ruby>だと断定<ruby>断定<rt>だんてい</rt></ruby>する／斷定他就是犯人。

▲ 選項3「想像<ruby>想像<rt>そうぞう</rt></ruby>／想像」是指在心裡想。例句：

・30年後<ruby>年<rt>ねん</rt></ruby><ruby>後<rt>ご</rt></ruby>の自分<ruby>自分<rt>じぶん</rt></ruby>を想像<ruby>想像<rt>そうぞう</rt></ruby>する／想像三十年後的自己。

▲ 選項4「実験<ruby>実験<rt>じっけん</rt></ruby>／實驗」是指驗證看看自己想的是否正確。例句：

・化学<ruby>化学<rt>かがく</rt></ruby>の実験<ruby>実験<rt>じっけん</rt></ruby>をする／做化學實驗。

▲ 這題是關於表示樣子或狀態的副詞。「よくないことはよくない、と言<ruby>言<rt>い</rt></ruby>う／不好就說不好」是「よくないとはっきり言<ruby>言<rt>い</rt></ruby>う／清楚地說出不好」的意思。因此，（　　）應填入選項1「はっきり／清楚地」，表對事物確定而不迷惘的樣子。例句：

・将来<ruby>将来<rt>しょうらい</rt></ruby>の目的<ruby>目的<rt>もくてき</rt></ruby>をはっきり決<ruby>決<rt>き</rt></ruby>める／明確地訂下將來的目標。

《其他選項》

▲ 選項2「すっきり／舒暢的」是清爽，心情暢快的樣子。例句：

- よく寝たので頭がすっきりしている／因為睡得很好，頭腦變得相當清晰。

▲ 選項 3 「がっかり／失望」是不如意，失落的樣子。例句：

- 不合格になって、がっかりした／因為成績不及格，非常失落。

▲ 選項 4 「どっかり／猛地（放下）」是放下重物的樣子。例句：

- 重い荷物をどっかりおろす／把沉重的行李猛地放到地上。

23　　　　解答：4

▲「ほえられた／被吠叫」是被動形，辭書形是「ほえる／吠叫」，指狗之類的動物大聲吼叫，用於狗、老虎或獅子等動物。

《其他選項》

▲ 選項 1「ねずみ／老鼠」或選項 3「ねこ／貓」不會用「ほえる／吠叫」，而應該用「鳴く／叫」。

▲ 選項 2「魚／魚」也不會吠叫。

問題 4　　　　P191

24　　　　解答：4

▲「熱心／熱衷」是指「一つのことを、心をこめて一生懸命する様子／將全部心思投入某件事，拼命努力的樣子」。因此，選項 4「一生懸命／拼命努力」是正確答案。例句：

- 熱心にサッカーの練習をする／忘我的練習足球。
- 一生懸命サッカーの練習をする／拼命練習足球。

《其他選項》

▲ 選項 3 的「我慢／忍耐」是指忍受疼痛或痛苦等感受。

25　　　　解答：2

▲「かしこい」寫成漢字就是「賢い／聰明」，是「頭がよい／頭腦靈光」的意思。因此，選項 2 是正確答案。例句：

- なかなか賢そうな少女だ／真是個好像很聰明的少女。
- なかなか頭がよさそうな少女だ／真是個感覺頭腦很靈光的少女。

《其他選項》

▲ 選項 1 「気が重い／心情沉重」是心情不愉快，厭煩的樣子。

26　　　　解答：4

▲「価値／價值」是「ねうち／價值」的意思。因此，選項 4「ねうちがある／有價值」是正確答案。例句：

- これは価値（が）ある本だ／這是一本有價值的書。
- これはねうちがある本だ／這是一本有價值的書。

《其他選項》

▲ 選項 3 「無意味／沒意義」是沒有幫助、沒有價值的意思。

27　　　　解答：3

▲「観察／觀察」是「ものごとの様子を、くわしく見ること／仔細看事物的狀況」。題目句是指（媽媽）好好看著孩子的行動。因此，選項 3「細かいところまでよく見た／連細節處也仔細看」是正確答案。

《其他選項》

▲ 選項 1 的「厳しくしかる／嚴厲責備」是指強力譴責缺點。

▲ 選項 2 「批判／批判」是評判事物的好壞。

▲ 選項 4 「自慢／自豪」是指得意地向他人說自己擅長的事或東西。

28　　　　解答：1

▲「まとめる／總結」是指「きちんときまりをつける／做出明確的結論」。因此，選項 1「うまく決めようとした／下了高明的結論」是正確答案。

《其他選項》

▲ 選項 3 的「なかったことにする／當作沒這件事」是指撤銷決定。

問題 5　　　　P192

29　　　　解答：1

▲「こぼす／灑落」在這裡指「液体や粒のようなものを流したり落としたりする／液體或顆粒狀的物體流出落下」，另外也含有「不平や不満

を言う／鳴不平、發牢騷」的意思。選項1是「コーヒーがズボンに落ちてしまった／咖啡灑在褲子上了」的意思。

《其他選項的用法》

▲ 選項2「こぼす／灑落」是他動詞，所以必須用「涙を／眼淚」。正確用法應為：
「とても悲しくて涙をこぼした／非常悲傷得流下了眼淚」。

→ 請注意要用助詞「を」。

▲ 選項3「さいふ／錢包」不會用「こぼす／灑落」所以不正確。正確用法應為：
「帰り道で、さいふを落としてしまった／在回家途中把錢包弄丟了」。

▲ 選項4「自慢／自豪」也不會用「こぼす／灑落」，所以不正確。正確用法應為：
「母は兄の自慢ばかり、人に言う／媽媽總是向別人炫耀哥哥」。

30　　　　　　　　　解答：**2**

▲「たっぷり／充分」是指「時間や数量が十分にある様子／形容時間或數量很多的樣子」。選項2是「お湯がたくさん入っているお風呂は気持ちがいい／浸入盛滿熱水的浴池，非常舒暢」的意思。

《其他選項的用法》

▲ 選項1 「わたしの好きな服を買ってくれたので、にっこりした／（他）幫我買了我喜歡的衣服，所以我開心的笑了」。

→ 「にっこり／微笑」是指沒有發出聲音、笑得很開心的樣子。

▲ 選項3 「先生に注意され、しょんぼりした／被老師警告了，所以垂頭喪氣的」。

→ 「しょんぼり／垂頭喪氣」是指沒有精神的樣子。

▲ 選項4 「彼女はいつもにこにこしているので、みんなに人気がある／她總是笑嘻嘻的，很受大家的歡迎」。

→ 「にこにこ／笑嘻嘻」是指笑得很開心的樣子。

31　　　　　　　　　解答：**1**

▲「とんでもない／出乎意料的」是指「あってはならない／不應該發生的」。選項1是「大事な会議に欠席することはあってはならない／居然缺席這麼重要的會議，真是太不應該了」的意思。

《其他選項的用法》

▲ 選項2和4用「とんでもない／出乎意料的」是不正確的句子。

▲ 選項3如果改成「高い塀から飛び降りたので／因為我從很高的圍牆上跳了下來」則正確。

32　　　　　　　　　解答：**1**

▲「たまたま／偶爾，有時」有「偶然／偶然」和「時々／有時」的意思，選項1是「図書館で、偶然小学校の友だちに出会った／在圖書館偶然遇到了小學同學」的意思。

《其他選項的用法》

▲ 選項2 「毎日／每天」，也就是「いつも彼に会える／總是能遇到他」，所以用「たまたま／偶爾，有時」與文意不符。正確用法應為：「毎日彼に教室で会えるので、うれしい／每天都能在教室見到他，真是開心」。

▲ 選項3 「りんごが1個150円もするなんて全くびっくりだ／蘋果一個居然要一百五十圓，真讓人吃驚」。

▲ 選項4 「寒くなったので、すぐにコートを着た／因為變冷了，所以馬上穿起了外套」。

33　　　　　　　　　解答：**3**

▲「幸福／幸福」是「望んでいることが十分にあって、満ち足りていること／期望的事情實現而十分滿足，感到幸福的意思」。選項3是「幸せな人生を送った／度過幸福的人生」的意思。

《其他選項》

▲「幸福／幸福」是指心情或生活方面狀況良好。選項1「幸福な議論」、選項2「幸福な部屋」、選項4「幸福な野菜」都是錯誤的用法。

|第6回| 言語知識（文法）

問題1 　　　　　　　　　　　P193-194

1　　　　　　　　　　　解答：2

▲「〜ばよかった／要是…就好了」用於表達後悔的心情。題目是在為當初沒有好好學英文而感到後悔。例句：

・彼女にあんなことを言わなければよかった／如果沒有對她說那種話就好了。〈為說過的話感到後悔〉

《其他選項》

▲ 選項1　「よい／好」必須改成過去式（た形）。

2　　　　　　　　　　　解答：3

▲「〜ようになる／變得能夠…」用來表示「〜の状態になる／變成…的狀態」。題目的意思是「泳げる状態になる／變成會游泳的狀態」。「ようになる」前面要接辭書形。例句：

・漢字を500ぐらい書けるようになった／已經會寫大約500個漢字了。〈變成會寫的狀態〉

3　　　　　　　　　　　解答：4

▲「〜にする」的句型表示「思う／想」、「感じる／感覺」的意思。題目句的意思是「楽しみに思う／我很期待」。因為有助詞「に」，所以前面要接名詞。「楽しみ／期望」是將「楽しむ／期待」名詞化後的詞語。例句：

・明日のパーティーを楽しみにしている／我很期待明天的派對。

※ 名詞化的例子：

「苦しむ／受苦」→「苦しみ／痛苦」

「暑い／炎熱」→「暑さ／炎熱」

4　　　　　　　　　　　解答：1

▲ 請注意「ほど〜ない／沒有比…更…」的說法。「ほど」後面接否定的詞語，表示「〜のように／像…」的意思。題目句是「北海道の暑さは東京のように暑くはない／北海道不像東京那麼熱（東京比較熱）」的意思。例句：

・東京は北海道ほど広くない／東京不像北海道那麼遼闊。〈比起東京，北海道比較遼闊〉

5　　　　　　　　　　　解答：2

▲「もちろん／當然」在句子中通常以「〜はもちろん〜／…就不用說了」的方式呈現，表示「言う必要もないくらいはっきりしている様子／事實清楚的擺在眼前，沒必要說」。題目的意思是「もちろんスタイルもいい／當然也有副好體格」。例句：

・あの旅館は、料理の味はもちろん、サービスもよい／那間旅館，餐點當然沒話說，就連服務也是一流。〈「もちろん料理の味もよい／餐點當然也好吃」〉

6　　　　　　　　　　　解答：4

▲ 題目句的意思是「農業で生活している／以農為業」。也就是「職業は農業だ／農業是職業」的意思。選項4「によって／用」是「頼みにする。手段とする／依靠、作為手段」的意思。例句：

・辞書によって調べる／查字典。

7　　　　　　　　　　　解答：3

▲ 題目的意思是「先生になったのだから／因為當了老師」。「から／因為」表示理由，「には／對於」表示強調。例句：

・約束したからには、絶対に来てね／既然約好了，就一定要來哦！〈因為已經約好了。強調「約好了」〉

《其他選項》

▲ 選項1　「には」應該接名詞，所以不正確。例句：

・彼の意見には、賛成できない／對於他的意見，我無法贊同。〈強調「他的意見」〉

▲ 選項2　「けれど／雖然」是逆接。表示按前項事情推測，應得到某結果，然而卻發生了不同於預測的事情的接續詞，若填入「けれど／雖然」則語意不通順。例句：

・何度も読んだけれど、意味がわからない／雖然讀過好幾遍了，但還是不懂。〈強調「雖然讀了很多遍」〉

▲ 選項4　「とたん／剛…就」的意思是恰好在做某事的時候。例句：

・家に帰ったとたん、電話が鳴った／一回到家的時候，電話就響了。〈就在踏進家門的時候〉

8　　　　　　　　　　　解答：1

▲ 題目的意思是「母は留守にすることが多い／媽媽常常不在家」。選項1「がち／經常」的意思

是「そうなることが多い。よくそうなる／經常發生那種事、經常那樣」。例句：

・最近、荷物の配達が遅れがちだ／最近，包裹的配送時常延誤。

《其他選項》

▲ 選項2　「がちの／經常的」後面不會接「だった」，所以不正確。「がちの」後面要接名詞。例句：

・雨がちの天気で、洗濯物が乾かない／常下雨的天氣，衣服不容易乾。〈多雨的天氣〉

▲ 選項3　「がら／身為」表示一個人的性質、態度、立場。例句：

・教師の職業がら、子どもが好きだ／身為老師之職，我喜歡孩子。〈站在老師的立場〉

▲ 選項4　「頃／時期」表示大約那個時候。例句：

・小学生の頃、東京に住んでいた／小學時期，我曾住過東京。〈小學的時候〉

9　解答：**2**

▲（　）中要填入含有「何かをしたちょうどその時／正在做某事時的那個時候」意思的「とたん／正…時候」。請注意「とたん」前面要接過去式（た形）。因此，選項2「飛び出したとたん／一飛奔出去」最為合適。例句：

・試合が始まったとたん、雨が降りだした／比賽才剛開始，就下起雨來了。〈開始比賽後馬上〉

《其他選項》

▲ 選項1「飛び出すとたん」不是接過去式，所以不正確。

▲ 選項3「飛び出すと／飛奔出去就會…」。「と／一…就會…」表假設的順接條件。例句：

・角を右に曲がると、郵便局があった／只要在轉角處右轉，就會看到一間郵局。

▲ 選項4「飛び出したけれど／雖然飛奔出去了，但…」。「けれど／雖然…但是…」表轉折。例句：

・大声で呼んだけれど、友だちは気づかなかった／雖然大聲呼叫了，但是朋友並沒有注意到。

10　解答：**3**

▲ 題目句是「社長はゴルフがとても上手である／社長很擅長打高爾夫球」的意思。因為是談論社長的事，所以（　）應填入「上手である／擅長」

的尊敬語。「～ている」、「～である」的尊敬語是「いらっしゃる」。因此，選項3「お上手でいらっしゃる／擅長」最為合適。例句：

・奥様は、日本料理が得意でいらっしゃるとお聞きしました／聽說尊夫人很擅長日本料理。

《其他選項》

▲ 選項1　「お上手にされる」的「される」雖然也是尊敬語，但前面是「ゴルフが」，這裡不能用助詞「が」，所以不正確。

▲ 選項2　「お上手でおる」不是尊敬語。

▲ 選項4　沒有「お上手でいる」這種説法。

11　解答：**4**

▲ 這是「Aぐらいなら、Bのほうがいい／如果要A，不如B（B比較好）」的意思。題目句否定了「謝ること／道歉一事」，意思是「少し考えて物を言ったほうがよい／你應該先思考過再開口」。可以在後面接「～ほうがよい／…比較好」試試。例句：

・途中で投げ出すぐらいなら、初めからやらないほうがよい／與其要中途放棄，不如一開始就不要做。

12　解答：**3**

▲（　）應該填入「～たら（だら）／了…的話」，意思是等這件事情（＝讀書）完成之後，就採取後續的行動（＝希望你借我那本書）。這個句型可以用於敘述預定的行動。例句：

・駅に着いたら、電話してください。迎えに行きます／抵達車站後請來電，我會去接您。

《其他選項》

▲ 選項1請留意「読みたら」要變成「読んだら」才正確。

13　解答：**1**

▲ 因為去買東西的是弟弟，所以（　）中應填入「行った／去」的使役形。「行った／去」的使役形是選項1「行かせた／使…去」。例句：

・妹に絵をかかせたが、とても下手だった／我讓妹妹畫圖，可是她畫得很醜。

《其他選項》

▲ 選項2、3、4都不是使役形，所以不正確。

問題2　　　　　　　　　　　　　　　　P195

例　　　　　　　　　　　　　　　　解答：1

※ 正確語順

ケーキはすきですか。

你喜歡蛋糕嗎？

▲ B回答「はい、だいすきです／是的，超喜歡的」，所以知道這是詢問喜不喜歡的問題。

▲ 表示喜歡的形容動詞「すき」後面應填入詞尾「です」，變成「すきですか」。句型常用「～はすきですか」，因此「は」應填入「すきですか」之前，「～」的部分，毫無疑問就要填入「ケーキ」了。所以正確的順序是「2→3→1→4」，而　★　的部分應填入選項1「すき」。

14　　　　　　　　　　　　　　　　解答：3

※ 正確語順

母に 聞く ところ に よると、昔、この辺りは川だったそうです。

根據向媽媽打聽的結果，這一帶以前是河川。

▲ 請留意「～によると／根據」的用法。「によると」的前面必須是名詞，所以是「ところによると／根據…的結果」。又，「聞くところによると／根據打聽的結果」的意思是「聞いたことによると／根據打聽的結果」。如此一來順序就是「2→1→3→4」，　★　應填入選項3「に」。

15　　　　　　　　　　　　　　　　解答：1

※ 正確語順

彼は、のんびり している 反面 気が短い ところも あります。

他既有悠哉的一面，也有性急的一面。

▲ 「のんびり／悠哉」是表示性格的詞語，寫成「のんびりしている」。「反面／的一面」是「一方／另一方面」的意思，接在普通形之後，所以是「のんびりしている」。而「反面」的後面應該接與「のんびりしている」相反的「気が短い／

性急」。並且「ところ」在這裡是「部分、點」的意思，因為要將「のんびり」和「気が短い」這兩個性格並列，所以要寫「ところも／也…的一面」。如此一來順序就是「4→1→3→2」，　★　應填入選項1「反面」。

16　　　　　　　　　　　　　　　　解答：3

※ 正確語順

彼女は 手を 振り ながら 笑って 別れて いきました。

她一邊揮手告別一邊笑著走遠了。

▲ 首先先將「手を振りながら」連結在一起。然後注意可以連接題目最後的「いきました／走了」是「別れて／離別」。注意！不會用「笑っていきました」這種說法。如此一來順序就是「4→2→3→1」，　★　應填入選項3「笑って／笑」。

17　　　　　　　　　　　　　　　　解答：4

※ 正確語順

今年 入社する ことに なった 女性は私の大学の友だちです。

今年將要進入我們公司的女生是我大學時期的朋友。

▲ 請留意「～ことになった（なる）／被決定」的用法。因為「こと」要接在動詞辭書形或「ない形」的後面，所以是「入社することになった／將要進入我們公司的」。以「入社することになった／將要進入我們公司的」來修飾「女性は／女性」。如此一來順序就是「2→1→4→3」，　★　應填入選項4「なった／將要」。

18　　　　　　　　　　　　　　　　解答：3

※ 正確語順

とても便利ですので、ぜひ お試し に なって ください。

因為非常方便，請務必試用看看。

▲ 因為題目最後有禮貌的請求「ください／請」，由此可知是「お試しになってください／請您務必試用看看」，並加上有強調作用的「ぜひ／務必」。如此一來順序就是「4→3→2→1」，　★　應填入選項3「お試し／請…試用看看」。

※ 請留意「お・ご～になる／您做」這種敬語用法。（「お／ご」＋「ます形」刪去「ます」＋になる）就是敬語用法了。例如：

・ お待ちになる／您稍候。

・ ご出席になる／您出席。

問題3 P196-197

19 解答：3

▲ 寫下這篇文章的留學生，從以前就對日本文化有濃厚的興趣，現在更渴望「知識を身につけたい／學習知識」。表達後項加上前項的詞語是選項3「さらに／再加上」。例句：

・ メンバーをさらに5人増やした／成員再增加了五個人。

《其他選項》

▲ 選項1 「ずっと／一直」表示長時間持續某一狀態的樣子，所以不正確。例句：

・ 朝からずっと勉強していた／從早上開始一直在念書。

▲ 選項2 「また／還」。例句：

・ 試合にまた負けてしまった／比賽又輸掉了。

▲ 選項4 「もう一度／再一次」例句：

・ 疑問点をもう一度質問した／再次針對疑點提出了疑問。

▲ 選項2、4皆表示再次，所以不正確。

20 解答：1

▲ 請留意空格前的「ルール／規定」。「ルールにしたがう／依照規定」的意思是遵照囑咐、規定去做。例句：

・ 社会のルールにしたがって生活する／遵循社會規範過生活。

《其他選項》

▲ 選項2 「加えて／加上」的意思是某項事物加上其他事物。例句：

・ 風に加えて雨も強くなった／風勢強勁之外，就連雨也變大了。

▲ 選項3 「対して／對於」是應…要求的意思。例句：

・ 質問に対して答える／回答問題。

▲ 選項4 「ついて／針對」是關於那件事的意思。例句：

・ 読書について話し合う／針對讀書的話題做討論。

21 解答：4

▲ 「ゴミを分けて捨て、できるものはリサイクルすること／將垃圾分類，可用資源盡量回收」雖然只是留學生們完全不放在心上的事情的其中一例，但語含還有很多其他情況，不只這一件。因為還有其他想說的事，所以正確答案是選項4「など／這類」。例句：

・ 辞書やノートなどをかばんに入れる／把字典和筆記本等等放進書包裡。

《其他選項》

▲ 選項1 「だけ／只有」表示限定條件。例句：

・ 朝、パンだけ食べて出かけた／早上只吃麵包就出門了。

▲ 選項2 「しか／唯獨」表示限定於少數人事物等。例句：

・ そのことは私しか知らない／那件事唯獨我知道。

▲ 選項3 「きり／僅只」表示限定。例句：

・ ひとりきりで留守番をする／獨自一人看家。

▲ 三者都是表示限定的助詞，所以不正確。

22 解答：2

▲ 這是敘述該留學生想法的句子。表示「当然そうなる、そうなるべきである／這是當然的、就應該是這樣」的助詞是「はず／應該」，因此正確答案是選項2「はず／應該」。例句：

・ 仕事は5時までに終わるはずだ／工作應該會在五點之前完成。

《其他選項》

▲ 選項1 「わけ／因為，理應」是表示理由，或是理所當然的意思。例句：

・ うそを許すわけにはいかない／說謊實在無法原諒。

▲ 選項3 「から／因為」是表示原因或理由的助詞。例句：

・ 不注意から、事故が起きた／因為不小心導致發生了事故。

▲ 選項 4 「こと／事情」是表示事情或情況的詞語。例句：

・スキーをしたことがある／曾經滑過雪。

23 　　　　　　　　　　解答：4

▲ 因為作者已經在留學了，所以選項 1「実現する／得以實現」、選項 3「考えられる／可以想見」都不正確。正確答案應該是選項 2「成功する／盡善盡美」或選項 4「成功させる／使完美」其中一個。請留意空格前的「も／也」。「も」換成「を」的話會變成「を成功する」，可知語法是不通順的。由於「成功する／完美」是自動詞，所以必須寫成使役形。因此，正確答案是選項 4「成功させる／使完美」。例句：

・学園祭を成功させたい／想讓校慶順利成功。

|第6回| 読解

問題 4 　　　　　　　　　P198-201

24 　　　　　　　　　　解答：4

▲ 文中沒有提到時光飛行器「人類にとって必要なものだ／對人類是不可或缺的」。因此答案是選項 4。

《其他選項》

▲ 選項 1　文中提到「未来や過去へ行きたいと思う人たちが現れました／出現了一些人想要前往未來或是回到過去」。

▲ 選項 2　文中提到「理論上は、できるそうですが、現在の科学技術ではできない／理論上似乎可行，但是以目前的科學技術似乎還沒有辦法實現」。

▲ 選項 3　文章最後一段提到「一人一人の心の中にある／藏在每個人的心裡」。

25 　　　　　　　　　　解答：2

▲ 山下小姐在郵件上寫的是「パンフレットをお送りいただきたい／想索取説明書」。田中先生要做的事是把「エコール／Ecole」的説明書寄過去。所以選項 2 是最適切的答案。

26 　　　　　　　　　　解答：4

▲ 文中提到必須上校內網站的「お知らせ／公告欄」確認明天第三、四、五堂課是否上課。因此選項 4 是正確答案。

《其他選項》

▲ 選項 1、選項 2「台風が来たら／假如颱風來襲」是錯誤的。因為颱風正在逼近，所以已經確定取消 16 日和 17 日的第一、二堂課。

▲ 選項 3，公告上寫的是「明日の 3・4・5 時限目につきましては、大学インフォメーションサイトの『お知らせ』で確認して下さい／明天第三、四、五堂課是否上課，請上校內網站的『公告欄』查詢」。也就是説，還不知道是否從第三堂課開始上課。

27 　　　　　　　　　　解答：4

▲ 請見文章的最後「『そば』と『うどん』、どちらが先に書いてあるかを見ると、その地域での人気がわかる／只要看『蕎麥麵』和『烏龍麵』是哪一個寫在前面，就可以知道當地是哪一種比較受歡迎了」。也就是説，只要看車站月台上的立食店的店名，就可以知道是哪一種比較受歡迎。因此選項 4 是最適切的答案。

問題 5 　　　　　　　　　P202-205

28 　　　　　　　　　　解答：1

▲ 請注意① ＿＿＿ 的前面提到「特に IT と呼ばれる情報機器は、人間の生活を便利で豊かなものにしました／尤其是被稱為 IT 的資訊裝置，幫助人類的生活變得更加便利與豐富」。本文舉了「パソコン／電腦」作為「人間の生活を豊かなものにした情報機器／讓人類的生活變得更加便利與豐富的資訊裝置」的例子。因此選項 1 是最適切的答案。

29 　　　　　　　　　　解答：4

▲ 文章最後提到「これらの機器は、便利な反面、人間の持つ能力を衰えさせる面もある／這些裝置雖有便利的一面，但也具有造成人類原本擁有的能力日漸衰退的另一面」。依賴便利的裝置，可能導致人類的能力日漸衰退。所以選項 4 是最適切的答案。

読解

1 2 3 4 5 6

30　　　　　　　　　　　　　解答：2

▲ 請注意是什麼產生了「新たな問題／新的問題」。「新たな問題／新的問題」不是別的，指的就是② ＿＿ 前面提到的「テクノロジーの進歩が／科技的進步」。所以選項2是最適切的答案。

31　　　　　　　　　　　　　解答：2

▲ 可以從前文找出「これ／這」所指涉的內容。前面提到「『Will you ～（Can you ～）』や『Would you ～（Could you ～）』を付けたりして丁寧な言い方をします／禮貌的説法是加上「Will you ～（Can you ～）」或是「Would you ～（Could you ～）」。所以選項2是最適切的答案。可以試著將選項2的內容放入「これ／這」，確認文意是否通順。

32　　　　　　　　　　　　　解答：4

▲ 題目問的是使用敬語的目的，所以只要找出表示目的的詞語「ため／目的是」即可。第三段寫道「私たちが敬語を使うのは、相手を尊重し敬う気持ちをあらわすことで、人間関係をよりよくするため／我們之所以使用敬語，目的是藉此來表示尊重與尊敬對方，藉以增進人際關係」。因此選項4是最適切的答案。

33　　　　　　　　　　　　　解答：3

▲ 文章最後提到「相手を尊重し敬う気持ちがあれば、使い方が多少間違っていても構わない／只要懷有尊重與尊敬對方的心意，即使用法不完全正確也沒有大礙」，因此比起敬語的「使い方／用法」，「相手に対する気持ち／表達心意給對方」更為重要。所以正確答案為選項3。

《其他選項》

▲ 選項1　第五段提到「私たちの社会に敬語がある以上、それを無視した話し方をすると、人間関係がうまくいかなくなることもあるかもしれません／既然我們的社會有敬語的存在，如果交談時刻意不使用，恐怕會導致人際關係的惡化」，因此否定了「敬語は使わないでいい／不需要使用敬語」這種想法。

▲ 選項2　文章最後提到「相手を尊重し敬う気持ちがあれば、使い方が多少間違っていても構わない／只要懷有尊重與尊敬對方的心意，即使用

法不完全正確也沒有大礙」。並沒有提到「正しく使うこと／正確使用」敬語非常重要。

▲ 選項4　文中第二段提到「敬語があるのは日本だけで、外国語にはないと聞くことがありますが、そんなことはありません／只有日文才有敬語，外文沒有這種文法。沒有這回事」。也就是説，作者想表達的是外文中也有敬語的用法。

問題6　　　　　　　　　　　　P206-207

34　　　　　　　　　　　　　解答：3

▲「当然のこと／理所當然的事」是指這件事是當然的。在本文中是指交通號誌燈的顏色為「赤・青（緑）・黄の3色で、赤は『止まれ』、黄色は『注意』、青は『進め』をあらわしている／紅、青（綠）、黃這三種顏色，並且以紅色代表『停止』、黃色代表『注意』、綠色代表『通行』」。「赤は『止まれ』／紅色代表『停止』」是因為「赤は危険だ／紅色表示危險」、「青は『進め』／綠色代表『通行』」是因為「青は安全だ／綠色表示安全」。因此，選項3是最適切的答案。

35　　　　　　　　　　　　　解答：2

▲ 因為② ＿＿ 的前面提到「『止まれ』『危険』といった情報をいち早く人に伝える／將『停止』、『危險』這些訊息盡早傳遞給人們」。所以正確答案是選項2。

《其他選項》

▲ 選項1　文中提到「赤は『興奮色』とも呼ばれ、人の脳を活発にする効果がある／紅色也被稱為『興奮色』，具有刺激人類腦部的效果」，而「落ち着いた行動をさせる色／能讓人在鎮定中行動的顏色」是綠色。

▲ 選項3　「交差点を急いで渡るのに適している／適合用來催促人們快速穿越平交道」是文中沒有提到的內容。

▲ 選項4　本文並沒有針對紅色和黑色的組合説明。

36　　　　　　　　　　　　　解答：4

▲「青色／綠色」能讓人鎮定、冷靜，因此填入表示不危險、沒關係的意思的「安全／安全」最為符合。因此正確答案是選項4。

《其他選項》

▲ 選項1　表示「危険／危險」的是「赤／紅色」。

▲ 文中提到「青（緑）は人を落ち着かせ、冷静にさせる効果がある／青色（綠色）則具有讓人鎮定、冷靜的效果」。選項2「落ち着き／鎮定」和選項3「冷静／冷靜」描述的都是「青色／綠色」的效果。

37　　解答：**3**

▲ 文中提到黃色是「赤と同じく危険を感じさせる色／和紅色同樣讓人感到危險的顏色」，並不適用於表示選項3的「待て／等候」，而是「注意／注意」。所以答案為選項3。

《其他選項》

▲ 選項1　因為文章最後提到「世界のほとんどの国で、赤は『止まれ』、青（緑）は『進め』を表している／世界各國幾乎都是使用紅色來表示『停止』，綠色來表示『通行』」。

▲ 選項2　第二段提到交通號誌燈用紅色、青色（綠色）、黃色的理由是「色が人の心に与える影響である／色彩對人類心理的影響」。

▲ 選項4　文中提到看見黃色和黑色的組合，就會「無意識に危険を感じ、『注意しなければ』、という気持ちになる／下意識就會感到危險，產生『必須小心』的想法」。

問題7　　P208-209

38　　解答：**2**

▲ 平日是指星期一、二、三、四、五。平日 18：00 開始的課程有 A 和 C 和 D。但是，C 僅以女性做為授課對象，所以無法參加。男性上班族的井上正先生可以參加的課程有 A 和 D 兩種。因此選項 2 是正確的。

39　　解答：**4**

▲「週末／週末」是指星期六和星期日。週末的課程有 B 和 E。家庭主婦山本真理菜小姐兩者都可以參加。所以選項 4 是正確的。

第**6**回　聴解

問題1　　P210-213

例　　解答：**2**

▲ 女士説了新幹線出發的時間是「ちょうど7時発／7點整出發」，後面又説「私は発車の1時間前には出るわ／我得在發車前一個小時出門喲」。這樣一經過減法計算，知道答案是2的「6時／6點」了。

《其他選項》

▲ 選項1　10 點是必須抵達大阪車站的時間。

▲ 選項3　7 點是新幹線出發的時間。

▲ 選項4　6 點半是男士建議的時間。

※ 這道題數字多，對話中每個數字都在選項上進行干擾，再加上對話中沒有直接講到出門時間，因此，必須經過加減乘除的計算，跟充分調動手、腦，邊聽邊刪除干擾選項。

1　　解答：**4**

▲ 因為老師説課堂中要用到的資料「教室に持って行っておいてください／請先拿到教室去」。所以正確答案是選項4。

《其他選項》

▲ 選項1　「教室の机を並べ変えること／改變教室裡桌子的排列」這件事今天老師已經做好了。下星期開始必須交由同學們來做。

▲ 選項2　「宿題のコピー／影印作業」這件事田口同學之後會做。

▲ 選項3　學生説「授業の後で連絡先を聞いて／下課後詢問（同學的）聯絡方式」，但題目問的是上課前。

2　　解答：**2**

▲ 女士説「夕ご飯はコンビニのお弁当でいい？私、買ってくるから／晚餐吃便利商店的便當好嗎？我去買」所以正確答案是選項2。

《其他選項》

▲ 選項1　啤酒在冰箱裡。

▲ 選項3 男士説「明日、空港でもいいんじゃない／明天在機場買（點心）不好嗎」。

▲ 選項4 嬰兒的禮物玩具明天再買。

3 解答：**2**

▲ 女士問「6時で大丈夫ですか／六點可以嗎」，男士回答「はい／好」。所以正確答案是選項2。

《其他選項》

▲ 選項1 「この日に来ます。仕事が終わったら急いできます／我那天過來。下班後立刻趕過來」的「この日／那天」是18日。男士説「仕事が終わったら／下班後」，所以不是九點。

▲ 選項3 星期六的下午牙醫診所休診。

▲ 選項4 25日男士要出差，不能過來。

4 解答：**3**

▲ 女士説「大人の飲み物だけしかないわ。買ってこなくちゃ／只有準備成人的飲料，必須另外買才行」。可知她打算買果汁作為小孩的飲料。所以正確答案為選項3。

《其他選項》

▲ 選項1 對話中沒有提到威士忌。

▲ 選項2 對話中沒有提到玩具。

▲ 選項4 要擺在玄關的花（玫瑰花）已經準備好了。

5 解答：**4**

▲ 女學生説「レポートは、水曜日に連絡すれば、来週の月曜日までに提出すればいい／如果週三先徵得老師同意，報告就可以延到下週一再交」，男學生回答「そうだった／對耶」。因此可知男學生首先要做的是聯絡老師「レポートの提出を伸ばしてもらう／要延後交報告」這件事。因此正確答案是選項4。

《其他選項》

▲ 選項1、2 男學生説「今日と明日は歴史と漢字の勉強をしなければならない／今天和明天必須念歷史和漢字」。

▲ 選項3 男學生説「レポート書く時間がない／沒有時間寫報告」。

6 解答：**1**

▲ 男士説要買點點花紋（表面分布著許多圓球形的圖案）的領帶，所以選項3和4不正確。接下來思考選項1和2哪個正確。男士説「小さい水玉より、こちらの水玉の方がはっきりしていて明るくていい／比起小點點，這種點點比較清楚也比較明亮」。選項2的花紋是小點點所以不正確。點點花紋清楚明亮的領帶是選項1。

問題2 P214-217

例 解答：**4**

▲ 從男士説因為肚子餓，因此「コンビニに行ったら、田中に会って、一緒に近くの店に行って2時まで飲んでたんだ／一去超商卻遇見了田中，因此一起到附近的店家喝到兩點。」知道答案是選項4的「近くの店でお酒を飲んでいたから／因為在附近的店家喝酒」。

《其他選項》

▲ 選項1 女士問「遅くまでレポート書いてたのね／論文寫到很晚吧？」，男士否定説「いや／不是」，知道選項1「レポートを書くのに時間がかかったから／為了寫論文而花費許多時間」不正確。

▲ 選項2 女士又問「じゃ、あっ、ゲームでしょう／那、啊！打電動吧」，男士又回答「ちがうよ／才不是啦」，知道選項2「ゲームをしていたから／因為打電動」也不正確。

▲ 選項3 男士説去超商遇到田中，就一起去附近的店家喝酒，因此並沒有「ずっとコンビニにいたから／因為一直在超商」。

1 解答：**3**

▲ 女士提到「美術館の中は禁煙です／美術館裡禁菸」。由此可知館內禁止吸菸。正確答案為選項3。

《其他選項》

▲ 選項1 女士提到「靴を脱いで中に入れる作品もあります／有些作品脫鞋便能進去參觀」。

▲ 選項2 女士提到「写真やスケッチも、もちろんかまいません／當然也可以拍照或寫生」。

▲ 選項4 女士提到「食べる場所は、2階のレス

トランと、地下に、売店と食堂があります／可以用餐的地方有二樓的餐廳，以及地下室的小賣部和食堂」。在餐廳、小賣部或食堂裡可以飲食。

2　　　　　　　　　　　　　　解答：4

▲ 兩人談到「家の家賃の上に駐車場代もいるし〜／要繳房子的租金，再加上停車費…」、「この近所は高いんだろう／這附近太貴了」。可知答案為選項4。

《其他選項》

▲ 選項1　男士提到「運転嫌いじゃない／我並不討厭開車」。

▲ 選項2　對話中沒有提到油錢。

▲ 選項3　兩人雖然提到「車は環境によくない／車子對環保有害」，但只要買不須耗油的車子就好了。不想買車還有更重要的原因，也就是必須繳停車費，然而停車費太貴了。

3　　　　　　　　　　　　　　解答：2

▲ 老師說「何か、勉強の目標があるといい／如果能找到一項學習目標就好了」。媽媽回答「それはない／沒有耶」。老師聽了之後說「最近の子どもたちは、みんなそうです／最近的小孩子都是這樣」。「そう／這樣」指的內容是「勉強の目標がない／缺乏學習目標」這件事。因此，選項2「勉強の目標／學習目標」是正確答案。

《其他選項》

▲ 選項1「外で遊ぶこと／出外玩樂」、選項3「一緒に遊ぶ友だち／一起玩的朋友」、選項4「勉強する時間／念書的時間」，對話中都沒有具體提到這些事情。

4　　　　　　　　　　　　　　解答：4

▲ 男士說「値段は少しぐらい高くても、そんなカバンがいいですね／即使價格貴一點，還是要買那種皮包才好」。「そんなカバン／那種皮包」是指「しっかりした丈夫なカバン／堅固耐用的皮包」。因此正確答案為選項4。

《其他選項》

▲ 選項1　男士說「会社に勤めてからは、それほど大きいカバンはいらなくなりました／進公司上班後，就不需要那麼大的皮包了」。

▲ 選項2　男士沒有提到關於「小さくて厚みのないカバン／又小又薄的皮包」。

▲ 選項3　男士雖然提到「値段が少しぐらい高くても／即使價格貴一點」，但是要買昂貴的包是有條件的，那就是「しっかりした丈夫なカバン／堅固耐用的皮包」。意思是如果是堅固耐用的包，貴一點也沒關係。

5　　　　　　　　　　　　　　解答：3

▲ 男員工發現「パソコンのある部屋の鍵を閉めて帰っちゃいけなかった／我回家前不該把放置電腦的辦公室上鎖」。所以答案是選項3。

《其他選項》

▲ 選項1　田中先生回去時科長也已經下班了，所以犯的錯並不是「課長に連絡せずに帰った／沒和科長聯絡就回去」。

▲ 選項2　新進員工記得系統維護的人員要來，所以把所有的電腦都準備好了才回去。

▲ 選項4　「管理室に行かないで帰った／沒去管理室就回家了」，關於這點沒什麼不對。

6　　　　　　　　　　　　　　解答：2

▲ 女士說「食育とは、子どもたちが健康で安全な食生活を送れるように、食べものに関する知識や判断力を身につけさせる教育のことです／所謂食育，是指教育孩子關於食物的知識與判斷，以便讓他們享有健康安全的日常飲食」，因此選項2正確。

《其他選項》

▲ 女士並沒有提到選項1、3、4的內容。

問題3　　　　　　　　　　　　　P218

例　　　　　　　　　　　　　　解答：3

▲ 從男士表示「実は、日本語学校の先生から通訳を頼まれたんだけど／是這樣的，我日語學校的老師委託我當口譯」，而由於時間上允許，因此女士回答「いいわよ／好啊」，知道答案是3的「日本語学校の先生の通訳をすること／當日語學校老師的口譯」。

《其他選項》

▲ 選項1　去機場接朋友是女士的事。

▲ 選項2　帶朋友參觀大學校園是女士的事。

▲ 選項4　兩人的對話沒有提到代為打工一事。

1　　　　　　　　　　　　　解答：**3**

▲ 聽見女學生從學長姐那裡打聽到「長谷川先生は、めったに一番いい成績をつけないけれど、授業がすごく面白い／長谷川老師雖然很少給學生很高的分數，但他上課很有趣」，男學生回答「ぼくも、その授業をとろうかな／還是我也選那門課呢」。「その授業／那門課」是指長谷川老師的有趣課程。因此選項3正確。

《其他選項》

▲ 選項1　兩人沒有談到關於「宿題／作業」。

▲ 選項2　雖然長谷川老師「出席をとらない／不點名」，但「出席をとらない／不點名」的意思就是「つまり、授業に出ているだけじゃだめ／也就是説，光是去上課是不夠的」。因此女學生很擔心，説「どうしようかな／該怎麼辦呢」。

▲ 選項4　田中老師和中本老師的考試很簡單，但男學生説「ぼくはやっぱり、話がおもしろい先生がいいな／我還是覺得上課幽默風趣的老師比較好啊」。

2　　　　　　　　　　　　　解答：**3**

▲ 可以吸垃圾、吸灰塵，並用在棉被和床上，由此可知答案是「掃除機／吸塵器」。所以選項3正確。

《其他選項》

▲ 因為男士提到「少し濡れているごみ／帶點濕氣的垃圾」、「窓の埃／窗戶的灰塵」、「テレビの後ろ／電視機的後面」、「ふとんにもお勧め／也很推薦用在棉被上」，所以可知選項1「ヘアドライアー／吹風機」、選項2「洗濯機／洗衣機」、選項4「テレビ／電視」都不是答案。

3　　　　　　　　　　　　　解答：**1**

▲ 女士説「2時間たったらまた来ます／兩個小時後再過來」。所以選項1正確。

《其他選項》

▲ 選項2　店員説「空いていれば1時間ほど／客人較少的話大約要一小時」，但是今天客人很多，所以要兩小時。

▲ 選項3　如果要三十分鐘內取件則要多付五百元的急件費用。女士説「今日はそんなに急がないし、買い物もあるから／今天沒那麼急，而且我還要去買東西」，所以決定兩小時後再來。

▲ 選項4　對話中沒有提到「明日／明天」。

問題4　　　　　　　　　　　　P219-221

例　　　　　　　　　　　　　解答：**3**

▲「なくす／丟失」是「今まで持っていたもの、あったものを失う／失去原來擁有的東西、原有的東西」的意思。而選項3「なくしちゃったの／丟失了」中的「ちゃった／…了」表示遺憾，是結果事與願違之意。把朋友的傘弄丟了，心裡表示遺憾，這是正確答案了。

《其他選項》

▲ 選項1　「ない／沒有」表示「物事が存在しない、持っていない／事物不存在，沒有擁有」，雨傘是丟失了，並不是一開始就不存在，不正確。

▲ 選項2　「みたい／好像」表示從自己的感覺或觀察來進行推測。雨傘是確實丟失了，不是好像丟了，意思不合邏輯。

1　　　　　　　　　　　　　解答：**1**

▲ 選項1為正確答案，對老年人説「お先にどうぞ／您先請」，表達「先に乗ってください／請您先搭乘」的意思。

《其他選項》

▲ 選項2　因為是為老年人著想，禮讓對方先搭乘，所以沒必要説「すみません／不好意思」。

▲ 選項3　「どうも失礼します」是不正確説法。

2　　　　　　　　　　　　　解答：**2**

▲ 想知道地點或方向時，應以「どちら／哪邊」、「どこ／哪裡」等詞語詢問。所以正確答案為選項2。

《其他選項》

▲ 選項1　「出口がわからない／我不知道出口在哪」只是陳述自己的狀況，沒有明確説出要問店

員什麼。

▲ 選項3 「出口に行きたい／我想去出口」只是陳述自己的期望，沒有明確說出希望店員怎麼做。

---

3 解答：**2**

▲ 選項2為正確答案。「電話が遠い／電話聲音太小了」表示電話聽不清楚的樣子。「少しお電話が遠いようですが／電話聲音聽不太清楚」這句話可以委婉地讓對方知道由於他的聲音太小，使自己這邊無法聽得清楚。

《其他選項》

▲ 選項1 「もっと大きい声で話せませんか／你能說大聲一點嗎」表示希望對方說話大聲一點，是粗魯的說法。

▲ 選項3 「〜てください／請…」帶有輕微的命令語氣。

---

4 解答：**3**

▲ 想試某樣東西時，以「〜てみる／試…」的形式表示，因此答案為選項3。另外，「〜ていいですか／可以…嗎」的說法帶有請託對方的語氣。

《其他選項》

▲ 選項1 「着たい／我想穿」只是陳述自己的期望，沒有說到「試着したい／想試穿」這件事。

▲ 選項2 「着せてみて」是錯誤用法，應改為「着てみて／試穿」。

問題**5** P222

例 解答：**3**

▲ 被對方讚美說「日本語お上手ですね／您日語真好」，這時候日本人習慣謙虛地說「過獎了，還差遠呢」，日語就用選項3的「いいえ、まだまだです／過獎了，還差遠呢」。也可以說「いいえ、とんでもありません／不，您過獎了」、「恐縮です／您過獎了」等。

《其他選項》

▲ 選項1 「いいえ、けっこうです／不，不用了」表示否定，可以用在被詢問「コーヒー、もう一杯いかがですか／再來一杯咖啡如何？」等的回答。這樣的回答在這裡不合邏輯。

▲ 選項2 「そうはいきません／那怎麼可以」表示心情上雖然很想這樣做，但考慮到社會上的常識等，或某心理因素而不能去做。這樣的回答在這裡也不合邏輯。

---

1 解答：**3**

▲「何で来るんですか／你怎麼來的」問的是交通方式。清楚的回答交通方式的是選項3「地下鉄とバスで来ます／搭地鐵和巴士來的」，這是正確答案。

《其他選項》

▲ 選項1和選項2沒有回答到交通方式，所以不正確。

---

2 解答：**1**

▲「どこで勉強したのですか／你是在哪裡學習的呢」問的是學習的地方。因此，回答「私の国の日本語学校です／在我祖國的日語學校」，表示地點的選項1是正確答案。

《其他選項》

▲ 選項2和選項3沒有回答到地點，所以不正確。

---

3 解答：**1**

▲「今日は野球の試合なのに、雨だね／今天是棒球比賽的日子，卻下雨了」表示遺憾的心情。能表達此心情的是選項1「がっかり／失望」。

《其他選項》

▲ 選項2「そっくり／一模一樣」是表示「よく似ている様子／非常相似的樣子」的詞語，所以不正確。

▲ 選項3「失敗／失敗」是指「思ったとおりにできないこと／無法做到和想像中的一樣」，所以不正確。

---

4 解答：**2**

▲ 正確答案為選項2。「参る／來」是「来る／來」的謙讓語。自己的動作用謙讓語「参ります／來」表示是正確的用法。

《其他選項》

▲ 選項1 「いらっしゃる／來」是「来る／來」的尊敬語。不能用尊敬語表達自己的動作，因此「いらっしゃいます／來」是不正確的。

▲ 選項3 「10時まで／10點之前」的「まで／之前」是表示時間範圍的助詞。因為對方是問自己要前來的時間，所以不應該回答時間範圍。

▲「ご存知／知道」是「知っていること／知道」的尊敬語。「ご存知ですか／您知道嗎」是詢問對方您是否知道，是表達敬意的問法。選項2為前面回答了「いいえ／不」，所以後面應接該「存じません／不知道」，是正確選項。

《其他選項》

▲ 選項1 回答「はい／是」的情況，應該說「存じています／我知道」。「存じる」是「知る」的謙讓語，這是貶低自己（以抬高他人）的說法。

▲ 選項3 因為知道的人是自己，所以應該用謙讓語。應該回答「存じています／我知道」等等。

▲「なかなか／非常」表示「思っていた以上である様子／超乎意外的樣子」。意思相近的詞有「かなり／相當」。可以推測是因為拼命練習，所以才能變得這麼強。因此正確答案為選項3。

《其他選項》

▲ 選項1 對方說「なかなか強い／非常強」，所以回答「練習しなかったんじゃない／他們沒什麼練習吧」不合邏輯。應該回答「ずいぶん練習したんじゃない／他們拼命練習了吧」。

▲ 選項2 對方說「なかなか強い／非常強」，所以回答「きっと負けるんじゃない／他們肯定會輸球吧」不合邏輯。

▲ 選項1的「まさか／怎麼會」表示「信じられない様子／不敢相信的樣子」。明明「さっきまでそこで話していた／剛才還在那裡說話」，現在卻遇到交通事故，表達不敢相信的心情。是正確答案。

《其他選項》

▲ 選項2 「わざわざ／特地」表示「何かを特別にする様子／特別去做某件事的樣子」。在這裡用「わざわざ／特地」不合邏輯。

▲ 選項3 「さっきまでそこで話していたからね／因為直到剛才還在那裡說話」的「から／因為」用法不正確。應改為表示逆接的「のに／明明」。

▲「冷たいうちにどうぞ／請趁還冰涼的時候」省略了後面的「食べてください（飲んでください）／請用」。因為用「冷たいうちにどうぞ／請趁還冰涼的時候」建議對方這麼做，所以可知說話者端出來的是冰涼的食物或飲料。因此選項2「冷たくておいしい／很冰涼很好吃」是正確答案。

《其他選項》

▲ 吃冰涼的食物時，回答選項1「あたたかくておいしい／溫熱的很好吃」、選項3「体が温かくなりました／身體暖和起來了」都不合邏輯。

MEMO

【讀解・聽力・言語知識〈文字・語彙・文法〉】

學霸攻略！ QR Code 朗讀 闖關王者

6回全真模擬
寶藏題庫
＋通關解題

新日檢 N3

[16K＋6回QR Code線上音檔]

【QR全攻略09】

發行人	林德勝
作者	吉松由美・田中陽子・西村惠子・林勝田・山田社日檢題庫小組
出版發行	山田社文化事業有限公司
	106台北市大安區安和路一段112巷17號7樓
	Tel：02-2755-7622
	Fax：02-2700-1887
郵政劃撥	19867160號　大原文化事業有限公司
總經銷	聯合發行股份有限公司
	新北市新店區寶橋路235巷6弄6號2樓
	Tel：02-2917-8022
	Fax：02-2915-6275
印刷	上鎰數位科技印刷有限公司
法律顧問	林長振法律事務所　林長振律師
定價 書＋QR碼	新台幣459元
初版	2023年11月

ISBN：978-986-246-793-0
© 2023, Shan Tian She Culture Co., Ltd.

STS

STS